The Translation and Study of
Chinese Literature in the
English-Speaking World

主编 ◎ 曹顺庆

英语世界中国文学的译介与研究丛书

中国"现代派"诗人在英语世界的接受研究

王树文 ◎ 著

中国社会科学出版社

图书在版编目(CIP)数据

中国"现代派"诗人在英语世界的接受研究／王树文著.—北京：
中国社会科学出版社，2018.3
（英语世界中国文学的译介与研究丛书）
ISBN 978 – 7 – 5161 – 8861 – 3

Ⅰ.①中…　Ⅱ.①王…　Ⅲ.①诗歌 – 英语 – 文学翻译 – 研究 – 中国
Ⅳ.①I207.22②H315.9

中国版本图书馆 CIP 数据核字（2016）第 213459 号

出 版 人　赵剑英
责任编辑　任　明
责任校对　王佳玉
责任印制　李寡寡

出　　版　中国社会科学出版社
社　　址　北京鼓楼西大街甲 158 号
邮　　编　100720
网　　址　http：//www.csspw.cn
发 行 部　010 – 84083685
门 市 部　010 – 84029450
经　　销　新华书店及其他书店

印刷装订　北京君升印刷有限公司
版　　次　2018 年 3 月第 1 版
印　　次　2018 年 3 月第 1 次印刷

开　　本　710×1000　1/16
印　　张　18
插　　页　2
字　　数　295 千字
定　　价　85.00 元

英语世界中国文学的译介与研究丛书　总序

　　本丛书是我主持的教育部重大招标项目"英语世界中国文学的译介与研究"（12JZD016）的成果。英语是目前世界上使用范围最为广泛的语言，中国文学在英语世界的译介与研究既是中国文学外传的重要代表，也是中国文化在异域被接受的典范。因此，深入系统地研究中国文学在英语世界的译介与研究，既具有重要的学术价值也具有重大的现实意义。

　　中国正在走向世界，从学术价值层面来看，研究英语世界的中国文学译介与研究，首先，有利于拓展中国文学的研究领域，创新研究方法。考察中国文学在异域的传播，把中国文学研究的范围扩大至英语世界，要求我们研究中国文学不能局限于汉语及中华文化圈内，而应该将英语世界对中国文学的译介与研究也纳入研究范围。同时还需要我们尊重文化差异，在以丰厚的本土资源为依托的前提下充分吸收异质文明的研究成果并与之展开平等对话，跨文明语境下的中国文学研究显然是对汉语圈内的中国文学研究在视野与方法层面的突破。其次，对推进比较文学与世界文学研究具有重要的学术意义。通过对英语世界中国文学的译介与研究情况的考察，不但有助于我们深入认识中外文学关系的实证性与变异性，了解中国文学在英语世界的接受情况及中国文学对英语世界文学与文化的影响，还为我们思考世界文学存在的可能性及如何建立层次更高、辐射范围更广、包容性更强的世界诗学提供参考。

　　从现实意义层面来看，首先，开展英语世界中国文学研究可为当下中国文学与文化建设的发展方向提供借鉴。通过研究中国文学对"他者"的影响，把握中国文学与文化的国际影响力及世界意义，在文学创作和文化建设方面既重视本土价值也需要考虑世界性维度，可为我国的文学与文化发展提供重要启示。其次，还有助于提升中国文化软实力，推动中国文化"走出去"战略的实施。通过探讨英语世界中国文学的译介及研究，发现中国文学在英语世界的传播特点及接受规律，有利于促进中国文学更好地走向世界，提升我国的文化软实力，扩大中华文化对异质文明的影响，这对于我国正在大力实施的中国文化走出去战略无疑具有十分重大的意义。

正是在这样的认识引导下，我组织一批熟练掌握中英两种语言与文化的比较文学学者撰著了这套"英语世界中国文学的译介与研究"丛书，试图在充分占有一手文献资料的前提下，从总体上对英语世界中国文学的译介和研究进行爬梳，清晰呈现英语世界中国文学译介与研究的大致脉络、主要特征与基本规律，并在跨文明视野中探讨隐藏于其中的理论立场、思想来源、话语权力与意识形态。在研究策略上，采取史论结合、实证性与变异性结合、个案与通论结合的研究方式，在深入考察个案的同时，力图用翔实的资料与深入的剖析为学界提供一个系统而全面的中国文学英译与研究学术史。

当然，对英语世界中国文学的译介与研究进行再研究并非易事，首先，得克服资料收集与整理这一困难。英语世界中国文学的译介与研究资料繁多而零散，且时间跨度大、涉及面广，加之国内藏有量极为有限，必须通过各种渠道进行搜集，尤其要寻求国际学术资源的补充。同时，在研究过程中必须坚守基本的学术立场，即在跨文明对话中既要尊重差异，又要在一定程度上寻求共识。此外，如何有效地将总结的特点与规律运用到当下中国文学、文化建设与文化走出去战略中去，实现理论与实践之间的转换，这无疑是更大的挑战。这套丛书是一个尝试，展示出比较文学学者们知难而进的勇气和闯劲，也体现了他们不畏艰辛、敢于创新的精神。

本套丛书是国内学界较为系统深入探究中国文学在英语世界的传播与接受的实践，包括中国古代文化典籍、古代文学、现当代文学在英语世界的传播与接受。这些研究大多突破了中国文学研究和中外文学关系研究的原有模式，从跨文明角度审视中国文学，是对传统中国文学研究模式的突破，同时也将中国文学在西方的影响纳入了中外文学关系研究的范围，具有创新意义。此外，这些研究综合运用了比较文学、译介学等学科理论，尤其是我最近这些年提出的比较文学变异学理论①，将英语世界中国文学

---

① Shunqing Cao, *The Variation Theory of Comparative Literature*, Springer, Heidelberg, 2013.

的译介与研究中存在的文化误读、文化变异、他国化等问题予以呈现，并揭示了其中所存在的文化话语、意识形态等因素。其中一些优秀研究成果还充分体现了理论分析与现实关怀密切结合的特色，即在对英语世界中国文学的译介与研究进行理论分析的同时，还总结规律和经验为中国文化建设及中国文化走出去战略提供借鉴，较好地达成了我们从事本研究的初衷与目标。当然，由于时间仓促与水平所限，本丛书也难免存在不足之处，敬请各位读者批评指正。

曹顺庆

2015 年孟夏于成都

前　言

　　以戴望舒、卞之琳、何其芳等人为代表的中国"现代派"是白话诗史上一个重要的诗歌流派，它上承李金发开创的 20 世纪 20 年代中国"象征派"诗歌，下讫 20 世纪 40 年代以穆旦、杜运燮、袁可嘉、陈敬容等为代表的"中国新诗派"诗人，具有承上启下的作用。该派诗人既外引法兰西诗歌之精华，又挹取中国古典诗歌之芬芳，而能将二者调和，从而创造出具有中国本土色彩的现代主义诗歌。中国"现代派"诗人这一群体的出现，就使得中国诗歌得以置身于世界现代主义文学的潮流，而又保持了一定的独立性。

　　随着国内外交流的日益增加，海外学者关于中国"现代派"诗人的研究也不断深入，成果日益丰硕。但是综观目前国内的研究现状，研究的重点主要在探讨古代或国外文学对中国"现代派"诗人的影响或中国"现代派"诗人在国内的接受，而从其在国外的影响角度切入的研究成果极为缺乏，仅限于几篇简短的期刊论文，在个别研究现代汉诗的专著中也只是偶尔提到，尚缺乏系统的研讨。为了借鉴国外对中国"现代派"诗歌的研究成果，促进国内外研究成果的相互交流，对中国"现代派"诗人在国外的接受进行总结就显得更为迫切。因而本书的目的即是站在跨异质文明的角度，对英语世界关于中国"现代派"诗人的研究成果进行梳理总结，希望能够促进中外关于中国"现代派"诗人研究的交流与对话。

　　本书分为七章，其中第一章是"中国'现代派'诗人作品的英译研究"。这一章将英语世界对中国"现代派"诗歌的翻译过程分为三个阶段：发轫期（1949 年以前）、挫折期（1949—1979 年）和繁荣期（1979 年至今），通过对各个阶段有关中国"现代派"诗人诗歌英译现状的详细介绍，总结出中国“现代派”诗人作品的英译特色。

第二章为“英语世界对中国‘现代派’诗人的生平研究”。这一章分为两节，其中第一节介绍戴望舒的诗歌生涯；第二节“英语世界关于‘汉园三诗人’的生平研究”则为《汉园集》的三位作者卞之琳、何其芳、李广田三人的生平介绍。

第三章为“英语世界关于中国‘现代派’诗人作品的国外渊源研究”。这一章从两个方面展开，着重分析戴望舒和卞之琳诗歌中的国外渊源。第一节主要根据英语世界学者利大英、辛宁和米佳燕等人的研究成果，分析拉马丁、波德莱尔、魏尔伦和耶麦等诗人对戴望舒诗歌创作的影响；第二节则通过“卞之琳对国外文学作品的阅读与翻译”和“国外文学对卞之琳诗歌创作的影响”两部分详细探讨卞之琳诗歌中存在的国外渊源。

第四章为“英语世界关于中国‘现代派’诗人作品的本土渊源研究”。这一章第一节是“中国传统文化因素对中国‘现代派’诗人的影响”，分别从中国“现代派”诗人少年时期接受的中国古典教育和其诗歌中存在的传统文化因素两方面展开，力图从渊源和应用两方面探索中国传统文化对其的影响；第二节是“早期白话诗人对中国‘现代派’诗人的影响”，主要探讨冰心、徐志摩、闻一多等人对中国“现代派”诗人的影响。

第五章为“英语世界关于中国‘现代派’诗人诗歌的创作手法研究”。这一章第一节是“中国‘现代派’诗人的诗歌形式研究”，探讨了戴望舒和卞之琳之间对于诗歌形式的不同态度，并着重评述汉乐逸关于卞之琳诗歌中“顿”的研究及郑悟广关于卞之琳诗歌中的跨行手法研究。第二节是“中国‘现代派’诗人诗歌中的‘环形结构’研究”，主要探讨奚密关于“环形结构”的定义、效果和中国“现代派”诗人作品中“环形结构”案例的研究。第三节是“中国‘现代派’诗人诗歌中的‘戏剧化’手法研究”，主要论述卞之琳和何其芳诗歌中的“戏剧化”手法。第四节是“中国‘现代派’诗人诗歌中的隐喻手法研究”，以何其芳的《秋天》和卞之琳的《入梦》为例阐述其隐喻手法与结构之间相辅相成的关系。

第六章为“英语世界关于中国‘现代派’诗人诗歌中的主题与意象研究”。这一章分为两节，其中第一节是“中国‘现代派’诗人诗歌主题研究"，主要以戴望舒诗歌中的怀旧主题（其中又分为"对回忆的珍惜"、"怀乡病"和"对往昔美好生活的回忆"三部分）和中国"现代派"诗人诗歌中的爱情主题展开探讨。第二节是"中国'现代派'诗人诗歌中的'非传统'意象研究"，主要评述利大英和汉乐逸对戴望舒和卞之琳诗歌中存在的一些在传统诗歌中很少运用的意象的研究，并以此探讨中国"现代派"诗人如何运用这些特殊的意象做到标新立异，打破传统，从而表现自己个性的努力。

第七章为"英语世界关于中国'现代派'诗人诗风转变的研究"。第一章所谓的中国"现代派"诗人诗风的转变，以其三位代表诗人戴望舒、卞之琳和何其芳的诗风转变为代表，主要体现为中国"现代派"诗人的创作由只描绘个人情感，转向描绘更具有社会意义的事件，抒情也开始带有集体性的色彩，这一点在三位代表诗人的创作历程中都有着很明显的体现。

在中国新诗史上，中国"现代派"诗人这一群体占有举足轻重的地位，正是他们的出现，才使得中国诗歌得以置身于世界现代主义诗歌的潮流，而又保持了一定的独立性，而且随着中国文化走出去的热潮，中国现代派诗人也吸引了越来越多世界研究者关注的目光，他们的研究成果为中国"现代派"诗人的接受提供了新的视角，注入了新的活力。

王树文

2015 年 7 月 7 日

目　　录

绪　　论

一　选题原因

选择《中国"现代派"诗人在英语世界的接受研究》作为笔者的研究课题，主要是基于以下三个原因。

第一，中国"现代派"诗人作品本身的文学价值及其特点。以戴望舒为代表的中国"现代派"是白话诗史上一个重要的诗歌流派，如孙玉石所说："在20年代末至1937年抗日战争爆发之前，以戴望舒为领袖的现代派诗潮，蔚为气候，风靡一时，'新诗人多属此派，而为一时之风尚'，成为30年代诗坛上与提倡写实主义与大众化的中国诗歌会代表的'新诗歌派'，提倡新格律诗的后期新月派鼎足相持的三大诗派之一，与它们一起，构成了新诗短暂'中落'后的'复兴期'。"① 可以说，它上承20世纪20年代以徐志摩、闻一多为首的"新月派"和李金发开创的中国"象征派"诗歌，下讫20世纪40年代以穆旦、杜运燮、袁可嘉、陈敬容等为代表"中国新诗派"诗人，具有承上启下的重要作用。该派诗人既外引法兰西诗歌之精华，又挹取中国古典诗歌之芬芳，而能将二者调和，从而创造出具有中国本土特色的现代主义诗歌。因此，中国"现代派"诗人的诗歌作品本身即为中外文化结合的产物，具有作为比较文学研究对象的天然潜质。

第二，目前学术研究的背景所致。中国"现代派"诗歌作为中国新诗发展过程中一个重要的流派，涌现了大批有影响的诗人，成为20世纪

---

① 孙玉石：《中国现代主义诗潮史论》，北京大学出版社2010年版，第115页。

30 年代最重要的诗歌潮流之一，在中国文学史上不但具有巨大的创新意义，而且其创作实践的自身魅力也使其拥有大批读者，并产生了广泛影响，已经成为国内文学界研究的热点。但综观目前国内的研究现状，研究的重点主要在于探讨古代或国外文学对中国“现代派”诗人的影响或中国“现代派”诗人在国内的接受。而从其在国外的影响角度切入的研究成果极为匮乏，仅限于几篇简短的期刊论文，在个别现代汉诗研究专著中也只是偶尔提及。为了借鉴国外对中国“现代派”诗歌的研究成果，促进国内外研究成果的相互交流，对中国“现代派”诗歌在国外的接受进行总结就显得更为迫切。根据对资料的筛选，可以发现国外对中国“现代派”诗人的研究以英语世界的研究成果最为丰富，也最具代表性，因此它们也成为本书的研究对象。

第三，由于个人学术背景与研究兴趣。笔者系英语言文学学士，汉语言文学硕士，因此对汉语和英语文学都有着浓厚的兴趣。也是因为这个原因，就毫不犹豫地选择了能将二者结合起来的《中国“现代派”诗人在英语世界的接受研究》这一课题。因为这既是笔者的专业所长，同时也是兴趣之所在。

综合以上三点原因，因此本书选择将《中国“现代派”诗人在英语世界的接受研究》作为研究对象。

二　研究目的及学术价值

（一）研究目的

本课题研究的目的有三个。

第一，梳理资料，分析总结。本书力求站在跨文明的高度，在比较文学视域下，在占有丰富的原始资料的基础上提炼出展示中国“现代派”诗人作品对外传播的实质与规律性的重要问题，通过对众多的翻译与研究资料的仔细阅读与整理，从而熟悉掌握中国“现代派”诗人在英语世界接受的脉络图，构建起中国“现代派”诗人作品对外传播的立体阐释框架，为国内读者提供系统、全面的资料参考。

第二，中外对比，提供借鉴。一是将中文原文与英语译文对比。通过对中国“现代派”诗人的作品原文与不同版本的英语译文相比较，了解国内外不同译者（尤其是身处西方异质文化背景下的译者）在中国“现代派”诗人作品翻译过程中所表现出来的相对于原文的忠实性与创造性，以及因异质文化的差异，而在翻译过程中形成的误读误释，并造成文化意象的扭曲或者缺失。二是将英语世界关于中国"现代派"诗人诗歌研究成果与国内的研究成果对比。并凭此探讨英语世界关于中国"现代派"诗人研究创新与失误，并力求在此基础上，给予国内中国"现代派"诗人的研究提供启示与借鉴，也就是如季羡林所言的"给我们的借鉴活动找出一些可遵循的规律，达到事半功倍的效果"①。

第三，实现中西文学及研究成果的平等对话。在研究过程中，不唯西方马首是瞻，在指出其创新性的同时，也力求指出其局限性。而且在研究过程中，将关注点指向以往的中国"现代派"诗人研究中被忽略的中国本土因素对其的影响及中国"现代派"诗人的创新方面。从而使中外在中国"现代派"诗人研究中能够做到互识、互补和互证，并最终实现平等的对话。

（二）学术价值

通过研究英语世界对于中国"现代派"诗人的接受，了解他者眼光是如何看待中国"现代派"诗人的。这些研究不仅涉及英语世界研究者在事实上接受中国"现代派"诗人的现状，同时中国"现代派"诗人这一群体作为中国文化的一部分，也是他们在各自的心目中构想和重塑中国形象的一部分。对这些话题的深入展开和讨论，有助于我们弄清英语世界接受者在接受中国"现代派"诗人的过程中因不同的文化背景和思维方式所产生的不同理解，这也是中国文化形象建构的一部分。我们正可以通过国外读者的接受状况，反躬自身，来检查中国"现代派"诗人的国内接受情况，促进中国现代诗歌的进一步发展，并最终带动中国文化软实力和国际影响力的进一步提升。

三　课题的研究现状

本课题的研究现状可以分为国内研究现状与国外研究现状两个部分，我们下面就以此为根据展开阐述。

（一）国内研究现状

国内关于中国"现代派"诗人的研究大体上可以分为三个部分：一

---

① 季羡林：《比较文学与民间文学》，北京大学出版社 1991 年版，第 36 页。

是 1949 年以前的中国"现代派"的接受；二是 1949—1979 年的中国"现代派"诗人的接受；三是 1979 年之后中国"现代派"诗人的接受。下面将依次展开阐述。

1. 1949 年以前的中国"现代派"诗人的接受

国内关于中国"现代派"诗人的研究起步较早，可以说，在中国"现代派"的代表诗人戴望舒、卞之琳、何其芳、废名等人崭露头角的时候，已经产生了关于他们的评论。但关于中国"现代派"诗人这一整体的评论却还是在 20 世纪 30 年代，由施蛰存担任主编的《现代》期刊创刊之后。因此，我们首先要论及的是中国"现代派"诗人团体的确立。

（1）中国"现代派"诗人团体的确立。

中国"现代派"诗人群体概念的形成是一个长期演进的过程，在文学史上，对其的界定也是不断变化的。因此，我们要准确地理解把握这一概念，就非常有必要对其产生过程做一综合性的回顾。

第一是施蛰存的中国的"现代派"诗人观。中国"现代派"这一诗人集团的成立，公认的是以《现代》杂志为基础的。因此，作为《现代》杂志主编，而且又与中国"现代派"主要诗人关系颇为密切的施蛰存关于中国"现代派"的观点就有首先介绍的必要。

《现代》期刊创刊之时，正值"淞沪会战"之后，可谓当时上海唯一的"文学刊物"，因为是"独家生意"，所以也极受欢迎。① 这样就引起了时人的模仿，如施蛰存所言："任何一个文艺刊物，当它出版了几期之后，自然会有不少读者，摹仿他所喜爱的作品，试行习作，寄来投稿。也许他们以为揣摩到编者的好恶，这样做易于被选录。在《现代》创刊后不到六个月，我在大量来稿中发现了这一情况。"② 因此，当他看到《现代》中所提倡的诗歌及其诗歌理念在社会上广泛流行时，不无欣喜地给自己的诗友戴望舒写信说："有一个南京的刊物说你以《现代》为大本营，提倡象征派诗，现在所有的大杂志，其中的诗大都是你的徒党，了不得呀！"并毫不吝啬地称戴望舒为"诗坛的首领"③，认为"徐志摩而后，你

---

① 施蛰存：《〈现代〉杂忆（三）》，《新文学史料》1981 年第 3 期。
② 施蛰存：《〈现代〉杂忆（一）》，《新文学史料》1981 年第 1 期。
③ "诗坛的首领"一句的原文是"但你没有新作寄来，则诗坛的首领该得让我做了。"载孔另境《现代作家书简》，生活书店 1936 年版，第 116 页。

是有希望成为中国大诗人的"。①

　　按照施蛰存的描述，这些诗人有着共同的审美倾向，其发表阵地也是以《现代》为主的相关杂志，而且又有领袖人物戴望舒，已经基本具备了一个流派成立的标准。但是，令人惊诧不解的是，施蛰存并不认为存在一个所谓的中国"现代派"。

　　施蛰存在《现代》的创刊词中就提到："因为不是同人杂志，故本志所刊载的文章，只依照编者个人的主观为标准。"② 因此，施蛰存认为，既非"同人杂志"，所以其中"不预备造成任何一种文学上的思潮、主义或党派"③ 也就顺理成章了。这个想法可以说是《现代》主编施蛰存的初衷，甚至直到晚年，在中国"现代派"已经在文学史上得到确认之后，施蛰存仍然坚持认为"这个杂志上所发表的诗事实上并没有成为一'派'"。即使这一派曾经存在，也应该认为"这个'现代'是刊物的名称，应当写作'《现代》诗'或'《现代》派'"。即使如此，"'《现代》派'这个名词已成为历史陈迹，因为它只对'《新月》派'有意义"。④

　　根据上面对施蛰存观点的描述，我们可以看出，施蛰存已经明显意识到了存在一个诗风相近且以戴望舒为领袖的诗人群体，而且施蛰存自己也存在着对"现代派"诗歌的美学偏好。他曾在《又关于本刊的诗》中对其做了解释："《现代》中的诗是诗，而且是纯然的现代诗，它们是现代人在现代生活中所感受的现代的情绪，用现代的辞藻排列成的现代诗形。"这就在内容和形式两方面对其中的选诗做了界定，如刘绶松说："这段话，在某种程度以内，是概括了'现代派'诗的特点的。"⑤ 但是他却囿于《现代》《创刊宣言》中的标准一直拒绝承认这个事实，因此提出中国"现代派"的概念就要由和施蛰存同时的另外一位批评家孙作云来完成了。

　　第二是孙作云的"现代诗派"概念。与施蛰存相比，孙作云是一位有着清醒流派意识的批评家，他是第一个将"现代派"诗人聚集在一个名目下的研究者，他将发表于《现代》杂志上风格相似的诗人的作品称

---

① 孔另境：《现代作家书简》，花城出版社1982年版，第78页。孔另境《现代作家书简》生活书店1936年版无此句。

② 施蛰存：《创刊宣言》，《现代》1932年第1卷第1期。

③ 同上。

④ 施蛰存：《〈现代〉杂忆（一）》，《新文学史料》1981年第1期。

⑤ 刘绶松：《中国新文学史初稿》，人民文学出版社1979年版，第306页。

为"现代派诗"。在著名的《论"现代派"诗》一文中,他将"新诗的发展分为三个阶段:一郭沫若时代,二闻一多时代,三戴望舒时代"。[1] 并认为戴望舒所代表的这派诗是当时"诗坛上最风行的诗式,特别是一九三二年以后,新诗人多属此派,而为一时之风尚。因为这一派的诗还在生长,只有一种共同的倾向,而无明显的旗帜,所以只好用'现代派诗'名之,因为这一类的诗多发表于现代杂志上"。[2] 孙作云列出了他心目中的十位现代派作家——"戴望舒,施蛰存,李金发及莪加[3],何其芳,艾青,金克木,陈江帆,李心若,玲君"。[4]

可以说,对于这种归类,孙作云是小心而谨慎的。因此,他在文中不忘提醒读者也提醒自己:"首先要使诗者注意的便是在这里所举的十位诗人,有的旗帜鲜明地表示隶属于某派,但有许多年轻的诗人,只有模糊的貌似,我们可以说只有一种'倾向'(Tendency)而没有真正地属于哪一派。他们的年龄是年轻的,他们的'身分'是涡移的,他们的人生观思想是不确定的,他们的形式也没有固定,他们可以向种种不同形式的诗探试,所以把他们硬安排于某一作家群,在作家自己或不承认,在我也有些不忍。因为他们的前途是远大的,批评者不能像命运之神生生地派定他们的前途。"后来的事实也证明,这种做法是明智的,其中最明显的一个例子就是艾青(莪加),他在创作过程中逐渐和中国"现代派"诗人走向了不同的道路,并成了一位现实主义大诗人。

孙作云的研究为中国"现代派"诗人分类奠定了基础,以后的研究基本上都是沿着他的道路前进的,大多为在其基础上对其中的诗人加以少量的增删。而且从目前的研究现状来看,孙作云所提的"现代诗派"的说法在学术界的运用也相当普遍。因此,可以说,自孙作云始,以戴望舒、何其芳等人为代表的风格相近的诗人群体,才在文学史上获得了一个固定的名字。

(2)杜衡与蒲风对中国"现代派"诗人的不同态度。

到了30年代,以戴望舒为代表的现代派终于为"自己的脚找到了合适的鞋子",真正做到了象征主义诗歌的中国化。而我们在上面讲述的孙

---

① 孙作云:《论"现代派"诗》,《清华周刊》1935 年第 43 卷第 1 期。
② 同上。
③ 莪加即为艾青,疑作者误。
④ 孙作云:《论"现代派"诗》,《清华周刊》1935 年第 43 卷第 1 期。

作云关于"现代诗派"的提法，又使得中国"现代派"这一诗人群体得以初步成型，并随着影响的扩大，最终成为继新月诗派之后的当时中国另一大诗派。而随着其发展和国家时局的影响，对其的接受出现了两大阵营：其中一派是以杜衡为首的赞赏派；另一派则是以蒲风为代表的反对派。我们下面就分别看一下这两派的观点。

第一，戴望舒的好友杜衡的看法。杜衡对中国"现代派"诗人的评论主要体现在他为戴望舒的《望舒草》所作的序言中，虽然其中是就戴望舒的诗歌而言的，但戴望舒作为中国"现代派"最重要的代表诗人，其诗歌实践及诗歌理念也大致可以代表中国"现代派"诗人的特质。因此，我们很有必要了解杜衡对戴望舒诗歌的评价。

杜衡认为戴望舒诗歌的进步主要体现在两个方面，一是针对浪漫派诗人；二是针对初期象征派诗人的反动。在当时，浪漫派通行一种直抒胸臆乃至"大喊大叫"的诗歌，对于这种激进地表现自我的抒情手法，戴望舒等人甚为不满。杜衡写道："我们对于这种倾向私心里反叛着。记得有一次，记不清是跟蛰存，还是跟望舒，还是跟旁的朋友谈起，说诗如果真是赤裸裸的本能底流露，那么野猫叫春应该算是最好的诗了。"① 因而，我们由此也可以看出，以戴望舒为代表的中国"现代派"诗人的作品不喜欢如浪漫派诗人作品一样直接表达感情，而是追求诗歌要有一定程度的含蓄。这一点似乎和初期象征派的诗学追求相吻合，接下来再来看看在杜衡眼中，中国"现代派"和以李金发为代表的中国初期象征派之间的诗学理念差异。

杜衡说，他不喜欢初期象征派的原因就是其中具有"神秘""看不懂"这些杜衡"以为是要不得的成分"。而戴望舒也认为，"从中国那时所有的象征诗人身上是无论如何也看不出这一派诗风底优秀来的"。② 戴望舒努力扭转这种局面，他去除了李金发等初期象征派诗人作品中的神秘成分，努力做到如朱自清所言的"让人可以看得懂"③。在杜衡看来，戴望舒的诗歌真正做到了"很少架空的感情，铺张而不虚伪，华美而有法度，倒的确走的诗歌底正路"。④

---

① 杜衡：《〈望舒草〉序》，载戴望舒《望舒草》，现代书局1933年版，第4页。
② 同上书，第7页。
③ 朱自清：《中国新文学大系·导言》，上海良友图书印刷公司1935年版，第8页。
④ 杜衡：《〈望舒草〉序》，载戴望舒《望舒草》，现代书局1933年版，第8页。

杜衡指出,他和戴望舒对诗歌创作的一致看法是:"我们体味到诗是一种吞吞吐吐的东西,术语地来说,它底动机是在于表现自己与隐藏自己之间。"① 而在杜衡眼中,中国"现代派"诗人最重要的代表人物戴望舒也正是凭借这点,超越了浪漫派和初期象征派,从而推动了中国白话诗的进一步发展。

第二,蒲风对中国"现代派"诗人的评价。在戴望舒等人的诗歌兴起之后,国内政治形势却不断恶化,而中国"现代派"诗人的作品多抒发自我情感,与社会现实距离较远,显得远离时代主流精神,因此也遭到了"左翼作家联盟"的批判,这种研究在新中国成立前主要以蒲风为代表。

蒲风第一篇有关中国"现代派"诗人的文章《所谓"现代生活"的"现代"诗》发表于1934年《出版消息》的第29期,其时间离孙作云提出"现代诗派"的概念还有大约一年时间,但根据这篇文章的副标题《评〈现代〉四卷一期至三期的诗》,因此也可以看作是第一篇有关中国"现代派"这一诗人群体的综合评论。

蒲风认为,这些发表在《现代》杂志上的诗歌"歪曲了现实,把现实剖面的美化,没有深刻的情感"。② 而且这些诗歌也并不现代,在他们的诗歌中既看不到都市的歌唱,也看不到农村的破产、混乱,其内容充满了封建主义的色彩。在他们的诗歌中"最容易见到的是出世的,神秘的,颓废的,避世的,古典的,而没有真正'现代生活'(都市和破产农村状况)所感受到的热的情怀,悲哀的呻吟,绝叫或勇敢的喊声。"③

蒲风在另外一篇重要的论文中给中国"现代派"诗人做了一个总体的评价,他说:"这一派是象征主义和新感觉主义的混血儿……在他们的作品里,多神秘的不可懂的思想。"④ 关于他们的作品,则认为"《望舒草》可以说是他们的好成绩了"。⑤ 既然蒲风认为《望舒草》是中国"现代派"诗人最好的作品,我们看一下他对戴望舒作品的评价,也就基本上可以看出其对中国"现代派"诗人的整体态度了。

---

① 杜衡:《〈望舒草〉序》,载戴望舒《望舒草》,现代书局1933年版,第3页。
② 蒲风:《所谓"现代生活"的"现代诗"——评〈现代〉四卷一期至三期的诗》,《出版消息》1934年第1卷第29期。
③ 同上。
④ 蒲风:《五四到现在中国诗坛鸟瞰》,载《蒲风选集》,海峡文艺出版社1985年版,第809—810页。
⑤ 同上书,第811页。

蒲风对戴望舒的诗歌进行了一番"检讨",并希望能够借此"检讨"而能"对近年来的《现代》诗得到多少的了解"。蒲风认为,无论是戴望舒第一本诗集《我底记忆》还是第二本诗集《望舒草》,都与时代精神及社会现实严重脱节,他说:"据说,戴望舒开始写他的确定他的作风的《我底记忆》时是一九二七年夏,《望舒草》里所搜集的材料,是一直到一九三二年为止。如果我们要问起这五年间我们故国遭逢过什么变故,记起了一九二七年的血,一九三一年的大水灾,'九一八'的国难,和一九三二年的'一二·八'沪战,要想在诗人戴望舒的作品里找到大众的怒吼,前进的讴歌,我们定会得到百二十分的失望。"接着,他列举了戴望舒《我底记忆》和《望舒草》两本诗集中的诗题:《夕阳下》《自家伤感》《凝泪出门》《残花的泪》《回了心儿吧》《残叶之歌》《我底记忆》《独自的时候》《秋天》《对于天的怀乡病》《烦忧》《我的素描》《单恋者》《老之将至》《秋天的梦》《小病》《款步》《秋蝇》《妾薄命》《寻梦者》《乐园鸟》。蒲风认为,只是从这些诗名就可以看出其主题内容是多么狭隘,因此,"诗,对于望舒差不多已经成了这样的作用。写他自己的寂寞的回忆,一些恋爱的和秋的感伤"。①

由此可以看出,1949 年以前对中国"现代派"诗人(以戴望舒为代表)的评价的出发点主要有两种:一种是从审美的角度来评价,如杜衡;另一种则是从社会意义的角度来评价,如蒲风。也正是因为评价角度的不同,他们才得出了迥然相异的评价结果。

2. 1949 年以后的中国"现代派"诗人的接受

1949 年以后,关于中国"现代派"诗人创作与生活关系的研究可以分为两个阶段:作为"逆流"的存在(1949—1979 年)和改革开放至今的"重新回到审美"。下面的论述也就据此展开。

(1) 作为"逆流"的存在(1949—1979 年)。

如果说蒲风还能在中国"现代派"诗人的作品中发现些许亮点的话,在新中国成立后至改革开放前的批评界人士的眼中,中国"现代派"诗人的创作则主要是作为靶子而存在的。

新中国成立后至改革开放前的接受。新中国成立之后,中国"现代派"诗人的诗歌遭到了全面否定。例如,王瑶在《中国新文学史稿》中

---

① 蒲风:《论戴望舒的诗》,《东方文艺》1936 年第 1 卷第 1 期。

对中国"现代派"诗人就有所描述,他说:"继'新月派'以后曾经风行过一阵的是所谓的'现代派'的诗。其中的主要诗人是戴望舒;模仿的人也不少,大都发表在一九三二年以后的杂志《现代》上。"这些中国"现代派"诗人"受资产阶级没落时期的所谓法国象征主义的影响很深,以为诗只表现一种情绪,甚至以人家看不懂为妙,这种荒谬的主张也曾在中国发生过相当的影响,客观上起了诗人逃避现实的麻痹作用,影响是很坏的"。①

另外,王瑶在还在另外一本《中国诗歌发展讲话》中也表达了相似的观点。他说:"以戴望舒为代表的'现代派'诗人,也在一九三二年以后的《现代》杂志上提倡资产阶级没落期的象征派诗歌;他们赞美一种颓废感伤的情绪,客观上是起了使人逃避现实的麻痹作用的。他们的诗多半表现一种追忆过去的寂寞厌倦的哀愁心境,充满了虚无的绝望的色彩;这是一种感到没落境遇的悲鸣,是引导在现实斗争面前感到彷徨的人们的眼睛向后看的。"因此,"现代派"是"和党所倡导的左翼革命文学运动相对垒的资产阶级文学流派,对于新诗的健康发展起了一些阻碍作用的"②。

刘绶松所著的《中国新文学史初稿》将中国"现代派"诗人与"新月派"诗人放在一起进行批评。书中说道,在19世纪二三十年代,虽然从表面上看来,"新月派"和"现代派"的诗歌都曾在诗坛上泛滥,但由于这些诗人可以追求颓废、粉饰和逃避现实生活的艺术至上主义的美学理念,所以给当时的诗人和读者都带来了恶劣的影响。与进步的现实主义诗歌相比,"新月派"和中国"现代派"诗歌则"只能算是本时期现实主义诗歌洪流中的两股逆流"。③他认为施蛰存所说的"现代的情绪"对于中国"现代派"诗人而言是十分重要的一个概念,并以其中"最主要的诗人"戴望舒的作品为例进行分析。之后,他得出结论,认为施蛰存所谓的"现代人在现代生活中所感受的现代的情绪"在中国"现代派"诗人的诗歌中就具体体现为"资产阶级个人主义者想置身于纷纭斗争的现实生活之外而终于无法达到的那种忧悒、苦恼的情绪"。④

①　王瑶:《中国新文学史稿》,新文艺出版社1953年版,第200页。
②　王瑶:《中国诗歌发展讲话》,中国青年出版社1956年版,第127页。
③　刘绶松:《中国新文学史初稿》,人民文学出版社1979年版,第301页。
④　同上书,第308页。

　　本时期有其他一些文学史著作也对中国"现代派"诗人做了评论，但内容基本上与上述几种观点相一致，因此便不再一一列出。

　　（2）对审美的回归（1980年至今）。

　　艾青在1980年发表的《中国新诗六十年》一文中，对1919年到1979年这60年的诗歌创作历程进行了回顾，其中涉及中国"现代派"诗人这个群体的也只有寥寥几句，与其说是批评，倒不如说是简介。艾青说："'新月派'与'象征派'演变成为'现代派'。'现代派'并无艺术上特别明显的纲领，是以《现代》杂志为中心发表新诗的一群。他们里面就包括各种不同的倾向，有些是原来的'新月派'或'象征派'的成员。'现代派'影响最大的是戴望舒。"① 联系到时代背景，艾青这个论述是有着特殊意义的。因为艾青这篇文章发表于1980年，与前一阶段严苛的批评语言相比，艾青的不置可否的态度其实也就暗含着一种赞许的态度在内。

　　在1982年重版的王瑶《中国新文学史稿》是说明中国"现代派"诗人正在被重新接受的一个典型案例。在这部再版的著名的现当代文学史著作中，针对中国"现代派"诗人，王瑶主要分析了戴望舒和林庚两人的创作②。其中对戴望舒的批评就是："他有一种自己也大愿意有的逃避情绪，而这种诗的手法正适宜于表现这种朦胧的感情，因此诗中就有不少虚无和绝望的色彩，内容是不很健康的。"③ 其他部分则主要是对诗歌特点的评述。与其第一版相比，有关中国"现代派"诗人的评论不但篇幅有所增加，而且措辞也不再那么严厉了。

　　钱理群、温儒敏和吴福辉所著的《中国现代文学三十年》是另外一本重要的中国现代文学史著作，对中国"现代派"诗人描述也较为详细。这本书将中国"现代派"作为一个整体，认为"30年代的现代派是由后期新月派和20年代末的象征派演变而成"④。又于其中依次论述了施蛰存、戴望舒、"汉园三诗人"（卞之琳、何其芳、李广田）、废名、林庚等中国"现代派"等人的诗歌和诗学思想，却几乎看不到批评的言辞了。

---

　　① 艾青：《中国新诗六十年》，《文艺研究》1980年第5期。
　　② 王瑶将卞之琳置于"新月派"诗人群体中。
　　③ 王瑶：《中国新文学史稿》，上海文艺出版社1982年版，第225页。
　　④ 钱理群、温儒敏、吴福辉：《中国现代文学三十年》，北京大学出版社1998年版，第361页。

　　本时期另外一本有关中国"现代派"诗人的专著则是孙玉石的《中国现代主义诗潮史论》，其中用大量篇幅评述了中国"现代派"诗人的创作成就，从现代主义的视角对"30年代现代派诗潮的勃兴""寻找中外诗歌艺术的融会点""现代派诗人群系的心态关照"和"现代派诗人群系的审美追求"四个方面进行了深入的探讨。在这本专著中，政治意识形态已经不再是评判艺术价值高低的标准，诗歌的美学成就才是诗歌创作的真谛所在。因此，也可以说这本书是本时期国内研究中国"现代派"诗人的一本代表性著作。①

　　此外，这一时期的研究还有一个特点，就是出版的中国"现代派"诗人的传记、作品赏析类和研究论文集著作日渐增多，如：陈丙莹的《戴望舒评传》、郑择魁、王文彬的《戴望舒评传》、王文彬的《雨巷中走出的诗人——戴望舒传论》、北塔的《雨巷诗人：戴望舒传》、刘保昌的《戴望舒传》、陈丙莹的《卞之琳评传》、郭济访的《梦的真实与美——废名》、卓如的《何其芳传》、贺仲明的《暗哑的夜莺：何其芳评传》、王雪伟的《何其芳的延安之路：一个理想主义者的心灵轨迹》、尹在勤的《何其芳评传》、秦林芳的《李广田评传》、李岫的《我的父亲李广田》等；作品赏析著作则有孙玉石主编的《戴望舒名作欣赏》、卢斯飞、刘会文的《冯至、戴望舒诗歌欣赏》、李复威的《雨巷——戴望舒诗歌欣赏》、金钦俊的《何其芳作品欣赏》、万县师范专科学校何其芳研究组的《何其芳诗文选读》；研究论文集则有王文彬的《海棠文丛》《中西诗学交汇中的戴望舒》（海棠文丛）（第二辑），金理的《从兰社到〈现代〉——以施蛰存、戴望舒、杜衡及刘呐鸥为核心的社团研究》，易阳善、陆文壁、潘显一的《何其芳研究专集》。

　　综上所述，国内关于中国"现代派"诗歌的阵营日益扩大，研究成果迭出。但是，国内的研究多是从"史"的角度按照时间顺序描述其发展的轨迹，虽系统却不够深入。而且囿于文学史（或传记）的框架，对其中的一些关键性问题难以综合起来探讨。

　　（二）英语世界关于中国"现代派"诗人接受综述

　　从1935年8月《天下月刊》（*T'ien Hsia Monthly*）中首次出现戴望舒、卞之琳等人诗歌的英译开始，中国"现代派"诗人的作品就已经走上了

---

① 孙玉石：《中国现代主义诗潮史论》，北京大学出版社2010年版，第108—235页。

在英语世界传播与接受的路途。综合而言，中国"现代派"诗人在英语
世界的接受主要是从翻译与研究两方面展开的。

　　1. 英语世界关于中国"现代派"诗人诗歌的翻译情况综述

　　翻译是文学作品从一种语言文化圈流传到另外一种语言文化圈并被另
一语言文化圈读者广泛接受的最重要途径之一。因此，要研究英语世界关
于中国"现代派"诗人的接受，就有必要先从其诗歌作品的翻译开始。
我们可以参考政治历史分期，将英语世界对中国"现代派"诗歌的翻译
过程分为三个阶段：发轫期（1949 年以前）、挫折期（1949—1979 年）、
繁荣期（1979 年至今）。下面的阐述也将依据这三个阶段展开。

　　第一，"发轫期"的中国"现代派"诗人诗歌在英语世界的翻译。

　　最早将中国"现代派"诗人的作品翻译成英语的是 1935 年 8 月在上
海创刊的《天下月刊》（*T'ien Hsia Monthly*），其中就有戴望舒、卞之琳等
中国"现代派"诗人诗歌的英文翻译。此后，哈罗德·阿克顿（Harold
Acton）和陈世骧（Ch'en Shih - hsiang）编译的《中国现代诗选》（*Modern
Chinese Poetry*）由伦敦达克沃斯出版公司（Duckworth）于 1936 年出版，
它和罗伯特·白英（Robert Payne）编选的《当代中国诗选》（*Contempora-
ry Chinese Poetry*）（1947 年，路特里齐出版社出版）一样，是新中国成立
前关于中国"现代派"诗人翻译的两本最重要的英译中国现代汉语诗歌
选集。此外，1949 年以前关于中国"现代派"诗人诗歌英译的重要译本
还有罗伯特·白英编选的《小白驹：古今中国诗选》（*The White Pony：An
Anthology of Chinese Poetry from The Earliest Times to The Present Day*）（1949
年，伦敦艾伦与安文出版公司出版）和方宇晨编译并在伦敦出版的《中
国现代诗选》。

　　第二，"挫折期"的中国"现代派"诗人诗歌在英语世界的翻译。

　　这一阶段，中国"现代派"诗人诗歌在英语世界的翻译状况相对萧
条。本时期，最先出现的有关中国"现代派"诗人诗歌翻译的译本是路
易·艾黎（Rewi Alley）编译的《人民的呼声》（*The People Speak out*）
（1954 年，北京出版社出版）；接着是许芥昱（Hsu Kai - yu）编并译的
《二十世纪中国诗选》（*Twentieth Century Chinese Poetry：An Anthology*）
（1963 年，康奈尔大学出版社出版）；另外一个重要的译本则是杜博妮
（Bonnie S. McDougall）编译的《梦中道路：何其芳散文、诗歌选》
（*Paths in Dream：Selected Prose and Poetry of Ho Ch'i - fang*）（1976 年，昆

士兰大学出版社出版),同时这也是目前见到的唯一一部专门的何其芳作品英译本。

第三,"繁荣期"的中国"现代派"诗人诗歌在英语世界的翻译。

这一时期主要有六个中国现代汉语诗歌的译本涉及中国"现代派"诗人的作品,首先是路易·艾黎编并译的《大道上的光与影:现代中国诗选》(*Light and Shadow along A Great Road – An Anthology of Modern Chinese Poetry*)(1984 年,北京新世界出版社出版)。第二本是庞秉均(Pang Bingjun)、闵福德(John Minford)及高尔登(Sean Golden)合作编译的《中国现代诗一百首》(*One Hundred Modern Chinese poems*)(1987 年,商务印书馆香港分馆出版);五年之后,叶维廉(Wai – lim Yip)的《防空洞里的抒情诗:中国现代诗选 1930—1950》(*Lyrics From Shelters*:*Modern Chinese Poetry* 1930 – 1950)(1992 年,纽约加兰出版社出版);同一年出版的另外一本有关中国"现代派"诗人诗歌的英译诗选是由奚密(Michelle Yeh)编译的《中国现代汉诗选》(*Anthology of Modern Chinese Poetry*)(1992 年,耶鲁大学出版)。这是一部内容相对完整的中国现代汉语诗歌英译本,其中自然也少不了中国"现代派"诗人的身影;刘绍铭(Joseph S. M. Lau)和葛浩文(Howard Goldblatt)合编的《哥伦比亚中国现代文学选》(*The Columbia Anthology of Modern Chinese Literature*)(1995 年,哥伦比亚大学出版社出版);冯张曼仪(Mary M. Y. Fung)翻译的卞之琳的《雕虫纪历》(*The Carving of Insects*)(2006 年,香港中文大学出版)是一本关于中国"现代派"代表诗人卞之琳的个人诗选。

以上就是中国"现代派"诗人诗歌作品在英语世界的英译现状。也正是依托于我们上面提到的这些文本,中国"现代派"诗人的诗歌才为普通的英语世界读者所了解。因此,英语世界的中国"现代派"诗人诗歌的译者和他们的译作一起,都可谓中国"现代派"诗人诗歌作品传播的先行军。

2. 英语世界关于中国"现代派"诗人的研究

总体来讲,中国"现代派"诗人作品在英语世界的翻译起步较早,而研究则相对滞后。下面,笔者将按照时间顺序依次介绍英语世界中涉及中国"现代派"诗人的研究论著。

1972 年,美国俄亥俄大学英语系教授张明晖(Julia C. Lin)的《中国现代诗歌导论》(*Modern Chinese Poetry*:*An Introduction*)由华盛顿大学

出版社出版发行。该书第二章将 1917—1937 年的诗歌分为三部分：尝试派（The Pioneers）、格律派（The Formalists）、象征派（The Symbolists），其中戴望舒是被置于象征派之列研究的。①

1983 年，汉乐逸（Lloyd Haft）的《卞之琳：中国现代诗歌研究》（*Pien Chih - Lin：A study in Modern Chinese Poetry*）由弗利斯出版社出版。这是英语世界第一本系统研究卞之琳的专著，在这本书中，汉乐逸以创作年代为序，将卞之琳诗歌分为早年、30 年代、战前诗歌、四五十年代、60 年代及以后共 5 个阶段，分别展开阐释。其中尤以前三章（早年、30年代、战前诗歌）最为出彩，在这部分，汉乐逸细究 20 世纪 30 年代以前卞之琳的诗歌生涯与全部作品，从"形式特质"（formal qualities）和"主题、意象"（thematics and imagery）两个方面展开了深入探讨。同时，这部分也是本研究重点关注的环节。这本著作虽然比较薄，但其内容却很丰富，可谓国外卞之琳诗歌研究的一项重大成果。②

1989 年，利大英（Gregory B. Lee）的《中国现代派诗人戴望舒：其人其诗》（*Dai Wangshu：The Life and Poetry of A Chinese Modernist*）由香港中文大学出版社出版。正如戴望舒的好友施蛰存评价："这是第一本用英文写的戴望舒评传，也是外国学者研究中国现代派文学的第一本著作。这本书的出版，已给研究中国现代文学的西方学者树立了一个典范，它将成为中西比较文学的一部奠基著作，我希望它很快就会有中文译本。"③ 与一般诗人传记是以人传诗不同，这本书却将诗歌研究作为整本书的核心，详细深入地解读了戴望舒诗歌生命中不同阶段的三本代表作（《我底记忆》《望舒草》和《灾难的岁月》）中的几乎每一首诗歌，以实例讲述了这个现代主义代表诗人从模仿到独创的演变历程。④

1989 年，汉乐逸主编的《中国文学精选指南（1900—1949）第三卷，诗歌》（*A Selective Guide to Chinese Literature，1900 - 1949，Volume III，The Poem*）由博睿学术出版社（Brill）出版。这是另外一部重要的现代汉诗

---

① Julia C., lin, *Moderm Chinese Poetry：An Introduction*, Seattle：University of washington. press. 1972.

② Lloyd Haft, *Pien Chih - Lin：A Study in modern Chinese Poetry*, Dordrecht：Foris Publications, 1983.

③ 施蛰存：《诗人身后事》，载《沙土的脚迹》，辽宁教育出版社 1995 年版，第 94 页。

④ Gregory Lee, *Dai Wangshu：the Life and Poetry of a Chinese Modernist*, Hong Kong：The Chinese University Press, 1989.

研究专著，该书介绍了 1900—1949 年几乎全部的中国现代汉语诗歌选集，并且在其中还有对每本诗集言简意赅的评价，可以说是中国汉语诗歌在英语世界的一部百科全书。中国 "现代派" 诗人的诗集自然也悉数收罗其中，是西方人了解中国 "现代派" 诗人的一个重要窗口。①

1991 年，耶鲁大学出版社出版了奚密（Michelle Yeh）的《现代汉诗：1917 年以来的理论与实践》（*Modern Chinese Poetry：Theory and Practice since 1917*）。这是英美第一步通论中国现代诗歌的理论专著。该书虽非研究中国 "现代派" 诗歌的研究专著，但在论证时却涉及了许多中国 "现代派" 诗人的诗歌作品或者理论观点，尤其是第四章现代汉诗的环形结构，与中国 "现代派" 诗歌的关系最为密切，这也是本书关注的焦点。②

2004 年，米佳燕（Jiayan Mi）的《中国现代诗歌中的自我塑造和现代性反思（1919—1949）》（*Self‑fashioning and Reflexive Modernity in Modern Chinese Poetry，1919‑1949*）由美国埃德温美伦出版社出版发行。该书重点以郭沫若、李金发、戴望舒三人的诗歌创作为例，重点分析了新诗中存在的自我意识觉醒。其中，第三章分析了戴望舒诗歌的现代性；最后一章则举了穆旦的诗歌，简要论述了现代汉诗在追求现代的基础上走向成熟的愿望。正如奚密在为该书所写的序中所言："通过分析三位主要现代诗人作品中的自我现代意识的产生与发展，可以理解颓废主义、浪漫主义、民族主义在现代汉诗中的演变过程。"这也是我们了解英语世界戴望舒这个最重要的中国 "现代派" 诗人接受状况的一部重要著作。③

除了上述专著，学位论文（尤其是博士学位论文），也是英语世界研究中国 "现代派" 诗人的主力军之一。下面笔者简要介绍几篇相关的论文。

1983 年，哈佛大学的哈里·埃兰·卡普兰（Harry Allan Kaplan）博士提交了《中国现代汉诗中的象征主义运动》（*The Symbolist Movement in Modern Chinese Poetry*）。这本书主要研究了象征主义在中国的传播，并以

① Lloyd Haft, *A Selective Guide to Chinese Literature*, *1900 - 1949*, Volume Ⅲ, *The Poem*, Leiden: Brill, 1989.

② Michelle Yeh, *Modern Chinese Poetry: Theory and Practice since 1917*, New Haven: Yale University Press. 1991.

③ Jiayan Mi, *Self - fashioning and Reflexive Modernity in Modern Chinese Poetry*, *1919 - 1949*, Lewiston, N. Y.: The Edwin Mellen Press, 2004.

象征派①诗人李金发、穆木天、王独清、冯乃超、戴望舒等人的诗歌作品②为例具体阐述了象征主义在中国取得的实绩。其中的戴望舒部分，他主要是采用了余光中的文章《评戴望舒的诗》中的观点，并对其进行了评述。③

　　1989 年，斯坦福大学的兰多夫·特朗布尔（Randolph Trumbull）的博士学位论文《上海现代派》（*The Shanghai Modernist*）中研究了戴望舒诗歌中的爱情主题。他在这篇论文的第二部分专列了一节《戴望舒论爱情的艺术》（Dai Wangshu on the Art of Love），这是英语世界关于戴望舒诗歌中爱情主题的研究成果。兰多夫·特朗布尔将女权主义观点引入戴望舒的爱情主题的诗歌解读，并以《我的恋人》《八重子》和《百合子》等诗歌为例进行解读，非常具有创新性。④

　　1997 年，华盛顿大学的郑悟广（Woo‑kwang Jung）的《〈汉园集〉研究：解读中国现代新诗的一种新方式（1930—1934）》（*A Study of "The Han Garden Collection"*：*New Approaches to Modern Chinese Poetry*，*1930 – 1934*）对由卞之琳编选，1936 年出版的《汉园集》进行了研究，认为《汉园集》对中国现代新诗有着深远的影响，它不但回击了新诗盲目模仿西方诗歌的质疑，而且回答了"什么是中国现代新诗"这一根本性问题。这篇论文通过阐述下列问题——什么是《汉园集》各位诗人偏爱的独特的艺术风格和审美观念？他们怎样采用并修改使五四时期诗人显得浅薄的尝试？全面阐述了三位中国"现代派"诗人的合集《汉园集》取得的令人瞩目的成就。⑤

　　2008 年，罗格斯大学（Rutgers, The State University of New Jersey）的辛宁（Xin Ning）提交的博士论文《中国现代文学中的中国现代自我身份的抒情性与危机感（1919—1949）》（*The Lyrical and the Crisis of Modern Chinese Selfhood in Modern Chinese Literature*，*1919 – 1949*）也涉及了中国

① 采用了朱自清的说法，象征派包括李金发、冯乃超、王独清、穆木天、戴望舒等诗人。

② 其中也附带地提到了卞之琳、何其芳等人。

③ Harry Allan Kaplan，*The Symbolist Movement in Modern Chinese Poetry*，Cambridge：Harvard University，1983.

④ Randolph Trumbull，*The Shanghai Modernist*，Ph. D. dissertation，Stanford：Stanford University，1989.

⑤ Woo‑kwang Jung，*A study of The Han Garden Collection*：*New Approaches to Modern Chinese Poetry*，1930 – 1934，Ph. D. dissertation，Saettle：University of Washington，1997.

"现代派"诗人领袖戴望舒。其中关于波德莱尔和魏尔伦对戴望舒诗歌创作的影响的分析和利大英的看法不同，他以具体案例证明了这两位法国诗人对戴望舒的《雨巷》创作产生了深刻影响，可谓英语世界关于中国"现代派"诗人创作影响研究的另外一项重要成果。①

从上面的介绍可以看出，英语世界对中国"现代派"诗人的研究也相对集中，主要聚焦于戴望舒、卞之琳、何其芳、李广田等中国"现代派"的代表诗人，因此，这几位诗人及其诗歌也成为本书最重要的研究对象。

四　研究对象与研究方法

（一）研究对象

本书的研究对象为英语世界关于中国"现代派"诗人的接受研究，这就牵涉到三个关键词的界定问题。

第一，英语世界。在参考国内外学者以往关于英语世界定义的基础上，本书界定的"英语世界"范围较为广泛，即只要以英语为载体发表的，以中国"现代派"诗人为研究对象的论著（包括译作、专著、博士论文、期刊论文及书评等），都属于本书的研究范围。

第二，中国"现代派"诗人。自从孙作云提出"现代派诗"之后，这种提法就在诗坛上得到了回应，例如，在稍后的1937年，蒲风就在文章中认为1934年的诗坛可以分为三大流派："即（一）继徐志摩朱湘（均已死）而起的朱维基陈梦家等一派——新月派，（二）戴望舒为代表的《现代》杂志诗人一派——现代派，（三）以《中国诗歌会》为主要组织发行了《新诗歌》的一派——新诗歌派。"②

在孙作云、蒲风等人的评论之中，这个流派的名称和戴望舒作为该流派代表诗人的地位已经确定下来。但是因为孙作云这篇文章写于1935年，此时中国"现代派"诗人群体还在继续发展壮大，有新诗人不断涌进来，因此，在不同研究者笔下会有不同的人选，这个流派的诗人却没有固定下来。而且孙作云局限于《现代》杂志，未能列入在《水星》《小雅》和后

---

① Xin Ning. *The lyrical and the crisis of modern Chinese selfhood in modern Chinese literature, 1919—1949*. Ph. D. dissertation, Ph. D. dissertation, New Brunswick：Rutgers, The State University of New Jersey. 2008.

② 蒲风：《六年来的中国诗坛》，《星华日报》1937年六周年纪念刊。

来创刊的《新诗》等相关杂志上发表诗作且诗风与戴望舒、卞之琳等人相近的诗人。

因此对于该诗人集团成员的厘清，不但是中国文学史上对于中国"现代派"诗人接受的重要组成部分，同时也是本研究展开之前必做的工作之一。下面我们就列出几种具有代表性的观点。

首先是王瑶在出版于1956年的《中国诗歌发展讲话》中指出："在三十年代初期，又出现了以戴望舒为代表的'现代派'……他们接受法国后期象征派诗歌和美国二十世纪初意象派诗歌的影响，大力提倡象征派诗，当时曾在诗坛上产生了很大影响。卞之琳、何其芳，以及艾青早期的诗作，都接近过现代派。"①

刘绶松在其《中国新文学史初稿》中指出："'现代派'的诗大多发表于一九三二年出刊的《现代》杂志上，而且是以此得名的。"其中明确提到的中国"现代派"诗人包括戴望舒和"《汉园集》三诗人"（何其芳、李广田和卞之琳）。"卞之琳的诗曾被选进《新月诗选》里。但他大部分的诗，无论内容和风格，都是更接近于注重'意象'的'现代派'的。"②

秦亢宗、蒋成瑀在《现代作家和文学流派》中写道："在《现代》上写诗的，除了戴望舒，还有施蛰存、何其芳、李金发、林庚、艾青等三十余人。虽然我们不能说在《现代》上写诗的都属于现代派诗人，但他们中间的一些主要诗人在诗艺上有一个共同的倾向，即有意识地学习西方现代诗派，其中主要是象征派和意象派。"③

蓝棣之在孙作云的基础上，认为现代派诗人除了孙作云已经列出的九个，还有"卞之琳、番草、路易士、徐迟、废名、李白凤、史卫斯、吕亮耕、李广田、曹葆华、侯汝华、林庚、吴奔星、孙毓棠、南星等"。④ 这样，现代派诗人序列就基本集合完毕⑤。

钱理群、温儒敏、吴福辉在《中国现代文学三十年》中认为，中国"现代派""代表诗人除戴望舒外，还有施蛰存、何其芳、卞之琳、废名、

① 王瑶：《中国诗歌发展讲话》，中国青年出版社1956年版，第127页。
② 刘绶松：《中国新文学史初稿》，人民文学出版社1979年版，第312页。
③ 秦亢宗、蒋成瑀：《现代作家和文学流派》，重庆出版社、华夏出版社1986年版，第200页。
④ 蓝棣之编选：《现代派诗选》，人民文学出版社1986年版，第362页。
⑤ 李金发、艾青（裁加）分别被归入初期象征派和七月诗派，而不在本章的研究之列。

林庚、李白凤、金克木等"①，并在其后的具体论述中还涉及了徐迟和李广田。

陆耀东、孙党伯、唐达晖在《中国现代文学大辞典》中关于中国"现代派"诗人的观点与蓝棣之相似，他们认为："现代诗派是 30 年代初期出现的诗歌流派，因《现代》杂志而得名，相继提倡的还有《水星》《新诗》等刊物。代表诗人有戴望舒、卞之琳、施蛰存、何其芳、徐迟、路易士等。"②

根据上面的论述可以看出，中国"现代派"在确立之后，关于其所包括诗人范围也一直成为中国现代文学史争论的焦点问题之一，但其中关于中国"现代派"这一现代诗歌流派的存在的合法性和戴望舒作为中国"现代派"诗人的代表人物这一点是没有争议的。

通过综合比较上面的阐述各家意见可以看出，钱理群、温儒敏、吴福辉与陆耀东、孙党伯、唐达晖等人的观点比较接近，其中又属蓝棣之的论述最为详尽，因此关于中国"现代派"诗人的成员构成，本课题主要采取蓝棣之的归类方法。

蓝棣之关于中国"现代派"诗人划分的成果主要体现在上面提到的《现代派诗选》中，这是一本中国"现代派"诗人诗歌作品的重要选集。在该书中蓝棣之选录了卞之琳、曹葆华、常白、陈江帆、陈时、戴望舒、香草、废名、禾金、何其芳、侯汝华、金克木、李白凤、李广田、李健吾、李心若、林庚、玲君、刘振典、路易士、吕亮耕、罗莫辰、南星、钱君匋、孙大雨、施蛰存、史卫斯、孙毓棠、吴奔星、辛笛、徐迟和赵萝蕤等共 32 位诗人的作品。

在写作本书的过程中，根据英语世界的研究现状，发现蓝棣之所列的32 位中国"现代派"诗人中，又有戴望舒、卞之琳、何其芳、李广田等中国"现代派"代表诗人被关注较多，因此，他们也成为本书的最主要研究对象。

需要说明的是，与以往绝大部分研究不同，本书在研究中国"现代派"诸诗人时，虽然仍以其 30 年代创作的作品为主，但并不以所谓的

---

① 钱理群、温儒敏、吴福辉：《中国现代文学三十年》，北京大学出版社 1998 年版，第361 页。

② 陆耀东、孙党伯、唐达晖：《中国现代文学大辞典》，高等教育出版社 1998 年版，第482 页。

"30年代"的现代派的时间界定为限，而是从诗人的最早的创作开始，直至其创作结束，一方面，这样不但更符合英语世界关于中国"现代派"诗人研究的实际情况；另一方面，如此可以更加清楚地展现中国"现代派"诗人创作的来龙去脉，从而能够更全面、更立体地展现他们的创作实绩。

第三，接受。本书中所谓的"接受"主要包括两个方面的内容：一是英语世界对中国"现代派"诗人作品的翻译；二是英语世界对中国"现代派"诗人其人其诗的研究。

（二）研究方法

本课题在占有大量英语世界关于中国现代新诗研究原始资料的基础上，站在跨异质文明的高度，主要采用以下三种方法进行论述。

一是实证研究法。充分收集英语世界关于中国现代主义诗歌的研究资料，在认真阅读、分析、研究原始资料的基础上，进行客观的描述，进而总结出英语世界关于中国现代主义诗歌的研究现状，为国内研究者提供借鉴。

二是变异学研究法。所谓变异，指的是中国"现代派"诗人的作品在英语世界接受者的眼中产生了哪些与本土不同的接受，具体涉及中国"现代派"诗人作品诗歌在外国的流布与影响，探析外国读者对其接受时，在多大程度上，在何种层面受制于本土文化的制约，以及其在外国异质文明范式中经历了哪些变形与重塑。

三是形象学研究方法。从中国"现代派"诗人及其诗歌在异质文明语境中的传播与接受着眼，其中包括英语世界读者对中国"现代派"诗人及其诗歌的评价，重点关注这些评价中的误读、误释，这也是英语世界读者眼中中国形象建构的组成部分。

五　创新点

本选题是国内第一次对英语世界中的中国"现代派"诗人接受状况进行全面系统性研究的成果。本书以英语世界对中国"现代派"诗人接受为研究的切入点，对英语世界的研究成果进行爬梳、研究、总结，并通过对比国内外这方面的研究现状，为国内的中国"现代派"诗人研究提供借鉴。在研究过程中，本书将力求融合二者之长，而消除其弊，将系统性与深入性结合起来，希望能为此方向的未来研究打下基础。

以往的研究，无论中外，多以年代或者诗人为章节分类的依据，这样就很难看出作为一个中国"现代派"流派的共性。因此本书选择将其创作内容作为章节分类的依据，将其共同的诗歌内容、诗歌技巧和诗歌风格作为一个整体探讨，同时在每章节的微观布局上，却又以其代表诗人为串联依据。这样就既从宏观上照顾了整体性，又兼顾了微观上的连续性。

六　难点分析

一是材料收集困难。英语世界关于中国"现代派"诗人的研究表现形式纷繁复杂，不但有专著和学位论文，也有不少发表于各种期刊的论文和书评，而且材料绝大多数散落在世界各地，收集和整理的难度相当大。

二是参考资料少。国内关于英语世界的中国"现代派"诗人研究较少，仅有的几篇期刊论文也止于中国"现代派"诗人诗歌在国外的翻译状况的介绍（其中较为完整的研究论文只有两篇，即周发祥《英语世界里的卞之琳》和蒋登科《西方视角中的何其芳及其诗歌》），因此绝大部分研究内容都要从头起步。

三是中国"现代派"诗人创作经历复杂，比如戴望舒的创作就以《我底记忆》为分界线分为前、后两个时期；卞之琳由"新月派"转化为"现代派"。此外，无论是戴望舒、卞之琳还是何其芳，在抗日战争爆发后，其创作风格都发生了巨大变化，因而把握起来更为困难。

四是国外尚无关于中国"现代派"诗人的研究专著，而且英语世界的相关研究又多是以其中某个诗人（如汉乐逸的《卞之琳：中国现代诗歌研究》、利大英的《中国现代派诗人戴望舒：其人其诗》）或诗人团体[郑悟广的《〈汉园集〉研究：解读中国现代新诗的一种新方式（1930—1934）》]为研究对象，这样就增加了将材料整理归类的难度。而且作为第一部英语世界关于中国"现代派"诗人接受的研究专著，笔者在写作的过程中又努力突破此类研究多按作者编排的惯例，因无参照，一切皆需从头做起。

第一章

中国"现代派"诗人作品的英译研究

英语世界关于中国"现代派"诗人的接受可以分为两个方面，即翻译与研究，本章即以此为根据，对中国"现代派"诗人的作品在英语世界的翻译现状展开论述。

第一节　发轫期：1949 年以前

这一时期可以称为中国"现代派"诗歌英译的"发轫期"。在本时期，中国"现代派"的诗歌通过英文期刊和中国现代汉语诗歌的英译集开始传播到英语世界，但规模不大，而且没有关于中国"现代派"诗人作品的专门译本出现。

中国"现代派"诗人的作品最早于 1935 年 8 月被翻译成英语。当时，在上海创刊的《天下月刊》（*T'ien Hsia Monthly*）专门开辟"译文"（Translations）专栏，刊登中国现代汉语诗歌 13 首，其中就包括了中国"现代派"诗人的作品，分别是：卞之琳的《还乡》（The Return of the Native）、《一个和尚》（The Monk）；戴望舒的《我底记忆》（My Memory）、《秋蝇》（Fly in Autumn）；李广田的《旅途》（A Journey）、《流星》（The Shooting Star）。①

《天下周刊》可谓开了中国"现代派"诗人英译的先河，但是，该期刊并不是中国现代汉语诗歌的专门刊物，因此，相对于 20 世纪 30 年代轰轰烈烈的中国"现代派"诗歌运动而言，毕竟显得单薄。真正能代表新

---

① 彭发胜：《〈天下月刊〉与中国现代文学的英译》，《中国翻译》2011 年第 2 期。

中国成立以前中国"现代派"诗人作品英译实绩的是下面将要介绍的两本选集。

1936 年，伦敦达克沃斯出版公司（Duckworth）出版了由英国学者哈罗德·阿克顿（Harold Acton）及其中国学生陈世骧（Ch'en Shih – hsiang）联合编译的《中国现代诗选》（*Modern Chinese Poetry*）[①]一书。这是中国新诗的第一个较完整的英译选集，是现代汉语诗歌成果在英语世界的第一次集中展现。该译本收录了从 1917 年新诗发祥到 20 世纪二三十年代的"尝试派"及"文学研究社"等 15 位诗人的英译诗作。

在该译本中，中国"现代派"诗人排序及其入选作品数目如下：废名 4 首，分别是《花盆》（The Plucking of a Petal）、《妆台》（The Dressing – table）、《海》（The Sea）、《花的哀怨》（The Complaint of a Flower）；何其芳 10 首，分别是《夜景一》（A Night Scene）、《岁暮怀人二》（To a Friend in Winter）、《柏林》（The Cypress Grove）、《古城》（Old City）、《坠下地了》（Fell to the Ground）、《秋天》（Autumn）、《季候病》（Seasonal Ailment）、《休洗红》（Wash not Away the Red）、《关山月》（Moonlight in Frontier Mountains）、《花环》（A Wreath）；李广田 4 首，分别是《流星》（The Shooting Star）、《旅途》（A Journey）、《过桥》（Over the Bridge）、《夜鸟》（Night Birds）；林庚 19 首，分别是《冬晨》（Winter Morning）、《破晓》（Daybreak）、《红日》（Red Sun）、《春野》（The Country in Spring）、《朝雾》（Morning Mist）、《归来》（Home）、《长夏雨中小品》（Summer Rain）、《风雨之夕》（Rainy Windy Evening）、《无题》（Forget）、《朦胧》（Memoris of Childhood）、《红影》（The Red Shadow）、《五月》（Fifth Month）、《春秋》（Spring and Autumn）、《夜》（Night）、《残秋》（Hopeless Sorrow）、《秋日》（Autumn）、《春天的心》（The Heart in Spring）、《沪之雨夜》（Shanghai Rainy Night）、《除夜》（一）（New Year's Eve）；卞之琳 14 首，分别是《古镇的梦》（The Dream of the Old Village）、《还乡》（The Return of the Native）、《墙头草》（The Grass on the Wall）、《归》（On the Way Home）、《寄流水》（Trust the Running Rivulet）、《一块破船片》（A Piece of Shipwreck）、《秋窗》（The Autumnal Window）、《古城的心》（The Heart of the Old City）、《海愁》（Sea Sorrow）、《几个人》

---

① Harold Acton, Ch'en Shih – hsiang, *Modern Chinese Poetry*, London：Duckworth, 1936.

(Several People)、《道旁》(By the Wayside)、《朋友与烟卷》(Friend and Cigarettes)、《魔鬼的夜歌》(The Demon's Serenade)、《白石上》(On the White Stone);戴望舒 10 首,分别是《秋蝇》(Fly in Autumn)、《单恋者》(The Unrequited Lover)、《我底记忆》(My Memory)、《深闭的园子》(The Deeply – closed Garden)、《村姑》(The Country Girl)、《林下的小语》(A Chat in the Wood)、《二月》(Second Month)、《烦忧》(Anxiety)、《我的恋人》(My Love)、《对于天的怀乡病》(Sky Nostalgia)。值得一提的是,在这本中国现代汉语诗歌英译选集中,被选录诗歌最多的是林庚(19 首),其次就是卞之琳(14 首),而戴望舒也有 10 首之多,可见中国"现代派"诗人在当时已经颇具规模,得到了中外选诗者的高度关注。

1947 年罗伯特·白英(Robert Payne)编选的《当代中国诗选》(*Contemporary Chinese Poetry*)由路特里齐出版社出版①。这本书是白英在西南联大任教期间和该校师生合作编译的,当时聚集于西南联大的闻一多、卞之琳、袁可嘉等著名诗人、学者都曾参与此书的编选、翻译工作。"也许是受到战争氛围和个人关怀的影响,也许跟他的报告文学作家身份有关,白英更重视与现实紧密结合的作品。"② 该书共收录了 9 位现代诗人的 113 首诗歌,其中中国"现代派"诗人及其作品有:何其芳 8 首,分别是《河》(The Stream)、《哦风暴,哦雷霆》(O Storm, O Thunder)、《什么东西可以永存》(The Things that Remain)、《这里有一个短短的童话》(The Fable)、《我想谈说种种纯洁的事情》(Let Me Speak of Pure Things)、《夜歌一》(Night Song Ⅰ)、《夜歌二》(Night Song Ⅱ)、《欢乐》(Happiness);卞之琳 16 首,分别是《春城》(Peking)、《距离的组织》(The Composition of Distance)、《水成岩》(The Aqueous Rock)、《断章》(Fragment)、《第一盏灯》(First Lamp)、《音尘》(Resounding Dust)、《寂寞》(Solitude)、《鱼化石》(Fish Fossil)、《旧元夜遐思》(Late on a Festival Night)、《雨同我》(The Rain and I)、《泪》(Tears)、《候鸟问题》(The Migration of Birds)、《半岛》(The Peninsula)、《无题四》(The History of Communications)、《无题三》(The Doormat and the Blotting Paper)、《妆台》(The Girl at the Dressings Table)。

---

① Robert Payne, *Contemporary Chinese Poetry*, London:Routledge, 1947.
② 杨四平、北塔、严力:《远游的诗神:新诗在国外》,《诗歌月刊》2009 年第 9 期。

1949 年，伦敦艾伦与安文（G. Allen & Unwin）出版公司出版了罗伯特·白英编选的《小白驹：古今中国诗选》（*The White Pony：An Anthology of Chinese Poetry from The Earliest Times to The Present Day*）①。这部译本选诗时间范围从《诗经》直到民国，是一部横跨古今的中国诗歌选集，其中所选现代的诗人共有 8 位，其中就包括中国"现代派"诗人卞之琳。卞之琳入选的作品有两首，分别是《春城》（Peking）、《第一盏灯》（The First Lamp）。

众多研究中国现代诗歌英译的学者，一般都会忽略掉另外一本英译选集，那就是诗人方宇晨编译的《中国现代诗选》。据唐湜回忆，该书于"1948 年前后在伦敦出版"②。但是，笔者经过各方面寻找，都未能得见此书，这也很可能就是该书在中国现代诗歌英译史研究中被遗忘的重要原因。幸运的是，在查阅过程中，笔者发现臧克家先生主编的《诗创造》上《诗人与书》一栏提到了该书，介绍也颇为详细。为弥补这片空白，所以抄录于下："方宇晨近将中国新诗译成英文，在英国印行，所选诗作，记有戴望舒诗十五首（大半选自《灾难的岁月》），金克木诗七首，臧克家诗十七首（分别选自《烙印》《罪恶的黑手》《运河》《泥土的歌》等），卞之琳诗八首（选自《十年诗草》），冯至诗十首（大都系十四行），何其芳诗十七首（选自《预言》及《夜歌》），陈敬容诗十七首（大半选自《交响集》），辛迪诗八首（选自《手掌集》），杜运燮诗七首（选自《诗四十首》），穆旦诗九首（选自《旗》及《穆旦诗集》等），田间诗十首，绿原诗五首（选自《童话》），胡风诗一首，丁耶诗二首，共一百五十余首。"③ 可见该书所选诗歌基本上以中国"现代派"和中国"新诗派"诗人的作品为主，中国"现代派"代表诗人戴望舒、卞之琳和何其芳皆在列。无论是从发表时间，还是所选诗人，该书都可以看作是阿克顿和白英诗选的延续。

这样，新中国成立前的中国"现代派"诗歌的英译就基本成型了，三本主要的选集和其他分散的译作大致覆盖了中国"现代派"的诗歌，将中国"现代派"诗人取得的成就和最新动态及时传达到了英语世界，

---

① Robert Payne, *The White Pony：An Anthology of Chinese Poetry From The Earliest Times to The Present Day*, New York：The Johm Day Company, 1947.

② 唐湜：《九叶在闪光》，《新文学史料》1989 年第 4 期。

③ 臧克家：《诗人与书》，《诗创造》1948 年第 11 期。

对于国外读者了解中国"现代派"诗人具有重要的意义，而且也为以后中国"现代派"诗歌西传打下了坚实的基础。

第二节 挫折期：1949—1979 年

在这一时期，由于西方对新中国进行文化封锁，中外交流陷入停滞局面。与此政治背景相对应，这一时期的中国"现代派"诗歌英译工作也遭到了极大的挫折，在翻译数量上甚至还比不上发轫期，所以本书将这一时期称为"挫折期"。但是，在国内外一些诗人、学者的共同努力下，中国"现代派"诗歌的英译工作并没有因此而完全中断，而是继续发展。

1963 年，许芥昱（Hsu Kai - yu）编译了《二十世纪中国诗选》（*Twentieth Century Chinese Poetry：An Anthology*）①。该译本所选择诗人诗作主要集中在现代，规模比较庞大，整书将近 500 页，无论是规模还是英译质量都属上乘，被誉为迄今最佳最全的选本。而且更重要的是，许芥昱并没有明显地受到当时政治大环境的影响，在诗人诗作的选择上基本做到了客观公正。

在这本书中，共选录了四位中国"现代派"诗人的诗歌作品，分别是卞之琳（Pien Chih - lin）的《奈何——黄昏与一个人的对话》（AH! A Dialogue at Dust）、《一个和尚》（A Monk）、《长途》（Long Journey）、《西长安街》（Western Chang - An Street）、《几个人》（Several Individuals）、《火车》（The Train）、《墙头草》（Grass on the Wall）、《芦叶船》（Reed - Leaf Boat）、《古城的心》（The Heart of the Ancient City）、《秋窗》（Autumn Window）、《水成岩》（The Aqueous Rock）、《对照》（Contrast）、《一块破船片》（A Piece of Broken Ship）；戴望舒（Dai Wang - shu）的《雨巷》（The Alley in the Rain）、《十四行》（A Sonnet）、《夕阳下》（Sunset）、《小曲》（A Little Tune）、《我思想》（I Think）、《白蝴蝶》（White Butterfly）、《狱中题壁》（Written on a Prison Wall）、《我用残损的手掌》（With My Maimed Hand）；李广田（Li Kuang - t'ien）的《秋的美》（The

① Kai - yu Hsu, *Twentieth Century Chinese Poetry*, An Anthology, Garden City, N. Y.：Doubleday, 1963.

Scent of Autumn)、《旅途》(A Journey)、《窗》(The Window)、《生风尼 (Symphony)》、《流星》(A Falling Star)、《上天桥去》(Going to the Heavenly Bridge)、《土耳其》(A Dead Turk)、《那座城》(That City);何其芳 (Ho Ch'I - fang) 的《预言》(Prophecy)、《岁暮怀人》(Thinking of a Friend at Year's End)、《秋天》(Autumn)、《花环——放在一个墓上》(A Wreath: Land on a Little Grave)、《月下》(Under the Moon)、《病中》(Written in Sickness)、《夜景》(The Night Scene I)、《醉吧——讽刺诗一首,借波得莱尔文小诗题目》(Get Drunk: to Those Who Sing Ever So Gently)、《夜歌(四)》(Nocturnal Song Ⅳ)、《我好像听到了波涛的呼啸——献给武汉市和洪水搏斗的战士们》(I Seem to Hear the Roar of the Waves: to the Flood Fighter of HanKow)。

1976 年,杜博妮(Bonnie S. McDougall)编译的《梦中道路:何其芳散文、诗歌选》(*Paths in Dream: Selected Prose and Poetry of Ho Ch'i-fang*)① 由昆士兰大学出版社出版,这是目前见到的唯一一部何其芳作品英译专集。

该书所选作品均为何其芳 1949 年以前的作品,正文部分共分为 7 个部分,包含有诗歌(包括散文诗)的部分有 4 个。其中的"诗文选自《汉园集》、《画梦录》、《刻意集》、《莱阳诗歌》、《还乡日记》、《星火集》、《夜歌》等共五十四篇"。② 我们按原书目录中顺序将其介绍如下。第一,"《汉园集》和《刻意集》集中的诗歌与散文"(Poems and Essays from *The Han Garden* and *Painstaking* Work),这部分包括的诗歌有:《预言》(The Prophecy)、《脚步》(Footsteps)、《慨叹》(Lament)、《爱情》(Love)、《休洗红》(Do Not Wash Away the Red)、《夏夜》(Summer Night)、《圆月夜》(Night of the Full Moon)、《柏林》(The Cypress Grove)、《古城》(The Anicient City)、《初夏》(Early Summer)、《墙》(The Wall)、《虫》(Step Insect)、《扇》(The Fan)。第二,"《画梦录》中的散文诗和散文"(Prose Poems and Essays from *A Record of Painted Dreams*),这部分包括的诗歌和散文诗有:《扇上的烟云》(Mists and Cloudsonofan on a fan)、《黄昏》(Dusk)、《画梦录》(A Record of Painted

① Bonnie S. McDougall, *Paths in Dream: Selected Prose and Poetry of Ho Ch'i - fang*. Queensland: University of Queensland Press, 1976.

② 章子仲:《何其芳年谱初稿》,《武汉师范学院学报》(哲学社会科学版)1982 年第 1 期。

Dreams)、《哀歌》(Lament)。第三，《莱阳诗集》(*The LaiYang Poems*)①，
这部分包含的诗歌有：《送葬》(Funerals)、《于犹烈先生》(Mr Yü Yu -
Lieh)、《声音》(Sound)、《醉吧》(Let's Get Drunk)、《云》(Clouds)。
第四，"《夜歌》中的诗歌"(Poems from *Night Song*)，这部分包括的有：
《成都，让我把你摇醒!》(ChengDu, Let Me Shake You Awake!)、《夜歌
(一)》(Night Song Ⅰ)、《夜歌(二)》(Night Song Ⅱ)、《夜歌(三)》
(Night Song Ⅲ)、《夜歌(四)》(Night Song Ⅳ)、《我们的历史在奔跑着》
(Our History is Racing Forward)、《我看见了一匹小小的驴子》(I See a Lit-
tle Donkey)、《我想谈说种种纯洁的事情》(I Should Like to Talk of Pure
Things)、《这里有一个短短的童话》(Here is a Short Fairy Tale)、《多少次
啊当我离开了我日常的生活》(How Many Times Have I Left My Daily Life)、
《北中国在燃烧(断片一)》(North China is Aflame! Part Ⅰ)、《北中国在
燃烧(断片二)》(North China is Aflame! Part Ⅱ)。

在"挫折期"，由于特殊的政治环境的影响，中国"现代派"诗人诗
歌的英译算不上丰富，但是这一时期在中国"现代派"诗人诗歌的英译
史上却占据着特殊的地位，主要原因就是在本时期出现了两本具有重要地
位的译作。其中，许芥昱的《二十世纪中国诗选》是一部对整个中国现
代汉语诗歌具有总结性质的译作，而中国"现代派"作为中国现代汉语
诗歌的一个重要流派，其创作成果在书中也得到了充分展现。而杜博妮的
《梦中道路：何其芳诗歌散文选》则开创了中国"现代派"诗人作品集英
译的先河，在中国"现代派"诗人作品的英译史上具有划时代的意义。
也正是由于这一点，虽然在数量上并不丰富，但是这一时期也仍然成为中
国"现代派"诗歌英译史上承前启后的重要节点。

第三节　繁荣期：1979 年至今

1979 年以后，中国实行了改革开放政策，中外交流日益广泛，与此
相应的是，中国"现代派"诗歌也迎来了"繁荣期"，这一时期涉及中国
"现代派"诗人作品的英译诗选数量繁多，下面将按照出版时间顺序依次

---

① 据章子仲所言："何其芳无此诗集，是指《预言》集后半在莱阳写的风格转变的诗。"载
章子仲《何其芳年谱初稿》，《武汉师范学院学报》(哲学社会科学版) 1982 年第 1 期。

介绍。

1984 年，路易·艾黎编并译《大道上的光与影：现代中国诗选》
(*Light and Shadow along A Great Road*：*An Anthology of Modern Chinese Poetry*)① 由北京新世界出版社出版。其中选译的中国“现代派”诗人的作品
有卞之琳的《古镇的梦》(Dream of Old Town)、《断章》(Fragment)；戴
望舒的《雨巷》(A Lane in Rain)；冯文炳（废名）的《洋车夫的儿子》
(Son of the Rickshaw Man)；何其芳的《河》(River)、《听歌》(Hearing
Songs)；林庚的《春野》(Spring Fields)；徐迟的《人民颂》(For the People)；钟鼎文（番草）的《三峡》(The Three Gorges of the Yangtze)。

1989 年，利大英的专著《中国现代派诗人戴望舒：其人其诗》(*Dai
Wangshu*：*the Life and Poetry of the Chinese Modernist*)② 由香港中文大学出
版社出版，这虽然不是一部戴望舒诗歌翻译的选集，但其中涉及了大部分
戴望舒诗歌的英译，甚至可以说是英译戴望舒诗歌最多的一本书。

其中出自诗集《我底记忆》的诗歌有《凝泪出门》(Tears Gathering
in My Eyes I Leave Home)、《流浪人的夜歌》(The Wanderer's Night Song)、
《雨巷》(Rainy Alley)、《回了心吧》(Change Your Mind)、《我底记忆》
(My Memories)、《秋天》(Autumn)、《夜是》(Night is)、《独自的时候》
(When Alone)、《对于天的怀乡病》(Homesickness for the Sky)、《路上的
小语》(A Little Chat on the Road)、《断指》(Severed Finger)，共 11 首。

出自《望舒草》的诗歌有《印象》(Impressions)、《祭日》(Day for
Sacrifice)、《到我这里来》(Come Here to Me)、《百合子》(Yuriko)、《烦
忧》(Anxiety)、《我的素描》(A Simple Sketch of My Myself)、《单恋者》
(Unrequited Lover)、《老之将至》(Old Age will Soon Arrive)、《我的恋人》
(My Lover)、《村姑》(Country Girl)、《小病》(Slight Illness)、《游子谣》
(Ballad of a Traveller)、《秋蝇》(Autumn Fly)、《不寐》(Sleeplessness)、
《深闭的园子》(Secluded Garden)、《寻梦者》(The Dream Seeker)，共
16 首。

出自《望舒诗稿》的诗歌有《古神祠前》 (In Front of the Ancient

---

① Rewi Alley, *Light and Shadow along A Great Road*：*An Anthology of Modern Chinese Poetry*, Beijing：New World Press, 1984.

② Gregory Lee, *Dai Wangshu*：*the Life and Poetry of a Chinese Modernist*, Hong Kong：The Chinese University Press, 1989.

Temple)、《见勿忘我花》（Seeing the Forget – me – not）、《霜花》（Frosty Flower）①，共 3 首。

出自《灾难的岁月》的诗歌有《古意答客问》（Classic Answers to a Friend）、《灯》（Lamp）、《小曲》（A Little Tune）、《赠克木》（For Ke-mu）、《眼》（Eyes）②、《我思想》（I Think）、《元日祝福》（New Year Blessing）、《白蝴蝶》（White Butterfly）、《致萤火》（To the Glow – worm）、《狱中题壁》（Written on a Prison Wall）、《我用残损的手掌》（With My In-jured Hand）、《心愿》（Desire）、《等待》（Waiting）、《等待（二）》（Waiting Ⅱ）、《过旧居（初稿）》（Passing by the Old House First Draft）、《过旧居》（Passing by the Old House）、《示长女》（For My Eldest Daugh-ter）、《赠内》（For My Wife），共 18 首。

再加上没有收录到戴望舒生前出版的任何诗集的《流水》（Flowing Water），共计 49 首，基本上囊括了戴望舒的主要诗歌作品。

1992 年，叶维廉（Wai – lim Yip）的《防空洞里的抒情诗：中国现代诗选 1930—1950》（*Lyrics From Shelters：Modern Chinese Poetry 1930 – 1950*）③，由纽约加兰出版社出版。该译本收录了 20 世纪 30 年代到 50 年代冯至、戴望舒、艾青、卞之琳、何其芳等近 19 位诗人的作品，其中 16 位为中国"现代派"与"中国新诗派"诗人（另外三位为艾青、臧克家、绿原）。这些诗人的作品在很长一段时期被埋没，"在文学史中也难觅其踪迹"，作者选编此书的"目的就是引起读者重新阅读这些诗人，并纠正西方读者关于这份重要文化遗产的成见"。④

其中收录的中国"现代派"诗人的作品依次有戴望舒的《雨巷》（The Alley in the Rain）、《古神祠前》（Before the Ancestral Temple）、《我底记忆》（My Memory）、《深闭的园子》（Tightly – Closed Garden）、《寻梦者》（Dream Seeker）、《乐园鸟》（Paradiso Bird）、《我用残损的手掌》（With My Maimed Palm）；卞之琳的《西长安街》（West Changan Street）、

---

① 最初发表时名为《九月的霜花》（September Frosty Flower），载《现代诗风》1935 年第 17 期。

② 最初发表时名为《眼之魔法》，载《新诗》1936 年第 2 期。

③ Wai – lim Yip, *Lyrics From Shelters：Modern Chinese Poetry* 1930 – 1950, New York：Garland Publishing, 1992.

④ Wai – lim Yip, "Introductory Essays", *Lyrics From Shelters：Modern Chinese Poetry 1930 – 1950*. New York ：Garland Publishing, 1992.

《圆宝盒》（Round Jewel Box）、《断章》（Fragment）、《距离的组织》（The
of Distanes）、《白螺壳》（White Shell）、《无题一》（Untitled Ⅰ）、《无题
二》（Untitled Ⅱ）、《无题三》（Untitled Ⅲ）、《无题四》（Untitled Ⅳ）、
《无题五》（Untitled Ⅴ）、《春城》（City of Spring）、《候鸟问题》（The Mi-
grating Bird Problem）；何其芳的《秋天》（Autumn）、《休洗红》（Don't
Wash the Red）、《柏林》（The Cypress Grove）、《夜景一》（Night Scene
Ⅰ）、《夜景二》（Nigth Scene Ⅱ）、《送葬》（Burial）、《云》（Clouds）。

　　1992 年，奚密（Michelle Yeh）编译的《中国现代汉诗选》（*Antholo-
gy of Modern Chinese Poetry*）① 由耶鲁大学出版社出版。许芥昱的《二十世
纪中国诗选》在 1963 年出版后，在英语世界引起了重大反响，被视为中
国现代汉语诗歌英译的经典之作。但随着时间流逝，这本书已不足以反映
中国现代汉语诗歌的最新发展现状了，于是奚密的这本新的中国现代汉语
诗歌英译选集就应运而生了。这本选集不但收录广泛，而且译笔精致。在
一定程度上，该书的重要性可以与许芥昱的《二十世纪中国诗选》并列。

　　这本选集是将诗人的出生日期作为排序的依据，涉及了 5 位中国“现
代派”诗人的作品。包括废名的诗歌 7 首，分别为《妆台》（Vanity
Stand）、《花盆》（A Pot of Flowers）、《小园》（Little Garden）、《雪的原
野》（Snowfield）、《十二月十九日夜》（The Night of December Nineteenth）、
《街头》（Street Corner）、《寄之琳》·（To Zhilin）；该译本选录戴望舒诗歌
9 首，分别为《雨巷》（Alley in the Rain）、《小病》（Out of Sorts）、《秋
天》（Autumn）、《寂寞》（Loneliness）、《我思想》（I Think）、《我底记
忆》（My Memory）、《我用残损的手掌》（With My Maimed Hand）、《萧红
墓畔口占》（By Xiao Hong's Tomb, an Impromptu）、《偶成》（Impromptu）；
卞之琳诗歌 10 首，分别为《古镇的梦》（Dream of an Old Town）、《秋窗》
（Autumn Window）、《入梦》（Entering the Dream）、《断章》（Fragment）、
《距离的组织》（The Organization of Distances）、《寂寞》（Loneliness）、《候
鸟问题》（Migratory Birds）、《无题四》（Unititled 4）、《车站》（Train Sta-
tion）、《水分》（Water Content）；林庚诗歌 3 首，分别为《朦胧》（Twi-
light）、《夜》（Night）、《五月》（May）；何其芳诗歌 7 首，分别为《预
言》（Prophecy）、《柏林》（Shrine to the Earth God）、《风沙日》（Sand-

————————
　　① Michelle Yeh，*Anthology of Modern Chinese Poetry*，New Haven：Yale University Press，1992.

storm Days)、《秋天》(Autumn)、《成都,让我把你摇醒》(Chengdu, Let Me Wake You Gently)、《我想谈说种种纯洁的事情》(I'd Like to Talk about All Kinds of Pure Things)、《云》(Clouds)。

1995 年,刘绍铭(Joseph S. M. Lau)和葛浩文(Howard Goldblatt)合编的《哥伦比亚中国现代文学选》(*The Columbia Anthology of Modern Chinese Literature*)[①] 出版。这是一部囊括中国现当代各文体文学作品的合集,包括小说(fiction)、诗歌(poetry)、散文(essays),所选录作品创作时间范围从 1919 年到 20 世纪 90 年代初。编者将收录的诗人作品按时间划分为三个时期,其中第一时期界定为 1917—1949 年,也就是我们所说的现代。除了闻一多、李金发、徐志摩、冯至等人,其中收录的中国"现代派"诗人有戴望舒、卞之琳、何其芳三人。另外,该选集修订版于 2007 年出版。

具体而言,该选集选录戴望舒诗歌 3 首,分别为《雨巷》(Rainy Alley)、《狱中题壁》(Written on a Prison Wall)、《我用残损的手掌》(With My Injured Hand);选录卞之琳诗歌 3 首,分别为《一个和尚》(A Buddhist Monk)、《圆宝盒》(A Round Treasure Box)、《发烧夜》(Feverish Night);选录何其芳诗歌 3 首,分别为《预言》(Prophecy)、《岁暮怀人》(Thinking of a Friend at Year's End)、《秋天》(Autumn)。

1997 年,华盛顿大学的郑悟广(Woo – kwang Jung)的《〈汉园集〉研究:解读中国现代新诗的一种新方式(1930—1934)》(*A Study of "The Han Garden Collection": New Approaches to Modern Chinese Poetry, 1930 – 1934*)[②] 和利大英的《中国现代派诗人戴望舒:其人其诗》一样,虽然是一本关于"汉园三诗人"的研究专著,但是其中却翻译了很多卞之琳、何其芳和李广田的诗歌,尤其重要的是其还有一个附录,将《汉园集》里面的所有诗歌做了完整翻译,这可以说是英语世界关于《汉园集》的唯一的一个全译本。具体翻译情况如下。

首先是何其芳的《燕泥集》(*The Swallow's nest*),其中翻译的诗歌有《预言》(Prophecy)、《季候病》(Seasonal Illness)、《罗衫怨》(Resent-

---

① Joseph S. M. Lau, Howard Goldblatt, *The Columbia Anthology of Modern Chinese Literature*, New York: Columbia University Press, 1995.

② Woo – kwang Jung, *A Study of The Han Garden Collection: New Approaches to Modern Chinese Poetry, 1930 – 1934*, Ph. D. dissertation, Seattle: University of Washington, 1997.

ment of a Silk Jacket)、《秋天》(Autumn)、《花环——放在一个墓上》(A Wreath – To Be Placed on a Tomb)、《关山月》(Moonlight over the Mountain Pass)、《休洗红》(Don't Wash the Red)、《夏夜》(Summer Night)、《柏林》(The Cypress)、《岁暮怀人(一)》[Thinking of a Friend as the Year Draws to an End(Ⅰ)]、《岁暮怀人(二)》[Thinking of a Friend as the Year Draws to an End(Ⅱ)]、《风沙日》(A Sandstormy Day)、《失眠夜》(A Sleepless Night)、《夜景》(A Night Scene)、《古城》(Acient City)、《初夏》(Early Summer);然后是李广田的《行云集》(*Journeying Clouds*),其中翻译的诗歌有《秋灯》(Autumn Lantern)、《窗》(Window)、《旅途》(A Journey)、《夜鸟》(Night Bird)、《生风尼》(Symphony)、《流星》(The Shooting Star)、《访》(Visit)、《秋的美》(The Flavor of Autumn)、《唢呐》(Chinese Clarinet)、《乡愁》(Homesickness)、《过桥》(Crossing the Bridge)、《第一站》(The First Railroad Station)、《笑的种子》(Seed of Smile)、《地之子》(Son of the Earth)、《那座城》(That City)、《土耳其》(A Turk)、《上天桥去》(Going to Heaven's Bridge);最后是卞之琳的《数行集》(A Few Lines),其中翻译的诗歌有《记录》(Record)、《奈何——黄昏和一个人的对话》(What's to Be Done – A Dialogue between Dusk and a Man)、《远行》(A Long Jurney)、《长的是》①(Long Things)、《一个和尚》(A Monk)、《一个闲人》(An Idler)、《影子》(A Silhouette)、《望》(Gazing Afar)、《彗星》(Comet)、《夜风》(Night Wind)、《月夜》(Moonlit night)、《投》(Throw)、《长途》(Long Road)、《酸梅汤》(Sweet – Sour Plum Juice)、《小别》(A Short Farewell)、《白石上》(On the White Stone)、《工作的笑》(Worker's Smile)、《西长安街》(Western Chang'an Street)、《一块破船片》(A Piece of Shipwreck)、《几个人》(Several Individuals)、《登城》(Mounting the City Tower)、《大车》(Mule Cart)、《墙头草》(The Grass on the Wall)、《还乡》(The Return of the Native)、《寄流水》(To a Flowing Water)、《芦叶船》(Reed – Leaf Boat)、《古镇的梦》(The Dream of the Old Village)、《古城的心》(The Heart of the Old Village)、《秋窗》(Autumn Window)、《入梦》(Entering Dream)、《烟蒂头》(A Cigarette Butt)、《对照》(Contrast)、《水成

---

① 节译的《西长安街》第一段。

岩》（Aqueous Rock）、《道旁》（Streetside）。

2002 年版的《雕虫纪历》对卞之琳而言，可以说是一部具有总结性质的诗集，基本上收入了他各个创作阶段的代表作，其尤具特色之处在于附录了卞之琳自译诗歌 11 首，分别是《春城》（Peking）、《断章》（Fragment）、《音尘》（Resounding Dust）、《第一盏灯》（The First Lamp）、《候鸟问题》（The Migration of Birds）、《半岛》（The Peninsula）、《雨同我》（The Rain and I）、《无题三》（The Doormat and the Blotting）、《无题四》（The History of Communications and a Running Account）、《无题五》（The Lover's Logic）和《灯虫》（Tiny Green Moths）。①

2006 年，冯张曼仪（Mary M. Y. Fung）翻译的卞之琳《雕虫纪历》（*The Carving of Insects*）② 由香港中文大学出版。据冯张曼仪在引言中所说，这本翻译依据的是卞之琳的《雕虫纪历》1982 年的增订版，包括了该版《雕虫纪历》80% 的诗歌，而且还包括了他晚期创作的《布鲁明屯小机场待发》和《香港小游长洲岛》等 9 首诗歌。冯张曼仪说："依照卞之琳所谓的'全集'，这也许可以说是英语世界的卞之琳诗歌全集了。"③除此之外，还加了一篇英文长序，在序中对《雕虫纪历》做了简要介绍，其余篇幅则对卞之琳的写作生涯和诗歌特色做了比较独到的评价。

在英译本中，冯张曼仪大致依据中文版本将正文部分分为五部分。她将其中第一部分称为 "起步期：1930—1932 年"（The Initial Phase：1930 - 1932 年）。包括了以下诗歌的英译：《傍晚》（Evening）、《群鸦》（The Crows）、《远行》（Long Journey）、《影子》（Shadow）、《寒夜》（Cold Night）、《一个和尚》（A Monk）、《一个闲人》（A Ilder）、《投》（Tossing）、《长途》（Long Road）、《夜风》（Night Wind）、《酸梅汤》（Cool Plum Drink）、《落》（Falling）、《八月的清晨》（Early Morning）、《小别》（A Brief Parting）、《中南海》（Zhongnanhai）、《白石上》（On the White Stone）、《西长安街》（West Chang'an Street）、《过节》（Mid - Autumn Festival）、《苦雨》（Continuous Rain）、《路过居》（Roadside Teahouse）、《叫

---

① 卞之琳：《雕虫纪历》，人民文学出版社 2002 年版，第 111—123 页。

② Mary. M. Y. Fung, *The Carving of Insects*, Hong Kong：The Chinese University of Hong Kong, 2006.

③ "This can therefore be called a 'complete works' in English in the author's sense". Mary. M. Y. Fung, *The Carving of Insects*, Hong Kong：The Chinese University of Hong Kong, 2006. p. 11.

卖》（Crying One's Wares）、《大车》（Mule Cart）、《一块破船片》（A Piece of a Wrecked Ship）、《几个人》（Several People）、《墙头草》（Grass on the Wall）。

第二部分称为“找到属于自己的声音：1933—1935 年”（Finding His Voice：1933–1935），包括了以下诗歌的英译：《倦》（Weariness）、《还乡》（Homecoming）、《寄流水》（Entrust it to the Flowing Water）、《古镇的梦》（Dream of the Old Town）、《芦叶船》（Reed–leaf Boat）、《秋窗》（Autumn Window）、《古城的心》（The Heart of the Old City）、《入梦》（Entering the Dream）、《春城》（City in Spring）、《道旁》（By the Roadside）、《对照》（Contrast）、《水成岩》（Aqueous Rock）、《归》（The Way Back）、《距离的组织》（Composition of Distances）、《旧元夜遐思》（Reverie on the Night of the Lantern Festival）、《尺八》（The *Chiba* Flute）、《圆宝盒》（Round Jewel Casket）、《断章》（Fragment）、《寂寞》（Loneliness）、《航海》（Sea Voyage）、《音尘》（Resounding Dust）。

将第三部分称为“爱情的快乐：1936—1937 年”（The Joy of Love：1936–1937），包括了以下诗歌的英译：《休息》（Bedtime）、《童话》（Bedtime）、《鱼化石》（Fish Fossil：a Fish or Girl Speaking）、《雪》（Snow）、《泪》（Tears）、《第一盏灯》（The First Lamp）、《候鸟问题》（Migration of Birds）、《半岛》（The Peninsula）、《无题一》（Untitled 1）、《无题二》（Untitled 2）、《无题三》（Untitled 3）、《无题四》（Untitled 4）、《无题五》（Untitled 5）、《车站》（The Railway Station）、《睡车》（Sleeping Carriage）、《妆台》（Dressing Table）、《水分》（Water Content）、《路》（Roads）、《雨同我》（The Rain and I）、《白螺壳》（The White Seashell）、《淘气》（Naughty Child）、《灯虫》（Insects at the Lamp）。

将第四部分称为“慰劳信集：1938—1939 年”（Letters of Comfort：1938–1939 年），包括了以下诗歌的英译：《给前方的神枪手》（To a Sharpshooter on the Front）、《给地方武装的新战士》（To the New Local Recruits）、《给放哨的儿童》（To the Children on Sentry Duty）、《给一处煤窑的工人》（To Coal Miners）、《给实行空室清野的农民》（To Farmers who Evacutated Their Houses and Cleared Their Fields）、《给委员长》（To the Generalissimo）、《给〈论持久战〉的著者》（To the Author of "*On Protracted War*"）、《给空军战士》（To Air Force Fighters）、《给一位用手指探电网

的连长》（To a Company who Probed the Line Fence with His Finger）、《给西北的开荒者》（To the Young Pioneers of the Northwest）。

将第五部分称为"新中国成立后诗歌：1950—1996 年"（Later Poems：1950 – 1996），包括了以下诗歌的英译：《谣言教训了神经病》（Rumours Taught the "Nervous Wreck" a Lesson）、《夜行》（Night March）、《从冬天到春天》（From Winter to Spring）、《采菱》（Gathering Water Chestnuts）、《采桂花》（Picking Osmanthus）、《十三陵远景》（Prospect of the Ming Tombs）、《飞临台湾上空》（Flying over Taiwan）、《纽约看第十二夜演出》（Watching *Twelfth Night* in New York City）、《纽海文游私第荒园》（Visting a Deserted Private Garden in New Heaven）、《波士顿睡轩远眺》（View from a Waterside Chamber in Boston）、《罗切斯特城内城外》（Rochester：Inside and Outside the City）、《布鲁明屯小机场待发》（Waiting for Takeoff in the Little Airport at Bloomington）、《芝加哥登楼遐思》（Reverie upon Ascending the Sears Tower）、《香港小游长洲岛》（A Short Visit to Cheung Chau in Hong Kong）、《午夜遥听街车环行》（Listening to Streetcars Circling at Midnight）。

2008 年，庞秉均、闵福德及高尔登合作编译了《中国现代诗选》（*Modern Chinese poems*）[1]。这部选集收录了现代诗歌发展过程中占据重要地位的 51 位诗人的 100 首诗歌，对现代诗歌的发展做了一个全景的展现。其中，中国"现代派"的选录情况如下：戴望舒部分选录了《我底记忆》（My Memory）、《我思想》（I Think）；卞之琳部分选录《投》（Trajectory）和《记录》（Record）；何其芳部分则选录一首《月下》、（In the Moonlight）。通过上面的介绍，我们可以发现这本诗集有一个突出的特点，即这本诗选并没有选录诗人最著名的作品，如戴望舒的《雨巷》、卞之琳的《断章》及何其芳的《预言》都不在选录之列。

第四节　中国"现代派"诗人诗论的翻译

除了诗歌之外，中国"现代派"代表诗人戴望舒和卞之琳的诗论作

---

① Pang Bingjun, John Minford, Sean Golden, *Modern Chinese Poems*, Beijing：China Translation and Publication Corporation，2008.

为中国现代诗歌的重要指导理论，也被收入一些有关英译中国文论的选集或英语期刊。

1936 年，废名的《新诗对话》（*On Modern Chinese Poetry*：*a Dialogue*）被收入哈罗德·阿克顿和陈世骧所编的《中国现代诗选》（*Modern Chinese poetry*），可谓是第一篇被介绍到的英语世界的中国"现代派"诗人的诗论。这篇论文被置于哈罗德·阿克顿本人的导语之后，可见编者对它的重视程度。[①]

1996 年，邓腾克（Kirk A. Denton）编译的《现代中国文学思考：文学评论》（*Modern Chinese Literary Thought*：*Writings on Literature*，1893 – 1945）由斯坦福大学出版社出版，这是一本中国现代作家文学批评论文的合集，其中收录戴望舒的《望舒诗论》（Dai Wangshu's Poetic Theory）[②]。

2010 年，施加彰（Arthur Sze）编译的《中国作家谈写作》（*Chinese writers on writing*）由美国三一大学出版社出版，其中收录戴望舒的《望舒诗论》（Dai Wangshu's Poetic Theory）。[③]

我们这里必须要提到的一篇诗论是卞之琳的《中国"新诗"的发展与来自西方的影响》（The Development of China's "New Poetry" and the Influence from the West），这篇文章的特殊性在于，它是首先由诗人卞之琳本人用英文发表在《中国文学》*Chinese Literature*：*Essays*，*Articles*，*Reviews*，Vol. 4，No. 1（Jan. 1982）上，而后才由蔡田明译成中文，并由陈圣生校对，又经卞之琳亲自校改后，发表在《中外文学研究参考》1985 年第 1 期。据解志熙介绍，这篇论文写于改革开放初期的 1980 年，已经七十岁的卞之琳接到来自大洋彼岸的邀请，第一次踏上美国的土地开展讲学活动。作为一位具有很高国际知名度的中国现代诗人，与中国新诗发展相关的话题便成为了卞之琳此次美国讲学的重点。因为面对的绝大部分是英语世界的听众，卞之琳本人又十分精通英语，因此我们便看到了这篇首先以英文形式出现的《中国"新诗"的发展与来自西方的影响》。"或许正是因为发表在英文刊物和中文内部刊物上，这篇诗论未能收入《卞之琳文

---

① Harold Acton，Ch'en Shih – hsiang，*Modern Chinese Poetry*，London：Duckworth，1936，pp. 33 – 45.

② Kirk A Denton，*Modern Chinese Literary Thought*：*Writings on Literature*，*1893 – 1945*，Stanford：Stanford University Press，1996，pp. 316 – 318.

③ Arthur Sze，*Chinese writers on writing*，San Antonio：Trinity University Press，2010，pp. 39 – 42.

集》,非常令人遗憾……这的确是卞先生关于新诗的晚年定论。众所周知,卞之琳先生晚年在撰文纪念已故前辈和同辈诗人或为这些诗人的诗集、文集作序时,曾借机评骘得失、商略诗艺,所论颇为精心得当、惬心厌理,所以他的这些纪念文章或序跋文字往往成为众所依归的现代诗评,对现代诗歌研究的开展起了显著的引导作用。不过,随机评论,毕竟零碎,真正发为系统之论的,还是这篇《中国'新诗'的发展与来自西方的影响》的长文。此文从属草到发表中文定稿,前后历时五年,可谓郑重其事,果然精彩纷呈。作者深思熟虑,对六十年来的新诗史早已烂熟于心,所以纵论新诗史、立言得体,指点诗佳作、如数家珍。"① 这一篇可谓卞之琳诗学理论总结的作品,首先以英语为载体发表的情况也说明了中国"现代派"诗人的开放性。但是也正如解志熙所言,因为这篇论文在国内发表在一个内部刊物上,故影响了其在国内的传播与接受,其重要性未能得到充分的展示,这也是我们在这里对其多加介绍的原因之一。

第五节 中国"现代派"诗人作品的英译特色

在上面,我们介绍了英语世界关于中国"现代派"诗人诗歌翻译的主要版本,根据这些,我们可以总结出中国现代诗歌英译的主要特色。

一是新中国成立前以合译为主,新中国成立后以个译为主。我们可以看到,在新中国成立前,无论是期刊(报纸)的编撰还是选集的编选、翻译,都是中外专家共同完成的。以其中罗伯特·白英编选的《当代中国诗选》为例,这本书就是由白英组织西南联大的师生一起共同编译的,其中卞之琳还翻译了自己的诗歌。而新中国成立之后的中国"现代派"汉诗编译,则以编选者个人为主,如许芥昱编译的《二十世纪中国诗选》、奚密编译的《中国现代汉诗选》和叶维廉编译的《防空洞里的抒情诗:中国现代诗选 1930—1950》等英译中国新诗选集,皆属此种类型。

二是各选集所选中国"现代派"诗人诗歌篇目过于集中,重合率较高。以戴望舒的诗歌翻译为例,戴望舒最著名的诗歌《雨巷》在 7 本选集中②出现 5 次,《我底记忆》出现 5 次,《我用残损的手掌》出现 5 次。

---

① 解志熙:《灵气雄心开新面——卞之琳诗论、小说与散文漫论》,《现代中文学刊》2011年第 1 期。

② 包括利大英所著《中国现代派诗人戴望舒:其人其诗》。

这种状况虽然在一定程度上有利于其经典诗歌接受的强化，但是由于篇目重合率过高也必然影响到戴望舒诗歌在英语世界传播的数量和阅读群体的扩大。其他中国"现代派"诗人的作品在英译的诗歌选中也都存在这种现象。庞秉均、闵福德及高尔登合作编译的《中国现代诗一百首》可以说是这些诗集中一个另类，他所选的中国"现代派"诗人的诗歌，均非他们最著名的作品，这也许可以为中国"现代派"诗人的诗歌英译乃至整个中国文学作品的英译提供另外一种思路。

三是中国"现代派"诗人诗作在英译过程中的变异。因为中国"现代派"诗人诗作的英译已经跨越了中国与英语世界这两个异质文明圈，所以，在传播过程中不可避免地要产生变异。而这种变异体现在翻译中，主要就表现为误译、漏译和曲译。

首先，我们先来看一下中国"现代派"诗人诗歌英译过程中的误译现象。哈罗德·阿克顿和陈世骧编译的《中国现代诗选》中，选译了戴望舒《二月》一诗。要详细了解这个翻译准确与否，我们有必要先看一下戴望舒《二月》这首诗的原文：

二月

春天已在野菊的头上逡巡着了，
春天已在斑鸠的羽上逡巡着了，
春天已在青溪的藻上逡巡着了，
绿荫的林遂成为恋的众香国。

于是原野将听倦的谎话的交换，
而不载重的无邪的小草，
将醉着温软的皓体的甜香，

于是，在暮色冥冥里，
我将听了最后一个游女的惋叹，
拈着一支蒲公英缓缓地归去。①

---

① 戴望舒：《二月》，《妇人画报》1934 年第 15 期。

该诗的最后一句存在误译现象。这句诗的原文是"于是，在暮色冥冥里，/我将听了最后一个游女的惋叹，/拈着一支蒲公英缓缓地归去"。① 罗诺德·阿克顿和陈世骧将其译为"Soon in the swimming twilight/ I'll hear the sigh of some belated girl/ Who plucks a dandelion and passes on."② 将原文与译文相比较，我们可以看出，在原文中，"拈着一支蒲公英缓缓地归去"的当为"我"，因为只可能是我"听了最后一个游女的惋叹"，而不能听"游女""拈着一支蒲公英缓缓地归去"。哈罗德·阿克顿和陈世骧在翻译中将主语置换成"最后一个游女"了，即"拈着一支蒲公英缓缓地归去"的是"最后一个游女"，而非"我"，这也是一个很明显的误译。

另外，在哈罗德·阿克顿和陈世骧编译的《中国现代诗选》中，还翻译了何其芳的 10 首诗歌，其中一首为《夜景一》，哈罗德·阿克顿将其译为"A Night Scene"。在《何其芳文集》（卷一）这本收录何其芳诗歌最全的文集中，可以看到有两首名为《夜景》的诗歌，分别为《夜景一》和《夜景二》。这样看来，很明显，这里的《夜景一》的"一"应是针对另一首《夜景二》中的"二"而言的，是为了区分同为《夜景》的两首诗。而我们再看哈罗德·阿克顿和陈世骧的翻译——"A Night Scene"，把它再回译为中文就是"一个夜景"。很明显，哈罗德·阿克顿和陈世骧将《夜景一》翻译为《一个夜景》。这也应该说是一个很明显的误译案例。

再看这本《中国现代诗选》中关于何其芳诗歌误译的另外一个例子。他们选译了分别名为《古城》（Old City）和《坠下地了》（Fell to the Ground）的两首何其芳的诗歌。我们先把这两首诗歌的英语译文写出，再对照何其芳原作，就能看出其中的端倪。为了节省篇幅，我们只把这首诗的开头和结尾两段列出：

Old City

A Traveller came from over the frontiers.
He compared the Great Wall to a troop of galloping horses,
Manes tossed and neighing fiercely, turned to stone.

① 戴望舒：《二月》，《妇人画报》1934 年第 15 期。
② Harold Acton, Ch'en Shi – hsiang, *Modern Chinese Poetry*, London：Duckworth, 1936, p. 147.

（And by whose sorcery, whose maledictions?）

Under their hooves new seedlings yearly Aprout

And souls of ancient Tartar Kings repose

In the northern, and no whiteneel bones of the men who died on for-

eign soil complain.

...

A traveller crossed the marble bridge at midnight

To grope for the white stone monument by the lake,

（While moonlight groped for the crimson script thereon.）

Afterwards he inquired for the Jen Tzu willos

But nobody cared to answer where it was;

Too old the city, fain would he depart

But stayed: he thought a tower rose berfofor him,

He would recline upon its balustrade…①

"Fell to the Ground" 一诗的英语译文为:

Fell to the Ground

A Cacia flowers, melancholy tears

At Han – Tan, on the pillow of an inn,

In a short sombre dream the traveller

Experienced all life's tortures, all its joys;

Listened to the slamming of terrified doors,

Shut out the long cold night to freeze

Over the rim of earth already frozen.

Only there quivered feebly now and then

A steak of vein, the railroad from afar…

①　Harold Acton, Ch'en Shih – hsiang, *Modern Chinese Poetry*, London: Duckworth, 1936, p. 66.

...

Lamenting the world's narrowness, the fled

Back to this antique city. Now the wind

Breathed on the ice and melted it away;

In the long summer days, under old cypresses,

People were propped at tables, sipping tea. ①

　　通过对比，我们很容易发现"Old City"对应的是何其芳的名作《古城》，但是这首诗只能算是节译，因为它只翻译了原作的"有客从塞外归来……在危阑上凭倚"的部分。而我们如果只凭题目"Fell to the Ground"去寻找另外一首诗的时候，在何其芳的诗歌中却无踪迹可循。但是，当我们将"Old City"的剩余部分和"Fell to the Ground"做对照的时候，才恍然大悟：原来所谓的"Fell to the Ground"并非另外一首独立的诗歌，而是诗歌《古城》的另外一部分。很明显，哈罗德·阿克顿和陈世骧在编译的时候，将何其芳《古城》这首相对较长的诗歌误认为是两首独立的诗歌，而分别名之为"Old City"和"Fell to the Ground"，其实他们分别是《古城》原作的前三段和后三段而已。

　　另外一个误译的案例是奚密编译的《中国现代汉诗选》中选译的《成都，让我把你摇醒》，奚密将其译为"Chengdu, Let Me Wake You Gently"，在这里"gently"一词意为"温柔地"或"轻轻地"，合起来就可以译为"成都，让我温柔地（或轻轻地）把你摇醒"，与原诗的题目相比，奚密在译文中增加了一个"轻轻地"（gently）。要理解这个"gently"的出现合适与否，我们需要首先看一下何其芳的这首《成都，让我把你摇醒》的原文：

　　　　成都，让我把你摇醒

　　的确有一个大而热闹的北京，然而我的北京又小又幽静的。

　　　　　　　　　　　　　　　　　　　　　——爱罗先珂

---

① Harold Acton, Ch'en Shih-hsiang, *Modern Chinese Poetry*, London：Duckworth, 1936, p. 67.

一

成都又荒凉又小，
又像度过了无数荒唐的夜的人
在睡着觉，
虽然也曾有过游行的火炬的燃烧，
虽然也曾有过凄厉的警报，

虽然一船一船的孩子
从各国战区运到重庆，
只剩下国家是他们的父母，
虽然敌人无昼无夜地轰炸着
广州，我们仅存的海上的门户，
虽然连绵万里的新的长城，
是前线兵士的血肉。

我不能不像爱罗先珂一样
悲凉地叹息了：
成都虽然睡着，
却并非使人能睡的地方，

而且这并非使人能睡的时代。
这时代使我想大声地笑，
又大声地叫喊，
而成都却使我寂寞，
使我寂寞地想着马耶可夫斯基
对叶赛宁的自杀的非难：
"死是容易的，
活着却更难。"

二

从前在北方我这样歌唱：
"北方，你这风瘫了多年的手膀，
强盗的拳头已经打到你的关节上，

你还不重重地还他几耳光？

北方，我要离开你，回到家乡，
因为在你僵硬的原野上，
快乐是这样少
而冬天却这样长。

于是马哥孛罗桥的炮声响了，
风瘫了多年的手膀
也高高地举起战旗反抗，
于是敌人抢去了我们的北平，上海，南京，
无数的城市在他的蹂躏之下呻吟，
于是谁都忘记了个人的哀乐，
全国的人民连接成一条钢的链索。

在长长的钢的链索间
我是极其渺小的一环，
然而我像最强顽的那样强顽。
我像盲人的眼睛终于睁开，
从黑暗的深处看见光明，
那巨大的光明呵，
向我走来，
向我的国家走来……

三

然而我在成都，
这里有着享乐，懒惰的风气，
和罗马衰亡时代一样讲究着美食，
而且因为污秽，陈腐，罪恶
把它无所不包的肚子装饱，
遂在阳光灿烂的早晨还睡着觉，
虽然也曾有过游行的火炬的燃烧，
虽然也曾有过惨厉的警报。

让我打开你的窗子，你的门，

成都，让我把你摇醒。

在这阳光灿烂的早晨！①

　　从这首诗的原文我们可以看出，这首诗写于抗日战争全面爆发后的1938年，何其芳来到了位于抗战的大后方的四川省省会成都。当时整个中国的抗战形势已经十分严峻，北平、上海、南京等重要城市已经相继落入日寇之手，如诗人在诗中所言"敌人无昼无夜地轰炸着，广州，我们仅存的海上的门户"。但是，在如此残酷的情形下，成都虽然也出现了游行的队伍和"惨厉的警报"，在诗人眼中："这里有着享乐，懒惰的风气，/和罗马衰亡时代一样讲究着美食，/而且因为污秽，陈腐，罪恶/把它无所不包的肚子装饱，/遂在阳光灿烂的早晨还睡着觉"。在国家已经陷入生死存亡的紧要关头，在"无数的城市在他的蹂躏之下呻吟，/于是谁都忘记了个人的哀乐，全国的人民连接成一条钢的链索"的重要时刻，成都却依然沉浸在睡梦中。正是在这种环境下，诗人才产生了"让我打开你的窗子，你的门，/成都，让我把你摇醒。/在这阳光灿烂的早晨！"的想法，由此，我们可以想象出此时诗人的心情是多么急迫，可见此时的"摇"的动作必须是激烈的，否则不足以使沉睡中的成都"醒"来。也就是说，如果选用英语的一个形容词来界定"摇"的力度的话，这个词非"fiercely"莫属，而奚密所译的"gently"一词，无论是在感情色彩还是力度方面都不足以传达出原诗中的强烈的情感。

　　其次，漏译也是文学作品在翻译过程中产生变异的一个重要因素。在哈罗德·阿克顿和陈世骧编译的这本《中国现代诗选》中，也存在漏译现象。例如，在他们翻译的何其芳诗歌中，有一首"To a Friend in Winter"，汉语诗名则为《岁暮怀人》。但是，对照何其芳的诗歌原文，我们会发现，何其芳写了两首名为《岁暮怀人》的诗歌，并分别命名为《岁暮怀人一》和《岁暮怀人二》，哈罗德·阿克顿和陈世骧翻译的这首《岁暮怀人》是其中的《岁暮怀人二》。在翻译的过程中，哈罗德·阿克顿和陈世骧漏掉了题目中的"二"字，如果不看原文的话（也可能会增加对这首诗感兴趣的英语世界的读者寻找原文的难度），就很难知晓何其芳原来写过两首同名的诗歌。

---

① 何其芳：《成都，让我把你摇醒》，载何其芳《夜歌》，诗文学社1945年版，第1—7页。

另外一个漏译的案例则可以以利大英所译戴望舒的《狱中题壁》为例。《狱中题壁》是戴望舒诗风转变后的一首名作,描述了诗人在日本人的监狱里的感受和愿望,其中一句为设想战友们打退了日本侵略者后,发现了他遗留在监狱里的骸骨,他的期望是:"然后把他的白骨放在山峰,／曝着太阳,沐着飘风。"利大英将此句翻译为"And then place his bones on a mountain peak, ／ To bask in the sun, and bathe in the wind."在这里,利大英将原诗中的"飘风"一词译为"wind",亦即是漏掉了其中的"飘"这一形容词。"飘风"一词出自《道德经》第二十三章,原文为"故飘风不终朝,骤雨不终日"。其中"飘风"即为暴风,或者猛烈的风。戴望舒在此处运用"飘风"一词来形容自己终于从牢笼中出来,得见外面世界的阳光风雨的激动心情,因为这曾是"在那暗黑潮湿的土牢,／这曾是他唯一的美梦"。而利大英将"飘风"译为"wind",而去掉了"飘"字,就不能充分展示原作的激动心情。

此外,曲译现象也是文学作品在跨语际传播过程中产生变异的另外一个重要原因。关于中国"现代派"诗人作品在翻译过程中发生的曲译案例,我们可以举奚密关于何其芳诗歌的一个翻译。在奚密编译的《中国现代汉诗选》中,选译有何其芳的"Shrine to the Earth God"一诗,回译为汉语则是《土地祠》或《土地庙》,但是如果只看题目的话,在何其芳的诗歌中根本找不到对应的篇目。通过仔细阅读其内容和其中"土地祠"一词的启示,我们就会发现,原来这首被奚密译为"Shrine to the Earth God"的诗歌就是何其芳的《柏林》一诗。而"Shrine to the Earth God"则来自其中的"日光在蓖麻树上的大叶上,七里蜂巢栖在土地祠里"一句。

第二章

英语世界对中国"现代派"
诗人的生平研究

　　知人论世是先贤孟子提出的一个理论，原文为："一乡之善士斯友一乡之善士，一国之善士斯友一国之善士，天下之善士斯友天下之善士。以友天下之善士为未足，又尚论古之人。颂其诗，读其书，不知其人，可乎？是以论其世也。是尚友也。"① 这句话本来是讲与人交友的原则的，但是后来逐渐演变为文学批评中经常使用的概念，用来说明要想了解一个人的作品，首先必须对作者所处的时代背景及其个人身世经历有一个深入的了解。如今，"知人论世"已经成为研究文学作品的一条重要途径，作为接受者，对作者人生经历的了解，自然也有助于我们更加深刻、准确地理解其作品。而且在研究过程中，我们也会发现，许多著名作家不但因其精美的文章流芳，而且因其独特的人格魅力而更加光芒四射。我们下面要谈到的中国"现代派"的代表诗人戴望舒、卞之琳、何其芳和李广田等诗人的人生经历莫不如此。正是这些个人生活资料的介绍，让英语世界的读者对中国"现代派"诗人所生活的时代背景与生活经历有了初步的了解，从而在阅读他们在不同时期创作的风格各异的作品时，能够有更深层次的理解。

　　因此，对中国"现代派"诗人身世的介绍，也是英语世界对其接受的重要一环。除了上述四位诗人，其他中国"现代派"诗人的生平的介绍在英语世界相对较少，多是寥寥数语，与国内的成果相比，亦无甚独到之处，因而本章就只将英语世界介绍较多的戴望舒和"汉园三诗人"作

---

① 朱熹：《四书集注》，凤凰出版社 2005 年版，第 342 页。

为介绍的重点。

第一节 英语世界关于戴望舒的生平研究

英语世界关于戴望舒生平的介绍较多，出现在各种文学史、选集中的小传和研究专著中，但是比较详细深入的研究成果还是要数杜博妮、雷金庆（Kam Louie）合著的《二十世纪中国文学》（*The Literature of China in the Twentieth Century*）和利大英的《中国现代派诗人戴望舒：其人其诗》。这两本书关于戴望舒生平的研究不乏创新之处，尤其是本节的第 2 和第 3 部分将要谈到的利大英书中的两项成果，可以说是比较新颖的观点。下面就具体介绍一下英语世界关于戴望舒生平研究的具体情况。

一 戴望舒的诗歌生涯

根据杜博妮和雷金庆的介绍[1]，戴望舒的诗歌生涯大致可以分为三个时期，分别代表了戴望舒诗歌创作的三个不同阶段。

一是《我底记忆》时期（1929 年以前）的戴望舒。戴望舒学的是法语专业，因此他能够直接阅读波德莱尔、魏尔伦和耶麦的原著，这些人的诗歌深深影响了他这一时期的创作。1929 年，他出版了第一部诗集《我底记忆》，其中有 26 首诗歌，并被分为《旧锦囊》、《雨巷》和《我底记忆》三部分。在这本诗集中，其意象就是文中遍布"雨"和"雾""流浪者""回忆""梦""黑暗的墓地""废弃的园子""破碎的心"和"苍白的脸"等，这也是法国象征主义诗人经常运用的意象，反映了他们对戴望舒诗歌创作的深刻影响。在这本诗集中最著名的诗歌是《雨巷》，它也是戴望舒的成名作，并因此被称为"雨巷诗人"。

二是《望舒草》时期（1929—1932 年）的戴望舒。杜博妮和雷金庆认为，在该时期，戴望舒已经摆脱了早期对法国象征派诗人的刻意模仿，开始了诗歌生涯的新阶段。1932 年，他和施蛰存、杜衡等朋友一起，创办了《现代》杂志。戴望舒于 1932 年 10 月 8 日乘船前往法国留学。在留学期间，戴望舒接触了更多的西方象征主义诗人的作品。在该时期，后期

---

① Bonnie S. McDougall, Kam Louie, *The Literature of China in the Twentieth Century*, Hong Kong：Hong Kong University Press, 1997, pp. 68 - 69.

象征主义诗人耶麦对戴望舒的诗歌创作产生了深远影响，这些影响最明显的体现是描写只存在于想象之中的事物。此时期，另外一个影响戴望舒诗歌创作的国外诗人是梅特林克，戴望舒曾在 1929 年翻译他的《凄暗的时间》、《冬日的希望》和《歌》等诗歌，因此在这本诗集的某些诗歌中也可以看到梅特林克的影子。

三是《灾难的岁月》时期的戴望舒。① 全面抗战爆发之后，戴望舒也加入了抗日的洪流。他的主要活动就是编辑和从事新闻工作，积极进行抗战的宣传工作，并因此被日军关进监牢。此间，他不但经历了国家的灾难，个人的家庭生活也极为不幸。他的妻子穆丽娟在 1939 年带着女儿离开了他，并最终离婚。抗日战争胜利之后，他返回上海，出版了他的最后一部诗集《灾难的岁月》。1949 年，戴望舒由香港赴北京参加中华文学艺术工作代表大会，却不幸于次年因病逝世。

这部《我底记忆》集中了他晚期创作的诗歌，其中既反映了他的家庭生活，也反映了他的爱国情怀。他在此期间写就的《过旧居》和《示长女》等诗歌充满了对温暖幸福家庭生活的怀念；而《狱中题壁》和《我用残损的手掌》等几首具有强烈爱国主义色彩的诗歌更是广为传唱。

二　不幸的诗人，幸运的读者

利大英在《中国现代派诗人戴望舒：其人其诗》中曾经关注到这样一个现象，即"只有在悲伤与不幸的日子里，戴望舒才会着手写诗，快乐的时光却无一字留下"。② 利大英还引用戴望舒自己的诗歌《赠内》，更证明了这个论断：

> 空白的诗帖，
> 幸福的年岁；
> 因为我苦涩的诗节，
> 只为灾难树里程碑。③

---

① Bonnie S. McDougall, Kam Louie, *The Literature of China in the Twentieth Century*, Hong Kong: Hong Kong University Press, 1997, pp. 270 – 271.

② "Only in times of unhappiness and misfortune does he put pen to paper, the happy times being maked by silence." Gregory Lee, *Dai Wangshu: the Life and Poetry of a Chinese Modernist*, Hong Kong: The Chinese University Press, 1989, p. 84.

③ 戴望舒：《赠内》，载戴望舒《灾难的岁月》，星群出版社 1948 年版，第 81—82 页。

　　对照戴望舒的生活，这首诗的前两句可以作为对戴望舒与穆丽娟结婚后最初几年的幸福时光的描绘，在这段时间里，戴望舒几乎没有诗作发表。而后两句，则是戴望舒作诗背景的普遍描绘，"生活的绝望与孤独给了戴望舒写出感人诗歌的灵感"①。因此，戴望舒的绝大部分诗歌中充斥着"忧郁""孤独""怀乡病"等令人伤感的主题，也只有生活在这些不幸生活中的戴望舒才会给我们带来凄美动人的诗篇，因此利大英称这种现象为"不幸的诗人，幸运的读者"②，可谓相当确切。

三　独抒情性，却心怀天下

　　关于戴望舒的政治取向及其创作中呈现出的文学与政治的关系一直是研究关注的重点之一，英语世界的研究要数利大英最为深入。

　　利大英认为："1929 年 12 月到 1930 年 3 月的四个月的活动提供了戴望舒左翼倾向的证明。"③ 在这四个月间，戴望舒选译了来自伊科微支④（Marc Ickowicz）的《唯物史观的文学论》中《小说与唯物史观》⑤ 和《文艺创作的机构》⑥ 两篇讨论马克思主义与文学关系的文章，并将它们在"在当时差不多是左翼作家论坛"⑦ 的《小说月报》上发表。此后不久又将该书全文译出，由上海水沫书店发行⑧。此外，戴望舒还于 1930 年 3 月发表了《我们的小母亲》、《流水》两首具有左翼色彩的诗歌。利大英认为，"这两首歌的重要性不在于其是否具有文学价值，而是在于其存在与创作的日期证明了中国当代文学批评界关于戴望舒文学与政治关系一个常见观点是错误的。持这

---

　　① "The desperation and loneliness of Dai's life provide the poet with the inspiration to write some intensely moving and emotionally sensitive poems. " Gregory Lee, *Dai Wangshu: the Life and Poetry of a Chinese Modernist*, Hong Kong: The Chinese University Press, 1989, p. 266.

　　② "Unfortunately for the poet, fortunately for the reader. " Gregory Lee, *Dai Wangshu: the Life and Poetry of a Chinese Modernist*, Hong Kong: The Chinese University Press, 1989, p. 266.

　　③ "The four months December 1929 to March afford definite evidence of Dai's left - wing leanings. " Gregory Lee, *Dai Wangshu: the Life and Poetry of a Chinese Modernist*, Hong Kong: The Chinese University Press, 1989, p. 11.

　　④ 戴将其译为易可维茨、伊可微支。

　　⑤ ［法］易可维茨：《小说与唯物史观》，戴望舒译，《小说月报》1929 年第 20 卷第 12 期。

　　⑥ ［法］易可维茨：《文艺创作的机构》，江思译，《现代小说》1930 年第 3 卷第 4 期。

　　⑦ "Since at the time the magazine was something of forum for left - wing writers. " Gregory Lee, *Dai Wangshu: the Life and Poetry of a Chinese Modernist*, Hong Kong: The Chinese University Press, 1989, p. 11.

　　⑧ ［法］伊可微支：《唯物史观的文学论》，江思译，水沫书店 1930 年版。

个观点的人认为,直到抗日战争爆发,戴望舒这个浑身弥漫着资产阶级颓废情绪的诗人才变得积极且关心社会生活"①。利大英举 1981 年 9 月 2 日《福建日报》的一篇关于戴望舒的评论文章为例:

　　由于诗人没有直接投身于社会现实斗争时代的洪流中,不可避免地钻进了个人主义的小胡同里去⋯⋯抗日战争的爆发⋯⋯觉醒了。

　　他认为戴望舒在抗日战争之后才从个人生活的象牙塔中走出的观点在中国文学批评界确实是一个常见的现象,如艾青就在《戴望舒诗选》中表达了此类观点。艾青认为,处于 19 世纪 20 年代第一次国内革命战争期间的戴望舒,诗歌中充斥着"人间天上不堪寻""人间伴我唯孤苦""朝朝只有呜咽""只愿春天里活几朝""如今唯有愁和苦,朝朝的难遣难排""处处都是颓废的、伤感的声音,对时代的洪流是回避的"。抗日战争爆发后,中国文化界正义之士都投身于抗战的洪流,戴望舒在他主编的报刊上发表了许多抗日救亡的诗歌。到 1939 年元旦,他再提笔创作时,"那面貌就和过去的作品完全不同了"。② 他接连创作了《元日祝福》《狱中题壁》《我用残损的手掌》等众多与时代合拍的著名诗篇。因此,国内的现代文学研究者一般都将抗日战争作为戴望舒诗歌主题转变的一个关键点。
　　利大英并没有否认抗日战争是戴望舒诗歌转变的关键点,因为从戴望舒创作的整体状况而言,戴望舒诗歌风格整体转变确实是发生在抗日战争之后,关于这一点,本书第七章第一节"戴望舒诗风的转变"会详细论述。利大英这一观点的意义在于以下方面,通常我们都把现代派诗人看作是躲在象牙塔内自怨自艾、顾影自怜的一群人。其实这一派人中多是一群处于混乱时代的迷茫的爱国青年,这也是为什么抗日战争爆发后,卞之琳、何其芳迅速奔赴革命圣地延安,戴望舒在抗战初期虽未写诗,却一直在香港地区做抗

---

　　① "The great significance of these poems is not in their literary merit or lack of it, but in the fact that their existence, and the date of their of composition, belies the usual contemporary Chinese critical standpoint on Dai's literary and political career that it was not in fact until much later – during the period of Anti – Janpanese Resistance – that Dai shed, as the critics see it, the despondent bourgeois individualism pervading his life and work and became a progressive and concerned writer." Gregory Lee, *Dai Wangshu the Life and Poetry of a Chinese Modernist*, Hong Kong: The Chinese University Press, 1989, p. 12.
　　② 艾青:《〈戴望舒诗选〉序》,载《戴望舒诗选》,人民文学出版社 1957 年版,第 1—5 页。

日的工作。他们早期的拒绝社会洪流的自我抒情，只是选择了一种自己擅长的表达方式，而戴望舒早期的《我们的小母亲》和《流水》两首"具有左翼色彩"的诗歌就是早期戴望舒选择适合自己风格的一种尝试。因此可以说戴望舒早期就已经有了关注社会内容的诗篇，只是在数量上和质量上都无法与抗日战争爆发之后的作品相比。除此之外，戴望舒在 1937 年之前翻译了大量具有"左翼色彩"的国外著作，也有力地证明了这一点。在抗日战争爆发之后，戴望舒能够迅速写出与以往诗歌风格迥异的爱国主义诗篇，与他前期已经具有了左翼色彩的思想及文学活动是分不开的。

第二节　英语世界关于"汉园三诗人"的生平研究

"汉园三诗人"指的是卞之琳、何其芳和李广田三位中国"现代派"的代表诗人，因三人在 1936 年出版的诗歌合集《汉园集》而得名，英语世界也有很多关于这三位诗人生平的资料，这也是本节要分析的内容。

一　卞之琳生平研究

英语世界对卞之琳的研究主要存在于汉乐逸所著的《卞之琳：中国现代汉语诗歌研究》、冯张曼仪的英文版《雕虫纪历》序言和一些英译中国现代文学作品的作家介绍之中，其中汉乐逸的这本书既是汉乐逸诗歌研究的专著，而因其对卞之琳生平的详细介绍及其中多处评论性文字，也可以称其为一部评传，在卞之琳的接受过程中具有举足轻重的地位。而冯张曼仪的序言也写得相当精彩，对卞之琳的生活经历与其诗歌创作之间的关系做了深入的解读。因此，本部分的主要内容就是要参考上面提到的汉乐逸的专著和冯张曼仪的序言。

（一）抗战以前的卞之琳

卞之琳，1910 年 12 月 8 日生于江苏省海门县。关于卞之琳幼年时期的资料，英语世界的介绍较少，如卞之琳所言，"他的早年经历知之甚少，他曾自称出身于'小资产阶级家庭'"①。

---

① "Few details of his early life have been published, though he has described himself as of 'pitit boourgeois' origin." Lloyd Haft, *Pien Chih - Lin: A Study in Modern Chinese Poetry*, Dordrecht: Foris Publications, 1983, p. 11.

　　20 年代后期，卞之琳在上海中学毕业，并于 1929 年考取北京大学。
1930 年末，对卞之琳而言是一个非常关键的时期。在阅读了大量国内外
文学作品的基础上，他自己也开始创作诗歌。"在早期的创作尝试中，他
没有有意去模仿某个作家或流派。"①

　　1931 年冬天，卞之琳遇到了他倾慕已久的大诗人徐志摩，后者则成
为他在北京大学的老师。卞之琳将自己写的一些诗歌交给徐志摩，徐志摩
看了之后非常欣赏，并将其推荐给当时已经成名的沈从文，由沈从文将其
发表。此外，沈从文还打算为卞之琳出一本诗集，并将其命名为《群鸦
集》，但是这部诗集却因时局动乱，而一直未能面世。

　　1932 年秋，在沈从文的资助下，卞之琳终于正式出版了他的第一本
诗集《三秋草》。之后不久，他就从北京大学毕业了。毕业的当年暑假，
他留在了北京，并结识了 "新月派" 著名诗人闻一多，"与闻一多的讨论
让卞之琳深受启发"。②

　　1933 年，哈罗德·阿克顿遇到了卞之琳，他的这段描述对于我们了
解青年卞之琳是很有价值的。关于他和卞之琳会面的情形，阿克顿写道：
"1933 年刚从北大毕业的卞之琳看起来只有十八岁的样子，带着一副厚厚
的近视眼镜，身体瘦弱、表情谦逊。但是当我们谈论起诗歌时，他脸上立
刻显出激动的神色，我的热情或许让他感到有些不适：他一直保持着礼貌
的矜持，除了偶尔就纪德或另一位他正在翻译的欧洲作家问问我的
看法。"③

　　此后的几年，卞之琳先后去了很多地方，包括保定、济南和青岛等
地，从事教师、编辑和翻译工作。并先后出版了《鱼目集》、《汉园集》
（与何其芳、李广田合著）及译文集《西窗集》。

　　在本时期，从总体倾向上来看，卞之琳 "特别欣赏的是文学的审美效

---

　　①　"In this early attempts, he was not consciously in fluenced by any one writer or school. " Lloyd
Haft, *Pien Chih – Lin：A Study in Modern Chinese Poetry*, Dordrecht：Foris Publications, 1983, p. 22.

　　②　"His enlightening discussions with Wen I – to. " Lloyd Haft, *Pien Chih – Lin：a Study in Modern
Chinese Poetry*, Dordrecht：Foris Publications, 1983, p. 25.

　　③　"In 1933 Pien appeared about eighteen, though he had recently graduated from *Pei Ta*. He
seemed fragile and self – effacing through his spectacles, but when we spoke of poetry he had a hectic flush.
My comparative exuberance may have intimidated him：he rarely issued from his shell of polite reserve ex-
cept to ask my opinion of Gide or some other European author he was translating into colloquial Chiese. " Ac-
ton Harold, *Memoirs of an Aesthete*, London：Methuen & Co. Ltd. , 1948, pp. 337 – 338.

果,不喜欢直接关注社会现实"。① 这也构成了他前期诗歌的主要特色,但是随着 1937 年抗日战争的全面爆发,卞之琳也投入了民族解放斗争的洪流,"战争和战争之后的世界在等着他,他早期的声音已无处安身"。②

(二) 1937—1949 年的卞之琳

根据汉乐逸的记述,1937 年,抗日战争全面爆发,和当时许多知识分子一样,卞之琳被迫来到了西南,他在成都遇到了旧友何其芳,并与其一起于 1938 年到达革命圣地延安。通过延安大学校长周扬的引见,他还受到了毛泽东的亲切接见。③

在延安,卞之琳作为一个随军文学工作者,在八路军(the Eighth Route Army)中生活有半年之久。为了更好地鼓励与宣传抗战工作,卞之琳开始着手创作描述前方抗日战士生活的诗歌集《慰劳信集》,并于 1940 年出版。④ 当年,卞之琳离开延安,来到了昆明西南联合大学任教,直到抗日战争结束。⑤

抗日战争结束后,几经周转,卞之琳于 1947 年 9 月来到了英国牛津。冯张曼仪说:"作为一个诗人,卞之琳的职业生涯实际上在 20 世纪 30 年代就已经终结了……他转向了小说创作,然后又成为了一个翻译家、学者……他在牛津西面科茨沃尔德的一个偏僻村子里完成了这本小说的英文翻译。"⑥

1948 年冬季,他听到中国共产党在战争中已经取得了决定性胜利的消息,心情极为振奋,决定立刻返程归国。绕道香港,最终于 1949 年 3 月抵达北京。

(三) 新中国成立后的卞之琳

新中国成立之后,卞之琳先是任北京大学西语系教授,不久转入北京

---

① "Pien Chih – lin's literary allegiances were overwhelmingly on the side of aesthetic sensibility as opposed to social relevance." Lloyd Haft, *Pien Chih – Lin: a Study in Modern Chinese Poetry*, Dordrecht: Foris Publications, 1983, p. 30.

② Ibid. p. 20.

③ Ibid. pp. 79 – 81.

④ Mary. M. Y. Fung, *The Carving of Insects*, Hong Kong: The Chinese University of Hong Kong, 2006, p. 20.

⑤ Bonnie S. McDougall, Kam Louie, *The Literature of China in the Twentieth Century*, Hong Kong: Hong Kong University Press, 1997, pp. 273 – 274.

⑥ "Bian's career as a poet vitually ended in the 1930s… He had turned novelist, then translator and scholar…he completed the English translation in a remote village in the Cotswolds to the west of Oxford." Mary. M. Y. Fung, *The Carving of Insects*. Hong Kong: The Chinese University of Hong Kong, 2006, p. 20.

大学研究所（后来的 "中国社会科学院外国文学研究所"）。1955 年，他与青林喜结连理，并于 1957 年生下女儿。他的诗歌创作在这个阶段并不受欢迎，他虽然努力想使自己的创作与当时的社会环境合拍，但效果并不理想。卞之琳也因此沉默了 20 年之久。他这一时期的主要成就在翻译，研究并翻译了莎士比亚的作品，尤其是他翻译的莎士比亚的四大悲剧，至今仍然是经典之作。①

1978 年，中国面向世界的大门重新开放，因他杰出的文学成就，卞之琳著名诗人、翻译家和学者的身份也再次得到确认，因此有机会再版他的创作，并于 1980 年访问美国。访美期间，与故人重逢，又燃起了他重新写诗的热情，他连续创作了《纽海文游私第荒园》（Visting a Deserted Private Garden in New Heaven）、《波士顿水轩远眺》（View from a Waterside Chamber in Boston）、《香港小游长洲岛》（A Short Visit to Cheung Chau in Hong Kong）等诗歌。② 这些诗歌是他晚期创作的代表，同时也是他所创作的最后一组诗歌。

二　何其芳生平研究

英语世界关于何其芳的身世介绍主要集中于杜博妮编译的《梦中道路：何其芳散文、诗歌选》一书所写的序言，杜博妮、雷金庆合著的《二十世纪中国文学》，郑悟广的博士论文《〈汉园集〉研究：解读中国现代新诗的一种新方式（1930—1934）》，以及英译中国现代汉语诗歌选的相关篇目中，本部分的内容即主要来自这些材料。

根据英语世界关于何其芳生平的介绍，可以将其分为四个阶段：少年时期的何其芳；全面抗战前的何其芳；抗日战争与国内革命战争期间的何其芳；新中国成立后的何其芳。

（一）少年时期（1912—1928 年）的何其芳

首先，我们先了解一下何其芳幼年的生活经历。据杜博妮和雷金庆介绍，何其芳于 1912 年出生在四川万县一个富裕的农民家庭。幼年时，他曾在家乡接受私塾教育，在这里学习了中国传统的经典教育。然后在 14

---

①   Bonnie S. McDougall, Kam Louie, *The Literature of China in the Twentieth Century*, Hong Kong: Hong Kong University Press, 1997, pp. 273 –274.

②   Ibid..

岁时，进入万县中学学习，也就是在这里，他开始受到新文化运动的影响，并于 17 岁那年奔赴上海接受现代教育。①

这段时间虽然是何其芳成长的幼年时期，但是对何其芳今后的文学生涯具有十分重要的影响。正是这段农村生活，让他亲近了自然，熟悉了自然界的各种动物、植物，这些都会在他以后的诗歌中一一呈现。而更重要的是，因为生活在农村，所以他得以接触到农民这个群体，了解了他们生活的喜怒哀乐。这段经历不但为他以后的写作提供了素材，也使得他更加熟悉中国最底层民众的悲惨生活，而这也为他以后诗歌风格的转变埋下了伏笔。

（二）全面抗战前（1929—1937 年）的何其芳

据杜博妮、雷金庆介绍，虽然在上海学习期间，他醉心于法国象征主义诗歌，但是直到 1931 年，他进入北京大学学习时却选择了西方哲学专业。由于日本的侵华战争，何其芳在北京的学习生活并不如原来想象的美好，在这里他的收获就是感受到了一座古城，并成为了一位"现代派"诗人，经历了一段失败的恋爱，认识了闻一多和沈从文。

在这一时期，何其芳在文学道路上最大的收获就是出版了两本诗集。其中第一部诗集是《燕泥集》（ *The Swallow's Nest* ），出版于 1936 年，包括了何其芳 1931—1934 年创作的诗歌，这不是一个单行本，而是作为卞之琳主编的《汉园集》的第一部。另外一本诗集是 1945 年出版的《预言》，其中的《预言》（The Prophecy）一诗是他早期最重要的代表作。其中还有一组值得关注的诗歌，如《休洗红》（Do not Wash Away the Red）、《罗衫怨》（Resentment of a Silk Gauze Jacket）和《关山月》（Moonlight over the Mountain Pass）等，这几首诗歌反映了何其芳的创作深受中国古典诗歌的影响。其中还有"一些诗歌描绘了北京街头的戏剧化场面，诗中的萧条和孤独之感可能是受到了 T. S. 艾略特的影响，但是其中包含了诗人自己的愁苦和对日本侵略日益严峻的恐惧"。② 还有一些诗歌则表达了

---

① Bonnie S. McDougall, Kam Louie, *The Literature of China in the Twentieth Century*, Hong Kong: Hong Kong University Press, 1997, p. 76.

② "Several poems describing in melodramatic fashion the streets of Beijing. Their bleakness and desolation owe something to T. S. Eliot, his own private trouble and the overhanging threat of Japanese encroachment." Bonnie S. McDougall, Kam Louie, *The Literature of China in the Twentieth Century*, Hong Kong: Hong Kong University Press, 1997, p. 77.

他的思乡之情,如《初夏》(Early Summer)。《预言》是何其芳最重要的诗集之一,杜博妮认为。"在这些诗歌中,包括了他最用心写作的诗篇:以闻一多和卞之琳为榜样,他努力在白话中寻找中国古典诗歌中韵律效果。"①

除了《燕泥集》和《预言》两本诗集,何其芳 1934—1935 年创作的诗歌中,还有 5 首收入出版的文集《刻意集》(1938 年,文化生活出版社)中,另外 3 首和他在莱阳创作的 5 首诗歌一起重版在《预言》之中。

(三)抗日战争与国内革命战争期间(1937—1948 年)的何其芳

对于何其芳而言,抗日战争对他的人生道路产生了决定性的影响。用杜博妮的话来讲就是:"抗日战争在何其芳的一生中是一个重大事件,它将何其芳从一个个人主义者转变为一个社会主义者和民族主义者。"②1937 年,他从已经被日本占领的山东省撤退到四川,在成都教了几个月的书之后,就与卞之琳一起奔赴延安,于 1938 年 9 月到达。在延安期间,何其芳目睹了抗日前线军民的战斗生产场景,深受鼓舞,他决定加入中国共产党,并很快成长为延安的知识分子领袖和重要的批评家之一。

1938—1942 年,为了更好地服务抗战,何其芳使用通俗易懂的语言,以求能够更加贴近大众。但是这样只是使他的诗歌显得深度不够,宣传效果也并不理想。何其芳本人可能对这一段写作经历是持积极态度的,因为他认为这种严重背离自己早期写作风格的尝试是"正在经历一次痛苦的重生"③,但是他却无法完全与前期形成的诗风完全脱离,"他写作品却又无法避免的是,在他本时期的作品中,他所钟爱的西方诗人一次又一次出现了"。④ 他在延安时期的诗歌绝大部分被收入诗集《夜歌》⑤。

---

① "The poems in this group are among his most carefully composed: following the example of Wen Yiduo and Bian Zhilin, he tried to re – created in colloquial Chinese the prosodic effect of the balanced classial." Bonnie S. McDougall, Kam Louie, *The Literature of China in the Twentieth Century*, Hong Kong: Hong Kong University Press, 1997, p. 77.

② "The War of Resistance was the major event in Ho Ch'i – famg's lifetime, transforming him from an individualist into a socialist and nationalist." Bonnie S. McDougall, *Paths in Dreams: Selected Prose and Poetry of Ho Ch'i – fang*, Queensland: University of Queensland Press, 1976, p. 15.

③ "He declares his intention to undergo 'an agonising rebirth'." Bonnie S. McDougall, Kam Louie, *The Literature of China in the Twentieth Century*, Hong Kong: Hong Kong University Press, 1997, p. 274.

④ "It seems impossible for him not refer again and again to his beloved Western poets." Bonnie S. McDougall, Kam Louie, *The Literature of China in the Twentieth Century*, Hong Kong: Hong Kong University Press, 1997, p. 274.

⑤ 这本诗集在 1952 年再版,叫作《夜歌与白天的歌》。

(四) 新中国成立后 (1949—1977 年) 的何其芳

20 世纪五六十年代,何其芳继续创作,但是作品数量并不多。原因就是诗歌并不是何其芳这段时间写作的主要对象,他开始转向学术研究,而且日渐增多的行政事务也占据了他很多时间。该时期,何其芳的诗歌往往是根据现实需要进行创作,如他为 1958 年"大跃进"运动和 1964 年的抗美援越战争时所创作的诗歌及一些忆苦思甜或者纪念大型活动的诗歌即属此种类型 (《在越南的第一个早晨》《三个越南南方的女青年》《夜过万县》《重游南开》《堂堂的中国回到联合国》《欢呼我国第一颗人造卫星上天》)。另外还有一些诗歌则属于朋友私人之间的酬唱之作,这些诗歌多为古体,都发表于何其芳逝世之后。①

三 李广田生平研究

英语世界关于另一位"汉园三诗人"之一的李广田的生平资料介绍相对较少,主要存在于郑悟广的博士论文《〈汉园集〉研究:解读中国现代新诗的一种新方式 (1930—1934)》之中,我们这一部分的内容主要就是根据这篇论文整理而成的②。

(一) 少年时期 (1906—1922 年) 的李广田

据郑悟广介绍,李广田,幼名王锡爵,在 1906 年 10 月 1 日出生于山东邹平的一个贫苦农民家里。他出生后不久,就被同村的一个没有孩子的家庭抱养了,这家人姓李,因此为他改名为李广田,从此这也就成为他一直使用的一个名字。关于李广田的童年生活,郑悟广写道,李广田的养父经常醉酒而不善经营,因此李广田童年生活相当困苦。但是,他又具备一定的文学素养,他最喜爱的就是诵读陶渊明的诗歌并欣赏自然美景,这一点可能深深地影响了幼年的李广田。此外,李广田少年时期所受的教育始于私塾的旧式教学,接受中国古代经典教育。1921 年,李广田小学毕业之后就进了邹平县立师范讲习所。

李广田的这段农村成长经历,对他以后的诗歌创作影响甚大,农村特

① Bonnie S. McDougall, Kam Louie, *The Literature of China in the Twentieth Century*, Hong Kong: Hong Kong University Press, 1997, pp. 274 – 275.

② Woo – kwang Jung, *A Study of The Han Garden Collection: New Approaches to Modern Chinese Poetry*, 1930 – 1934, Ph. D. dissertation, Seattle. Louis: University of Washington, 1997, p. 116 – 119.

有的景色如原野、黄河、蓝天、各类植物、各种小鸟和昆虫都成为他诗歌中的重要描述对象。正是因为这个特色，他又被称为"大地之子"。

（二）1923—1937 年的李广田

1923 年，李广田 17 岁，他进入济南第一师范学校学习。这是他第一次走出农村，来到了大城市，这里的一切对他来说都是新鲜的。对其成长尤其重要的是，在济南读书期间，李广田接触到了新文化运动，并与他的同学臧克家、郑广铭一起成立了一个文学团体"书报介绍社"。李广田是这个社团的积极分子，经常借助这个平台向他人传播新文化思想，并因此被捕。幸运的是，1928 年，北伐军打垮了山东军阀张宗昌，李广田也被释放出狱。

出狱的第二年，也就是 1929 年秋天，李广田被北京大学外语系录取，他又来到了一个更大的城市。来到北京大学不久，他就开始尝试着创作文学作品，并且有诗歌和散文分别在《华北日报·副刊》《未名》和《现代》等杂志上发表了。

在北京大学学习的这段时间，李广田结识了在他诗歌生涯中占有重要地位的两个人——卞之琳与何其芳，并从此成为志趣相投的好朋友。他们于 1936 年合作出版了《汉园集》，李广田对于新诗运动最主要的贡献《行云集》（*Journeying Clouds*）就位于该书的第二部分。《行云集》分为三部分，第一部分诗歌写于 1933—1934 年，包括《秋灯》、《窗》、《旅途》、《夜鸟》、《生风尼》、《流星》和《妨》等 7 首诗歌，这部分诗歌主要描述了他远离家乡，作为一个流浪者的生活。第二部分诗歌写于1931—1933 年，包括《秋的美》、《唢呐》、《乡愁》、《过桥》、《第一站》、《笑的种子》和《地之子》，这一部分诗歌主要写对家乡的怀念和对童年生活的留恋。李广田被称为"大地之子"在很大程度上就基于《地之子》这首诗歌，其中表达了他对土地的热爱超过了对蓝天的向往。第三部分包括了三首创作于 1934 年的长诗，分别是《那座城》、《土耳其》和《上天桥去》。①

关于他这一段时间所受的文学影响，郑悟广写道，他热衷于阅读周作人和英国作家吉尔伯特·怀特（gilbert white）、威廉·亨利·赫德逊（W.

---

① Bonnie S. McDougall, Kam Louie, *The Literature of China in the Twentieth Century*, Hong Kong: Hong Kong University Press, 1997, pp. 77 – 78.

H. Hudson）和马丁（E. M. Martin）的作品，而且正是因为"这些作家的影响，李广田写作的兴趣由诗歌转向了散文"。[①]

1935 年，从北京大学毕业后，李广田回到了济南的一个中学教书。此后，李广田迎来一个创作的爆发期。在 1936 年，他出版了两本散文集，分别是《画廊集》（*The Gallery Collection*）和《银狐集》（*The Silver Fox Collection*）。

（三）1937 年以后的李广田

1937 年，抗日战争全面爆发，与当时绝大部分文人一样，李广田的生活也深受其影响。他被迫离开济南，辗转去了湖北、陕西和四川。这一路的经历对他来说也是一个深刻的教育过程，正是这一路上目睹的战争带来的灾难，促使他开始对社会主义现实主义作品产生了浓厚的兴趣，在此期间，他阅读了俄罗斯作家高尔基和果戈理的作品，并开始信仰马克思主义。

1939 年，李广田来到四川省罗江县国立六中四分校任教。但是第二年，该校因为被认定与共产党有往来而被国民政府关闭。

1941 年，李广田到达昆明，到西南联合大学教授文学课程。昆明偏居中国西南一隅，因而在战争年代也相对平静，西南联大又可谓当时中国的最高学府，这里集中了一大批文化名人，李广田就是在这里结识了朱自清、沈从文、闻一多和冯至的。同时，这一时期也是他文学生涯的另外一个重要时期，他在这里完成了长篇小说《引力》（*Gravitation*）、文学评论集《诗的艺术》（*Art of Poetry*）、散文集《圈外》（*Outside the Circle*）、《回声》（*Echo*）和《灌木集》（*The Shurubs Collection*）。

1946 年，李广田到南开大学任教。1947 年，又应朱自清的邀请，来到清华大学任教。1946—1949 年，李广田的成就主要在于学术研究，本时期他发表了学术著作《创作论》（*On Creative Writing*）、《文学枝叶》（*Twigs of Literature*）和《文艺书简》（*On Literary*）。

新中国成立之后，李广田基本上很少从事文学创作了，他所担任的也主要是一些行政职务。比如，1952 年，李广田重回昆明，担任云南大学的副校长，不久又升任正校长。但是"文化大革命"开始，李广田被错误地划为右派，含冤而死。

---

① Woo‐kwang Jung, *A Study of The Han Garden Collection*: *New Approaches to Modern Chinese Poetry*, *1930‐1934*, Ph. D. dissertation, Seattle: University of Washington, 1997, p. 118.

第三章

英语世界关于中国"现代派" 诗人作品的国外渊源研究①

关于国外文学作品对中国"现代派"诗人影响，是英语世界研究的一个重点，也是本章要分析的主要内容。从比较文学的角度来讲，这种研究方法属于实证性影响研究的一种方式，最初在比较文学"法国学派"那里非常流行，现在已经成为比较文学学科最重要的研究方法之一。具体到本章而言，英语世界关于中国"现代派"的影响研究主要集中于法国文学对戴望舒和卞之琳两位重要代表诗人的影响。

第一节　戴望舒诗歌创作中的国外渊源

关于戴望舒所受国外诗人的影响，一直是很受中外研究者关注的一个话题。美国学者米佳燕曾根据国内外研究做了详细的总结，她认为戴望舒的诗歌在题材、主题等方面都受到了国外诗人的影响，具体说来则包括如下几种来源：戴望舒受到了法国早期象征主义大师波德莱尔和魏尔伦的影响，但是对他影响最大的是后期象征主义诗人，如耶麦（Francis Jammes）、福特（Paul Fort）、道松（Ernest Dowson）、古尔蒙（Remy de Gourmont）、勒韦尔迪（Pierre Reverdy）、许拜维艾尔（Jules Supervielle）、梅特林克（Maeterlink）、阿波利奈尔（Guillaume Apollinaire）、瓦莱里（Paul Valéry）和艾吕雅（Paul Eluard），而且这些诗人的诗歌，他都曾翻

---

① 虽然此节也涉及形式和意象，但是于此只做影响方面的阐述，而不就具体形式和意象在诗中的艺术效果展开分析，这方面的研究将置于第六章"英语世界关于中国'现代派'诗人诗歌中的主题与意象研究"。

译过。她还根据戴望舒自己的一些言论和施蛰存的文章指出，戴望舒早期的诗歌创作生涯始于他对颓废派诗人厄内斯特·道松和法国浪漫主义诗人雨果作品的翻译；中期的创作受法国象征主义诗人的影响，尤其是福尔·福特和弗朗西斯·耶麦对其影响巨大；后期创作则吸收了他所翻译的西班牙诗人洛尔迦（Federico Garcia Lorca）的创作手法。在上述诸人研究的基础上，米佳燕认为，"有四位诗人直接或间接地影响了戴望舒的诗歌意识。换句话说，也就是戴望舒从他们那里获得了最多的创作灵感。这四位诗人分别是波德莱尔、魏尔伦、耶麦和道松"①。

根据上述米佳燕的论述和英语世界的其他研究成果，我们可以将戴望舒所受的国外影响研究分为三类：西方文学对戴望舒产生影响的可能性研究，法国浪漫派的影响，象征主义诗人波德莱尔、魏尔伦和耶麦的影响。下面的讨论，也将围绕这三个方面展开。

一　作为西方文学的翻译家和学生的戴望舒

关于戴望舒与国外文学的渊源，斯坦福大学兰多夫·特朗布尔（Randolph Trumbull）在其博士论文《上海现代派》中讲述了戴望舒留学欧洲期间的一些经历，并据此认为，戴望舒在此时间，他的身份更主要是一位西方文学的翻译家或者学生。

一是作为西方文学翻译家的戴望舒。兰多夫·特朗布尔说："在戴望舒享有盛名的 20 世纪 30 年代，一些读者应该也会很容易意识到戴望舒首先是一位翻译家。"② 兰多夫·特朗布尔之所以这样说是因为，经过他的研究，在 1924—1950 年这一时间段，戴望舒总共发表了不到一百首诗歌。但是，与之形成明显对比的是，在此期间，他曾翻译了众多作家的作品，如奥维德（Ovid）、波德莱尔（Baudelaire）、柯蕾特（Colette）、耶麦（Jammes）、梅特林克（Maeterlinck）、马拉美（Mallarmé）、莫兰（Morand）、拉迪盖（Radiguet）、许拜维艾尔（Supervielle）、阿佐林

---

① "There are four poets who directly or indirectly influenced Dai's poetic consciousness, or from whom Dai draws the greatest poetic inspiration. These four poets are Baudelaire, Berlaine, Jammes, and Dowson." Jiayan Mi, *Self-fashioning and Reflexive Modernity in Modern Chinese Poetry*, *1919-1949*, Lewiston N. Y. The Edwin Mellen Press, 2004, p. 150.

② "Some of his readers, at the height of his fame during the thirties, might just as easily have recognized him first as a translator." Randolph Trumbull, *The Shanghai Modernist*, Ph. D. dissertation, Stanford: Stanford University, 1989, p. 107.

（Azorín）、塞万提斯（Cervantes）和伊巴桌兹（Ibanez）等人的作品都曾是他的翻译对象，如果把戴望舒所翻译的法语、拉丁语和西班牙语的小说、诗歌和散文加起来的话，相对于他的诗歌而言，这可以说是他对中国现代文化生活所做的一个更大贡献。因此也可以说，戴望舒已经深深地被西方文学迷住了，尤其是法国和西班牙的现代文学。

戴望舒的另外一个身份是作为西方文学学生的戴望舒。据兰多夫·特朗布尔研究，戴望舒在欧洲留学的时间是 1932 年 10 月到 1935 年的夏天，而施蛰存将戴望舒奉为中国的诗坛领袖也正是在这个时期。而施蛰存眼中的中国诗坛领袖在欧洲期间的所作所为却更像是一位虔诚的学生。他流连于巴黎和马德里大小书店间，向一些欧洲的知名作家请教，并积极学习新的外语。就连给他上海的朋友所寄的包裹中，也都是一些他在欧洲收集的杂志、书籍或者有关欧洲文学进展的报道等。"所有这一切都说明戴望舒是一位学习文学之人，而非一位创作文学之人，他在留学海外这些年偶尔写作诗歌的动力也主要是来自经济方面的需要和施蛰存的索稿。"①

通过兰多夫·特朗布尔所分析的上述两点，我们可以看出西方文学在戴望舒的文学生涯中占有重要的地位。正是对西方文学作品的学习与翻译，使得戴望舒熟悉了它们的创作手法及其中所传达的思想感情信息。但是，兰多夫·特朗布尔的分析也只是说明了戴望舒受到了西方文学作品的影响，这一点也只是使西方文学具备了影响戴望舒创作的前提，但他并没有具体分析这些影响在戴望舒的诗歌中是如何体现的，这个任务在英语世界主要由利大英与辛宁完成，同时这也是下面两部分的主要内容。

二　法国浪漫派的影响

综观国内外戴望舒的国外渊源的现有研究成果，大多是关注象征主义诗人对其的影响，关于国外浪漫主义诗人对其的影响研究则比较少。阙国虬是国内为数不多的注意到这个问题的研究者之一，而法国学者利大英对此问题的研究，也正是站在对阙国虬继承、批判并加以补充的基础上展开的，因此，我们有必要首先了解一下阙国虬的观点。

---

① "All of these activities suggest that Dai Wangshu was a student, rather than anthor, of literature. The occasional poem he wrote during his years abroad may have been prompted as much by financial need or the promptings of Shi Zhecun as the creative impuse." Randolph Trumbull, *The Shanghai Modernist*, Ph. D. dissertation, Stanford: Stanford University, 1989, p. 108.

　　阙国虬曾就戴望舒诗歌中的国外渊源发表过如下言论："戴望舒读过许多法国浪漫派作家的作品，如雨果的、夏多布里昂的、拉马丁的……以及具有相同倾向的十六世纪的《阿达拉》和《瑞奈》，译过富于浪漫传奇色彩的法国古弹词《屋卡珊和尼各莱特》。他对十九世纪法国浪漫主义文学运动曾给予很高的评价，认为这是法兰西文学的'新纪元'，它'代替了一切古典的，传统的，它创造出一个新的形式'。但也为思想所限，他无法区分消极浪漫主义和积极浪漫主义。毋庸讳言，戴望舒从夏多布里昂等消极浪漫派的作品中所受的思想影响主要是消极的。这反映在他的《旧锦囊》第一辑的作品中。在这些诗里，'他像一个没落的世家子弟，对人生采取消极的、悲观的态度，这个时期的作品，充满了自怨自艾和无病呻吟'，这种情绪与他那时所受的消极浪漫派的影响不能说是没有关系的。"① 在这段评论中，阙国虬不但注意到了法国浪漫主义对戴望舒诗歌的影响，而且指出了他对浪漫主义接受过程中的缺陷。关于阙国虬所谓的夏多布里昂对戴望舒的影响，利大英认为他举出的实例过少，而且"令人遗憾的是，他提供的关于夏多布里昂影响唯一可靠的证据找不到出处"。②

　　利大英此句指的是阙国虬文中的一段话："望舒的《夜》③ 一诗用进了拉马丁（Lamarine）的名诗《湖》中的诗句，而《夜》的缠绵悱恻的情调与《湖》又是十分相近的。"④ 这一句的缺陷正如利大英所言，虽然准确地指出了两首诗的名字，但具体是指哪些词句之间存在相似性，却比较含糊。

　　因此，利大英即以戴望舒《夜是》与拉马丁《湖》（Le Lac）之间的关系为切入点，具体分析法国浪漫主义对戴望舒的影响。因此，我们有必要先熟悉一下戴望舒的这首《夜是》：

　　　　夜是

　　　　夜是清爽而温暖，

---

　　① 阙国虬：《试论戴望舒诗歌的外来影响与独创性》，《文学评论》1983 年第 4 期。

　　② "Unfortunately the only corroborative evidence he provides to show the influence of the latter is taken, unhappily without acknowledgment." Gregory Lee, *Dai Wangshu: the Life and Poetry of a Chinese Modernist*, Hong Kong: The Chinese University Press, 1989, pp. 125 – 126.

　　③ 即戴望舒的《夜是》，该诗在收入《望舒草》时，题目为《夜》。

　　④ 阙国虬：《试论戴望舒诗歌的外来影响与独创性》，《文学评论》1983 年第 4 期。

飘过的风带着青春和爱底香味，
我的头是靠在你裸着的膝上，
你想笑，而我却哭了。

温柔的是缢死在你底发上，
它是那么长，那么细，那么香，
但是我是怕着，那飘过的风
要把我们底青春带去。

我们只是被年海底波涛
挟着飘去的可怜的 épaves，
不要讲古旧的 romance 和理想的梦国了，
纵然你有柔情，我有眼泪。

我是怕着：那飘过的风
已把我们底青春和别人底一同带去了；
爱呵，你起来找一下吧，
它可曾把我们底爱情带去。①

　　利大英认为，法国浪漫主义作品对戴望舒诗歌的字面上的影响，应该是有的，但是却比较难以判定。至于阙国虬所提到的戴望舒在 1928 年翻译的夏多布里昂的《阿达拉》和《瑞奈》，利大英认为这两篇是散文作品（prose work），因此在这里想明确找到它们影响的痕迹也是枉费精力。经过耐心地寻找，利大英认为，戴望舒《夜是》诗中的"年海"一词，是来自拉马丁的一首诗。利大英说："我们在前面已经说过，在戴望舒的一些诗歌中，可以看出法国浪漫主义的影响，在《夜是》中，我们就有了这种影响的文本依据。戴望舒自己为读者提供了'年海'（sea of ages）的典故来历。它来自拉马丁（Lamartine）的《湖》，原文是'l'océan des âges'，出现在一首描述时间流逝的诗中。很明显，戴望舒的灵感就来自

---

① 戴望舒：《夜是》，《无轨列车》1928 年第 1 期。

于此。"① 拉马丁的《湖》原诗的第一段是这样的：

> Ainsi, toujours poussés vers de nouveaux rivages,
>
> Dans la nuit éternelle emportés sans retour,
>
> Ne pourrons – nous jamais surl'océan des âges
>
> Jeter l'ancre un seul jour ?②

范希衡将之汉译为：

> 难道就这样永远被催向新的边岸，
>
> 在这永恒之夜里飘逝着永不回头？
>
> 难道我永远在光阴之海里行船，
>
> 就不能有一日抛锚暂住？③

　　当我们在《夜是》诗中读到"年海"一词时，很难一下子懂得这个词的含义，因为这并不是一个汉语中固有的词汇。当看了利大英的分析后，才恍然大悟，原来戴望舒所谓的"年海"就是对夏多布里昂"l'océan des âges"的翻译，即范希衡的译文中的"光阴之海"。

　　另外，除了上面已经提到的"年海"一词，利大英还将戴望舒的诗歌《夜是》和拉马丁的诗歌《湖》之中意蕴相似的词语相对比，来说明二者之间情绪影响的渊源。利大英进行比较的案例是将戴望舒诗中的意象"飘过的风"（在第二行、第七行）、"爱底香味"（在第二行）和两个恋人的意象与《湖》最后一段相比较：

> Que le vent qui gémit, le roseau qui soupire,

---

　　① "It has already been mentioned that the influence of French Romanticism is discernible in some of Dai's poems. With 'Ye shi', we have textual proof of that influence. Dai himself has furnished the reader with the source of the allusion nian hai 年海（sea of ages）. It is taken from Lamartine's 'Le Lac'. The original phrase, 'l'océan des âges', is mentioned within a poem dealing with the passage of time, from which Dai obviously drew his inspiration." Gregory Lee, *Dai Wangshu*：*the Life and Poetry of a Chinese Modernist*, Hong Kong：The Chinese University Press, 1989, pp. 168 – 169.

　　② Ibid. p. 169.

　　③ 范希衡：《法国近代名家诗选》，外国文学出版社 1981 年版，第 101 页。

Que les parfums légers de ton air embaumé,

Que taut ce quón entend, Ilón voit ou lón respire,

Tout dise: Ils ont aimé !①

范希衡汉译为:

> 愿这叹息的风声，愿这呻吟的芦苇，
> 愿你这芬芳空气发出的香味清和，
> 愿一切听到、看到或呼吸到的东西，
> 都说道："他们俩曾经爱过！"②

在该诗中就又出现了"叹息的风声"和"空气发出的香味"等与戴望舒诗歌中"飘过的风"和"爱底香味"相似的词句。同时，这也是利大英所找到仅有的两处法国浪漫派对戴望舒产生影响的文字方面的例证。

虽然我们很难在戴望舒的诗歌中找到法国浪漫派在遣词造句方面的影响，但据利大英研究，法国浪漫主义文学在戴望舒的诗歌（尤其是前期诗歌）中还是留下了诸多痕迹的，这种影响主要体现在作品中流露出的忧郁感伤的情绪上。

利大英认为，法国浪漫主义文学对戴望舒诗歌创作的影响主要体现在情绪的影响上，他说："有证据证明，戴望舒可能在他刚开始学习法语那年，也就是 1925 年，就开始翻译夏多布里昂的作品了。因此，早年的戴望舒熟悉法国浪漫主义作品是毫无疑问的。然而，法国浪漫主义对戴望舒的影响主要是在情感和情绪上，而非在技巧或诗歌文字方面。"③ 也就是以夏多布里昂和拉马丁为代表的法国浪漫主义文学对戴望舒的影响主要体现在其作品中流露出的忧郁感伤的情绪上，在这点上二者的创作无疑是相通的。

---

① Gregory Lee, *Dai Wangshu: the Life and Poetry of a Chinese Modernist*, Hong Kong: The Chinese University Press, 1989, p. 169.

② 范希衡:《法国近代名家诗选》，外国文学出版社 1981 年版，第 104 页。

③ "There is ecidence to show that Dai may have started his translation of Chateaubriand in the same year that he took up the study of French, that is 1925. Thus, Dai's early acquaintance with French Tomanticism seems to be beyond reasonable doubt." Gregory Lee, *Dai Wangshu: the Life and Poetry of a Chinese Modernist*, Hong Kong: The Chinese University Press, 1989, pp. 126 – 127.

　　关于这个方面的影响，在对上面提到的拉马丁的《湖》这一案例，利大英还进一步分析道，在拉马丁的《湖》这首诗歌中的氛围和戴望舒许多描写爱情与恋人的诗歌相通，甚至当对一个女人的爱意已经确定的时候，诗人还是犹豫不决，并对可能的由此失去这个心目中的恋人而充满恐惧。①

　　为了进一步说明，利大英又列举了阙国虬前面提到的两个案例：例如，夏多布里昂的《阿达拉》和《瑞奈》。他认为这两个案例中的少年主人公显得忧郁伤感，尤其是理想破灭后，他们开始自怨自艾，并渴望从未经历过的爱情，与戴望舒的诗歌表现出近乎一致的情绪。

　　也正是在上述意义上，利大英说："从此也可以看出，阙先生将我们的注意力引向戴望舒和法国浪漫主义相似的情绪这一点上是正确的。"②

　　此外，利大英还分析了戴望舒接受法国浪漫主义文学影响的原因，他认为其中原因有二，一是戴望舒与法国象征主义文学的代表人物拉马丁和夏多布里昂等人在个性气质上有着相似之处，这个共性也吸引他向法国浪漫主义文学靠拢，这一点我们在上面已有详细介绍。利大英认为，法国浪漫主义作家能够对戴望舒诗歌产生重大影响的另外一个原因就是"戴望舒和夏多布里昂他们创作的环境也相同，换句话说就是他们具有相似的社会文化背景"。③

　　据利大英的分析，这个相似的文化背景就是 1789 年法国大革命和 1911 年辛亥革命。在革命之后，这两个国家都建立了一个脆弱的共和国，因其不稳定性而导致了各种社会矛盾的产生，并因此导致民众对其的失望与不满。法国大革命爆发时，夏多布里昂二十岁，正处于激进而又容易颓废的青年时期，因此，大革命失败带来的失落情绪在这个年轻人的作品中流露出来。正是这种社会大环境下，也导致了 19 世纪初的浪漫主义成为一种具有反抗性质的文学运动，它采取了反抗上一代的古典文主义的做

---

①　Gregory Lee, *Dai Wangshu*：*the Life and Poetry of a Chinese Modernist*, Hong Kong：The Chinese University Press, 1989, pp. 169 – 170.

②　"Mr. Que is justified in drawing our attention to these similarities in mood." Gregory Lee, *Dai Wangshu*：*the Life and Poetry of a Chinese Modernist*, Hong Kong：The Chinese University Press, 1989, p. 127.

③　"There are similarities between the environment in which Dai was learning heis and that of Chateaubriand; in other terms a similarity in cultural and social moods." Gregory Lee, *Dai Wangshu*：*the Life and Poetry of a Chinese Modernist*, Hong Kong：The Chinese University Press, 1989, p. 127.

法。这些反抗行为表达了浪漫主义者藐视成规,狂热追求想象与感伤,这就是法国的浪漫主义文学革命。利大英认为:"戴望舒可能也倾心于此。法国文学采取的将痛苦、焦虑和陶醉倾泻而出的抒情方式,也同戴望舒早期诗歌中宣泄内心情绪的追求相一致。"①

戴望舒生于 1905 年,在他 20 岁时,中国的辛亥革命已经过去了 14 年,但他所处的时代,社会背景却与夏多布里昂极其相似。当时,国内并没有随着中国历史上最后一个王朝的覆灭而走向民主与繁荣。辛亥革命之后,中国的民国政府与法国大革命后建立的政府一样,并不能控制政治局面,从而导致国内军阀混战,民不聊生。可能正是这种相似的社会背景和前面提到的个人气质这两种因素,共同促使戴望舒接受了法国浪漫主义文学的影响。

通过上面对利大英研究成果的介绍,我们已经了解了法国浪漫主义文学与戴望舒的诗歌创作之间影响与被影响的关系,我们的研究也将转向法国象征主义对戴望舒诗歌创作的影响,但在此之前,我们很有必要理解利大英对于浪漫主义与现代主义(包括前期象征主义和后期象征主义)的关系的理解,这样更有利于我们理解戴望舒诗歌中二者的影响是如何共存的。对于二者的关系,利大英是这样认为的:"浪漫主义与现代主义之间没有特别大的矛盾,它们之间还有许多共同特征,最突出的就是它们都重视运用想象、梦幻。虽然戴望舒的兴趣很快就转向了后期象征主义诗歌,但浪漫主义情绪的影响在他的作品中还是会不时闪现。"②

因此,当我们看到,在文学史中以往一般情况下都会被列入"象征派"、"现代派"或者"现代主义"诗人行列的戴望舒,在利大英的研究中竟然找到那么多法国浪漫主义文学的影响时,也不必感到惊讶,因为二者本身是不矛盾的,虽然它们可能在戴望舒不同的创作阶段呈现出不同程

① "Dai Wangshu would have felt some empathy with it. The full expression of sufferings, anxieties and ecstasies embraced by French Romantic poetry is likewise mirrored by Dai's endeavour to give vent to a full exploration of the state of the soul in his early poems." Gregory Lee, *Dai Wangshu: the Life and Poetry of a Chinese Modernist*, Hong Kong: The Chinese University Press, 1989, p. 127.

② "There appears to be no overwhelming contradiction between Romanticism and Modernism in that they share several characteristics, most notably the use of the imagination and the imagination and the importance of dreams and visions. And although Dai soon transferred his preferences to neo – Symbolist poetry, the influence of the Romanticist mood may be glimpsed throughout his work." Gregory Lee, *Dai Wangshu: the Life and Poetry of a Chinese Modernist*, Hong Kong: The Chinese University Press, 1989, p. 128.

度的影响，但是在戴望舒的诗歌中，二者已经融为一体，相得益彰。

三　法国象征派的影响

关于法国象征主义诗人对戴望舒的影响，一直是很受中外研究者关注的一个话题，同时也是英语世界戴望舒研究的重点。利大英就认为，戴望舒受到法国象征主义诗人的影响，并不晚于法国浪漫主义对其的影响。在这一节，我们就来具体研究法国象征主义为戴望舒诗歌创作带来了哪些影响。

（一）波德莱尔与魏尔伦对戴望舒《雨巷》创作的影响

利大英在提到《雨巷》的时候，曾经这样评价其中的象征主义因素：在《雨巷》这首诗歌中，"流畅优美的品质和色彩暗淡的意象，都明确地表明戴望舒是一个象征派诗人"①。利大英还对戴望舒诗集《我底记忆》中除《雨巷》之外的另外几首诗歌中存在的法国象征主义影响也进行了分析，他说，戴望舒不但借用了法国象征主义诗歌的作诗技巧，还借用了其典型的意象与词语。而且不只是上述《雨巷》"这一首诗，整个这一部分②的诗歌都是戴望舒对法国象征主义着迷的最有力证据"。③

关于戴望舒《雨巷》一诗中出现的"丁香"这一意象的法国象征主义来源，利大英做了非常详细的研究。首先，他不同意卞之琳曾经提到戴望舒《雨巷》中"丁香"主要是来自中国古典诗词的说法。他经过分析，认为这个意象具有更多的法国象征主义的因素。因为卞之琳提到了李商隐，利大英也在李商隐的诗歌中寻找到了丁香的意象，其中两句分别是："本是丁香树，春条结始生。"（She is like a lilac tree whose twings/ Have just put forth Knot‐like flowers.）和"芭蕉不展丁香结，同向春风各自愁。"（The banana‐tree does not unfurl, the lilac is not in bloom, / Together in the spring wind each is melancholy.）。但他认为前者"除了丁香树之外，

---

① "With tis mellifluous qualities and imagery of fading colours, which understandably led to Dai's being labelled a Symbolist poet." Gregory Lee, *Dai Wangshu: the Life and Poetry of a Chinese Modernist*, Hong Kong: The Chinese University Press, 1989, p. 139.

② 指戴望舒诗集《我底记忆》中以"雨巷"命名的第二部分。

③ "And indeed not just this one poem but the whole section presents the most positive proof of Dai's enchantment with French Symbolism." Gregory Lee, *Dai Wangshu: the Life and Poetry of a Chinese Modernist*, Hong Kong: The Chinese University Press, 1989, p. 139.

与《雨巷》感伤的氛围并无任何联系"。① 而在后一句中,"我们才再一次
看到了丁香与忧愁的联系"。②

与卞之琳认为"《雨巷》读起来好像旧诗句'丁香空结雨中愁'的现
代白话版的扩充或者'稀释'"③ 不同,利大英认为,如果一定要给《雨
巷》找一个中国渊源,它必定存在于上面提到的一句或所有诗句中。"但
是,不管哪个中国诗人曾经影响了戴望舒的《雨巷》创作,它最大的魅
力还是来自对西方作诗技法的吸收消化。"④

关于《雨巷》的象征主义色彩,利大英指出,在《雨巷》这首诗歌
中,戴望舒创造了一个具有印象主义(impressionistic)和抽象色彩的
(abstract)的场景,其词汇和其中所包含的音乐性都使这首诗歌成为一个
象征派诗歌美学意义下的完美综合体。当然,其中有关悲伤的主题和与世
隔绝的孤独感也是完全符合象征主义诗歌特征的,飘忽朦胧的女主人公和
其中的忧郁感伤的"我",也是如此。利大英引用顾彬(Wolfgang Kubin)
的评论说:"她如此抽象,以至于丁香就成为了她的化身。"⑤ 其中"梦"
"丁香""姑娘"这些精心选择的词汇,再加上所谓的"诗中的抒情主人
公自己"和"撑着油纸伞"的形象本身,都充满了象征主义的氛围。而
且利大英还引用彻考斯基(A. E. cherkassky)的观点,戴望舒好几首诗歌
中都出现了处于恋爱中或被爱的"姑娘",但和我们在耶麦诗中所看到的
一样,她不可能被完全拥有,因而显得更加朦胧,象征主义色彩也更加
浓烈。⑥

既然利大英经过分析,认为《雨巷》一诗受到了法国象征主义的深

---

① "Here apart from the lilac tree and its blossom there is little to tie Li Shangyin's poem to the senti-
ments of 'Rainy alley'." Gregory Lee, *Dai Wangshu: the Life and Poetry of a Chinese Modernist*, Hong
Kong: The Chinese University Press, 1989, p. 150.

② "But in Li Shangyin's 'Dai zeng' 代赠(Written for a friedn)we see again the association of li-
lac and melancholy." Gregory Lee, *Dai Wangshu: the Life and Poetry of a Chinese Modernist*, Hong Kong:
The Chinese University Press, 1989, p. 150.

③ 卞之琳:《〈戴望舒诗集〉序》,《诗刊》1980 年第 5 期。

④ "But whichever Chinese poet influenced Dai's composition of 'Rainy alley' its great attraction and
popularity are based on its assimilation of certain Western techniques." Gregory Lee, *Dai Wangshu: the
Life and Poetry of a Chinese Modernist*, Hong Kong: The Chinese University Press, 1989, p. 150.

⑤ "She is so abstract that the lilac becomes her medium." Gregory Lee, *Dai Wangshu: the Life and
Poetry of a Chinese Modernist*, Hong Kong: The Chinese University Press, 1989, p. 150.

⑥ Gregory Lee, *Dai Wangshu: the Life and Poetry of a Chinese Modernist*, Hong Kong: The Chi-
nese University Press, 1989, p. 150.

刻影响，那么具体是受到了哪位或者哪些诗人的影响呢？这也是本书接下来要解决的问题之一。

　　夏尔·皮埃尔·波德莱尔（Charles Pierre Baudelaire）和保尔·魏尔伦（Paul Verlaine）是法国象征主义的先驱，在世界范围内影响巨大。正是波德莱尔的出现，法国诗歌才"终于走出了国境。它使全世界的人都读它；它使人不得不视之为现代性的诗歌本身；它产生模仿，它使许多诗人丰饶"。① 早在 19 世纪初期，在中国的文坛就已经有了关于波德莱尔的介绍。正如柏桦所言："他那'比冰和铁更刺人心肠的欢乐'（这句诗出自《恶之花》中《乌云密布的天空》一诗）不仅漫卷了整个欧洲，甚至波及了亚洲，冲击了中国自李金发以来的中国新诗。他不仅给老雨果带来新的战栗，也给全世界的诗人带来新的战栗。因此我们可以毫不夸张地说，任何一位有西诗修养的中国文人都会立刻从波德莱尔的'冰和铁'中见出他的作诗法。"由此可见，波德莱尔的影响是世界性的。而魏尔伦作为法国象征主义诗歌的大师，与波德莱尔一样，在中国新诗界也有大批信徒，二人对中国新诗的影响也是普遍性的。对于被朱自清认定为属于中国"象征派"诗人的戴望舒受到波德莱尔和魏尔伦的影响确实是再正常不过的事情了。

　　但我们通过对英语世界研究成果的分析，关于波德莱尔对戴望舒影响的问题，存在着一个显著的分歧——波德莱尔和魏尔伦是否影响过戴望舒的诗歌创作，而且这种分歧主要体现在对《雨巷》的接受上。因此，本节就以戴望舒《雨巷》为例，来探讨英语世界关于波德莱尔和魏尔伦对戴望舒影响研究的分歧所在。

　　1. 利大英：没有确切证据表明波德莱尔和魏尔伦影响了戴望舒《雨巷》的创作

　　利大英说："这首《雨巷》是诗选和文学史编者最喜爱的诗歌之一，它经常被当作戴望舒象征主义风格的证据。但是戴望舒这首诗是受哪位法国象征主义诗人的影响，却没有人能给出具体可信的证据。"② 也正是这

---

　　① 瓦雷里：《波德莱尔的位置》，转引自戴望舒《戴望舒译诗集》，湖南人民出版社 1983 年版，第 105 页。

　　② "This poem 'Rainy Alley' is a favourite of the anthologists and literary historians. It is often." Gregory Lee, *Dai Wangshu：the Life and Poetry of a Chinese Modernist*, Hong Kong：The Chinese University Press, 1989, p. 142.

个原因,他参考了以往研究的情况。利大英提到,在他之前,张明晖(Julia C. Lin)在《中国现代诗歌导论》(*Modern Chinese Poetry*:*An Introduction*)一书中就曾提及魏尔伦是"戴望舒的诗学导师"①,并表示戴望舒诗歌的有些诗行会让我们不由自主地"想到波德莱尔"②。米歇尔·罗伊(Michelle Loi)也提到了戴望舒和波德莱尔之间具有相似之处,并指出奈瓦尔(Gérard de Nerval)和弗朗西斯·卡尔科(Francis Carco)在暗示手法的使用上,也对戴望舒产生了影响。"可是,却无人描述出这些直接影响,也没有人提供可信的文本方面能确认这种影响的证据。"③

　　利大英在寻找前人的研究成果的过程中,自己也曾在戴望舒的体现象征主义风格的《雨巷》中努力寻找波德莱尔对其影响的痕迹,但结果还是失败了。对此充满悖论的现象,利大英也感觉很迷惑,他说:"一直以来,大家都认为戴望舒象征主义的灵感一定来自阅读伟大的象征主义诗人的作品,尤其是波德莱尔。但是,我们并不能找到确切的或合乎逻辑的有力证据来证实这种说法。"④同时,利大英指出,虽然戴望舒的确阅读并翻译了早期象征派诗人的作品,但这却是发生在他实际上差不多放弃了写诗的那段时间。在他早期的文学活动中,他确实从未提及象征主义之父——波德莱尔。后来,当戴望舒发现了波德莱尔诗歌的迷人魅力之后,就开始着手翻译波德莱尔的作品,最重要的翻译成果就是波德莱尔《恶之花》的精选集《恶之花掇英》。因此,利大英认为,"如果戴望舒早期就已经阅读了波德莱尔作品的话,他应该早就翻译了它,或者他的朋友也应该会提到这个事情"⑤。

---

①　"His poetic guide, Paul Verlaine." Julia C. lin, *Moderm Chinese Poetry*:*An Introduction*, London: George Allen & Unwin Ltd, 1972, p. 166.

②　"Recall Baudelaire." Julia C. lin, *Moderm Chinese Poetry*:*An Introduction*, London: George Allen & Unwin Ltd, 1972, p. 166.

③　"Neither author describes any direct influences nor produces any convincing textual or toher corroborative evidence with which to justify such affirmations." Gregory Lee, *Dai Wangshu*:*the Life and Poetry of a Chinese Modernist*, Hong Kong: The Chinese University Press, 1989, p. 143.

④　"It has long been assumed that Dai's Symbolist inspiration must have stemmed from a reading of the great Symbolist masters, Baudelaire in particular. There seems to be no evidence, however for such an assumption, logical and obvious though it may seem." Gregory Lee, *Dai Wangshu*:*the Life and Poetry of a Chinese Modernist*, Hong Kong: The Chinese University Press, 1989, p. 128.

⑤　"Had Dai read Baudelaire earlier, he would certainly have translated him, and Dai's friends would have been aware of the fact." Gregory Lee, *Dai Wangshu*:*the Life and Poetry of a Chinese Modernist*, Hong Kong: The Chinese University Press, 1989, pp. 128 – 129.

因此，他下结论说："在写作《雨巷》的那段时间，没有任何证据证明戴望舒曾经读过或者被波德莱尔的作品影响，我们所讨论的诗中也没有东西有这方面的指向。"①

利大英还谈到了魏尔伦对戴望舒诗歌创作的影响。同波德莱尔一样，利大英也认为，在戴望舒的诗歌中，魏尔伦的影响也是无法证明的，他说，至于魏尔伦，虽然可以在戴望舒的一些诗歌和魏尔伦的诗歌中找到一些相似点，但是在《雨巷》中，魏尔伦的影响却微乎其微。虽然其中涉及了魏尔伦诗歌中的核心意象——"陌生的女人"，但是这个意象在法国象征主义诗歌中却是一个很普通的意象。中国批评家阙国虬认为戴望舒诗歌《雨巷》中的和谐的音节所造成的诗情效果的增强这一点正是来自魏尔伦的影响。利大英对这个观点的正确性是带有疑问的，他认为，阙国虬在其论断中并没有说明这个显著的特征为什么是来自魏尔伦，而不是其他法国象征主义作家。因此，利大英提出了他本人的观点，"象征主义曾经影响了这首诗的创作是毫无疑问的，但是魏尔伦的影响却是不能证明的。……在这一案例中，有很多人（其中既包括法国人也包括中国人）争做戴望舒的'诗学导师'"②。

但是有一点，在这里我们是必须要指出的，利大英所谓的波德莱尔和魏尔伦的诗歌对戴望舒诗歌创作没有影响的说法是仅限于他创作《雨巷》这个阶段的，在以后的创作中，利大英认为无论是波德莱尔还是魏尔伦都曾对戴望舒的诗歌创作产生了影响。如被选入戴望舒稍后的诗集《望舒草》中的《单恋者》和《百合子》，利大英即认为它们可能分别受到了波德莱尔和魏尔伦的影响。③

2. 辛宁：波德莱尔和魏尔伦对戴望舒《雨巷》创作的影响

下面我们就来看一下美国罗格斯大学（Rutgers，The State University of

---

① "No evidence to suggest that Dai hai ever read or been influenced by Baudelaire at the time of writing 'Rainy alley', and nothing in the poem in question would seem to indicate otherwise." Gregory Lee, *Dai Wangshu: the Life and Poetry of a Chinese Modernist*, Hong Kong: The Chinese University Press, 1989, p. 143.

② "That there are Symbolist influences in this poem is without doubt, but that they derive from cannot be proven, …when there are stronger contenders, both French and Chinese, for the role of 'poetic guide' in this instance." Gregory Lee, *Dai Wangshu: the Life and Poetry of a Chinese Modernist*, Hong Kong: The Chinese University Press, 1989, pp. 143 – 144.

③ Ibid., pp. 195 – 197.

New Jersey）辛宁（Xin Ning）的博士论文《中国现代文学中的中国现代自我身份的抒情性与危机感（1919—1949）》（*The Lyrical and the Crisis of Modern Chinese Selfhood in Modern Chinese Literature*, *1919 - 1949*），他在文中就提出了一个与利大英针锋相对的观点，即波德莱尔和魏尔伦的诗歌对戴望舒《雨巷》的创作产生了深刻影响。

　　针对利大英所说的，"在写作《雨巷》的那段时间，没有任何证据证明戴望舒曾经读过或者被波德莱尔的作品影响，诗中也没有东西有这方面的指向"①。辛宁也给予了针锋相对的辩驳，他说："虽然戴望舒直到20世纪40年代才开始着手翻译波德莱尔的《恶之花》（*Les Fleurs du Mal*），但是他在很早时候就已经阅读了波德莱尔的作品。"② 在论证自己的观点时，他首先引用了陈丙莹在《戴望舒评传》中的说法，"根据施蛰存的记录，戴望舒还在震旦大学特别班学习法文的时候就已经开始阅读法国象征主义诗歌。戴望舒是在1925年读的这个特别班，当时20岁，并于次年毕业。在这段时间，他对法国象征主义诗歌是如此着迷，以至于将其放于枕下（陈丙莹，第8—9页）"③。并依此来说明，戴望舒在创作《雨巷》时，已经阅读了波德莱尔和魏尔伦的诗歌，也因此很有可能在其《雨巷》创作的过程中受到了波德莱尔诗歌的极大影响。

　　这段话是出自施蛰存为《戴望舒译诗集》一书所写的序言，原文是这样的："望舒在震旦大学时，还译过一些法国象征派的诗。这些诗，法国神父是禁止学生阅读的。一切文学作品，越是被禁止的，青年人就越是要千方百计去找来看。望舒在神父的课堂里读拉马丁、缪塞，在枕头底下

---

① "There is no evidence to suggest that Dai had ever read or been influenced by Baudelaire at the time of writing ' Rainy alley', and nothing in the poem in question would seem to indicate otherwise." Gregory Lee, *Dai Wangshu: the Life and Poetry of a Chinese Modernist*, Hong Kong: The Chinese University Press, 1989, p. 143.

② "Though Dai Wangshu did not begin translating Les Fleurs du Mal until 1940s, he had started reading Baudelaire in a much earlier age."

③ "According to the memoir of Shi Zhecun, Dai began to read French symbolist poetry when he was still in the preparatory school of French in Aurora University (in Chinese, Zhendan University). Dai attended this preparatory school in 1925 when he was twenty and graduated one year later. During this time he was so fascinated by French symbolists that he ' buried Verlaine and Baudelaire under his pillow' all the time (qtd. In Chen 8 - 9)" Xin Ning, *The Lyrical and the Crisis of Modern Chinese Selfhood in Modern Chinese Literature*, 1919 - 1949, Ph. D. dissertation, New Brunswick: Rutgers, The State University of New Jersey, 2008, p. 113.

却埋藏着魏尔伦和波特莱尔①。他终于抛开了浪漫派，倾向了象征派。"②
关于波德莱尔和魏尔伦对戴望舒的影响，施蛰存的这段原话比陈丙莹的引
用更有说服力，因为他直接指出了戴望舒所阅读的书籍中就包括波德莱尔
和魏尔伦的作品。施蛰存在当时就是戴望舒的好友，而且在文学观点上也
志同道合，彼此之间无论是私人交往还是文学上的往来都非常密切，因此
他的记述是翔实可信的。

　　因此，辛宁得出了一个与利大英截然不同的观点，他认为："虽然戴
望舒直到20世纪40年代才开始着手翻译波德莱尔的《恶之花》（Les
Fleurs du Mal），但是他在很早时候就已经阅读了波德莱尔的作品……因
此，我们可以得出这样的结论：当戴望舒写作《雨巷》时，他对波德莱
尔的作品已经很熟悉了。"③　这也就为波德莱尔和魏尔伦对戴望舒的诗歌
创作产生影响提供了可能性。

　　如果说这一研究成果主要还是引述了国内人士的观点的话，那么在波
德莱尔对戴望舒诗歌影响研究具体案例方面，辛宁可以说是第一个进行详
细研究的了。下面，我们就来看一下辛宁的具体研究。

　　辛宁将波德莱尔《致一位过路的女子》（A Une Passante）和戴望舒的
《雨巷》作为案例进行了对比，来证明二者的相似之处。戴望舒在《雨
巷》中描述了与一个女子的偶遇，"为了得到一个满意的答案，我们将注
意力转向另外一个偶遇的场景，这次是发生在城市里——波德莱尔《致一
位过路的女子》一诗中，言说者'我'和陌路女人的偶遇"④。

　　为了比较的方便，下面我们将和《致一位过路的女子》⑤ 法文原文和

----

①　即波德莱尔。

②　施蛰存：《〈戴望舒译诗集〉序》，载戴望舒《戴望舒译诗集》，湖南人民出版社1983年
版，第2页。

③　"Thoug did not begin translating Les Fleurs du Mal until 1940s, he had started reading Baudelaire
in a much earlier age…We can reasonably deduce that by the time when he wrote 'The Alley in the Rain,'
Dai Wangshu had been quite familiar with Baudelaire's works. " Xin Ning, The Lyrical and the Crisis of Mod-
ern Chinese Selfhood in Modern Chinese Literature, 1919 - 1949, Ph. D. dissertation, New Brunswick：
Rutgers, The State University of New Jersey, 2008, p. 113.

④　"In order to find satisfactory answers to these questions, we need to shift our attention to another
scene of chance encountering, this time in western urban poetry：the accidental meeting between the speak-
ing 'I' and a woman passer - by in Baudelaire's 'A une passante. '" Xin Ning, The Lyrical and the Crisis
of Modern Chinese Selfhood in Modern Chinese Literature, 1919 - 1949, Ph. D. dissertation, New Bruns-
wick：Rutgers, The State University of New Jersey, 2008, p. 111.

⑤　本书选用的是钱春绮译的版本，名为《给一位交臂而过的妇女》。

中文译本及戴望舒的《雨巷》皆列于下方。

波德莱尔法文原文：

> A Une Passante
> La rue assourdissante autour de moi hurlait.
> Longue, mince, en grand deuil, douleur majestueuse,
> Une femme passa, d'une main fastueuse
> Soulevant, balançant le feston et l'ourlet ;
>
> Agile et noble, avec sa jambe de statue.
> Moi, je buvais, crispé comme un extravagant,
> Dans son oeil, ciel livide où germe l'ouragan,
> La douceur qui fascine et le plaisir qui tue.
>
> Un éclair... puis la nuit ! – Fugitive beauté
> Dont le regard m'a fait soudainement renaître,
> Ne te verrai – je plus que dans l'éternité ?
>
> Ailleurs, bien loin d'ici ! trop tard ! jamais peut – être !
> Car j'ignore où tu fuis, tu ne sais où je vais,
> Ô toi que j'eusse aimée, ô toi qui le savais ![1]

钱春绮的汉译为：

> 给一位交臂而过的妇女
>
> 大街在我的周围震耳欲聋地喧嚷。
> 走过一位穿重孝，显出严峻的哀愁，
> 瘦长苗条的妇女，用一只美丽的手

---

① Xin Ning, *The Lyrical and the Crisis of Modern Chinese Selfhood in Modern Chinese Literature*, *1919 – 1949*. Ph. D. dissertation, New Brunswick：Rutgers, The State University of New Jersey, 2008, pp. 111 – 112.

摇摇得撩起她那饰着花边的裙裳；

轻捷而高贵，露出宛如雕像的小腿。
从她那像孕育着风暴的铅色天空
一样的眼中，我像狂妄者浑身颤动，
畅饮销魂的欢乐和那迷人的优美。

电光一闪……随后是黑夜！——用你的一瞥
突然使我如获重生的、消逝的丽人，
难道除了在来世，就不能再见到你？

去了！远了！太迟了！也许永远不可能！
因为，今后的我们，彼此都行踪不明，
尽管你已经知道我曾经对你钟情！①

戴望舒的《雨巷》原文：

雨巷

撑着油纸伞，独自
彷徨在悠长、悠长
又寂寥的雨巷，
我希望逢着
一个丁香一样的
结着愁怨的姑娘。

她是有
丁香一样的颜色，
丁香一样的芬芳，
丁香一样的忧愁，

---

① 波德莱尔：《恶之花》，钱春绮译，人民文学出版社 2011 年版，第 211 页。

在雨中哀怨，
哀怨又彷徨。
她彷徨在这寂寥的雨巷，
撑着油纸伞
像我一样，
像我一样地
默默彳亍着，
冷漠、凄清，又惆怅。

她静默地走近
走近，又投出
太息一般的眼光，
她飘过
像梦一般的，
像梦一般的凄婉迷茫。

像梦中飘过
一枝丁香的，
我身旁飘过这女郎；
她静默地远了，远了，
到了颓圮的篱墙，
走尽这雨巷。

在雨的哀曲里，
消了她的颜色，
散了她的芬芳
消散了，甚至她的
太息般的眼光，
丁香般的惆怅。

撑着油纸伞，独自
彷徨在悠长、悠长

又寂寥的雨巷，

我希望飘过

一个丁香一样的

结着愁怨的姑娘。①

通过对波德莱尔的《致一位过路的妇女》和戴望舒的《雨巷》的仔细对比研究，辛宁认为这两者之间有着惊人的相似之处，主要有以下五点：一是两首诗都将关注的焦点放在抒情主人公和一位擦肩而过的陌生女子身上，这是理想的忧郁主题诗歌的女主角，因此忧伤与惆怅遍布两诗；二是两首诗中抒情主人公都被面前经过的陌生女子打动，于是想与女主人公有所交流，或者以后有机会能够再次相遇，重续前缘；三是在两首诗中所描述的交流都止于女主人公对抒情主人公的回视。如在钱春绮的汉译中"电光一闪……随后是黑夜！——用你的一瞥"，在《雨巷》中则是"她静默地走近／走近，又投出太息一般的眼光"，两者一激烈，一平静，但同样的是，她们都拨动了男主人公的心弦，但他们之间的交流都是仅仅只有这么多；四是，两首诗中的男主人公的追求的努力都化为泡影，便匆匆擦肩而过。波德莱尔在诗中感叹道"去了！远了！"戴望舒的《雨巷》中："她静默地远了，远了，／到了颓圮的篱墙，／走尽这雨巷。"这两首诗在描绘对方离去的词时，甚至都使用了同一个词"远了"，由此也可以看出二者之间的紧密联系来。②

除了上面说到的四点相似之处，辛宁还着重指出了波德莱尔的《致一位过路的女子》和戴望舒的《雨巷》的另外一个重要的相似之处。他认为，在这两首诗歌中，其中的女主人公都可以称之为幻影。她既不是简单的现实中的真实人物，也不只是抒情主人公想象中的人物而已，她成为现代人在都市生活中遇到的存在主义困境的化身。或者可以说，这两首诗中的女主人公即是都市本身。③

经过对上述五个相似点的分析，辛宁得出了结论："虽然我们不能证

---

① 戴望舒：《雨巷》，《小说月报》1928 年第 19 卷第 8 期。

② Xin Ning, *The Lyrical and the Crisis of Modern Chinese Selfhood in Modern Chinese Literature*, *1919 - 1949*. Ph. D. dissertation, New Brunswick：Rutgers, The State University of New Jersey. 2008，p. 113.

③ Ibid., p. 114.

明《致一位过路的妇女》直接影响了《雨巷》的创作，但是我们确实有证据证明，在戴望舒的创作生涯中，波德莱尔一直都是他的创作的榜样和灵感的源泉。"①

通过上面的描述，我们可以看出，辛宁首先通过施蛰存（辛宁是在陈丙莹的作品中转引的）对戴望舒读书生涯的回顾，反驳了利大英所谓的戴望舒在写作《雨巷》的那段时间对波德莱尔作品并不熟悉的观点，证明了戴望舒受到波德莱尔影响的可能性；其次，也是更为重要的一点，通过对波德莱尔《致一位过路的女子》和戴望舒《雨巷》诸多相同点的分析，证明了两者之间极可能存在影响与被影响的关系。戴望舒作为法国象征主义的崇拜者，在他的《雨巷》中与波德莱尔的《致一位过路的女子》存在的相似之处如此之多，如果据此判断两者之间存在影响与被影响的关系，丝毫不令人奇怪，这一点也正是辛宁做出的独特贡献。

在论述了波德莱尔对戴望舒可能的影响之后，紧接着，辛宁又研究了法国象征主义另一位大师魏尔伦的《秋歌》与戴望舒《雨巷》之间的关系。

在展开论述之前，辛宁首先提到了前辈的批评家对这个问题的研究成果，比如施蛰存——戴望舒的老朋友兼诗友，曾经这样评论戴望舒的诗歌创作与翻译之间的关系：

> 戴望舒的译外国诗，和他的创作新诗，几乎是同时开始。……望舒译诗的过程，正是他创作诗的过程。译道生、魏尔伦诗的时候，正是写《雨巷》的时候；译果尔蒙、耶麦的时候，正是他放弃韵律，转向自由诗的时候。后来，在四十年代译《恶之花》的时候，他的创作诗也用起韵脚来了。②

上面的这段评述，辛宁是引自陈丙莹所著的《戴望舒评传》，这句话的最原始的出处也是施蛰存在1983年为《戴望舒译诗集》做的序。施蛰

---

① "Although we cannot prove that 'A une passante' has direct influence on 'The Alley in the Rain', we do have evidence to show that in Dai's wrting career, Baudelaire was always his model and source of inspiration." Xin Ning, *The Lyrical and the Crisis of Modern Chinese Selfhood in Modern Chinese Literature*, *1919 – 1949*, Ph. D. dissertation, New Brunswick：Rutgers, The State University of New Jersey, 2008, p. 113.

② 陈丙莹：《戴望舒评传》，重庆出版社1993年版，第238页。

存在这段话中提出了一个重要的观点，即"望舒译诗的过程，正是他创作诗的过程"，这句话说明了戴望舒的诗歌翻译对其同期的诗歌创作产生了重要影响。辛宁引这段话的意思也就在于说明，戴望舒在写作《雨巷》这个阶段，与其对魏尔伦诗歌的翻译正好是相对应的。按照施蛰存的观点，也就是说魏尔伦的诗歌对戴望舒《雨巷》的创作产生了影响。但是，施蛰存的这篇序言并非研究戴望舒诗歌国外渊源的专著，因而他也只是笼统地指出了魏尔伦对戴望舒的诗歌产生了影响，并没有指出魏尔伦诗歌的影响在戴望舒诗歌中的具体体现。

辛宁接着提到了另外一个重要的诗评家艾青。艾青在他的论文《中国新诗六十年》中进一步明确地指出了戴望舒的《雨巷》与魏尔伦的《秋歌》（Chanson d'Automne）之间存在的联系。根据艾青的说法，戴望舒的《雨巷》在音韵上"近似魏尔伦的《秋》[①]，不断以重叠的声音唤起惆怅的感觉"。[②] 艾青在这篇文章中指出了戴望舒的《雨巷》与魏尔伦的《秋歌》之间在音韵上的相似性，而且这种相似性在两首诗歌中产生的效果也是相同的，都是在诗歌中营造了一种惆怅忧郁徘徊的氛围。

辛宁将魏尔伦的《秋歌》和戴望舒的《雨巷》做了比较，下面就让我们先看一下魏尔伦的《秋歌》，该诗的法文原文为：

Chanson d'Automne

Les sanglots longs
Des violons
De l'automne
Bercent mon cœur
D'une langueur
Monotone.

Tout suffocant
Et blême, quand

---

① 《秋》即魏尔伦《秋歌》的另一种译法。
② 艾青：《中国新诗六十年》，《文艺研究》1980 年第 5 期。

Sonne l'heure,

Je me souviens

Des jours anciens

Et je pleure;

Et je m'en vais

Au vent mauvais

Qui m'emporte

De – cà, de – là,

Pareil à la

Feuille morte. ①

戴望舒本人也翻译了这首诗歌，为了更好地对比，我们选用的就是这个译本：

秋歌

清秋时节，

凄凄咽咽，

琴韵声长；

余音袅袅，

颓唐单调，

总断人肠。

仅存残息，

惊心变色：

一觉钟鸣；

当年旧事，

几番凝思，

————————

　　① Xin Ning, *The Lyrical and the Crisis of Modern Chinese Selfhood in Modern Chinese Literature*, *1919 – 1949*, Ph. D. dissertation, New Brunswick: Rutgers, The State University of New Jersey, 2008, p. 109.

涕泪零零。

蓦然出户，
迎风信步，
一任吹摇
却如败叶，
萧萧屑屑，
东荡西飘。①

　　将两首诗对比之后，辛宁说："我们必须承认艾青的评价是很准确的，戴望舒诗中那种孤独、痛苦、忧郁的感觉很明显和魏尔伦诗歌中描绘的无望的相思和漂泊的'我'形成了呼应。它们也都重复使用了一系列的元音，以营造单调、沉闷的氛围。"②

　　按照辛宁和艾青的观点，也就是说魏尔伦的《秋歌》对戴望舒的《雨巷》的影响主要在于音节的使用和"孤独、痛苦、忧郁"氛围的营造，也正是这两点构成了戴望舒《雨巷》的一个很重要的特色。

（二）　耶麦对戴望舒的影响研究

　　耶麦是一位法国后期象征主义诗人，就名气而言，自然不能与波德莱尔、魏尔伦相提并论，但是在利大英看来，他对戴望舒的影响却远远地超过了他们。利大英说，在短暂喜欢道松和魏尔伦之后，戴望舒对浪漫主义和前期象征主义兴趣就不再那么浓厚了，而是将目光转向了后期象征主义诗人耶麦。耶麦虽然在现代名气不大，但是在当时（甚至在西方）都相当地流行，他淡出人们视野也可能只是文学品位变化的结果。③关于耶麦对戴望舒的影响，利大英指出："诗人耶麦，一个名气次于魏尔伦和波德

---

　　①　［法］魏尔伦：《秋歌》，戴望舒译，载戴望舒《戴望舒全集》，中国青年出版社1999年版，第654页。

　　②　"We have to admit that Ai Qing's boservation is accurate. The feelings of loneliness, sorrow, melancholy, and despair in Dai's poem clearly echo the languor of the pining and rootless 'I' in Verlaine. Also both poems repetitively employ a series of vowels to create an effect of monotony and dreariness." Xin Ning, *The Lyrical and the Crisis of Modern Chinese Selfhood in Modern Chinese Literature, 1919 – 1949*, Ph. D. dissertation, New Brunswick: Rutgers, The State University of New Jersey, 2008, pp. 108 – 110.

　　③　Gregory Lee, *Dai Wangshu: the Life and Poetry of a Chinese Modernist*, Hong Kong: The Chinese University Press, 1989, p. 129.

莱尔的人，实际上却是戴望舒灵感的源泉。"①也就是说，利大英认为对戴望舒诗歌创作产生重大影响的不是前期象征主义诗人波德莱尔和魏尔伦等人，而是后期象征主义诗人耶麦对其创作影响最大。正如他的判断一样，"耶麦对戴望舒影响尤其大"。②

关于耶麦对戴望舒的影响，利大英不能说是第一个发现的。利大英提到关于耶麦对戴望舒的影响最可靠的证据来自杜衡的序言及与戴望舒同时代的人的评论。③利大英所说的杜衡的序言当是他为戴望舒的诗歌集《望舒草》所做的序言，其中提到了耶麦，而他关于"一九二五到一九二六，望舒学习法文；他直接地读了 Verlaine，Fort，Gourmont，Jammes 诸人底作品，而这些人底作品当然也影响他"。④与戴望舒同时代的人的评论则应该是指施蛰存为《戴望舒译诗集》所写的序言中关于戴望舒的大学时代读书生活的回忆："但是魏尔伦和波特莱尔对他也没有多久的吸引力，他最后还是选中了果尔蒙、耶麦等后期象征派。"⑤

除了戴望舒两位好友关于耶麦对戴望舒诗歌创作影响的评论，利大英还提到了法国的戴望舒研究专家罗伊夫人。他说罗伊夫人在研究戴望舒的著作中也曾提到了耶麦，但是却没有涉及他对戴望舒的影响。⑥

正是在这些前辈研究的基础上，利大英认为：法国象征主义文学对戴望舒的影响的焦点指向了耶麦这个名气比波德莱尔和魏尔伦要小很多的诗人，而且把他的影响置于最重要的位置。

关于耶麦对戴望舒的影响，利大英的研究可以分为三个部分：对戴望舒《雨巷》创作的影响；对戴望舒《我底记忆》创作的影响；对戴望舒其他诗歌创作的影响。

---

① "The poet Francis Jammes, less well known than Verlaine and Baudelaire but a great source of inspiration to Dai." Gregory Lee, *Dai Wangshu: the Life and Poetry of a Chinese Modernist*, Hong Kong: The Chinese University Press, 1989, p. 144.

② "Dai is particularly indebted to the neo-Symbolist Francis Jammes." Gregory Lee, *Dai Wangshu: the Life and Poetry of a Chinese Modernist*, Hong Kong: The Chinese University Press, 1989, p. 110.

③ Ibid., p. 145.

④ 杜衡:《望舒草序》，载戴望舒《望舒草》，现代书局 1933 年版，第 6 页。

⑤ 施蛰存:《〈戴望舒译诗集〉序》，载戴望舒《戴望舒译诗集》，湖南人民出版社 1983 年版，第 2 页。

⑥ Gregory Lee, *Dai Wangshu: the Life and Poetry of a Chinese Modernist*, Hong Kong: The Chinese University Press, 1989, p. 145.

1. 耶麦对戴望舒《雨巷》的影响研究

在利大英看来，耶麦诗歌对戴望舒创作的巨大影响的证据来自诗集《我底记忆》第二部分（《雨巷》部分）及以后的诗歌，这种影响不只是戴望舒可能是在无意识的情况下在情绪、技巧或主题比较抽象的方面受其影响，也包括意象、字词，甚至在戴望舒的诗歌形式中也能看出耶麦的影响。这种影响虽在《雨巷》之后创作的几首诗中体现得更加明显。"但是从《雨巷》开始，戴望舒就已经被耶麦所影响是无可置疑的。"①

怎样才能证明耶麦的这种巨大影响呢？利大英首先研究了《雨巷》的核心意象"丁香"，并将之与耶麦的两本诗集（戴望舒曾经选译其中的一些诗歌）——《晨昏三经》（De l'Angelus de l'aube à l'Angelus du soir）和《澄净的天空》（Clairières Dans Le Ciel）进行比较。利大英认为，通过将二者比较，我们就会发现在其中存在一些有启示意义的诗行。② 下面，我们就来看一下利大英的发现。

第一，利大英认为，在耶麦的诗歌和戴望舒的《雨巷》中，丁香都具有悲伤（sadness）和忧郁（melancholy）的特征，他举了《澄净的天空》中的一例：

> Elle avait emporté des brassées de lilas
> ……
> Les lilas qu'elle avait, elle les posa là.
> ……
> Elle a tendu la main et m'a dit au revoir. ③

汉译是这样的：

> 她满怀丁香
> 放下满怀的丁香

---

① "But that Jammes influenced Dai as early as 'Rainy alley' can hardly be doubted." Gregory Lee, *Dai Wangshu: the Life and Poetry of a Chinese Modernist*, Hong Kong: The Chinese University Press, 1989, p. 145.

② Ibid. pp. 145 – 146.

③ Ibid. p. 147.

她挥手作别。①

通过将二者的核心意象 "丁香" 相比较, 利大英认为, "用'丁香'来表现悲伤和《雨巷》中失之交臂女子的想法, 很有可能是戴望舒阅读了耶麦的诗歌之后, 受到其启发的结果"②。在《雨巷》和《澄净的天空》的片段中, 丁香都与爱恋的悲伤相关, 或者说这个诗歌中的核心意象, 也成了悲伤的象征, 而这种悲伤却又都是因遇到了一个一见倾心的女子, 却又匆忙离别引起。在这方面, 两首诗是完全一致的。

第二, 是通感手法的移用。利大英认为, 我们在戴望舒的《雨巷》中可以看到这样的诗句: "她是有/丁香一样的颜色, /丁香一样的芬芳", 这是很典型的象征主义的通感 (Correspondance) 手法。而这也可以在耶麦的 "la couleur d'un parfum qui n'aura pas de nom"③ 将之对比, 可以 "很明显地看出。戴望舒所做的是, 给这种'芬芳'加上了名字和颜色"。④

第三, 词句的借用。在耶麦看来, 戴望舒的《雨巷》中的一些词句也深受耶麦诗歌的影响, 我们很容易辨认出彼此之间的相似性来。"例如《雨巷》的第一句, 就和耶麦另外一首诗的第一行相似, 它们都出现了一个想象中的女孩: '撑着你的伞'⑤"⑥ 两诗开头的场景都是一个撑着伞的主人公, 这不能不让我们联想起彼此之间的影响与被影响的关系来。

第四, 无论是在耶麦的诗歌还是在戴望舒的《雨巷》中, 都存在着一个几乎完美而又可望而不可即的女主人公。根据利大英的分析, 对耶麦而言, 他所渴望的那个女人至纯至美, 因此一定是可望而不可及的。他举

---

① 笔者自译。

② "It seems therefore highly probable that the association of lilac with sadness and the idea of the vision of an unatttainable woman in 'Rainy alley' are the results of Dai's having read and been influenced by the poetry of Jammes." Gregory Lee, *Dai Wangshu: the Life and Poetry of a Chinese Modernist*, Hong Kong: The Chinese University Press, 1989, p. 147.

③ 利大英将其英译为: The Colour of a perfume which will have no name。笔者汉译为: 无名芬芳之色。

④ "Dai of course, gives his parfum both a colour and name." Gregory Lee, *Dai Wangshu: the Life and Poetry of a Chinese Modernist*, Hong Kong: The Chinese University Press, 1989, p. 147.

⑤ 法语原文: "Avec ton parapluie bleu…", 利大英英译: "With your umbrella…"

⑥ "The first line of 'Rainy alley', for instance, resembles the first line of another of Jammes's poems with once again the presence of an imaginary girl: 'Avec ton parapluie bleu' (With your umbrella)" Gregory Lee, *Dai Wangshu: the Life and Poetry of a Chinese Modernist*, Hong Kong: The Chinese University Press, 1989, p. 147.

了耶麦的一句诗来说明，法语原文为：

Je ne désire point ces ardeurs qui passionnent.

Non：elle me sera douce comme l' Automne.

Telle est sa pureté…①

汉译为：

我不需要如火的热情，

不，她对我会像秋天一样的温柔。

她如此清纯……②

　　紧接着，他分析了戴望舒《雨巷》中的女主人公，他认为戴望舒《雨巷》中所描述的"丁香一样"的女孩和上面提到的耶麦诗歌中的女孩一样，也可以用纯洁（virgin）、朦胧（opaque）和无暇（unimpeachable）来描述，而且同样，她们都是可望而不可即的。③

　　因此，利大英得出结论说："戴望舒在创作《雨巷》时，对耶麦的影响是不是有清醒意识，或者究竟受了耶麦多大的影响，这些问题都有商讨的余地。但是戴望舒不但受到了耶麦的影响，而且其影响比其他任何法国象征主义诗人的影响都要大，这一点却是无可置疑的。"④

　　2. 耶麦对戴望舒《我底记忆》的影响研究

　　通过上面的利大英对戴望舒《雨巷》这首诗歌中存在的耶麦影响的案例研究可以看出，利大英的研究最有特色同时也是最重要的一点就是，他不但指出了问题之所在，而且对其进行了深入的分析，并举出具体案

---

　　① Gregory Lee, *Dai Wangshu：the Life and Poetry of a Chinese Modernist*, Hong Kong：The Chinese University Press, 1989, p. 148.

　　② 笔者自译。

　　③ Gregory Lee, *Dai Wangshu：the Life and Poetry of a Chinese Modernist*, Hong Kong：The Chinese University Press, 1989, p. 148.

　　④ "The degree to which Dai relied on Jammes in composing 'Rainy alley' is open to question, as is whether the influence was totally conscious, but that Dai is indebted to Jammes, and more so than to any other French poet in the Symbolist tradition, is indisputable." Gregory Lee, *Dai Wangshu：the Life and Poetry of a Chinese Modernist*, Hong Kong：The Chinese University Press, 1989, p. 148.

例。当然，在分析耶麦诗歌对《我底记忆》存在的影响时也不例外。

利大英认为《我底记忆》这首诗歌在戴望舒的诗歌生涯中占有重要的地位，它崭新的风格和形式显示了戴望舒新的诗风的确立，而且通过这首诗歌（此部分其他一些诗歌也是一样）我们也能看出耶麦的重大影响。[①] 先来看一下戴望舒这首诗的原文：

　　　我底记忆

　　　我底记忆是忠实于我的，
　　　忠实得甚于我最好的友人。

　　　它存在在燃着的烟卷上，
　　　它存在在绘着百合花的笔杆上，
　　　它存在在破旧的粉盒上，
　　　它存在在颓垣的木莓上，
　　　它存在在喝了一半的酒瓶上，
　　　在撕碎的往日的诗稿上，在压干的花片上，
　　　在凄暗的灯上，在平静的水上，
　　　在一切有灵魂没有灵魂的东西上，
　　　它在到处生存着，像我在这世界一样。

　　　它是胆小的，它怕着人们底喧嚣，
　　　但在寂寥时，它便对我来作密切的拜访。
　　　它底声音是低微的，
　　　但是它底话是很长，很长，
　　　很多，很琐碎，而且永远不肯休；
　　　它底话是古旧的，老是讲着同样的故事，
　　　它底音调是和谐的，老是唱着同样的曲子，
　　　有时它还模仿着爱娇的少女底声音，

---

① Gregory Lee, *Dai Wangshu: the Life and Poetry of a Chinese Modernist*, Hong Kong: The Chinese University Press, 1989, p.159.

　　它底声音是没有气力的，
　　而且还夹着眼泪，夹着太息。

　　它底拜访是没有一定的，
　　在任何时间，在任何地点，
　　甚至当我已上床，朦胧地想睡了；
　　人们会说它没有礼貌，
　　但是我们是老朋友，

　　它是琐碎地永远不肯休止的，
　　除非我凄凄地哭了，或是沉沉地睡了；
　　但是我是永远不讨厌它，
　　因为它是忠实于我的。①

　　首先，利大英分析了《我底记忆》的诗歌形式。他指出，这首诗的特点就是自由体形式，其中最引人注目的形式就是第3—7行的重复"它存在在……上"，这个重复告诉了我们诗人的记忆是如何被激发的。②

　　在利大英看来，这首诗的主题和波德莱尔的《烦闷（一）》一诗在表面上有几分相似：

　　我记忆无尽，好像活了一千岁，
　　抽屉装得满鼓鼓的一口大柜——
　　内有清单，诗稿，情书，诉状，曲词，
　　和卷在收据里的沉重的发丝——
　　藏着的秘密比我可怜的脑还少。③

　　这里之所以会出现波德莱尔的影响，利大英认为可能存在一个间接影

---

① 戴望舒：《我底记忆》，《未名》1929 年第 2 卷第 1 期。

② Gregory Lee, *Dai Wangshu：the Life and Poetry of a Chinese Modernist*, Hong Kong：The Chinese University Press, 1989, p. 161.

③ ［法］波德莱尔：《烦闷（一）》，戴望舒译，载戴望舒《戴望舒全集》，中国青年出版社1999 年版，第 628 页。

响的问题,彼此的影响关系可以描述为波德莱尔影响了耶麦的《膳厅》
这首诗的创作,而戴望舒写作《我底记忆》的灵感则又为耶麦的《膳厅》
所激发。因此,综合比较之下,利大英认为:"然而,这首诗的形式及其
主题还是让我们首先想起了耶麦的《膳厅》。"①因此,我们很有必要先看
耶麦《膳厅》的原文,我们选用的是戴望舒的译本:

> 有一架不很光泽的衣橱,
> 它曾听见过我的姑祖母的声音,
> 它曾听见过我的祖父的声音。
> 它曾听见过我的父亲的声音。
> 对于这些记忆,衣橱是忠实的。
> 别人以为它只会缄默着是错了。
> 因为我和它谈着话。②

在把耶麦的《膳厅》和戴望舒的《我底记忆》对比之后,利大英认
为二者存在着惊人的相似,这两首诗歌不但在将关键词重复使用这种技巧
方面相同,而且两位诗人都采用了拟人化和具体化的手法,把无生命的物
体的"灵魂"(soul)当作自己的朋友,并且和它交谈。在具体词汇的相
似方面,两首诗都提到了"忠实"(faithful)和"这些记忆"(these mem-
ories)。③也正是以上三点,使得利大英对戴望舒《我底记忆》的创作受
到了耶麦《膳厅》的深刻影响这一点深信不疑。

为了证明自己这种观点的可靠性,利大英紧接着又介绍了戴望舒不但
熟悉耶麦的这首《膳厅》,而且还曾将耶麦的这首诗和其他几首诗一起翻
译并发表在《新文艺》上。所以说,戴望舒一定熟悉耶麦的这首《膳
厅》,并大方地从中借用。正是对耶麦诗歌的借用,帮助戴望舒形成了新
的风格。利大英引用了杜衡的一段评论,杜衡曾经指出,在《我底记忆》
这首诗歌中,戴望舒采用了与以往完全不同的措辞方式。例如,除去了陈

---

① "And yet the form and subject matter remind us foremost of the poem 'La salle à manger'." Greg-
ory Lee, *Dai Wangshu: the Life and Poetry of a Chinese Modernist*, Hong Kong: The Chinese University
Press, 1989, p. 161.

② [法]耶麦:《膳厅》,戴望舒译,《新文艺》1929 年第 1 卷创刊号。

③ Gregory Lee, *Dai Wangshu: the Life and Poetry of a Chinese Modernist*, Hong Kong: The Chi-
nese University Press, 1989, p. 161.

词，引入了一些很普通的意象，如"烟卷"（在第三行）、"粉盒"（在第五行）和"酒瓶"（在第七行）等词语，为诗歌增添了生活气息。虽然其中还是难免有文绉绉的词语跳出，如"凄凄地"（在最后一段第二行）之类，"但是，总体而言，其语言已经变得通俗易懂，相比较以前的作品，也显得平易"。① 而这一切的变化，在利大英看来，对耶麦诗歌的接受无疑是最大的推动者。

3. 耶麦对戴望舒其他诗歌的影响研究

利大英关于耶麦诗歌影响戴望舒诗歌创作的案例，除了上面我们已经介绍的《雨巷》与《我底记忆》之外，他还分析了戴望舒其他几首诗歌中存在的耶麦因素。首先，我们来看一下利大英对戴望舒另外一首名作《秋天》的分析。戴望舒《秋天》的原文是这样的：

秋天

再过几日秋天是要来了，
我坐着，抽着陶制的烟斗
我已隐隐地听见它的歌吹
从江水的船帆上。

它是在奏着管弦乐；
这个使我想起做过的好梦；
从前我认它是好友是错了，
因为它带了忧愁来给我。

林间的猎角声是好听的，
在死叶上的漫步也是乐事，
但是，独身汉的心地我是很清楚的，
今天，我是没有闲雅的兴致。
我对它没有爱也没有恐惧，

---

① "All in all, there is a much greater simplicity than in his earlier work." Gregory Lee, *Dai Wang-shu: the Life and Poetry of a Chinese Modernist*, Hong Kong: The Chinese University Press, 1989, p. 162.

　　你知道它所带来的东西的重量，

　　我是微笑着，安坐在我的窗前，

　　当浮云带着恐吓的语气来说：

　　秋天要来了，望舒先生！①

　　利大英认为，在《秋天》这首诗歌中，耶麦对戴望舒的影响主要体现为两点：一是拟人手法的应用；二是意象的借用。

　　首先，我们先来看一下关于戴望舒诗歌中拟人手法的应用对耶麦诗歌的借鉴。利大英说在诗歌《秋天》中，我们看到了令人印象深刻的拟人化的因素。而这些则是 "戴望舒也受到了耶麦诗歌中拟人手法的影响"。② 例如，"秋天" 是带着它的 "歌吹" 来的，而且正在演奏的是 "管弦乐"。如果说这种拟人化的手法还是比较常见的话，那么 "当浮云带着恐吓的语气来说：秋天要来了，望舒先生！" 一句中，所表现出的 "那种亲切随和的语调" 的 "语言策略" 则更具耶麦特色了。因此，利大英说，最让人震惊的还是《膳厅》这首运用了拟人化手法的最后一句和戴望舒的《秋天》中最后几行的高度相似。③《膳厅》中的诗句是：

　　而我微笑着他们以为只有我独自个活着。

　　当一个访客进来时问我说：

　　——你好吗，耶麦先生？④

　　戴望舒诗歌《秋天》的最后两行：

　　我是微笑着，安坐在我的窗前，

　　当浮云带着恐吓的语气来说：

　　秋天要来了，望舒先生！

---

　　①　戴望舒：《秋天》，载戴望舒《我底记忆》，东华书局 1929 年版，第 67—68 页。

　　②　"Dai Wangshu to be influenced by the animistic streak in Jammes's poetry." Gregory Lee, *Dai Wangshu: the Life and Poetry of a Chinese Modernist*, Hong Kong: The Chinese University Press, 1989, p. 163.

　　③　Ibid., p. 165.

　　④　戴望舒：《秋天》，载戴望舒《我底记忆》，东华书局 1929 年版，第 67—68 页。

　　将这几句诗做一个对比，结果确实如利大英所说的"让人震惊"，其中不但诗中的主人公都是面带微笑，而且戴望舒《秋天》中的最后一句都是对话体，特别是其中的结束语"望舒先生"，简直是"耶麦先生"的置换。

　　其次，这首诗歌里另外一个能体现出耶麦特色的地方就是意象的移用了。根据分析，在戴望舒的这首诗歌里经常可以发现一些耶麦式的意象，"而其中最明显的莫过于烟斗这个意象了，戴望舒发现这个意象太有魅力而不能拒绝"。① 戴望舒《秋天》的第二行"我坐着，抽着陶制的烟斗"，与耶麦的一些诗句就有很高的相似性，如"J'ai fumé ma pipe en terre et j'ai vules boeufs"②；"Mais à présent, je souris en fumant ma pipe"③，利大英认为，尤其是后面这一句与戴望舒《秋天》的第十五行："我是微笑着，安坐在我的窗前"高度相似。④

　　此外，利大英认为，"落叶"或"死叶"也很可能是戴望舒借用自耶麦的意象，本诗最后一段的第二句"在死叶上的漫步也是乐事"中就出现了这一个意象。据利大英所言，第一个发现这一意象间借用的是彻考斯基（Cherkassky），他曾指出的，落叶或死叶（fallen or dead leaf）意象是耶麦经常使用的意象，因此，"这个意象也可能被戴望舒借用"。⑤

　　利大英还分析了戴望舒诗歌中伤感孤独地抽着烟的形象的渊源，他认为这同样也是来自耶麦的影响。关于这一点，他举的例子是戴望舒《独自的时候》（When Alone）和《对于天的怀乡病》（Homesickness for The Sky）。他说："耶麦在许多诗歌中自我形象都是独自坐在房间的孤独忧郁并抽着烟，而这也是在我们前面提到的两首诗歌的第一段戴望舒对自我形象的描述。"⑥ 我们看戴望舒《独自的时候》和《对于天的怀乡病》各自

---

　　① "The most obvious is the image of the 'pipe' which Dai found too attractive to resist." Gregory Lee, *Dai Wangshu: the Life and Poetry of a Chinese Modernist*, Hong Kong: The Chinese University Press, 1989, p. 164.

　　② 汉译为：我抽着陶制的烟斗，看着牛群。

　　③ 汉译为：但是现在，我微笑着，抽着我的烟斗。

　　④ Gregory Lee, *Dai Wangshu: the Life and Poetry of a Chinese Modernist*, Hong Kong: The Chinese University Press, 1989, p. 164.

　　⑤ "And may have been borrowed by Dai." Gregory Lee, *Dai Wangshu: the Life and Poetry of a Chinese Modernist*, Hong Kong: The Chinese University Press, 1989, p. 164.

　　⑥ "Jammes portrays himself in several of his poems and it is just such a figure that Dai describes in the first stanzas of each of the two aforecited poems." Gregory Lee, *Dai Wangshu: the Life and Poetry of a Chinese Modernist*, Hong Kong: The Chinese University Press, 1989, p. 170.

的第一段：

> 房里曾充满过清朗的笑声，
> 正如花园里充满过蔷薇；
> 人在满积着的梦的灰尘中抽烟，
> 沉想着消逝了的音乐。①

> 怀乡病，怀乡病，
> 这或许是一切
> 有一张有些忧郁的脸，
> 一颗悲哀的心，
> 而且老是缄默着，
> 还抽着一支烟斗的
> 人们的生涯吧。②

然后，我们再看一下耶麦的《流水》（L'eau coule）诗中的句子，并做一个比较：

> Mais à présent, je souris en fumant ma pipe.
> Les rêves que j'ai eus étaient comme les pies
> qui filent. J'ai réfléchi. J'ai lu des romans. ③

将之汉译如下：

> 但是现在，我微笑着抽着我的烟斗，
> 曾经的梦想就像喜鹊飞过，
> 我曾经思考，曾经阅读罗曼史。④

---

① 戴望舒：《独自的时候》，《未名》1929 年第 1 卷第 8 期。
② 戴望舒：《对于天的怀乡病》，《无轨列车》1928 年第 8 期。
③ Gregory Lee, *Dai Wangshu: the Life and Poetry of a Chinese Modernist*, Hong Kong: The Chinese University Press, 1989, p. 171.
④ 笔者自译。

　　很明显，在上述三首诗歌中都出现了抽烟斗的人物形象，而这一意象最初经常在耶麦的诗歌中出现，用来表现主人公忧郁孤独的情绪，戴望舒很可能就将其借用到自己的诗歌中，而且这个"抽着烟斗"形象的借用，也同样使戴望舒本人的诗歌蒙上了忧郁孤独的情绪。

　　在戴望舒的诗歌《祭日》中，利大英则主要分析了耶麦平和的语言风格对其的影响。先看一下《祭日》原文：

祭日

今天是亡魂的祭日，
我想起了我的死去了六年的友人。
或许他已老一点了，怅惜他爱娇的妻，
他哭泣着的女儿，他剪断了的青春。
他一定是瘦了，过着飘泊的生涯，在幽冥中，
但他的忠诚的目光是永远保留着的，
而我还听到他往昔的熟稔有劲的声音，
"快乐吗，老戴?"（快乐，唔，我现在已没有了。）
他不会忘记了我：这我是很知道的，
因为他还来找我，每月一二次，在我梦里，
他老是饶舌的，虽则他已归于永恒的沉寂，
而他带着忧郁的微笑的长谈使我悲哀。
我已不知道他的妻和女儿到哪里去了，
我不敢想起她们，我甚至不敢问他，在梦里，
当然她们不会过着幸福的生涯的，
像我一样，像我们大家一样。
快乐一点吧，因为今天是亡魂的祭日；
我已为你预备了在我算是丰盛了的晚餐，
你可以找到我园里的鲜果，
和那你所嗜好的陈威士忌酒。
我们的友谊是永远地柔和的，

而我将和你谈着幽冥中的快乐和悲哀。①

在《祭日》这首诗里，我们又一次看到了耶麦式的平和的语言风格，这让我们想起了《断指》。而且，诗人又一次企图营造一个和读者交流的氛围，通过"'快乐吗，老戴?'（快乐，唔，我现在已没有了。)"这样的对话形式，引导读者去思考、去想象，以便更深刻地感受这首诗营造的感伤氛围。这首诗和戴望舒的其他一些诗歌中也存在的平和的语言风格，都让我们想到耶麦对其的影响。②

而在戴望舒的另外一首诗歌《到我这里来》之中，则存在着一个"耶麦式"的女主人公。该诗的原文为：

　　到我这里来

　　到我这里来，假如你还存在着，
　　全裸着，披散着你的发丝；
　　我将对你说那只有我们两个人懂得的话。

　　我将对你说为什么蔷薇有金色的花瓣，
　　为什么你有温柔而馥郁的梦，
　　为什么锦葵会从我们的窗间探首进来。

　　人们不知道的一切我们都会深深了解，
　　除了我的手的颤抖和你的心的奔跳；
　　不要怕我发着异样的光的眼睛，
　　向我来：你将在我的臂间找到舒服的卧榻。

　　可是，啊，你是不存在着了，
　　虽则你的记忆还使我温柔地颤动，
　　而我是徒然地等待着你，每一个傍晚，

---

① 戴望舒：《祭日》，《新文艺》1929 年第 1 卷第 2 号。
② Gregory Lee, *Dai Wangshu: the Life and Poetry of a Chinese Modernist*, Hong Kong: The Chinese University Press, 1989, p. 189.

在菩提树下，沉思地，抽着烟。①

利大英认为，这首诗的情绪明显就是耶麦式的，其中无论是抽烟的形象（"在菩提树下，沉思地，抽着烟。"），还是刚一出现就又消失了的朦胧的女性形象都再一次出现。尤其值得注意的是，这首诗不只是在情绪上和耶麦的相关诗歌形成呼应，而且诗中的女主人公也无疑是借鉴了耶麦的《当年我曾经爱过》（J'aime dans le temps）一诗中的克拉拉·黛蕾贝丝（Clara d'Ellébeuse）。② 耶麦的原诗为：

Viens, viens, ma chère Clara d'Ellébeuse：
Aimons - nous encore si tu existes.
Le vieux jardin a de vieilles tulipes.
Viens toute nue, ô Clara d'Ellébeuse.

汉译为：

来，来，我亲爱的克拉拉，
如果你还存在，让我们再次恋爱吧，
旧园中有古老的丁香，
赤裸着来吧，哦，克拉拉。③

通过将之与戴望舒的《到我这里来》相比较，利大英得出结论说，在这首诗歌中，耶麦对戴望舒的影响是明显可见的。虽然这首诗包含了戴望舒个人的经历，有着戴望舒个人的独特印记。"但是显而易见的是，戴望舒对耶麦式的主题很着迷，尤其是对其塑造的转瞬即逝的女主人公。"④

关于耶麦诗歌对戴望舒诗歌创作的影响，利大英分析的最后一个案例

---

① 戴望舒：《到我这里来》，载戴望舒《望舒草》，复兴书局1936年版，第23—24页。
② Gregory Lee, *Dai Wangshu：the Life and Poetry of a Chinese Modernist*, Hong Kong：The Chinese University Press, 1989, p. 190.
③ 笔者自译。
④ "Obviously Dai was still very attached to Jammesian themes and in particular his ephemeral heroines." Gregory Lee, *Dai Wangshu：the Life and Poetry of a Chinese Modernist*, Hong Kong：The Chinese University Press, 1989, p. 191.

是《赠克木》。该诗原文为：

　　赠克木

　　我不懂别人为什么给那些星辰
　　取一些它们不需要的名称，
　　它们闲游在太空，无牵无挂，
　　不了解我们，也不求闻达。

　　记着天狼、海王、大熊……这一大堆，
　　还有它们的成分，它们的方位，
　　你绞干了脑汁，涨破了头，
　　弄了一辈子，还是个未知的宇宙。

　　星来星去，宇宙运行，
　　春秋代序，人死人生，
　　太阳无量数，太空无限大，
　　我们只是倏忽渺小的夏虫井蛙。

　　不痴不聋，不作阿家翁，
　　为人之大道全在懵懂，
　　最好不求甚解，单是望望，
　　看天，看星，看月，看太阳。

　　也看山，看水，看云，看风，
　　看春夏秋冬之不同，
　　还看人世的痴愚，人世的倥偬：
　　静默地看着，乐在其中。

　　乐在其中，乐在空与时以外，
　　我和欢乐都超越过一切境界，
　　自己成一个宇宙，有它的日月星，

来供你钻究，让你皓首穷经。

或是我将变成一颗奇异的彗星，
在太空中欲止即止，欲行即行，
让人算不出轨迹，瞧不透道理，
然后把太阳敲成碎火，把地球撞成泥。①

利大英认为，相比较《雨巷》和《我底记忆》阶段而言，写作这首《赠克木》时，戴望舒已经在法国待过一段时间，熟悉的法国作品也多了起来。但是，这首诗还是一定会让我们想起耶麦对他的影响。据利大英分析，这首写于 1936 年的诗歌一定是受到了耶麦的《天要下雪了》（Il va neiger）一诗的影响。这种影响体现在两个方面：一是意象、词汇的相似；二是这两首诗的构思也很相似，都是描述了一个人要研究宇宙，却对其根本无法驾驭。② 而且，在利大英看来，"耶麦诗歌的两行和戴望舒诗歌的前两行如此相似，我们无法将其简单地归因为巧合"③。耶麦的原诗为：

On a baptisé les étoiles sans penser

Qu' elles n' avaient pas besoin de nom, et les nombres

Qui prouvent que les belles comètes dans l' ombre

Passeront, ne les forceront pas à passer. ④

戴望舒将其汉译为：

人们将星儿取了名字，
也不想它们是用不到名字的，

---

① 戴望舒：《赠克木》，《新诗》1936 年第 1 卷第 1 期。

② Gregory Lee, *Dai Wangshu: the Life and Poetry of a Chinese Modernist*, Hong Kong: The Chinese University Press, 1989, p. 249.

③ "The first two lines of Jammes' stanza bear such a strong resemblance to the first two lines of Dai's poem that the similarity cannot be dismissed as coin cidence." Gregory Lee, *Dai Wangshu: the Life and Poetry of a Chinese Modernist*, Hong Kong: The Chinese University Press, 1989, p. 249.

④ Gregory Lee, *Dai Wangshu: the Life and Poetry of a Chinese Modernist*, Hong Kong: The Chinese University Press, 1989, p. 249.

    而证明在暗中将飞过的美丽彗星的数目，
    是不会强迫它们飞过的。①

    将两首诗比较之后，就可以发现其相似程度之高，戴望舒诗歌的第一段简直可以看作耶麦诗歌的中文翻译。对于耶麦的影响在戴望舒诗歌中再次出现，利大英也进行了评述，他说，这位法国诗人的影响在戴望舒的《灾难的岁月》重新出现，可能不仅仅是因为他所使用的意象给早期戴望舒留下了深刻的印象，而是耶麦诗中意象所表达的情感，"相比于早期这些意象只为他的诗歌提供主题线索而言，其中的情感如今对于戴望舒而言更深有感触"。②

    由上面的论述可见，耶麦在戴望舒诗歌创作的《雨巷》阶段直至《我底记忆》阶段，都存在着很深的影响，这种影响体现在语词上、意象上、主题上、格式上，也体现在耶麦式的亲切随和的语调上。

    也正是耶麦无处不在的影响，所以利大英认为，直至《我底记忆》阶段，戴望舒的诗歌仍然称不上完全成熟，他说，虽然戴望舒不再依赖传统中国诗歌创作技巧，并移除了早期诗歌中存在的法语字词，但是对耶麦诗歌的模仿与借用似乎已成为他尝试追求诗歌特色道路上的重要支撑。"正是由于这个原因，我们不能说戴望舒在《我底记忆》这部分的诗歌艺术已经成熟，虽然他在自己的诗歌成长历程中已经取得了很大成就。"③

    通过利大英的分析，我们可以看出，耶麦的诗歌对戴望舒的诗歌生涯影响深远，从其早期《雨巷》时期的创作开始，直到其晚期的诗集《灾难的岁月》中，都有着耶麦的痕迹。利大英关于耶麦对戴望舒影响的研究，给我们揭示了许多以往研究中没有涉及的部分，而其研究过程中对实证性的注重，也使得他的研究过程本身就已经成为比较文学影响研究的范例。

----

    ①　耶麦：《天要下雪了》，戴望舒译，《新文艺》第一卷创刊号。
    ②　"The emotions expressed in those images, emotions which were to be more immediate and relevant to Dai than they had been when merely providing themes for his early poems." Gregory Lee, *Dai Wangshu: the Life and Poetry of a Chinese Modernist*, Hong Kong: The Chinese University Press, 1989, p. 250.
    ③　"For this reason, it cannot be said that Dai haid reached full maturity with the latter section of Wo de jiyi, although he had made a signigicant advance in his poetic growth." Gregory Lee, *Dai Wangshu: the Life and Poetry of a Chinese Modernist*, Hong Kong: The Chinese University Press, 1989, p. 165.

（三）戴望舒诗歌中法语词汇应用研究

在进行分析之前，我们有必要先了解一下利大英的研究对象。在戴望舒《我底记忆》诗集中，《雨巷》处于第二部分，其中包括六首诗歌，分别为：《不要这样盈盈地相看》、《回了心儿吧》、《Spleen》、《残叶之歌》、《Mandoline》和《雨巷》。

利大英认为，在这六首诗歌中，戴望舒不但借用了法国象征主义诗歌的作诗技巧，而且借用了其意象与词语。利大英说："法国象征主义者所使用的法语本身似乎也迷住了这位年轻的诗人，法语词汇（甚至整个句子）散布在这部分六首重要的诗歌中。……而他创作《雨巷》的时间也正是戴望舒对法语日益精通，而且对当时最新的法语诗歌熟悉的时候。"①

关于戴望舒诗歌中直接出现的法语词语与句子，利大英以六首诗中的第二首《回了心儿吧》为例进行阐述。我们先看一下戴望舒这首诗的原文：

回了心儿吧

回了心儿吧，Ma chére ennemie，
我从今不更来无端地烦恼你。

你看我啊，你看我伤碎的心，
我惨白的脸，我哭红的眼睛！

回来啊，来一抚我伤痕，
用盈盈的微笑或轻轻的一吻。

Aime un peu！我把无主的灵魂付你：
这是我无上的愿望和最大的冀希。

---

① "Moreover the French language itself seems to have captivated the young poet；words and even whole lines of french are scattered throughout the half – dozen poems …of the collection. By the time he wrote 'rainy alley' Dai had benifited from the pportunity and to attain a closer acquaintance with recent French poetry." Gregory Lee, *Dai Wangshu：the Life and Poetry of a Chinese Modernist*, Hong Kong：The Chinese University Press, 1989, p. 139.

　　　　回了心儿吧，我这样向你泣诉，

　　　　Un peu d'amour, pour moi; c'est déjà trop![①]

　　在利大英看来，戴望舒这首早期创作的诗歌《回了心儿吧》，因其中使用了三处法语而引人注目。这三处法语分别是：诗人在第一行使用了"Ma chére ennemie"，在倒数第二段以"Aime un peu！"开头，并以带有渴求色彩的感叹句"Un peu d'amour, pour moi; c'est déjà trop！"结束全诗。据梁仁的《戴望舒诗》中的注释，这三处法语的意思分别为"亲爱的冤家"、"给我一点爱"和"给我一点爱，对我来说已是太多了！"[②] 这可以说是一首相当直白的爱情诗，表达了作者对失去爱情的哀伤之情。

　　对于戴望舒诗歌《回了心儿吧》之中出现了一些法语单词或句子，利大英认为戴望舒诗歌中法语词的运用可以分为两种情况：一种是这些词直接借用自法国某个作家的作品；另一种则是由戴望舒独创的。例如："除了'亲爱的冤家'是借用自龙沙外，其他的法语词的用法则是由诗人独创的。当然，'给我一点爱'（在第七行）也说不上是多优美流畅的法语。"[③]

　　利大英对戴望舒《回了心儿吧》中法语词的使用效果也作了分析，他说：在被选入《我底记忆》之后，这首诗在戴望舒生前编辑出版的诗集中就再也没出现过，原因就是它过多地使用了法语原文，而忽略了中国读者的接受习惯。而对于戴望舒要在其中使用法语词的原因，利大英说道："这首诗的法语用得太多了，但是如果不这样做的话，这首本来内容就已经很单薄的诗歌，就会显得更加单薄了。"[④] 也可以说，戴望舒用很少国人懂得的语言来表达如此热烈的感情，如果单从阅读效果来讲，应该

---

　　① 戴望舒：《回了心儿吧》，载戴望舒《我底记忆》，东华书局 1929 年版，·第 30—31 页。

　　② 梁仁编：《戴望舒诗》，浙江文艺出版社 2001 年版，第 20 页。

　　③ "Apart from 'chère ennemie' – borrowed from Ronsard – the other phrases in French would seem to be the poet's own; certainly 'Aime un peu'（line 7）is not very good French." Gregory Lee, *Dai Wangshu: the Life and Poetry of a Chinese Modernist*, Hong Kong: The Chinese University Press, 1989, p. 154.

　　④ "The use of French is overdone and without this artifice, an already weak poem becomes even weaker." Gregory Lee, *Dai Wangshu: the Life and Poetry of a Chinese Modernist*, Hong Kong: The Chinese University Press, 1989, p. 154.

算是失败的。

关于戴望舒诗歌中法语词汇的运用,利大英认为,《雨巷》这一部分的其他诗歌(除了《雨巷》之外的 5 首诗歌),对中国读者而言,接受起来可能会有些困难,最主要的原因就是有相当多的法语字词或整句话掺杂其中,而其面对的却又多是国内没有相关法语知识的读者,因此就会形成理解上的障碍。对于这些法语词的运用,"这也可能是诗人努力寻找适合自己道路实践的一个证明——对外来影响只能做到半消化"。[①] 因此,从这个意义上来讲,戴望舒尝试在诗歌中直接使用法语词汇的实验是失败的,从这种做法在他后来的诗歌中越来越少见到也可以证明。

第二节 卞之琳诗歌创作中的国外渊源

外国文学对卞之琳诗歌的影响研究也是英语世界的一个研究重点。汉乐逸曾根据卞之琳在《雕虫纪历·自序》中的自我表述认为卞之琳的战前诗歌(1930—1937 年)创作可以根据所受的国外影响分为以下三个阶段:首先是大学时期,主要受 19 世纪末 20 世纪初法国诗歌的影响;其次是 1933—1935 年,主要受 T. S. 艾略特的《荒原》和其稍早的一些短诗的影响;最后是 1937 年,卞之琳对叶芝、里尔克和瓦雷里尤其感兴趣。[②]也就是说,卞之琳的创作主要受到了前期象征主义诗人和后期象征主义诗人的影响,如汉乐逸所说的,对卞之琳诗歌"影响最大的西方作家是一般被称为《象征派》的法国诗人"[③],而这种影响的存在可以从卞之琳的翻译和诗歌创作两方面证明。下面,我们就来具体分析一下国外文学作品对卞之琳的影响。

---

① "A sign perhaps of the poet still trying to find his way, of influences and exuberance only half - absorbed." Gregory Lee, *Dai Wangshu: the Life and Poetry of a Chinese Modernist*, Hong Kong: The Chinese University Press, 1989, p. 151.

② Lloyd Haft, *Pien Chih - Lin: A Study in Modern Chinese Poetry*, Dordrecht: Foris Publications, 1983, p. 33.

③ "His most obvious Western affinity is with the French poets generally considered 'Symbolist'." Lloyd Haft, *Pien Chih - Lin: A Study in Modern Chinese Poetry*, Dordrecht: Foris Publications, 1983, p. 4.

一 卞之琳对国外文学作品的阅读与翻译

首先能证明卞之琳熟悉法国象征派作品的例证就是其对法国象征主义诗歌诗论的阅读与翻译。1929 年，卞之琳考入北京大学学习英语，第二外语则选择了法语，也正是这个第二外语的选择为他开启了了解法国象征主义诗歌的大门。"从 1930 年开始，他就忙于阅读波德莱尔、马拉美、魏尔伦及其他 19 世纪象征主义诗人的诗歌，他发现这种类型的诗歌更具有吸引力，而且这种偏好一直保持了很多年。"[①]

在大学期间，除了阅读大量法国象征主义作家的法文原著，卞之琳还"努力翻译英语和法语诗歌，将严格的汉语格律应用于波德莱尔、马拉美和魏尔伦等人的诗歌翻译"。[②] 1936 年，卞之琳的译本《西窗集》由商务印书馆出版，其中涉及的西方作家包括夏尔·皮埃尔·波德莱尔、斯特凡·马拉美、雷德·古尔蒙、保尔·瓦雷里、莫里斯·梅特林克、克里斯蒂娜·洛塞特、托马斯·哈代、保尔·福尔、勒冈·马利亚·里尔克、罗庚·斯密斯、阿佐林、普鲁斯特、弗吉尼亚·伍尔夫、伊凡·亚历克赛维奇·乔伊斯、詹姆斯·布宁及安德烈·纪德等人。汉乐逸认为这份名单具有两个明显的特点：一是进入这份名单的作家，无论诗人还是散文家，都以前期象征派和后期象征派为主；二是名单中几乎没有浪漫主义作家。

除了诗歌，国外的诗论对于中国新诗的建设作用也不容小觑，是国外文学对中国诗人影响的重要组成部分之一。至于卞之琳对法国象征主义诗论的翻译，最主要的是 1932 年发表于《新月》月刊一篇名为《魏尔伦与象征主义》[③] 的论文，"其中包括了对哈罗德·尼柯孙的《保罗·魏尔伦》中一段很长的节选，并附上了卞之琳对其的介绍性评论文字"。[④] 这篇文

[①] "From 1930 onward he was busily reading Baudelaire, Mallarmé, Verlaine, and other 19th – century Symbolists. He found this poetry more to his liking than that of the English Romantics, and the preference for French verse was to remain characteristic for several years to come. " Lloyd Haft, *Pien Chih – Lin: A Study in Modern Chinese Poetry*, Dordrecht: Foris Publications, 1983, p. 22.

[②] "Pien worked diligently at preparing translations from English and French, producing meticulously rhymed Chinese versions of poems by Baudelaire, Mallarmé, Verlaine, and others. " Lloyd Haft, *Pien Chih – Lin: A Study in Modern Chinese Poetry*, Dordrecht: Foris Publications, 1983, p. 24.

[③] 哈罗德·尼柯孙：《魏尔伦与象征主义》，卞之琳译，《新月》1932 年第 4 卷第 4 期。

[④] "It consisted of lengthy translated excerpts from Harold Nicolson's book Paul Verlaine, together with Pien's introductory comments. " Lloyd Haft, *Pien Chih – Lin: A Study in Modern Chinese Poetry*, Dordrecht: Foris Publications, 1983, p. 24.

章虽然在题目之下注明是哈罗德·尼柯孙著、卞之琳译，但文章前却有一篇小序似的"译者识"，汉乐逸所谓的"附上了卞之琳对其的介绍性评论文字"当是指此。在这篇"译者识"中，卞之琳指出，这篇文章译自哈罗德·尼柯孙所著的《保罗·魏尔伦》最后一章中的三节文字，论述了魏尔伦诗中的"亲切"（intimacy）和"暗示"（suggestion）理论，并对亲切与暗示在象征派诗法中所占的地位给予了评价。而正是这里提到的亲切与暗示，对卞之琳本人的诗歌创作产生了重大影响。

　　卞之琳翻译的这些诗歌和诗论，"无疑为这个喜爱高超诗艺和诗心本质的年轻诗人提供了丰富的营养"。① 正是在这些营养的滋养下，卞之琳才创作了大量优美动人的诗歌。因此，法国象征派诗歌对卞之琳产生的影响还可以在其作品中看出。

二　国外文学对卞之琳诗歌创作的影响

　　关于卞之琳诗歌中的国外渊源，汉乐逸认为，卞之琳的作品"与西方诗歌中的象征派有着明显的渊源，这种渊源的明显之处并非体现在措辞上，而是在整体诗法上。无论是他战前的诗歌实践和还是后来的诗歌艺术理论都与前、后期象征主义大师（尤其是马拉美和瓦雷里）相当一致"。② 对于汉乐逸关于卞之琳诗歌创作受到国外的影响的研究，我们可以将其分为两种类型：直线式影响和焦点式影响。

（一）直线式影响

　　所谓直线式影响，即是"'一对一'的单线式的直接影响，指放送者对一个作家、一部作品、一种文学思潮、一国文学所产生的影响。它表现为两点一线，即从一个起点指向一个终点"。③ 具体到卞之琳诗歌创作中

---

　　①　"The authors translated in Window on the West would, indeed, provide rich sustenance for a young poet with an interest both in refined poetic technique and in the nature of the poet's consciousness." Lloyd Haft, *Pien Chih - Lin: A Study in Modern Chinese Poetry*, Dordrecht: Foris Publications, 1983, p. 49, 65.

　　②　"There is a clear affinity with the Western poetry generally known as Symbolist. This affinity is evident not so much in the specific phrasing of Pien's poems in his overall approach to poetry. Both in his technical practice of the prewar period and in his later theoretical statements on the art of poetry, Pien shows remarkable similarity to positions earlier arrived at by the great Symbolist and post - Symbolist masters, especially Mallarmé and Valéry." Lloyd Haft, *Pien Chih - Lin: A Study in Modern Chinese Poetry*, Dordrecht: Foris Publications, 1983, p. 73.

　　③　曹顺庆：《比较文学教程》，高等教育出版社 2006 年版，第 71 页。

的直线式影响案例,汉乐逸以下之琳所译《西窗集》中马拉美《秋天的哀怨》与卞之琳本人的《距离的组织》为例进行阐释。首先我们先看一下汉乐逸所谓的源文章《秋天的哀怨》:

> 自从玛利亚丢下了我,去别一个星球——哪一个呢,Orion,Altair,还是你吗,青光的 Vénus?——我长抱孤寂之感了。不知有多少长日子我挨过了,独自同我的猫儿。我说独自,就是说空无一物,我的猫儿是一个神秘的伴侣,是一个精灵。那末我可以说我挨过了长日子,独自同我的猫儿,又独自同罗马衰亡的一个晚辈作家;因为自从那人儿不再了,真算得又希奇又古怪,我爱上了种种,皆可一言以蔽之曰:衰落。所以,一年之中,我偏好的季节,是盛夏已阑,清秋将至的日子;一日之中,我散步的时间,是太阳快下去了,依依不舍的把黄铜色的光纤照在灰墙上,把红铜色的照在瓦片上的一刻儿。对于文艺也一样,我灵魂所求,快慰所寄的作品,自然是在罗马末日凋零的诗篇了……我于是读一读这一类可爱的诗(这种诗的脂粉要比青年的红晕更使我陶醉哩)①

汉乐逸认为:"总体而言,这段文字似乎和卞之琳的早期描述秋天氛围和落日景象的诗歌有几分相似。这段文字从总体上说,似乎让人想起卞之琳早期一些渲染秋天氛围和描绘落日意象的诗。也许,《距离的组织》的开头部分就可以称作一种呼应。"②在《距离的组织》中,开头第一句是这样的:

> 想独上高楼读一遍《罗马衰亡史》,
> 忽有罗马灭亡星出现在报上。

而且在《秋天的哀怨》中,我们看到的"罗马衰亡""读一读"之类的言语,皆可在《距离的组织》中找到对应的部分,由此也可以看出两

---

① 卞之琳:《卞之琳译文集》,安徽教育出版社 2000 年版,第 12 页。
② "This text seems relevant, in a genreal sense, to some of Pien's early poems involving autumnal atmosphere and setting – sun imagery. There may, possibly, also be a slight echo in the opening lines of Pien's poem 'The Composition of Distances'." Lloyd Haft, *Pien Chih – Lin: A Study in Modern Chinese Poetry*, Dordrecht: Foris Publications, 1983, p. 66.

首诗确实存在着一定的渊源关系。

汉乐逸认为，与此相同的情况还有，例如"'青年的红晕'或许正是卞之琳《秋窗》灵感来源之一"。①《秋窗》中的原文是这样的：

> 看夕阳在灰墙上，
> 想一个初期肺病者
> 对暮色苍茫的古镜
> 梦想少年的红晕。

这里"少年的红晕"和《秋日的哀怨》中"青年的红晕"也形成了对应关系，两者之间也很可能存在着"影响"与"被影响"之关系。

汉乐逸举出的另外一个证明卞之琳受到了西方象征派诗歌影响的例子是其《灯虫》与波德莱尔《献给美的颂歌》（Hymne à la Beauté）中的两句诗。其中《献给美的颂歌》中两句的法语原文如下：

> L'éphémère ébloui vole vers toi, chandelle,
> Crépite, flambe et dit：Bénissons ce flambeau！

钱春绮的中译为：

> 炫目的蜉蝣飞向你这一支明烛，
> 哧哧地焚身，还说："感谢火焰大恩！"②

我们再看一下卞之琳的《灯虫》：

> 灯虫
>
> 可怜以浮华为食品，

---

① "The 'incarnat de la Jeunese' may have been one of the inspirations of Pien's 'Autumn Window'." Lloyd Haft, *Pien Chih‑Lin*：*A Study in Modern Chinese Poetry*, Dordrecht：Foris Publications, 1983，p. 50.

② ［法］波德莱尔：《恶之花》，钱春绮译，人民文学出版社 1986 年版，第 59 页。

小蠓虫在灯下纷坠，
不甘淡如水，还要醉，
而抛下露养的青身。

多少艘朦艟一起发，
白帆蓬拜倒于风涛，
英雄们求的金羊毛，
终成了海伦的秀发。

赞美吧，芸芸的醉仙
光明下得了梦死地，
也画了佛顶的圆圈！

晓梦后看明窗净几，
待我来把你们吹空，
像风扫满阶的落红。①

通过对比阅读可以发现，无论是《献给美的颂歌》中的两句，还是《灯虫》，都是描述了“飞蛾扑火”这一常见但又十分震撼人心的生活场景。不同的是，波德莱尔只是简单地讲述了“咻咻地焚身”的结果和“感谢火焰大恩”的感慨。而《灯虫》就不同了，卞之琳不但详细描述了“小蠓虫”扑火的过程和结果，而且对其细加评论。因此汉乐逸说：“很明显，卞之琳的《灯虫》只是波德莱尔《献给美的颂歌》中两行诗主题的扩展。”②

（二）焦点式影响

所谓“焦点式影响是‘多对一’，即多个放送者对一个接受者的影响。在通常情况下，一个作家可能受某个外国作家的影响，但同时也受一

---

① 卞之琳：《雕虫纪历》，人民文学出版社 1979 年版，第 57 页。

② "Which is evidently a thematic expansion of two lines from Baudelaire's ' Hymne à la Beauté'." Lloyd Haft, *Pien Chih - Lin*: *A Study in Modern Chinese Poetry*, Dordrecht: Foris Publications, 1983, p. 67.

群作家的影响(这群作家可能是一个国家的,也可能是不同国家的)"。①
汉乐逸认为,"在极少数作品中,可以发现卞之琳可能受到了他阅读或翻
译过的几个西方作家作品之间的关联。"② 关于这方面的例子,他举了卞
之琳早期创作的《长途》和哈代的《倦行人》为例。我们先看卞之琳的
《长途》:

　　长途

　　一条白热的长途
　　伸向旷野的边上,
　　像一条重的扁担
　　压上挑夫的肩膀。

　　几丝持续的蝉声
　　牵住西去的太阳,
　　晒得垂头的杨柳
　　呕也呕不出哀伤。

　　快点儿走吧,快走,
　　那边有卖酸梅汤,
　　去到那绿荫底下,
　　喝一杯再乘乘凉。

　　几丝持续的蝉声
　　牵住西去的太阳,
　　晒得垂头的杨柳
　　呕也呕不出哀伤。

---

① 曹顺庆:《比较文学教程》,高等教育出版社 2006 年版,第 72—73 页。

② "In a very few other cases, it is possible to identify strands of probable relationship between Pien's original poems and the Western works he had read or translated." Lloyd Haft, *Pien Chih - Lin*:*A Study in Modern Chinese Poetry*, Dordrecht:Foris Publications, 1983, p. 67.

　　暂时休息一下吧，
　　这儿好让我们躺，
　　可是静也静不下，
　　又不能不向前望。

　　一条白热的长途
　　伸向旷野的边上，
　　像一条重的扁担
　　压上挑夫的肩膀。[①]

再来看一下卞之琳译文集《西窗集》中收入的哈代的《倦行人》：

　　倦行人

　　我的面前是平原，
　　平原上是路。
　　看，多辽阔的田野，
　　多遥远的路！

　　经过了一个山头，
　　又一个，路，
　　爬前去。想再没有
　　山头来拦路？

　　经过了第二个，啊！
　　又一个，路，
　　还得要向前方爬——
　　细的白的路？

　　再爬青天该不准许，

① 卞之琳：《雕虫纪历》，人民文学出版社 1979 年版，第 10—11 页。

拦不住！路
又从山背转下去。
永远是路！①

　　在将两首诗歌比较之后，汉乐逸得出了结论："我们至少看出这两首诗在主题上有某种的联系。"② 而这种联系应该指的就是两首诗都是写的旅途漫漫，永无止境，却又无法安歇。两首诗可能都是将长路比作人生，都有感喟人生漫长，而人的一生也就是挑着重担的苦旅。两首诗无论本体（路、途）还是喻体（人生），甚至包括其中的主人公（挑夫、倦行人）都很相似，因此很可能是卞之琳在写作《长途》的时候受到了哈代《倦行人》的影响。

　　此外，根据卞之琳《雕虫纪历·序》中作者的自述，汉乐逸指出，除哈代《倦行人》之外，诗中"几丝持续的蝉声"的灵感来自瓦雷里的一行诗，而全诗的诗节结构则移植了魏尔伦的一首无题诗。（《雕虫纪历》16 页）。因此，汉乐逸说："《长途》的创作过程中至少存在着三重西方影响。"③ 这首诗也成为卞之琳诗歌中群体影响的一个经典案例。

　　① 卞之琳：《卞之琳译文集》，安徽教育出版社 2000 年版，第 141—142 页。

　　② "There would seem to be, here, at least a certain degree of thematic relationship." Lloyd Haft, *Pien Chih - Lin: a Study in Modern Chinese Poetry*, Dordrecht: Foris Publications, 1983, p. 53, 69.

　　③ "at least three strands of Western influence went into the making of 'The Long Road'." Lloyd Haft, *Pien Chih - Lin: a Study in Modern Chinese Poetry*, Dordrecht: Foris Publications, 1983, p. 53, 69.

第四章

英语世界关于中国"现代派"
诗人作品的本土渊源研究

　　中国"现代派"诗人都不同程度地受到了国外文学作品的影响，有些人甚至是直接在国外诗歌影响下才走上文学创作道路的，我们在第三章也花了很多篇幅讨论了英语世界的研究者在此方面的研究成果。但是，这些"现代派"诗人毕竟是在中国文化语境中成长起来的，他们的诗歌中也必然存在着中国本土的因素。如奚密所言："追溯文学影响的渊源固然有其意义，但我们也应该去关注影响中国诗人接受这些外来文学的本土文化因素。"① 本章我们就来讨论中国"现代派"作品中的中国本土文化因素，也就是国外研究者眼中的所谓影响之下的变异。

第一节　中国传统文化因素对中国"现代派"
诗人的影响

　　从中国"现代派"诗人的作品中，可以看出他们深受中国古典文化的影响，英语世界的学者关于这点也有研究。比如，将象征主义诗歌成功中国化的戴望舒，诗评界往往将他与其前辈诗人李金发对比。因为李金发虽然常被称为"中国象征主义之父"，但是其诗歌却往往因过度欧化而招致非议。戴望舒作为继起者，诗评家一般都认为其完成了象征主义诗歌的

---

　　① "Although it is certainly worthwhile to trace the sources of influence and their reception, we should also pay attention to those elements in the native tradition that rendered modern Chinese poets receptive to foreign influences." Michelle Yeh, *Modern Chinese Poetry: Theory and Practice since 1917*, New Haven: Yale University Press, 1991, p. 12.

中国化，其原因则如安琪·克里斯汀·周（Angie Christine Chau）所言："至于戴望舒，在保持诗歌的民族性方面，他比李金发更加成功。他诗歌中的法国因素被中国因素抵消了，或者说，其中的中国因素因法国因素的存在而愈发明显。更重要的是，戴望舒的诗歌是受到了法国文学的启发，却并没有成为法国式的文学。"① 而且，安琪·克里斯汀·周又进一步论述了戴望舒法语水平的提高对戴望舒中国文化因素的促进作用："一般的情况是如果一个人熟练掌握了法语，那么他身上的中国元素就会减少，从而被西化。但是，在戴望舒身上，结果却恰恰相反：法语水平的进步却使其能够更熟练地创作中国诗歌。"② 安琪·克里斯汀·周提到，戴望舒受到了法国文学的影响，却并未被西化，而且更令人称奇的是，他越来越高的法语水平竟然反过来促进了他中文水平的提高。笔者认为，这一切背后还是因为戴望舒本身具有很高的中国文化修养，因此他才能在与西方文化的交流中，始终保持自我，也因此才能够将外来文化占为己有而为我所用。

在汉乐逸看来，中国"现代派"另一位代表诗人卞之琳的创作也做到了将中外文化融为一体，而形成了独特的诗学品格。如其所言："通过创造性地融合西方和中国元素，卞之琳成为20世纪中国诗坛影响力最持久、风格最独特的诗人之一。"③

从上面列举的几个例子可以看出，英语世界的研究也注意到了中国"现代派"诗人作品的最主要特色即在于他们立足于本土文化，而又积极吸收外来营养，并将之融为一体，从而在西化与守旧之间走出了一条新路。本章下面的部分研究的主体就是中国本土文化对中国"现代派"诗

---

① "In the case of Dai Wangshu, who has been more successful than Li Jinfa in tetaining the title of national poet, his Francophile leanings are perceived to be offset by his Chineseness and vice – versa, his Chineseness is fortified by his French, but most importantly Dai Wangshu's poetry is celebrated because it is French – inspired, not actually French." Angie Christine Chau, *Dreams and Disillusionment in the City of Light: Chinese Writer and Aritists Travel to Paris, 1920s – 1940s*, ph. D. dissertation, San Diego Universiy of California, San Diego, 2012, p. 63.

② "Presumably to be skilled in the French language would mean that one was no longer a Chinese subject but an object of Western colonization, but in the case of Dai Wangshu the opposite is true: fluency in French allegedly leads to excellence in composing Chinese poetry." Angie Christine Chau, *Dreams and Disiliusionment in the City of Light: Chinese Writer and Aritists Travel to Paris, 1920s – 1940s*, Universiy of California, San Diego, 1984, pp. 63 – 64.

③ "Pien Chih – lin, through his creative recombination of Western and Chinese elements, is one of the most original voces in all of twentieth – century Chinese poetry." Lloyd Haft, *Pien Chih – Lin: A Study in Modern Chinese Poetry*, Dordrecht: Foris Publications, 1983, p. 1.

人影响的途径及其应用。

一　中国“现代派”诗人少年时期接受的中国古典教育

中国“现代派”诗人接受传统文化的方式很多，但通过传统的教育方式接受古代经典的洗礼，无疑是他们共同的方式。下面就来看一下，他们少年时期接受的传统教育和阅读的古典书籍，这些对我们理解他们诗歌中出现的传统文化因素不无裨益。

其中值得注意的是，英语世界的研究中没有提及戴望舒和废名接受古典教育的状况。对于李广田的少年时期的学习经历的记录也相对简单，只有郑悟广提到了一句“李广田所受的教育始于私塾的旧式教学”①。因此，根据英语世界研究的实际情况，本部分将只着重论述资料较多、记述也较详细的卞之琳与何其芳两位中国“现代派”诗人接受中国古典教育的情况。

首先是卞之琳少年时期接受的中国古典教育，着重考察卞之琳所受的传统教育及其阅读的古典书目。据汉乐逸和郑悟广的记载，卞之琳出生于1910 年 12 月 8 日，此时正是中国由帝制向共和制转变的时期，而卞之琳早年所受的教育历程也正体现了这种转变。

在卞之琳入学之前，如同许多望子成龙的家长一样，卞之琳的父亲已经教他背诵了经典的蒙学教材《千家诗》，这也可能是卞之琳最早接触到的诗歌。7 岁的时候，他进入镇上的私塾。虽然清朝皇帝已经退位，中华民国成立，但当时的教科书在很大程度上依然遵循古制，卞之琳和此前无数世代的中国人一样，首先学习的是用文言文阅读。“第二年，他转到了公立小学，这虽然是一所现代学校，所有的教科书仍全使用文言文。11岁，卞之琳从公立小学毕业，又被送往私塾，并开始学习孟子、左传之类的古代经典。”② 上完了四年小学，家里又聘请先生辅导他继续学习了一

---

① "Li began his education in the traditional manner by entering in an old – style private." Woo - kwang Jung, *A Study of The Han Garden Collection: New Approaches to Modern Chinese Poetry, 1930 - 1934*, Ph. D. dissertation, St. Louis: University of Washington, 1997, p. 116.

② "The following year he was transferred to the public primary school, where, althouth it was a modern school, all the text books were still written in wenyan 文言. After graduateing from the public primary school, at age eleven, the was sent to an old – style private school 私塾 (sisu) and soon was doing a traditional study of the classics, such as the Mengzi 孟子 and the Zuo zhuan 左传." Woo - kwang Jung, *A Study of The Han Garden Collection: New Approaches to Modern Chinese Poetry 1930 - 1934*. Ph. D. dissertation, Seattle: University of Washington, 1997, p. 35.

年的《孟子》和《左传》。在此期间,他也对《楚辞》产生了兴趣,还读了家里收藏的一些古诗集子。也正是在这些古代经典的影响之下,卞之琳产生了对文学世界的憧憬:"在这个阶段,他已经显露出对文学的热情,似乎正沿着传统文人的轨迹前进。"①

其次是何其芳少年时期接受的中国古典教育。据郑悟广记载,何其芳6岁进入私塾,背诵《百家姓》《千家诗》等蒙学教材在所难免,并且学习了《周易》《论语》《孟子》等古代经典。与卞之琳一样,在学习这些经典之余,何其芳慢慢接触到了其他古典文学作品。12岁始,他先后阅读了《三国志演义》(*Romance of the Three Kingdoms*)、《水浒传》(*Water Margin*)、《西游记》(*The Journey to the West*)、《聊斋志异》(*Strange Stories from the Leisure Studio*)等古典名著,并由此养成了强烈的阅读兴趣。而且也是从这时候开始,他对中国古典诗歌也产生了浓厚的兴趣,喜欢的古代诗人包括李白(Li Po)(701—762)、杜甫(Du Fu)(711—770)、白居易(Bai Juyi)(772—846)、韩愈(Han Yu)(768—824)、苏轼(Su Shi)(1037—1101)、陆游(Lu You)(1125—1210)等。等他年龄稍大,就进入了万县中学,并于此期间阅读了曹雪芹的《红楼梦》(*The Dream of the Red Chamber*)。②

从卞之琳和何其芳的少年时期所受的古典教育可以看出,在中国"现代派"诗人到大城市读书之前,他们与同时代的大多数人一样,还是接受的古代经典教育。虽然成年之后,他们又接触了新文化、新思想,尤其是西方文化对其影响很大,但是这些少年时期接受的教育已经植根于他们的心灵和创作之中,或者也可以说,正是早年所受的中国传统经典教育和中国古典文学的阅读经历才使他们面对西方文学作品时,并没有迷失自己,而是能够努力做到兼容并蓄、中西结合,并最终创作出具有中国文化特色的现代派诗歌。

二 中国"现代派"诗人作品中传统文化因素研究

上面我们分析了英语世界研究者对于中国"现代派"诗人早期学习

---

① "By this time he had already evinced strong enthusiasm for literature; he must have seemed well on his way toward becoming a traditional - style scholar - poet." Lloyd Haft, *Pien Chih - Lin*: *A Study in Modern Chinese Poetry*, Dordrecht: Foris Publications, 1983, p. 11.

② Woo - kwang Jung, *A Study of The Han Garden Collection*: *New Approaches to Modern Chinese Poetry*, 1930 - 1934, Ph. D. dissertation, Seattle: University of Washington, 1997, p. 90.

经历的研究，了解了他们早期所接受的中国传统文化的熏陶，下面我们就
来分析一下英语世界的学者关于中国传统文化在中国 "现代派" 诗人诗
歌作品中的具体体现的研究。首先，来看戴望舒的《古神祠前》。

古神祠前

古神祠前逝去的
暗暗的水上，
印着我多少的
思量底轻轻的脚迹，
比长脚的水蜘蛛，
更轻更快的脚迹。

从苍翠的槐树叶上，
它轻轻地跃到
饱和了古愁的钟声的水上
它掠过涟漪，踏过荇藻，
跨着小小的，小小的
轻快的步子走。
然后，踌躇着，
生出了翼翅……

它飞上去了，
这小小的蜉蝣，
不，是蝴蝶，它翩翩飞舞，
在芦苇间，在红蓼花上；
它高升上去了，
化作一只云雀，
把清音撒到地上……
现在它是鹏鸟了。
在浮动的白云间，
在苍茫的青天上，

它展开翼翅慢慢地，

作九万里的翱翔，

前生和来世的逍遥游。

它盘旋着，孤独地，

在迢遥的云山上，

在人间世的边际；

长久地，固执到可怜。

终于，绝望地

它疾飞回到我心头

在那儿忧愁地蛰伏。①

　　这首诗选自《望舒诗稿》（*Wangshu's Poetry Manuscripts*），是戴望舒的这部诗集中仅有的四首新作的诗歌②之一，而这首《古神祠前》是"最令人困惑的一首诗"③。利大英之所以说这首诗"最令人困惑"，其中最重要的一个原因就是"这首诗借用了大量道家庄子的神秘意象"。④ 如诗中出现的"蜉蝣""蝴蝶""鹏鸟"等意象，皆与道家思想有着密切的联系。正是这些意象的出现，使本诗蒙上了一层朦胧的轻纱，我们只能透过这些带有深刻哲学意味的意象去猜测诗人的用意何在。同时，利大英也指出，虽然这首诗中运用了西方现代主义诗歌的一些技巧，这些技巧在西方看似新颖，但是它们不一定是来自西方的，对于戴望舒这种饱读中国古代文学作品的人来说，他可能只是采用了既有的民族传统写作技巧而已。利大英接着解释道："虽然这首诗确实使用了一些西方文学批评家所谓典型的现代主义审美倾向和艺术技巧，但是，这些倾向和技巧却早已存在于中国文

---

① 戴望舒：《古神祠前》，载戴望舒《望舒诗稿》，上海杂志公司 1937 年版，第 45—48 页。

② 指《古神祠前》（In Front of The Ancient Temple）、《霜花》（Frosty Flower）、《微笑》、（Smile）、《见勿忘我花》（Seeing The Forget – me – not）。

③ "The most puzzling of the four is 'Gu shenci qian'." Gregory Lee, *Dai Wangshu: the Life and Poetry of a Chinese Modernist*, Hong Kong: The Chinese University Press, 1989, p. 228.

④ "The poem relies heavily on the imagery of the Daoist mystical classic, the Zhuangzi 庄子." Gregory Lee, *Dai Wangshu: the Life and Poetry of a Chinese Modernist*, Hong Kong: The Chinese University Press, 1989, p. 228.

学遗产中。在中国悠久的诗歌历史中,不仅可以找出内省技巧,而且在早就成为文学经典的《庄子》中也可以看到神秘和奇思。"① 利大英作为一位西方学者,能提出如此见解确实很难得。

关于中国古典诗歌对《雨巷》的影响,利大英主要引用了卞之琳在《戴望舒诗集·前言》中的观点:"《雨巷》读起来好像旧诗句'丁香空结雨中愁'的现代白话版的扩充或者'稀释'。一种回荡的旋律和一种流畅的节奏,确乎在每节六行、各行长短不一,大体在一定间隔重复一个韵的一共七节诗里,贯彻始终。用惯了的意象和用滥了的词藻,却更使这首诗的成功显得浅易、浮泛。"② "丁香空结雨中愁"本是来自南唐中主李璟《摊破浣溪沙》,利大英提到,在一次和卞之琳聊天时,卞之琳将其误记为李商隐所作。利大英说:"这个错误也许是可以理解的,因为伤感的个性,中国读者常常可以看出他们两个之间的联系。"③ 利大英简单地介绍了一下李璟与李煜的诗歌合集《南唐二主词》(*Lyric poems of the two lords of Southern Tang*),说:"这个集子很久以来就在中国读者间流行,戴望舒也一定读过这本书,或者至少说熟悉其中的名句。将丁香、雨和忧愁联系起来的这句诗很可能是《雨巷》灵感的来源。"④

下面再看中国传统文学因素对卞之琳诗歌创作的影响。汉乐逸对卞之琳的战前诗歌有过这样的评价,他说:"卞之琳的战前诗绝不是欧洲诗歌的摹本。他很少直接借用或引述西方某个意象或词汇,即使偶尔有相仿或相合之处,他也往往把意象置于一个让人联想起佛家、道家或中国古诗常

---

① "However, this poem does highlight the fact that some of the tendencies and techniques regarded as indicative of Modernism by western literary theorist already existed in the Chinese literary heritage; not just the introspection to be found in the work of many Chinese poets through the ages, but the element of mystery and fantasy, as seen in the philosophical – religious Zhuangzi which early became a literary classic." Gregory Lee, *Dai Wangshu: the Life and Poetry of a Chinese Modernist*, Hong Kong: The Chinese University Press, 1989, p. 231.

② 卞之琳:《戴望舒诗集·前言》,载戴望舒《戴望舒诗集》,四川人民出版社 1981 年版,第 5 页。

③ "This error is, perhaps, understandable, as the sentimental nature of both poets often leads Chinese readers to see a link between the two." Gregory Lee, *Dai Wangshu: the Life and Poetry of a Chinese Modernist*, Hong Kong: The Chinese University Press, 1989, p. 149.

④ "The volume in which the line is found has long been popular with Chinese readers and Dai is certain to have read it or at least been familiar with some of its more famous lins. The association of lilac with rain and melancholy would certainly make these lines a possible source of inspiration for 'Rainy alley'." Gregory Lee, *Dai Wangshu: the Life and Poetry of a Chinese Modernist*, Hong Kong: The Chinese University Press, 1989, p. 149.

见元素的氛围中。"①　即使是一些诗歌其中的某些成分跟他翻译或者读过的西方诗歌有某些相似之处，但是这些相似之处也只是表现在整首诗的氛围上，而并非词句的模仿。就连他所声称"至少受到了三重西方诗影响"的《长途》一诗，汉乐逸也指出，典型的中国式意象如"蝉声"、"杨柳"和"斜阳"在诗中到处都可以看到。而且，熟悉中国文学史的读者都知道"倦行客"也是中国古诗的一个比较常见的主题。基于此，汉乐逸总结说："佛家和道家的世界观对于我们理解卞之琳很有帮助。虽然并无证据表明卞之琳对佛道哲学的了解比任何受过良好教育的中国知识分子更广更深，但他的确频繁使用了这两大传统中最常见的一些意象。在多数情况下，我们大概不宜过分挖掘这些典故的内涵，它们的功能主要在于从非常宽泛的意义上暗示出一种关于人类存在本质的佛教或道家视角。"②

　　冯张曼仪则提到了晚唐和宋朝的诗人词人对卞之琳诗歌创作的影响。冯张曼仪说，卞之琳在用汉语创作诗歌时，绝对不是凭空想象的，而是处于古人的影响之下。"很明显的是，他之所以能够灵活生动地运用白话文创作与他对中国古典文学的熟练掌握是分不开的。"③　关于中国古代文学作品对卞之琳诗歌的影响，冯张曼仪更具体地指出："对他影响最大的诗学传统来自晚唐和南宋，尤其是李商隐、温庭筠和姜夔等人。"④

---

①　"Pien 's prewar poetry is by no means purely derived from European models. Direct borrowing or quotation of an image or phrase is rare, and even in cases which showa hint of echoing, Pien frequently places the image in a general context suggestive of Buddhism, Taoism, or familiar elements of classical Chinese poetry." Lloyd Haft, *Pien Chih － Lin: A Study in Modern Chinese Poetry*, Dordrecht: Foris Publications, 1983, p. 73.

②　"It is in connection with this latter viewpoint that the perspective of Buddhism and Taoism becomes relevant. Though there is no evidence to suggest that Pien Chih － lin's knowledge of these philosophies has ever been more extensive or more specialized than would be normal for any well － educated Chinese, he does make frequent use of images belonging to the commonplaces of these traditions. In most cases, it would probably be wrong to see too much depth of specific allusion in this usages. Their function is rather to imply, in a very general sense, an underlying Buddhist or Taoist perspective on the nature of human indentity." Lloyd Haft, *Pien Chih － Lin: A Study in Modern Chinese Poetry*, Dordrecht: Foris Publications, 1983, p. 45.

③　"It is obvious that he is adapt in his use of the vernacular in creative combination with the classical and literary elements of the Chinese language." Mary. M. Y. Fung, *The Carving of Insects*, Hong Kong: The Chinese University of Hong Kong, 2006, p. 17.

④　"The poetic tradition that he was most frequently drawn upon is that of The Late Period of the Tang Dynasty (618 － 907) and the Southern Song period (1127 － 1279), in particular the works of Li Shangyin 李商隐 (813? － 858), Wen Tingyun 温庭筠 (c. 812 － 866), and Jiang Kui 姜夔 (1127 － 1279)." Mary. M. Y. Fung, *The Carving of Insects*, Hong Kong: The Chinese University of Hong Kong, 2006, p. 17.

郑悟广则研究了何其芳的《罗衫怨》、《关山月》和《休洗红》等几首诗歌来说明其中存在的中国古典文学的影响。他说在这几首诗歌中，“中国古典诗歌的影响可以很明显地看出。不只是因为它们相似的意象与风格，也因为它们同样的题目——《罗衫怨》来自词牌名，《关山月》和《休洗红》则在乐府中经常出现。”① 为了说明其中存在的古典意象，他举了《罗衫怨》一诗为例：

罗衫怨

我是曾装饰过你一夏季的罗衫，
如今柔柔地折叠着，和着幽怨。
襟上留着你嬉游时双桨打起的荷香，
袖间是你欢乐时的眼泪，慵困时的口脂，
还有一支月下锦葵花的影子
是在你合眼时偷偷映到胸前的。
眉眉，当秋天暖暖的阳光照进你房里，
你不打开衣箱，检点你昔日的衣裳吗？
我想再听你的声音。再向我说
“日子又快要渐渐地暖和。”
我将忘记快来的是冰与雪的冬天，
永远不信你甜蜜的声音是欺骗。②

郑悟广指出，在这首诗中出现了“荷香”“欢乐时的眼泪”“慵困时的口脂”和“一支月下锦葵花的影子”等意象，“这些意象和在中国古典爱情诗中出现的意象并没有太大差别，尤其是晚唐诗人李商隐和温庭筠所

---

① “Clearly bespeak the influence of traditional Chinese poetry, not only in their images and styles, but also in their identical titles—the title ‘Resentment of a Silk Gauze Jacket’ comes from the popolar tune of ci 词 lyrics while the titles ‘Moonlight over the Mountain Pass’ and ‘Don’t Wash the Red’ frequently appear in the yuefu 乐府 ballads.” Woo - kwang Jung, *A Study of The Han Garden Collection：New Approaches to Modern Chinese Poetry*, 1930 - 1934, Ph. D. dissertation, Seattle：University of Washington, p. 101.

② 何其芳：《何其芳文集》（第一卷），人民文学出版社 1982 年版，第 12 页。

写的诗歌"。①

郑悟广这里提到了何其芳的自传体散文《梦中道路》（*Paths in Dream*）中的记述来做佐证。在《梦中道路》一文中，何其芳谈到创作上述诗歌的时候，他经常"读着晚唐五代时期的那些精致的冶艳的诗词，蛊惑于那种憔悴的红颜上的妩媚"。"我喜欢那种锤炼，那种色彩的配合，那种镜花水月。我喜欢读一些唐人的绝句。那譬如一微笑，一挥手，纵然表达着意思但我欣赏的却是姿态。"②但是在何其芳的同一篇文章中，他谈到这些古诗中的因素在自己诗歌创作中的应用的很重要一段，郑悟广却没有提及："我自己的写作也带着这种倾向。我不是从一个概念的闪动去寻找他的形体，浮现在我心灵里的原来就是一些颜色，一些图案。"③这句话更能说明唐宋诗词（尤其是晚唐诗人）对何其芳创作的重大影响。因此郑悟广说："晚唐和五代诗歌所具有这种幻梦似的和印象式的风格，在《罗衫怨》中也可以清晰地看到。"④

作为一个跨越异质文明研究的案例，我们也要关注到以往一个经常被研究者忽略的层面，那就是中国传统文化对中国"现代派"诗人的影响。因此在上文中，笔者有意着重将出现在英语世界文本中关于中国"现代派"诗人所受传统教育的具体情况做了详细的介绍。正是通过这些诗人青少年时读书学习的经历，我们可以看出，他们都曾接受中国传统教育，都是在传统文化经典的滋养下成长的，也正是传统文化的那些独具特色的美学因素开启了他们艺术世界的大门。因此，在他们的作品中发现传统文化的因素，也就是理所当然的事情了。

---

①　"These images are not notably different from those appearing in traditional love poems, particularly the iilusionary poems written by the Late Tang (836 – 906) poets Li Shangyin and Wen Tingyun." Woo – kwang Jung, *A Study of The Han Garden Collection*：*New Approaches to Modern Chinese Poetry*, 1930 – 1934, Ph. D. dissertation, St. Louis：University of Washington, 1997, p. 102.

②　何其芳：《梦中道路》，载何其芳《刻意集》，文化生活出版社 1938 年版，第 75，78 页。

③　同上书，第 78 页。

④　"This illusionary and impressionist style heavily embedded in the poems of the Late Tang and Five dynasties can be seen in 'A Resentment of Silk Gauze Jacket.'" Woo – kwang Jung, *A Study of The Han Garden Collection*：*New Approaches to Modern Chinese Poetry*, 1930 – 1934, Ph. D. dissertation, Seattle：University of Washington, 1997, p. 102.

第二节　早期白话诗人对中国 "现代派"
　　　　诗人的影响

中国 "现代派" 诗人之前，中国新诗界已经出现了 "自由诗派" 的胡适、康白情、周作人、鲁迅、潘漠华、冯雪峰、汪静之、应修人、冰心、宗白华、白采和郭沫若等第一代诗人，"格律诗派" 的徐志摩、闻一多、陆志韦、朱湘等第二代诗人，"象征诗派" 的李金发、冯乃超、王独清、穆木天和姚蓬子等第三代诗人。① 在这些诗人的努力下，中国新诗已经取得了令人瞩目的成就，并以一种独立文体得到世人的认可，而他们的创作也以诗集、报刊等各种形式在社会上广泛流传，影响了一大批读者。因此，他们的创作也形成了文化遗产，被后来的诗人学习继承。

而中国 "现代派" 诗人正是这样一群后来者。中国 "现代派" 的诗人都受到了上述几个流派的影响，有的诗人还是从其中演变而来的。蓝棣之说："现代派的兴起，从一方面看是取新月派而代之，从另一方面看，又是继承了后期新月派的演变趋势。"② 而且中国 "现代派" 的代表人物戴望舒和卞之琳还分别被列入 "象征诗派" 和 "新月诗派"，于此更可见其关系之密切。作为后来者，中国 "现代派" 诗人不断吸收前辈诗人的经验，并力图消除其弊端，终于使得已经消沉的诗坛重新焕发出生机与活力。

国内学术界关于中国新诗渊源的研究的重点一般在于国外的渊源或中国古代的渊源，涉及中国新诗前辈诗人对后辈诗人影响的研究成果相对较少，英语世界的研究状况同样如此。经过爬梳整理，笔者发现英语世界关于中国 "现代派" 诗人受中国新诗前辈诗人影响的研究成果主要集中于卞之琳的研究，而其中又以冰心、郭沫若、徐志摩对其的影响为关注的焦点。

据郑悟广记载，在卞之琳 14 岁那年，他进入海门中学读书。正是在这段时间，他接触到了白话诗。他阅读的诗集包括冰心的《繁星》和郭

---

① 朱自清：《中国新文学大系·导言》，上海良友图书印刷公司 1935 年版，第 1—8 页。
② 蓝棣之：《现代派诗选·前言》，载蓝棣之编选《现代派诗选》，人民文学出版社 1986 年版，第 7 页。

沫若的《女神》，以及他后来的导师徐志摩的《志摩的诗》。① 这些迥异于中国古典诗歌的现代新诗，无疑让年轻的卞之琳感到惊讶与新奇，也从此为他打开了一扇艺术之门。

关于冰心对卞之琳的影响，汉乐逸的记述更为详尽。汉乐逸说，冰心的《繁星》是卞之琳所购买的第一部白话诗集，也正是这本白话诗集让他开始对白话诗产生了浓厚的兴趣。虽然在此之前卞之琳在学校的时候也曾经阅读过一些新诗，但是都没能引起他的兴趣，直到接触到冰心的这本诗集，他的心灵才真正为其所触动。汉乐逸认为，虽然《繁星》对卞之琳的诗歌风格形成的影响并不是很大，但是在卞之琳的诗歌中还是能够找到一些《繁星》影响的痕迹。

这种影响主要体现为两点，一是"诗人和邂逅的细微之物存在着一种形而上的联系，这种感觉在后来成为卞之琳诗歌的一个重要特点——在冰心的诗歌中也是如此"。② 汉乐逸以下面这首冰心的诗歌为例：

> 轨道旁的花儿和石子！
> 只这一秒的时间里，
> 我和你
> 是无限之生中的偶遇，
> 也是无限之生中的永别；
> 再来时，
> 万千同类中，
> 何处更寻你？③

两位诗人之间的另外一个相似之处是，他们都感觉"人的生命都是来

---

① Woo - kwang Jung, *A Study of The Han Garden Collection*：*New Approaches to Modern Chinese Poetry*, 1930 - 1934, Ph. D. dissertation, St. Louis：University of Washington, 1997, p. 35.

② "The sense of a significant metaphysical relationship between the writer and randomly encountered trivial objects, which later became one of the prominent features of Pien's work, was evident in some of Ping Hsin's verses." Lloyd Haft, *Pien Chih - Lin*：*A Study in Modern Chinese Poetry*, Dordrecht：Foris Publications, 1983, p. 13.

③ 冰心：《繁星》，商务印书馆 1926 年版，第 28—29 页。

自大海，根本不可能与之彻底分离。"① （Individual human life as a sort of epiphenomenon arising from the sea, from which it is never entirely separated.）例如：

> 大海呵，
> 哪一颗星没有光？
> 哪一朵花没有香？
> 哪一次我的思潮里
> 没有你波涛的清响？②

　　但是遗憾的是，汉乐逸在这里只举出了冰心的诗歌，却没有举出对应的卞之琳的诗歌。通过阅读卞之琳的诗集，我们可以发现卞之琳有好几首诗歌的风格都能跟汉乐逸所列举的冰心的两首诗歌找到对应，例如《投》、《一块破船片》、《半岛》等诗中都带有这种影响的痕迹。

　　关于"新月派"诗人对卞之琳的影响，汉乐逸认为，在卞之琳早期的诗歌创作生涯中，正是新月派的理论主张，培养了他对诗歌形式的热情。卞之琳在早期曾被置于"新月派"诗人的行列。"虽然徐志摩和闻一多后来成了备受争议的人物，但在 20 世纪中期，他们的作品对卞之琳影响极大。"③ 而且其对卞之琳在徐志摩和闻一多影响下所形成的审美倾向，他也恪守终身，由此可见"新月派"诗人对其影响之深。"新月派"的这段经历，显然是他诗歌开始走向成熟的关键阶段。

　　汉乐逸也具体讲到了徐志摩对卞之琳的影响。他引用卞之琳的话说，1925 年，当卞之琳还在家乡念中学的时候，就邮购了一本《志摩的诗》。卞之琳认为，在他所阅读的新诗作品中，这本诗集"是介乎《女神》和《死水》之间的一大兴奋"④。汉乐逸感叹道："他怎么也没料到的是，六

---

① Lloyd Haft, *Pien Chih - Lin: A Study in Modern Chinese Poetry*, Dordrecht: Foris Publications, 1983, p. 13.

② 冰心：《冰心诗集》，开明书店 1948 年版，第 162—163 页。

③ "Controversial as the figures of HsüChih - mo and Wen I - to were to become in later years, in the mid - twenties their works were a powerful influence upon Pien Chih - lin." Lloyd Haft, *Pien Chih - Lin: A Study in Modern Chinese Poetry*, Dordrecht: Foris Publications, 1983, p. 21.

④ 卞之琳：《徐志摩重读志感》，《诗刊》1979 年第 9 期。

年之后他竟然在徐志摩的亲自指导下学习雪莱。"①

　　关于闻一多对卞之琳的影响,汉乐逸也引用了卞之琳自己的说法,认为这是现代文学史上对其创作生涯产生了最大影响的一部诗集,"卞之琳很钦佩闻一多在诗歌格律方面的成就,但闻一多对其的影响不仅仅在于诗歌的形式方面,他娴熟运用的近似戏剧独白或对白的语气也深深地影响了卞之琳。卞之琳后来指出,他运用这种技巧,使得诗中的'我'摆脱了诗人自我的身份"。②

　　郑悟广的研究也涉及了这一方面,他说,事实上,"新月派"对卞之琳的帮助远不止于此,他早期的很多诗歌就是在"新月派"所主办的《诗刊》和《新月》发表的。而且,"新月派"后期诗人的代表陈梦家在主编的"新月派"诗人的大合集——《新月诗选》中选入了卞之琳的四首诗,分别是:《望》(Gazing Afar)、《黄昏》(Dust)、《魔鬼的夜歌》(A Demon's Nocturne)和《寒夜》(Colel Nigkt)。这本诗集于1931年出版,其中被选入的诗人,也就成为后来被称为"新月派"诗人的证据,卞之琳也正是由此成为"新月派"诗人的一员。此外,他的第一本诗集《三秋草》(Leaves of Three Autumn)也是由"新月派"诸人主导的新月书店(Crescent Bookstore)于1932年出版。③

　　关于"新月派"诗人对卞之琳的影响,郑悟广认为,"在新月派诸诗人中,徐志摩对卞之琳的影响尤其大,正是他为卞之琳开启了通往诗歌世界的大门"④。郑悟广还引用了《雕虫纪历》前言中卞之琳对徐志摩的一段回忆性文字来说明他们之间的特殊关系:

---

　　① "Little could he have known that six years later he would study Shelley for a brief period under HsÜ Chih – mo's personal turelage." Lloyd Haft, *Pien Chih – Lin: A Study in Modern Chinese Poetry*, Dordrecht: Foris Publications, 1983, p. 21.

　　② "The influence was not only in the area of poetic forms, Wen's use of which Pien much admired, but also in the tone, reminiscent of a dramatic monologue or dialogue, which Wen used to great effect. Pien was later to cite this 'dramatic' techinque as a means he himself used to achieve an 'impersonal' tone, in which the specific indentity of the poet was no longer identifiable as such." Lloyd Haft, *Pien Chih – Lin: A Study in Modern Chinese Poetry*, Dordrecht: Foris Publications, 1983, p. 21.

　　③ Woo – kwang Jung, *A Study of The Han Garden Collection: New Approaches to Modern Chinese Poetry*, 1930 – 1934, Ph. D. dissertation, St. Louis: University of Washington, 1997, p. 41.

　　④ "Among the many Crescent Poets, Bian was particulaly indebted to Xu Zhimo 徐志摩 (1896 – 1931) for initiating him to the world of poetry." Woo – kwang Jung, *A Study of The Han Garden Collection: New Approaches to Modern Chinese Poetry*, 1930 – 1934, Ph. D. dissertation, St. Louis: University of Washington, 1997, p. 41.

　　大概是第二年初诗人徐志摩来教我们英诗一课，不知怎的，堂下问起我也写诗吧，我觉得不好意思，但终于老着脸皮，就拿那么一点点给他看。不料他把这些诗带回上海跟小说家沈从文一起读了，居然大受赞赏，也没有跟我打招呼，就分交给一些刊物发表，也亮出了我的真姓名（从此我发表作品还想用什么笔名就难了）。这使我惊讶，却总是不小的鼓励……①

　　于此可以看出徐志摩独具慧眼，对卞之琳的诗歌欣赏有加，并对其提携。能得到徐志摩这位当时已经名满天下的大诗人的赏识，这对于处于创作初期的卞之琳来说是多么荣幸和重要。郑悟广接着写道，随着"新月派"诗人影响的加深，卞之琳也越来越看重形式在诗歌创作中的重要作用，他进行了各种各样的诗体实验——例如通篇每行字数相等，或者长行和短行的妥当安排，经常使用跨行手法等，这些都实实在在地反映了新月派诗人的精神。"因此，理解新月派诗人的观念是 1930—1932 年的卞之琳诗学的榜样这一点，是非常重要的。"②

　　通过上面对徐志摩和闻一多对卞之琳影响的评述来看，这两位"新月派"的大师对卞之琳的影响是有所差异的。徐志摩对卞之琳的影响更主要体现在对后辈诗人的提携上，而且也可能通过创作实践的成果在直观上影响了卞之琳的审美取向。卞之琳在 1942 年（徐志摩逝世十年后）出版的《十年诗草：1930—1939》的扉页中就特别注明"纪念徐志摩"③，以此来表达自己对这位前辈诗人和自己诗学导师的敬意；但是，闻一多对卞之琳的创作影响则更要深刻得多，主要体现在理论层次的影响上，正所谓"其技巧基础可以追溯到 20 年代闻一多的格律理论"④。出现这一差别是有原因的，因为"新月派"的诗歌理论主要由闻一多创建，其他人（包括徐

---

① 卞之琳：《雕虫纪历·前言》，人民文学出版社 1979 年版，第 2—3 页。

② "It is important to understand that the attitudes of the Crescent Poets served as a model for Bian's poetics during the years 1930 - 1932." Woo - kwang Jung, *A Study of The Han Garden Collection*: *New Approaches to Modern Chinese Poetry*, 1930 - 1934, Ph. D. dissertation, Seattle: University of Washington, 1997, p. 42.

③ 卞之琳：《十年诗草：1930—1939》，明日社 1942 年版。

④ "The technical basis of which can be traced back to Wen I - to's metrical theories of the 1920's." Lloyd Haft, *Pien Chih - Lin*: *A Study in Modern Chinese Poetry*, Dordrecht: Foris Publications, 1983, p. x2.

志摩）多是这一理论的践行者。

　　除了上述的冰心、徐志摩、闻一多之外，汉乐逸还简要地提到了郭沫若对卞之琳的影响：郭沫若的"《女神》给年轻的卞之琳留下了极为深刻的印象。虽然这部诗集的气质与他自己后来的创作相去甚远。他后来却宣称，这部诗集在艺术形式这个关键领域划分了古典诗和白话诗的界限"。①汉乐逸没有解释郭沫若的《女神》对卞之琳的具体影响，但是根据卞之琳自己的那段话却是可以看出一些端倪的。因为卞之琳说"《女神》在艺术形式这个关键领域标明了古典诗和白话诗的界限"，于此可以推断，卞之琳正是看到了郭沫若的《女神》之后，才真正从古典诗和早期白话诗人白话多于诗的创作实践的藩篱中脱身而出，也才真正理解了什么才是白话诗。而这一点，也可以说是郭沫若对中国新诗的一大贡献，影响了包括卞之琳在内的众多年轻诗人。

　　相对于卞之琳而言，英语世界对于其他中国"现代派"诗人接受早期诗人影响的研究则比较少。其中郑悟广只提到了冰心对何其芳的影响：何其芳15岁进入万县中学后，阅读了冰心的《繁星》（Stars，1921）和《春水》（Spring Water，1922）……并于17岁（1928年）开始写作当时非常流行的小诗。② 至于李广田，则是提到他在济南上学期间受到了新文学运动（New Literature Movement）的影响，并和他的同学臧克家和郑广铭一起创办了一个文学组织"书报介绍社"（Books and Newspapers Review Society），通过这个组织向别人介绍新思想、新作品。③ 既然是一个以介绍新思想、新作品为己任的组织，而且作为一位诗人，因此难免会接触到新诗，并被其影响。

　　从上面对英语世界关于早期白话诗人对中国"现代派"诗人的影响可以看出，除了对卞之琳所受的影响研究比较深入外，其他几位诗人则多是寥寥几语，或者是根本就未提及。国内关于早期白话诗人对中国"现代派"诗人的影响的研究现状，情况也基本类似。由此可见，这也是一个相对被忽略的研究领域。

---

　　①　"The Goddesses made a deep impression on the young Pien chih – lin. Though temperamentally a deep impression at a far remove from anything he would later write, this volum, as he later testified, seemed to have delimited a clear buoundary between classical and vernacular poetry in the vital area of artistic form." Lloyd Haft, *Pien Chih – Lin*：*A Study in Modern Chinese Poetry*, Dordrecht：Foris Publications, 1983, p. 14.

　　②　Woo – kwang Jung, *A Study of The Han Garden Collection*：*New Approaches to Modern Chinese Poetry*, 1930 – 1934, Ph. D. dissertation, St. Louis：University of Washington, 1997, pp. 90 – 91.

　　③　Ibid. , p. 116.

第五章

英语世界关于中国"现代派"诗人诗歌的创作手法研究

中国"现代派"诗人是颇讲究诗歌创作技巧的一个团体，无论是在诗歌形式还是在写作手法等方面，对中国现代汉语诗歌的发展都做出了独特贡献。中国"现代派"诗人作品中的这一特色，也引起了英语世界研究的关注，关于这一方面的研究成果也日渐增多。本章的主要内容就是对英语世界关于中国"现代派"诗人诗歌中存在的创作手法研究成果的论述。

第一节　中国"现代派"诗人的诗歌形式研究

奚密在《现代汉诗：1917 年以来的理论与实践》（*Modern Chinese Poetiy：Theory and Practice since 1917*）一书中对中国新诗的形式进行了简要的回顾，她说："在刚刚接受文学革命的理念之时，现代诗人首先遇到的一个问题就是诗歌的形式问题。最早于 1917 年，胡适就已经意识到，创建一种合适的形式对新诗来说乃当务之急。"① 另外奚密还提到了新诗早期的另外一位代表诗人刘半农的观点，她说刘半农呼吁四方面的改革，其中第二项便是"重造诗歌的形式"②，而这个诗歌形式则多是借自西方诗

---

① "At the inception of the literary revolution, one of the problems immediately facing the poet was poetic form. As early as 1917, Hu Shi recognized the urgency of creating a suitable form for the new poetry." Michelle Yeh, *Modern Chinese Poetry：Theory and Practice since 1917*, New Haven：Yale University Press, 1991, p. 189.

② 刘半农：《我之文学改良观》，《新青年》1917 年第 3 卷第 3 期。

歌和本国民谣，如奚密所言："由于已经抛弃了中国经典的传统诗歌，中国现代诗人就需要寻找一种表达感情的新媒介，因此他们转向民谣尤其是外国文学中寻找新的模式。"①

　　关于中国"现代派"诗人作品的形式研究是有争议的，因为在中国"现代派"诗人中，戴望舒前期作品是追求一种"格律美"的，注重押韵和诗行之间的整饬有序，其中尤以其早期的代表作《雨巷》为显著，这首诗被叶圣陶称为"替新诗底音节开了一个新的纪元"②。但是，《雨巷》之后，戴望舒对于格律产生了截然不同的态度，在其重要的诗论文章《望舒诗论》中，他甚至主张"诗不能借助音乐，它应该去了音乐的成分"和"诗不能借重绘画的长处"③。这些主张可以看作是对"新月派"主张的反叛，同时也成为戴望舒践行的诗学准则，其著名的诗歌《我底记忆》即是此种理论指导下的精品之作。也正是由于中国"现代派"诗人的领袖人物的这一倡议，不讲求格律被后来的许多人当作了中国"现代派"诗人作品的主要特征之一，如蓝棣之就认为："具有散文美的自由诗体在当时现代派创作中称为共同倾向。"④ 其实，在中国"现代派"诗人中，卞之琳和林庚一直都是新格律诗创作的实践者。尤其是卞之琳，不仅在一生创作生涯中的绝大多数时间里都贯彻了格律诗的要求，而且自己还在前人的基础上，将"顿"这一重要的现代诗学概念进行深化。

　　也正是因为这个原因，英语世界对中国"现代派"诗歌作品形式方面的研究就主要集中在卞之琳身上，其中尤以对诗学理论"顿"的概念研究最为深入。我们下面的探讨也就主要围绕英语世界学者对卞之琳诗歌形式的研究展开。

一　戴望舒和卞之琳关于诗歌形式的不同态度

　　汉乐逸还将卞之琳与戴望舒⑤的有关诗歌形式的探索历程进行了对比，

　　①　"Having renounced the canonical tradition of Chinese poetry, modern poets sought a new medium for poetic expression and often looked for models in solk songs and especially in foreign literature." Michelle Yeh, *Modern Chinese Poetry: Theory and Practice since* 1917, New Haven: Yale University Press, 1991, p. 189.

　　②　杜衡：《〈望舒草〉序》，载戴望舒《望舒草》，现代书局 1933 年版，第 4 页。

　　③　戴望舒：《望舒诗论》，《现代》1932 年第 2 卷第 1 期。

　　④　蓝棣之：《现代派诗选·前言》，载蓝棣之编选《现代派诗选》，人民文学出版社 1986 年版，第 20 页。

　　⑤　这里所说的戴望舒指的是诗歌风格发生第一次转变之后的戴望舒。

认为虽然卞之琳和戴望舒都曾反对过分缺乏约束的自由体，但他们关于形式的探索却走上了不同的道路。"戴望舒明确反对把音乐性作为诗歌形式的一个要素，然而卞之琳对其的关注却与日俱增。"① 汉乐逸也引用了戴望舒那段广为人知的话语：

> 诗不能借重音乐，它应该去了音乐的成分……诗的韵律不在字的抑扬顿挫上，而在诗的情绪的抑扬顿挫上……只在用某一种文字写来，某一国人读了感到好的诗，实际上不是诗，那最多是文字的魔术，真的诗的好处并不就是文字的长处。②

与戴望舒的观点不同，"卞之琳把形式视为诗歌技巧的关键"③，他认为语言的音乐性是诗歌的内在属性，虽然他在20多年后才就此话题表示明确的看法，但这确实是他20世纪30年代的诗歌理念。为了说明诗歌形式在卞之琳整个诗歌创作中的重要意义，汉乐逸还对卞之琳的诗歌生涯进行了梳理：在20世纪20年代，吸引他的是最具形式自觉性的新月派诗歌，尤其是新月派的领袖人物徐志摩和闻一多对其影响甚大；在20世纪30年代，他的兴趣由浪漫派转向象征派，深入研究了法国象征派诗人，并翻译了其中一些人的诗歌，自己的诗歌创作也深受其影响，这个时期的多数作品也效仿了法国象征派诗歌的精致形式；在20世纪40年代，这个时期他的创作很少，主要诗歌活动是出版（或者再版）了以前的作品，却不肯按当时的风尚写没有多少技术难度的诗；在20世纪50年代，卞之琳和何其芳一起在一系列争论中发表了很多自己的诗学观点。通过这些文章，我们可以看出，在20世纪30年代的诗歌创作中，他就开始有意识地关注"说话的调子"和"语言的内在音乐性"，并在实践中加以运用。20世纪70年代末期，中国实行了改革开放，卞之琳在这一时期的活动主要是整理他在20世纪30年代的诗作和在20世纪50年代详细阐述的诗学理

---

① "Tai explicitly rejected musicality as a desideratum in versification, whereas for Pien Chih‐lin it was a steady and increasing precoccupation." Lloyd Haft, *Pien Chih‐Lin: A Study in Modern Chinese Poetry*, Dordrecht: Foris Publications, 1983, p. 31.

② 戴望舒:《望舒诗论》,《现代》1932年第2卷第1期。

③ "Pien's preoccupation with form as the technical crux of poetry." Lloyd Haft, *Pien Chih‐Lin: A Study in Modern Chinese Poetry*, Dordrecht: Foris Publications, 1983, p. 4.

论，并出版了具有总结性质的诗集《雕虫纪历》。① 从上述汉乐逸对卞之琳创作生涯的总结可以看出，卞之琳一直十分看重诗歌的外在形式，并拥有自己的一套形式理论，且将之运用到自己的诗歌创作中。

于此，也可以说，戴望舒的创作生涯在诗歌形式方面的重大转变是从早期的讲究外在形式转向自由体，而卞之琳其一生的诗歌创作则是在早期"新月派"诗人（主要是徐志摩、闻一多）和法国象征派诗人的影响下将诗歌的形式作为自己诗歌创作的重要理念。因此，对于诗歌形式看法的分歧，也可以说是两位中国"现代派"诗人之间的一个重要区别。

二　卞之琳诗歌形式研究

关于中国"现代派"诗歌形式问题，英语世界的研究成果主要体现在汉乐逸和郑悟广对卞之琳诗歌形式的研究上。汉乐逸认为，在诗歌的形式方面，卞之琳在战前完成的作品中包含了许多诗体。其中既有自由诗体（有时是分节的），也有很多诗行长度规则、押韵严格的诗作。其中押韵的四行体诗歌就经常出现。还有一些模仿西方诗歌形式的十四行体诗歌。但这些诗体中，"没有一种诗体可以称为卞之琳的典型诗体"。②

关于卞之琳诗歌中的自由体与新格律体，汉乐逸认为，"虽然自由体和格律体在卞之琳战前诗歌中都存在，但格律体显然占据主流地位"③。在1978年出版的《雕虫纪历》中，卞之琳承认，在他的诗歌创作生涯中，诗的格律一直都是他十分关注的一个对象。"即使那些表面上看起来是自由体的诗歌，细加分析就会发现，其中包含了可辨识的形式要素。"④汉乐逸的这段评论，从卞之琳自己的话语中也可以推断出来。关于自己的诗歌形式，卞之琳说："诗体则自由体与格律体兼用，最初主要试用不成熟的格律体，一度主要用自由体，最后几乎全用自以为较熟练的格律体以

---

① Lloyd Haft, *Pien Chih - Lin: A Study in Modern Chinese Poetry*, Dordrecht: Foris Publications, 1983, p. xiii.

② "There is no one form that could be called typical." Lloyd Haft, *Pien Chih - Lin: A Study in Modern Chinese Poetry*. Dordrecht: Foris Publications, 1983, p. 35.

③ "Though both free verse and formally structured poems are evident in all periods of Pien's prewar oeuvre, it is clear that the structured items stand more in the mainstream of his development." Lloyd Haft, *Pien Chih - Lin: A Study in Modern Chinese Poetry*, Dordrecht: Foris Publications, 1983, p. 35.

④ "Even some fo the apparently free poems turn out, on closer analysis, to embody identifiable formal elements." Lloyd Haft, *Pien Chih - Lin: A Study in Modern Chinese Poetry*, Dordrecht: Foris Publications, 1983, p. 35.

至直到解放后的新时期。"① 这一段话，正好可以印证汉乐逸的判断。

（一）汉乐逸对卞之琳诗歌中"顿"的研究

"顿"是卞之琳诗学的一个核心概念，也是他对中国现代诗学的一个重大贡献。关于"顿"在现代汉语诗歌中的重要意义，卞之琳认为："诗要写得大体整体（包括匀称），也就可以说一首诗念起来能显出内在的像音乐一样的节拍和节奏……用汉语白话写诗，基本格律因素，像我国旧体诗或民歌一样，和多数外国语格律诗类似，主要不在于脚韵的安排而在于这个'顿'或称'音组'的处理。"② 对于"顿"的定义，卞之琳接着解释道："一个'顿'或'音组'在我国汉语里大致与一个'词'或'词组'相等而也不一定相等。"③ 卞之琳所谓的"顿"与"词"相等，应该是词后面不加虚词的情况；而"顿"与"词"不相等，则应该是"词"后面加了虚词，这一点是需要了解的。

通过上面的介绍，我们了解了卞之琳本人对"顿"这一诗学概念的看法，下面我们就来具体讲述汉乐逸对卞之琳这一理论的接受，及其对卞之琳诗歌中"顿"的用法的解读。

汉乐逸认为，卞之琳的战前诗歌，通常都很短，很多只有4—5行（只有极少数超过了20行），其中以《断章》和《墙头草》为其代表。这些诗有一个共同特点，即"每节诗（或每首诗）不仅行数不固定，而且每行的字数也不一样。但是在这些诗歌中，固定'顿'数比固定的字数显示出更为根本的结构形式"。④ 但是遗憾的是，汉乐逸只是提出了《断章》与《墙头草》是两首具有代表性的诗歌，却并没有对这两首诗歌逐诗逐句地进行"顿"的分析。下面，我们就对其所举的两首代表性诗歌《断章》与《墙头草》进行分析，以此来验证其说法正确与否。首先，我们以斜线形式把诗中的"顿"标记出来：

---

① 卞之琳：《雕虫纪历·前言》，载卞之琳《雕虫纪历》，人民文学出版社1979年版，第4页。

② 同上书，第11页。

③ 同上。

④ "Just as there is no invariable number of lines per stanza (or per poem), there is no fixed number of characters per line as applicable to all the poems. Within a given poem there is often a constant number of characters per line, but in these cases it is usually not difficult to identify an underlying structure as to the number of tun or segments per line." Lloyd Haft, *Pien Chih - Lin: A Study in Modern Chinese Poetry*, Dordrecht: Foris Publications, 1983, pp. 22, 35 – 36.

断章

你／站在桥上／看风景，
看风景的人／在楼上／看你。
明月／装饰了／你的窗子，
你／装饰了／别人的梦。①

墙头草

五点钟／贴一角／夕阳，
六点钟／挂半轮／灯光，
想有人／把所有的／日子，
就过在／做做梦／，看看墙，
墙头草／长了／又黄了。②

我们可以看出，在第一首诗《断章》中，共有四行，其中每行字数分别为8、10、9、8；在第二首诗《墙头草》中，共有五行，其中每行字数分别为8、8、9、9、8。从上面的分析可以看出，这两首诗如果按字数来看，皆可谓参差不齐。但是，如果按"顿"来分析的话（如上斜线所示），这两首诗的每一行都是包括三个"顿"，可谓相当整齐，证明了如汉乐逸所言的"顿"在卞之琳诗歌结构中的基础性地位。

汉乐逸对卞之琳诗歌中"顿"的用法，分析的是另外四首诗歌，依次为《大车》、《远行》、《长途》（片段）和《一块破船片》中"顿"的用法。汉乐逸通过对这些案例的分析，为我们清楚地展示了卞之琳诗歌"顿"的用法。

首先以《大车》为例，汉乐逸也是用斜线把原诗中每个"顿"标记出来，结果如下：

① 卞之琳：《雕虫纪历》，人民文学出版社1979年版，第40页。
② 同上书，第26页。

大车

拖着／一大车／夕阳的／黄金，
骡子／摇摆着／踉跄的／脚步，
穿过／无数的／疏落的／荒林，
无声地／扬起一大阵／黄土，

叫坐在／远处的／闲人／梦想
古代／传下来的／神话里的／英雄
腾云／驾雾去／不可知的／远方——
古木间／涌出了／浩叹的／长风！①

　　汉乐逸指出，在这首《大车》中，第一节每行所包含字数为 10、10、
10、10；第二节每行所包含的字数为 10、12、11、11。这首诗如果从字
数来看，第一节各为 10 个字，第二节除第一行 10 个字，第二节 12 个字，
第三节、第四节 11 个字，因此从整体来看，还是颇为参差不齐的。因此，
汉乐逸提出，“只有从‘顿’的角度看，诗才符合格律——每行都包含四
个‘顿’。”②
　　汉乐逸所举的另外一个案例是《远行》，他将其中的“顿”划分
如下：

远行

如果／乘一线／骆驼的／波纹
涌上了／沉睡的／大漠，
当一串／又轻／又小的／铃声
穿进了／黄昏的／寂寞，

我们便／随地／搭起了／蓬帐，

---

　　①　卞之琳：《卞之琳文集》，安徽教育出版社 2002 年版，第 49 页。
　　②　“The metrical regularity is evident only in the tun—invariably four pre line.” Lloyd Haft, *Pien Chih - Lin*：*A Study in Modern Chinese Poetry*，Dordrecht：Foris Publications，1983，pp. 23，36.

让辛苦/酿成了/酣眠，
又酸/又甜，/浓浓的/一大缸，
把我们/浑身/都浸过；

不用管/能不能/梦见/绿洲，
反正是/我们/已烂醉；
一阵/飓风/抱沙石/来偷偷
把我们/埋了/也干脆。①

　　汉乐逸分析到，从形式上看，这首诗共分为三节。在字数方面，每一节的奇数行都是 10 个字，而偶数行则皆为 8 个字。也就是王力所言的"单行用十音，双行用八音"。②在顿方面的表现是，偶数行都包括了四个"顿"，而奇数行都包括了三个"顿"。③因此，这首诗不但在字的数目上有规律，这一规律也同样反映在"顿"的数目上。

　　在第三个案例中，汉乐逸以卞之琳的《长途》的第一段为例，原文如下：

一条/白热的/长途
伸向/旷野的/边上，
像一条/重的/扁担
压上/挑夫的/肩膀。④
……

　　这首诗每行都是七个字，汉乐逸引用了王力的说法，王力在《汉语诗律学》中讨论诗行的表达容量时，曾将这首诗行与古典的五言诗做过比较。王力说："汉语白话诗里的七音诗，就其所能表达的意义而论，大致

---

　　①　卞之琳：《远行》，载张曼仪《卞之琳》，生活·读书·新知三联书店 1990 年版，第 5 页。

　　②　王力：《汉语诗律学》，上海教育出版社 1958 年版，第 847 页。

　　③　Lloyd Haft, *Pien Chih - Lin: A Study in Modern Chinese Poetry*, Dordrecht: Foris Publications, 1983, pp. 37 -38.

　　④　卞之琳：《长途》，载卞之琳《雕虫纪历》，人民文学出版社 1979 年版，第 10 页。

等于文言诗里的五言诗，或四言，三言。"① 这就说明这首诗每行的意义容量是非常有限的，但是"卞之琳运用'顿'这一手法在每行短短的七个字中就实现了极佳的节奏效果"。②

为了说明卞之琳如何用"顿"来构建诗行，汉乐逸所举的最后一个例子是《一块破船片》。他认为根据原诗节奏，可将其排列如下：

　　潮来了，　浪花　捧给她
　　一块破船片。
　　不说话，
　　她又在　崖石上　坐定，
　　让夕阳　把她的　发影
　　描上破船片。
　　她许久
　　才又望　大海的　尽头，
　　不见了　刚才的　白帆。
　　潮退了，　她只好　送还
　　破船片
　　给大海　漂去。③

汉乐逸分析道，在这首诗中，"破船片"一词先后出现了三次，而且每一次出现时都与其他词在空间上被隔开，而其后面紧邻的词语皆另起一行，而非从行首开始。在这首诗中，毫无疑问，"破船片"是一个关键词，它包含的三个字在听觉上都非常响亮，在一般情况下如果将其划分为一个"顿"的话就会显得过于长了。"但是如果从行与行之间的排列布置来看，每次它都是独立出现，而与其他词句隔开，并且连续重复了三遍，看起来是诗人故意为之。因此，不管是从视觉感触还是依照节奏效果分析，都可以很明显地看出当它每次出现时，皆会在一个诗行中形成停顿，这样就更加突出了'破船片'的重要性。如果这种分析方法能被接受的

---

① 王力：《汉语诗律学》，上海教育出版社 1958 年版，第 841 页。

② "Pien used tun to achieve great rhythmic effect within a short, seven - character line." Lloyd Haft, *Pien Chih - Lin: A Study in Modern Chinese Poetry*, Dordrecht: Foris Publications, 1983, p. 38

③ 卞之琳：《雕虫纪历》，人民文学出版社 1979 年版，第 20 页。

话，这首诗歌就可以看成九行，其中每一诗行又包括八个字、三个'顿'。"① 这样，本来一首看起来形式比较松散的诗歌，通过汉乐逸的一番分析，就显得井然有序了。

汉乐逸没有以斜线标示各个"顿"之间的分界线，但我们可以依据汉乐逸上面的分析，对该诗的"顿"加以标注，具体如下：

> 潮来了，/浪花/捧给她
> 一块/破船片。/不说话，
> 她又在/崖石上/坐定，
> 让夕阳/把她的/发影
> 描上/破船片。/她许久
> 才又望/大海的/尽头，
> 不见了/刚才的/白帆。
> 潮退了，/她只好/送还
> 破船片/给大海/漂去。

这样，这首诗也就成为一首很严格的每行三"顿"的诗歌了。

(二) 郑悟广对卞之琳诗歌中的跨行研究

卞之琳诗歌形式经常运用的另外一种手法是跨行。关于这一点，郑悟广的研究比较深入。郑悟广认为"'跨行'是卞之琳经常使用的另外一种诗歌创作手法。"② 并在注解中对跨行做了解释，他认为，"当一个诗行在结尾停顿时，叫作结句行，跨行则出现在待续句中，上一行的思想和语法

---

① "But the very fact of its being typographically set apart in midline, and its being significantly repeated at two points, would seem to indicate that this is a deliberately contrived effect. Both typographically and rhythmically, a mid – line pause seems to be indicated, giving to the phrase P' o – ch' uan p' ien a kind of dramatic emphasis. If this scansion is accepted as correct, the poem is seen to be composed of nine lines, each of three tun. Each line would also contain exactly eight characters." Lloyd Haft, *Pien Chih – Lin: A Study in Modern Chinese Poetry*, Dordrecht: Foris Publications, 1983, pp. 25, 39.

② "A notable poetic techique is Bian's frequent use of enjambment." Woo – kwang Jung, *A Study of The Han Garden Collection: New Approaches to Modern Chinese Poetry*, 1930 – 1934, Ph. D. dissertation, Seattle: University of Washington, 1997, p. 68.

结构直接和下一行接续起来"①。除此之外，郑悟广还引用了卞之琳本人在《雕虫纪历·前言》中一段关于跨行的评论，并认为这是一个关于跨行的完美定义。②

　　跨行（enjambment）是外来说法。行断意续，实际上在我国旧诗词里也常有（例如"可怜无定河边骨/犹是春闺梦里人"、"那人却在/灯火阑珊处"，只是用旧式标点，总是圈点断而已）。今天用这种办法，也可以很自然。读白话新体诗，遇到这种地方，如不能接受，那是容易改变的习惯问题，否则就是行不是断在可以大顿一下的地方，而是为了把各行削齐或为了凑韵，硬把多余的行尾跨到下一行头上罢了。（那样间或有意做了，倒也可以达到特殊的效果。）③

　　紧接着，郑悟广以四个具体案例说明了卞之琳对跨行这种技巧的具体应用。

　　例一：

　　　　　一天的钟儿撞过了又一天，
　　　　　和尚做着苍白的深梦：
　　　　　过去多少年留下的影踪
　　　　　在他的记忆里就只是一片
　　　　　破殿里到处弥漫的香烟，
　　　　　悲哀的残骸依旧在香炉中
　　　　　伴着善男信女的苦衷，
　　　　　厌倦也永远在佛经中蜿蜒。④

---

① "When a line has a pause at its end, it is called an end – stopped line. In contrast to end – stopped lines, enjambment occurs in run – on lines when the continuation of the thougt and grammatical construction of the preceding line flows into the following line." Woo – kwang Jung, *A Study of The Han Garden Collection: New Approaches to Modern Chinese Poetry*, 1930 – 1934, Ph. D. dissertation, Seattle: University of Washington, 1997, p. 68.

② Woo – kwang Jung, *A Study of The Han Garden Collection: New Approaches to Modern Chinese Poetry*, 1930 – 1934. Ph. D. dissertation, St. Louis: University of Washington, 1997, p. 68.

③ 卞之琳：《雕虫纪历·前言》，载卞之琳《雕虫纪历》，人民文学出版社 1979 年版，第 13 页。

④ 卞之琳：《一个和尚》，载卞之琳《雕虫纪历》，人民文学出版社 1979 年版，第 7 页。

例二：

> 月儿已经高了，
> 回去吧，时候
> 真的是不早了，
> 摸摸看，石头
> 简直有点潮了，
> 你看，我这手。

例三：

> 正合朋友的意，他不愿
> 揭开老兵怀里的历史，
> 我对着淡淡的斜阳，也不愿
> 指点远处朋友的方向，
> 只说，"我真想到外面去呢！"
> 虽然我自己也全然不知道
> 上哪儿去好，如果朋友
> 问我说，"你要上哪儿去呢？"
> 当我们低下头来看台底下
> 走过了一个骑驴的乡下人。①

例四：

> 可以害羞了！
> 这时候只合看黄叶
> 在水上漂，
> 不再想
> 十年前的芦叶船

---

① 卞之琳：《登城》，载《卞之琳文集》，安徽教育出版社 2002 年版，第 16 页。

飘去了哪儿。①

郑悟广对这四个例子中所使用的跨行手法进行了分析。他认为，在这四个例子中，共涉及三种跨行形式：跨行不超过两行；跨行超过两行；句子在某一句话中间起始，并延续到下一句。

其中，第一个例子《一个和尚》就包括了两种跨行形式。第一种是跨行超过两行，例如诗中第三行到第五行："过去多少年留下的影踪/在他的记忆里就只是一片/破殿里到处弥漫的香烟"；第二种是典型的跨行形式，即前面一行和后面一行是一个语法意义上的整体，如第六行和第七行："悲哀的残骸依旧在香炉中/伴着善男信女的苦衷"。

郑悟广谈到了上面所引的卞之琳关于跨行的评论中所提到的陈陶《陇西行》（可怜无定河边骨/犹是春闺梦里人）和辛弃疾《青玉案》（那人却在/灯火阑珊处），认为，由于对联是大部分古诗的重要组成部分，因此在古诗中会经常使用跨行这种手法，或者因为已经习以为常，读者并没有感觉到有跨行的方式存在。所以，后一种跨行方式在中国古诗中非常流行；并据此认为，卞之琳对这种跨行方式应用的灵感，应该是来自中国古诗的启迪。②

但他同时谈到，本诗中另外一种跨行方式（跨行超过两行）则很可能是来自国外诗歌的影响。他这么说的原因就是中国古诗中很少使用跨行超过两行的诗歌技巧，而这种方式在西方诗歌中则很常见，因此断定："这种用法无疑是19世纪初的白话诗运动年时借自西方诗学。当我们观察聚集于《现代》期刊和其后继者《新诗》周围的中国'现代派诗人'的时候，这种借用就更加明显了。"③

在郑悟广看来，在《登城》和《芦叶船》两首诗中，存在着另外一种跨行形式，并结合我们在上面谈到的"顿"这一理论来理解。他认为，

① 姜诗元编选：《卞之琳文集》，华夏出版社2011年版，第51页。

② Woo-kwang Jung, *A Study of The Han Garden Collection: New Approaches to Modern Chinese Poetry*, 1930–1934, Ph. D. dissertation, Seattle: University of Washington, 1997, p. 71.

③ "It is clear that the Chinese 'free verse' movement of the early 20th century is indevted to enjambment. This becomes obvious when we look at those Chinese modernist who were associate with the journal Xiandai 现代 (The Comtempory, 1932–1935) and its successor Xinshi 新诗 (New poetry, 1936–1937)." Woo-kwang Jung, *A Study of The Han Garden Collection: New Approaches to Modern Chinese Poetry*, 1930–1934, Ph. D. dissertation, Seattle: University of Washington, 1997, p. 71.

"在例三和例四中,我们看到了另外一种跨行形式:句子在某一句话中间起始,并延续到下一句。"① 同样,例三的第七行,跨行起始于第七行,终于第八行中间,即"上哪儿去好,如果朋友/问我说,'你要上哪儿去呢?'""这些跨行现象都是受到卞之琳认为的汉语日常讲话节奏基于'顿'的韵律理论。"② 这也就是说,在郑悟广看来,"顿"也是卞之琳跨行的一个重要依据。因此,郑悟广认为,前三个例子的跨行依据可以概括为下面几种诗学策略:"(1)行中'顿'的种类与数目;(2)每行字数的长短;(3)行中断句还是行末断句。"③

通过郑悟广的研究可以看出,卞之琳在跨行这一手法上,既吸收了中国古典诗歌的成熟手段,也参照了西方诗歌的外来形式,从而在诗歌中创作出了一种混合的跨行模式,达到了一种特殊的诗学效果。

第二节 中国"现代派"诗人诗歌中的"环形结构"研究

"环形结构"是中国现代诗歌中常见的诗歌形式,这一概念最早由美国加利福尼亚大学戴维斯分校的奚密系统阐述。虽然奚密的"环形结构"这个概念并不是针对中国"现代派"诗人的诗歌作品提出的,但她在论证时列举了戴望舒、卞之琳、何其芳等中国"现代派"诗人的作品,并将象征主义认定为环形结构的一个重要来源。因此也可以说,中国"现代派"诗人的诗歌也是奚密"环形结构"研究对象,或者说是她推理出"环形结构"这种理论的文本基础之一。而且在笔者对中国"现代派"诗人的研究过程中,发现其很多诗作都符合奚密提出的"环形结构"这一

---

① "The syntactic phrase beins in the middle of the line and continues into the follwing line." Woo - kwang Jung, *A Study of The Han Garden Collection*: *New Approaches to Modern Chinese Poetry*, 1930 - 1934, Ph. D. dissertation, St. Louis: University of Washington, 1997, p. 72.

② "All of these enjambments are affected by Bian's prosodic theory that the natural cadence of ordinary Chinese speech can be preseved on the basis of the dun 顿." Woo - kwang Jung, *A Study of The Han Garden Collection*: *New Approaches to Modern Chinese Poetry*, *1930 - 1934*, Ph. D. dissertation, St. Louis: University of Washington, 1997, p. 72.

③ "(1) The kind and nunber of duns within line; (2) the length of lins based on the number of characters; (3) the kinds of pauses that appears within lines or at their ends." Woo - kwang Jung, *A Study of The Han Garden Collection*: *New Approaches to Modern Chinese Poetry*, *1930 - 1934*, Ph. D. dissertation, St. Louis: University of Washington, 1997, p. 72.

概念，因此本书也将其列入研究范围，而且力求在研究中突出中国"现代派"诗人的"环形结构"诗歌作品的独特之处。首先，我们以中国"现代派"诗人的作品为例，先了解奚密关于中国现代汉语诗歌中的"环形结构"研究。

奚密关于"环形结构"的研究是英语世界关于中国现代汉语诗歌形式研究的一个重大成果。经过仔细研读，笔者认为，其主要内容可以分为两个部分：一是"环形结构"的定义及其效果；二是"环形结构"的国内外渊源。我们的研究也就首先从前者开始。

一　奚密关于"环形结构"的定义及其效果研究

根据奚密的定义，环形结构指的是："我所指涉的环形结构是这样的，在诗的开头和结尾都包含一个相同的意象或母题，而且这个意象或母题不在诗中的其他位置出现。"① 奚密紧接着进一步解释说："根据这个定义，叠句就被排除在环形结构之外，因为它虽然经常出现在一首诗的开头和结尾部分，同时也出现在诗歌的其他部分。而环形结构则可以理解为一个回旋且对称的诗歌形式。"② 奚密认为，可以将"环形结构"视为一种特殊类别的诗歌结尾形式。她引用了史密斯（Barbara Hernastein Smith）的看法："回旋到本诗的开头，可以说是最简单同时也最有效的一种诗歌形式。"③ 即"通过诗歌结尾部分张力的产生与释放，期待被引起并得到满足，从而达到一种终结、解决和沉静的感觉"。④ 但是奚密不无遗憾地写道，虽然史密斯点明了"环形结构"的效果，但却并没有对"环形结构"为何会产生这种效果做进一步的解释。

---

① "By circular structure I am referring in which the beginning and ending contain the same image or motif, which apprears nowhere else." Michelle Yeh, *Modern Chinese Poetry：Theory and Practice since 1917*, New Haven：Yale University Press, 1991, p. 91.

② "By definition, this form excludes refrains that often appears at the opening and the end but also in other parts of a poem. The circular structure decribes a pattern of return or a configuration of symmetry." Michelle Yeh, *Modern Chinese Poetry：Theory and Practice since 1917*, New Haven：Yale University Press, 1991, p. 91.

③ "In circuling back to its own opening, the poem appropriates one of the simplest and most effective closural devices." Michelle Yeh, *Modern Chinese Poetry：Theory and Practice since 1917*, New Haven：Yale University Press, 1991, p. 92.

④ "Poetic closure achieves a sense of finality, resolution, and composure by allowing tension to be created and released, expectation to be aroused and fufilled." Michelle Yeh, *Modern Chinese Poetry：Theory and Practice since 1917*, New Haven：Yale University Press, 1991, pp. 91 - 92.

　　奚密认为，"环形结构"作为"一种独特且激进的诗歌结尾方式"①，其之所以能产生"独特且激进"的效果，主要是因为以下两种原因："首先，它通过回到诗歌的开头就是故意地拒绝了终结感，至少是在理论层次上，重新开启了诗歌的进程；其次，环形结构将诗歌扭成了一个文字意义上的圆环。因为诗歌（除了 20 世纪有意模拟空间艺术的诗歌）和音乐一样，就其本质而言，它们都属于时间性或者也可以说是直线性的艺术作品。但是，回旋到开头的这种结构，在很大程度上改变了诗歌的线性进程。"② 基于上述意义，奚密说："环形结构可以说是一个悖论的存在，它徘徊于读者的意料之外（诗歌的结尾回到开头）与意料之中（通过重复的手段）。正是因为这种独特的品质，它的美学价值相较于线性结尾要高。"③

　　上面讲述了"环形结构"在诗歌创作中起到的积极作用，但是任何事物都有两面性，如果运用不当，"环形结构"不但不能增加诗歌的表现效果，相反还会拖累其表达效果。如奚密所言："环形结构有一种潜在的缺陷，当它脱离了诗歌内容时，它就有可能变成一个简单随意的结尾方式。更严重的是，如果运用不当，它还可能成为一种呆板、机械化的结尾手段。一些完成于 20 世纪二三十年代，采用了环形结构的诗歌，就带有这样的缺陷。"④ 关于运用"环形结构"失败的案例，奚密认为，康白情的诗歌《草儿在前》、饶孟侃的诗歌《家乡》、孙大雨的诗歌《一支芦笛》，以及中国"现代派"诗人卞之琳的《长途》皆是，并以郭沫若的

---

　　① "a unique yet radical way of concluding a poem." Michelle Yeh, *Modern Chinese Poetry*：*Theory and Practice since* 1917, New Haven：Yale University Press, 1991, p. 92.

　　② "First, it purposely defies the sense of finality by returniing to the beginning of the poem, thus, at least in theory, recreatiing the experience of the poetic process all over agin. Second, the circular structure literally twists the poem around, for poetry (with the exception of conscious imitation and approximation of spatial art in the twentieth century) is essentially a temporal or linear art form, like music. The ususal linera process of the poem, therefore, is drastically modified by circling back to the beginning of the process." Michelle Yeh, *Modern Chinese Poetry*：*Theory and Practice since* 1917, New Haven：Yale University Press, 1991, p. 92.

　　③ "The circular structure is a paradox, then, for it hovers between and plays with our sense of surprise (that thepoem returns upon itself) and our sense of familiarity (through repetition). Because of this unique quality, its aesthetic value lies beyond linear closures." Michelle Yeh, *Modern Chinese Poetry*：*Theory and Practice since* 1917, New Haven：Yale University Press, 1991, p. 92.

　　④ "The potential flaw of circular framing is that, when divorced from the content, it can become a facile way of closing a poem. At worst, it can be a mere static, mechanical closure. Some of the circular poems written in the 1920s and 1930s tend to exhibit this shortcoming." Michelle Yeh, *Modern Chinese Poetry*：*Theory and Practice since* 1917, New Haven：Yale University Press, 1991, p. 95.

《黄埔江口》作为机械运用“环形结构”的一个案例进行分析。

二　奚密关于中国“现代派”诗人作品中“环形结构”的研究

在奚密有关中国现代汉诗的“环形结构”研究中，中国“现代派”诗人的作品占有重要的地位，其中代表诗人如戴望舒、卞之琳和何其芳的诗歌，都曾被奚密作为案例列举出来。下面，我们就看一下她对何其芳的《生活是多么广阔》一诗的分析。先看何其芳的原诗：

> 生活是多么广阔
>
> 生活是多么广阔。
> 生活是海洋。
> 凡是有生活的地方就有快乐和宝藏。
>
> 去参加歌咏队，去演戏，
> 去建设铁路，去做飞行师，
> 去坐在实验室里，去写诗，
> 去高山上滑雪，
> 去驾一只船颠簸在波涛上，
> 去北极探险，去热带搜集植物，
> 去带一个帐篷在星光下露宿。
>
> 去过极寻常的日子，
> 去在平凡的事物中睁大你的眼睛，
> 去以自己的火点燃旁人的火，
> 去以心发现心。
>
> 生活是多么广阔。
> 生活又多么芬芳。

凡是有生活的地方就有快乐和宝藏。①

　　这首诗开头和结尾的两段完全一样，而且中间部分没有出现和开头、结尾一样的成分，因此符合奚密关于诗歌"环形结构"的定义。奚密认为，环形结构在这首诗中形成了一个框架，尤其是第二和第三段中的每一行都以去字开头的句子更增强了其框架感。在这个框架内，作者描述了体力活动和精神层面的活动两种生活情形。

　　奚密认为，这首诗的优点就在于，这种首尾相同的结构，构成了一个比较完美的框架，由于相同的开头和结尾，环形结构更能凸显诗的内在空间和意象的空间特质。因此，虽然"何其芳的这首诗的缺点就在于刻意的说教和陈腐的词语，但是它却又可以被视为现代诗人努力尝试形式密切联系内容的一个经典案例"。② 为了表现对广阔生活的无限赞美，诗人连用11个以"去"为首字的诗行，鲜明生动地表述了心中强烈的感情。"正是通过这首复沓的写作手法，环形结构在诗歌线性进程的基础上达到了立体的效果。"③

　　接着，奚密又以另外一位中国"现代派"代表诗人戴望舒的诗歌《雨巷》为例，进一步阐释"环形结构"在中国现代汉语诗歌中的具体应用。《雨巷》诗歌原文见本书第三章第一节。

　　奚密认为，戴望舒在不止一首诗里用过环形结构，这是他喜欢使用的一种结构模式。而关于戴望舒诗歌中这种结构模式的来源，她认为应该是来自象征主义诗人。她的证据就是，戴望舒曾经翻译过法国诗人果尔蒙（Rémy de Gourmont）的《西茉纳集》（Simone）诗集，这个诗集共包括11首诗歌，其中就有4首采用了环形结构。

　　而至于《雨巷》，奚密认为，这首诗歌将诗歌的外在结构与内在氛围

---

　　① 何其芳：《夜歌和白天的歌》，人民文学出版社1952年版，第161—162页。

　　② "Flawed by overt didiacticism and banal ideas, He's poem is nonetheless, a good example of modern poets' attempts to create close interaction between content and form." Michelle Yeh, *Modern Chinese Poetry: Theory and Practice Since* 1917, New Haven: Yale University Press, 1991, p. 95.

　　③ "It is through this repetition that the circular structure creates a special spatial effect beyong the normal temporal progression of the poem." Michelle Yeh, *Modern Chinese Poetry: Theory and Practice since* 1917, New Haven: Yale University Press, 1991, p. 131.

成功结合，而 "它所采用的环形结构是理解此诗语气和主题的关键所在"①。

奚密分析了她之所以称这首诗歌采用了环形结构的原因。她说，在诗歌的开头部分，诗人就塑造了一个 "结着愁怨的姑娘"。然后，男女主人公之间对视了片刻，便又匆匆擦肩而过，那个姑娘然后也消失在雨巷尽头 "颓圮的篱墙" 之后。但是与一般诗歌不同的是，"在匆匆而别之后，诗人立刻重新唤起同样的女郎形象，并再次演绎同样的相遇过程"②，也就是说，这首诗的开头和结尾描述了相似的场景，可以认为是一首典型的环形结构诗歌。

紧接着，奚密又分析了环形结构对于戴望舒《雨巷》产生的积极作用。她首先提到了余光中对《雨巷》的严厉批评。余光中曾在《评戴望舒的诗》一文中批评他用了 "一大堆形容词，一大堆软弱而低沉的形容词"，而 "内行人应该都知道：就诗的形象而言，形容词是抽象的，不能有所贡献"。因而 "音浮意浅"，只是表达了一种 "不痛不痒不死不活的廉价朦胧，低级抽象"，整首诗也 "只能算是二三流的小品"。③ 对于余光中对《雨巷》批评，奚密并不赞同，她认为，尽管这首诗的语言确如余光中所言，不够 "鲜明硬朗"，但是仅就效果而言，它却达到了诗人所希望达到的效果。《雨巷》全诗多处运用了押韵、复沓、叠句等手法，这是诗人故意在营造诗歌缓慢的节奏，以对应雨中漫步的情景，从而造成一种一唱三叹的效果，而环形结构则为达到这种效果提供了一个完美的外在形式，正像奚密所说的 "环形结构尤其适合描写一份自给自足，又带着自怜自恋的幻想主题"。④

通过阅读中国 "现代派" 诗人的诗歌作品，可以发现，环形结构是

---

① "It's circular structure is essential to understanding the tone and theme of the poem." Michelle Yeh, *Modern Chinese Poetry: Theory and Practice since 1917*, New Haven: Yale University Press, 1991, p. 98.

② "As soon as the girl disappears, however, the poet reinvokes her image and reenacts the process." Michelle Yeh, *Modern Chinese Poetry: Theory and Practice since 1917*, New Haven: Yale University Press, 1991, p. 98.

③ 余光中：《评戴望舒的诗》，载《余光中集》（第五卷），百花文艺出版社 2004 年版，第 518—519 页。

④ "The circular structure is particularly apt for depicting the imagination that feeds upon itself; the imagination is self-contained and self-sufficient, boardering on solipsism." Michelle Yeh, *Modern Chinese Poetry: Theory and Practice since 1917*, New Haven: Yale University Press, 1991, p. 98.

中国"现代派"诗人经常采用的一种诗歌结构形式,除了奚密所指出的戴望舒的《雨巷》、何其芳的《生活是多么广阔》和卞之琳的《长途》之外,在他们的创作中还有不少运用了环形结构的诗歌,如戴望舒的《我底记忆》《单恋者》《我的恋人》《寻梦者》,何其芳的《预言》《欢乐》,番草的《白杨》,陈江帆的《灯》等都采用了环形结构。

第三节 中国"现代派"诗人诗歌中的 "戏剧化"手法研究

戏剧化是中国"现代派"诗人采用的一种重要的作诗方法,其中尤以卞之琳和何其芳两人使用最广泛,在英语世界的研究中成果也最多。

一 卞之琳诗歌中的"戏剧化"手法研究

"戏剧化"是卞之琳比较偏爱的一种作诗技巧,郑悟广认为"卞之琳《汉园集》中的许多诗都可以看作是他对'戏剧化'关注的体现"。[①] 关于戏剧化的定义,他认为"所谓的戏剧化来自紧张的气氛、精神冲突、独白、对话,甚至小说化。卞之琳自己也承认,他经常使用'戏剧性处境''戏剧性独白''戏剧性对话',甚至小说化"。[②] 为了印证自己的观点,郑悟广又引用了卞之琳《雕虫纪历·前言》中的一段话:

> 我总喜欢表达我国所说的"意境"或者西方所说的"戏剧性处境",也可以说是倾向于小说化,典型化,非个人化,甚至偶尔用出了戏拟(parody)。所以,这时期绝大多数诗里的"我"也可以和"你"或"他"("她")互换,当然要随整首诗的局面互换,互换得

---

① "Many ot the poems in the Han Garden Collection show Bian's preoccupation with ' dramatic poetry. '" Woo – kwang Jung, *A Study of The Han Garden Collection*: *New Approaches to Modern Chinese Poetry* 1930 – 1934, Ph. D. dissertation, Seattle: University of Washington, 1997, p. 63.

② "This dramatic quality results from emphasizing a tense situation or emotional conflict, monologue, dialogue, or even fictionalization." Woo – kwang Jung, *A Study of The Han Garden Collection*: *New Approaches to Modern Chinese Poetry*, 1930 – 1934, Ph. D. dissertation, Seattle: University of Washington, 1997, p. 63.

合乎逻辑。①

　　郑悟广认为，在卞之琳的这段评论中，我们可以清晰地看到，卞之琳诗歌描述的场面已经与现实的世界产生了区别，并向想象或戏仿的世界转移，这也是他在创作《汉园集》中收录的诗歌时所关注的诗学技巧。②

　　而关于卞之琳诗歌中表现了 "小说化场景" 的例子，郑悟广举了写于 1931 年，而于 1932 年发表在《新月》杂志上的《酸梅汤》（Sweet - Sour Plum Juice），其是最具代表性的。《酸梅汤》原文如下。

　　酸梅汤

　　　　可不是？这几杯酸梅汤
　　　　怕没有人要喝了，我想，
　　　　你得带回家去，到明天
　　　　下午再来吧；不过一年
　　　　到底过了半了，快又是
　　　　在这儿街边上，摆些柿，
　　　　摆些花生的时候了。哦，
　　　　今年这儿的柿，一颗颗
　　　　总还是那么红，那么肿，
　　　　花生和去年的总也同
　　　　一样黄，一样瘦。我问你，
　　　　（老头儿，倒像生谁的气，
　　　　怎么你老不作声？）你说，
　　　　有什么不同吗？哈，不错，
　　　　只有你头上倒是在变，
　　　　一年比一年白了。……你看，
　　　　树叶掉在你杯里了。——哈哈，

---

　　① 卞之琳：《雕虫纪历·前言》，载卞之琳《雕虫纪历》，人民文学出版社 1979 年版，第 4 页。

　　② Woo - kwang Jung, *A Study of The Han Garden Collection: New Approaches to Modern Chinese Poetry, 1930 - 1934*, Ph. D. dissertation, Seattle: University of Washington, 1997, pp. 64 - 65.

老李，你也醒了。树底下
睡睡觉真有趣；你再睡
半天，保你有树叶作被。
（哪儿去，先生，要车不要？）

不理我，谁也不理我！好，
走吧。……这儿倒有一大杯，
喝掉它！（老头儿，来一杯。）
今年再喝一杯酸梅汤，
最后一杯了。……啊哟，好凉！①

　　郑悟广分析道，卞之琳在这首诗歌中塑造了一个黄包车夫的角色，并借他之口进行讲述。卞之琳正是通过老头"酸梅汤"的吆喝的日常口语的腔调，加上对老百姓如黄包车夫和他的同事老李生活方式的描述，使得其对 1931 年北京街景的描绘很有特色也相当真实。为了和作者的主观感受拉开距离，卞之琳采用了"戏剧性独白"的技巧。如卞之琳在上面引文中所言，他隐藏在黄包车夫身后，而不是直接面对读者。因此，黄包车夫成了诗人的代言人，虽然他传达了卞之琳内心的想法，但是，卞之琳在这首诗中表达情绪和感情的方式却是戏剧化、非个人化的，甚至已经通过黄包车夫的视角被戏拟化了。正是通过这种戏剧化、非个人化甚至戏拟化的方式，卞之琳在诗歌中委婉地表达了普通民众可能因社会和政局不稳而产生的徒劳与无奈的情绪，而这种情绪正是在老头卖酸梅汤和李姓黄包车夫淡漠而懒散的情绪中自主地表达出来的。②
　　除了上面的《酸梅汤》，郑悟广认为，卞之琳《汉园集》中收录的《奈何——黄昏与一个人的对话》（What to Be Done：A Dialogue Between Dusk and a Man）、《彗星》（Comet）、《工作的笑》（Worker's Smile）、《登城》（Mounting the City Tower）、《还乡》（The Return of the Native）、《古镇的梦》（The Dream of the Village）、《水成岩》（Aqueous Rocks）和《道旁》（Streetside）等几首诗歌，其中都穿插着"戏剧性对话"。"这种写作

---

　　①　卞之琳：《鱼目集》，文化生活出版社 1935 年版，第 61—63 页。
　　②　Woo - kwang Jung, A Study of The Han Garden Collection：New Approaches to Modern Chinese Poetry, 1930 - 1934, Ph. D. dissertation, Seattle：University of Washington, 1997, p. 66.

技巧的作用就是描述戏剧性处境和情景时,虽然字数很少,表述效果却更加奏效,并且增强了诗歌的讽刺的复杂性。"① 他以《工作的笑》一诗为例,来说明卞之琳如何建立"戏剧性处境",并在诗歌中插入"戏剧性对话"的。

工作的笑

朋友穿了新大褂
同我出去吃饭,
裁缝坐在铺门前
闲了向街上观看

他的目光(我懂得)
是从他自己手上
笑到朋友身上去——
"他笑什么呢你想?"

朋友比我更顽皮:
"你新修好了皮鞋,
别笑我,那边墙根
皮鞋匠还坐着在!"

我们便不再说话,
一路怅望着晚霞。

在分析这首诗时,郑悟广联系了叙事文体"戏剧"来说明其中包含的"戏剧性场景"。郑悟广说,这首诗歌的结构特别像标准的戏剧情节,每一段中的情节发展分别对应了戏剧场景中的不同阶段:介绍、发展、高潮和结

---

① "The effect of this technique is to depict the 'dramatic settings or situations' more descriptively and powerfully within remarkably few lines, while enhancing the complex levels of irony within the poem." Woo - kwang Jung, *A Study of The Han Garden Collection: New Approaches to Modern Chinese Poetry, 1930 - 1934*, Ph. D. dissertation, Seattle: University of Washington, 1997, p. 66.

尾。"卞之琳这首诗的形式表明了西方悲剧的五段式结构对他的影响。"①

关于卞之琳诗歌中的这种"戏剧化"的写作效果，郑悟广认为，"使用这些方法的目的就是营造出一个非个人化的声音或者隐含的诗人的声音——不是作者想法的直接表达，而是通过作者创造的角色来表达。通过这些，诗歌就能提升诗人的情感上的主观性和现实的客观性之间的反讽统一。因此，卞之琳诗歌中的'我'往往代表了一个复杂的人物角色，而非客观或个性化的'我'"②。

二　何其芳诗歌中的"戏剧化"手法研究

郑悟广还对中国"现代派"另一位重要诗人何其芳诗歌中的戏剧化进行了研究。郑悟广认为，在何其芳创作《汉园集》中诗歌的时候，他经常采用的一个写作技巧是"对动作和感情进行细致的、戏剧化的描述"③。在郑悟广看来，何其芳的"《古城》一诗，在某种程度上甚至可以说是一部诗剧"。④ 最明显的一点就是，为了提升戏剧效果，何其芳还塑造了一个想象中的人物形象"客"，通过与之对话，来展开这首诗的场景。而这首诗就是对"客"的行动与情感的描述。这首诗的原文如下。

　　古城

　　　有客从塞外归来，

---

① "Bian's form in this poem displays his indebtedness to the five – part dramatic structure of Western tragedy." Woo – kwang Jung, *A Study of The Han Garden Collection*: *New Approaches to Modern Chinese Poetry*, *1930 – 1934*, Ph. D. dissertation, Seattle: University of Washington, 1997, p. 67.

② "The main purpose of these techniques is to create an impersonal voice or an implied poet's voice—not one that comes directly from the poet but one that speaks through the character created by the poet. By doing this, the poem tends to enhance the ironic cohesion between the poet's sentimental subjectivism and phenomenal objectivism. Therefor, the 'I' in his poems always represents a complex level of persona, not the subjective and personal 'I.'" Woo – kwang Jung, *A Study of The Han Garden Collection*: *New Approaches to Modern Chinese Poetry*, *1930 – 1934*, Ph. D. dissertation, Seattle: University of Washington, 1997, p. 64.

③ "Detailed, dramatic description of actions and emotions." Woo – kwang Jung, *A Study of The Han Garden Collection*: *New Approaches to Modern Chinese Poetry*, *1930 – 1934*, Ph. D. dissertation, Seattle: University of Washington, 1997, p. 111.

④ "In a sense, the following long poem, 'Ancient City,' is a poetic drama." Woo – kwang Jung, *A Study of The Han Garden Collection*: *New Approaches to Modern Chinese Poetry*, *1930 – 1934*, Ph. D. dissertation, Seattle: University of Washington, 1997, p. 111.

说长城像一大队奔马
正当举颈怒号时，变成石头了。
(受了谁的魔法，谁的诅咒!)

蹄下的衰草年年抽新芽。
古代单于的灵魂，
已安睡在胡沙里，
远戍的白骨也没有怨嗟……

但长城拦不住胡沙，
和着塞外的大漠风
吹来这古城中，
吹湖水成冰，树木摇落，
摇落浪游人的心。

深夜踏过白石桥，
去摸太液池边的白石碑。
以后逢人便问，人字柳，
到底在哪儿呢，无人理会。

悲这是故国，遂欲走了，
又停留，想眼前有一座高楼，
在危阑上凭倚……

坠下地了——
黄色的槐花，伤感的泪。
邯郸逆旅的枕头上，
一个幽暗的短梦，
使我尝尽了一生的哀乐。
听惊怯的梦的门户远闭，留下
长长的冷夜，凝结在地壳上。

地壳早已僵死了，
仅存几条微颤颤的动脉，
间或远远的铁轨的震动。
逃呵，逃到更荒凉的城中。
黄昏，上废圮的城堞远望，
更加局促于这北方的天地。

说是平地里一声雷响，
泰山，缠上云雾间的十八盘
也像是绝望的姿势，
绝望的叫喊。
（受了谁的诅咒，谁的魔法！）

望不见落日里黄河的船帆，
望不见海上的三神山……

悲世界如此狭小，
又逃回
这古城：风又吹湖冰成水。
长夏里古柏树下
又有人围着桌子喝茶。①

郑悟广首先对这首诗进行了分析："在第一段，诗人通过'客'之口告诉我们生命短暂。"② "客"在讲述时，并非简单直接讲出心中之所想，而是借用了几个意象来委婉曲折地表述。在诗中，"客"将象征古代中国雄伟业绩和千秋伟业的长城比作一大队奔马，在"举颈怒号时"突然变成了石雕；曾经英勇无比、叱咤风云的少数民族领袖"单于"，如今也已无声"安睡"；甚至连古代客死长城边"远戍的白骨"的思乡的"怨嗟"

① 何其芳：《何其芳文集》（第一卷），人民文学出版社 1982 年版，第 37—38 页。
② "In the first stanza, He tells us of life's transiencethrough the voice of a traveler." Woo – kwang Jung, *A Study of The Han Garden Collection*：*New Approaches to Modern Chinese Poetry*，1930 – 1934，Ph. D. dissertation, Seattle：University of Washington, 1997, p. 113.

也完全被"胡沙"掩埋了。①

　　第三段也是"客"的讲述。他讲道，秦始皇们的"长城"并不能阻挡"塞外的大漠风"吹来的"胡沙"，它还是顺利地进入了"古城"。因是寒冷的朔风来袭，因此"吹湖水成冰，树木摇落"，而漂泊于京城的游子，看到如此萧瑟的景象，也因之不胜感伤，并最终"摇落浪游人的心"。郑悟广认为，"客"的这一段讲述，可以有三种解读："（1）这座'古城'的孤独是因为北方的荒凉与阴郁，这就意味着身处北地的'客'也深感悲凉；（2）'胡沙'可能暗指日本对北京侵略的危险日益加剧；（3）准确地描述了每年四月间'古城'在来自戈壁的风沙侵袭日子里的环境。"②也就是这首诗通过"客"之口，巧妙地将北京严酷的自然环境与危难当头的现实情境结合起来，刻画了古城之荒凉与无助。

　　在第四段中，主要写了"客"在深夜的活动。"客"在忧思中无法成眠，遂信步走到北海的太液池（Taiye Pond）。来到太液池，他想到了曾听闻生长于瀛台的"人字柳"（The Renzi Willow），不知道于此深冬之时，"人字柳"现在如何，但令人失望的是无人知晓"人字柳"位于何处。惆怅之余，他登上一座高楼，凭依着危栏陷入了沉思。

　　紧接着的长空白表明了时间和空间由现实转入梦境。"客"在危楼上做了一个短暂的梦，但是，不久他被关门的声音惊醒。他使用"黄色的槐花""伤感的泪""邯郸逆旅的枕头""幽暗的短梦""惊怯的梦的门户""长长的冷夜"等诸多灰暗的意象和断断续续的"远远的铁轨的震动"来描述"客"之空虚的感觉。此梦虽短，但是他却"尝尽了一生的哀乐"。在这里，为了表达人生如梦的理念，他借用了沈既济《枕中记》（*The World Inside a Pillow*）中"黄粱一梦"的寓言。

　　从第五段始，"客"又重新逃回了"更荒凉的城中"。他登上"废圮的城堞远望"，他看到了代表中华民族的泰山（Mount Tai）和黄河（The

---

　　①　Woo - kwang Jung, *A Study of The Han Garden Collection*: *New Approaches to Modern Chinese Poetry*, 1930 - 1934, Ph. D. dissertation, Seattle: University of Washington, 1997, p. 113.

　　②　"（1）The feeling desolation in this 'ancient city' is due to the wildness and gloominess of the north. This means that the traveler feels desolation as if he is in the north;（2）'The barbarian sands' may connote the increasing threat of the Japanese invasion of Beijing; and（3）the storm literally depicts the atmosphric phenomena of sandy dust that blows to this 'ancient city'." Woo - kwang Jung, *A Study of The Han Garden Collection*: *New Approaches to Modern Chinese Poetry*, 1930 - 1934, Ph. D. dissertation, Seattle: University of Washington, 1997, p. 113.

Yellow River),但是泰山摆出了"绝望的姿势",发出了"绝望的叫喊"之声,黄河上也看不见船帆,甚至他也无法看到中国传说中代表仙境的"海上的三座神山"。何其芳正是用这些自然景观来代表中国人失去的生命的支撑力量(黄河、泰山),而且也失去了未来的希望(海上三座仙山),对于民族的未来充满了悲观与惆怅。

而最戏剧化的场面出现在最后一段,郑悟广分析道:"在最后一段,'客'重回古城,虽然已经是夏日景色,他的孤独与忧伤之情却丝毫没有减消:卢生的一生犹如一梦。"① "客"逃回古城,此时古城已经由冬转夏,"长夏里古柏树下/又有人围着桌子喝茶",一副悠然闲适的场景,但在"客"心中依然想着那"风又吹湖冰成水"冷酷的冬天。

通过上面郑悟广的分析,我们可以看到,诗人表达这些思想并不是通过自我之口或自我之行动,而是通过其在诗中另外塑造的一个人物"客"的经历来表述的,因而造成了这样一种"戏剧化"的效果,比直接的自我抒情显得更曲折、更生动。

第四节 中国"现代派"诗人诗歌中的隐喻手法研究

除了我们上面已经提到的戏剧化手法,隐喻也是中国"现代派"诗人经常使用的一个诗歌创作技巧,英语世界的研究也涉及了这些技巧在中国"现代派"诗人作品中的具体应用,隐喻就是其中重要的一种艺术手法。

奚密认为,"现代诗不仅创造了丰富复杂的隐喻,而且还将隐喻作为一种结构性技巧。也就是说,这首诗的整体结构有时都会成为该诗主题的一个隐喻。"② 关于隐喻这种手法在中国"现代派"诗人作品中的具体应用,奚密举了三首诗歌来说明"现代汉诗如何创造性地运用隐喻,结合了

---

① "In the last stanza, the traveler returns to the 'ancient city.' Althoutht it is now summer and the scenery is different, his feeling of desolation and sadness remains unchanged: Mr. Lu's entire life seems but a dream." Woo - kwang Jung, *A Study of The Han Garden Collection: New Approaches to Modern Chinese Poetry*, 1930 - 1934, Ph. D. dissertation, Seattle: University of Washington, 1997, p. 114.

② "Not only do modern Chinese poets creates rich, complex metaphors, but hey also explore using the metaphor as a structuring deveice. In other words, the structure of the entire poem sometimes becomes a metaphor for the theme it wishes to convery." Michelle Yeh, *Modern Chinese Poetry: Theory and Practice since* 1917, New Haven: Yale University Press, 1991, p. 69.

主题和结构双重意义"。① 其中就包括中国"现代派"诗人何其芳的《秋天》和卞之琳的《入梦》。②《秋天》这首诗歌的原文如下。

　　　秋天

　　　震落了清晨满披着的露珠，
　　　伐木声丁丁地飘出幽谷。
　　　放下饱食过稻香的镰刀，
　　　用背篓来装竹篱间肥硕的瓜果。
　　　秋天栖息在农家里。

　　　向江面的冷雾撒下圆圆的网，
　　　收起青鳊鱼似的乌桕叶的影子，
　　　芦蓬上满载着白霜，
　　　轻轻摇着归泊的小桨。
　　　秋天游戏在渔船上。

　　　草野在蟋蟀声中更寥廓了，
　　　溪水因枯涸见石更清冽了，
　　　牛背上的笛声何处去了？
　　　那满流着夏夜的香与热的笛孔！
　　　秋天梦寐在牧羊女的眼里。③

　　奚密对这首诗歌分析道，此诗开头即包含感情色彩丰富的意象，这些意象分别关涉人的各种感觉：凉润的露珠，丁丁的伐木声，散发着清香的稻谷，背篓中肥硕的瓜果。这些并列的感觉在第一段密集地展示，显示了秋收的丰盛，读者的脑海中也会涌出喜悦的场景。

---

　　① "Illustrate the original use of metaphor as a thematic and structural device in modern Chinese poetry." Michelle Yeh, *Modern Chinese Poetry: Theory and Practice since 1917*, New Haven: Yale University Press, 1991, p. 69.
　　② 另外一首为张错的《错误十四行》。
　　③ 何其芳：《何其芳文集》，人民文学出版社 1982 年版，第 15 页。

　　而在第二节，诗歌的颜色则从橙色变成了灰白色：乌桕叶的影子，芦蓬上满载着白霜，诗歌的意象渐乏活力，诗的基调显然也趋向低沉。

　　在第三节，第二节已经显示出来的低沉趋势就更加明显了。在这一节中，溪水枯涸了，牛背上的笛声也听不到了。也就是说，从充满活力的第一节，到基调低沉的第二节，在诗歌的最后一节最终归于沉寂。诗歌中的意象和情绪的不断变化本身，即是秋天不断推移的隐喻。即这些意象正好是秋天演进过程中的典型意象，它们的出现就代表了秋天离肃杀寒冷的冬季还有多久，而诗歌中从欢快到消沉的情绪又是与这些意象紧密相关的。

　　通过上述分析，奚密指出，这首诗的结构具有十分独特的作用，不仅在于通过对具有秋天特色的意象的描述来表达秋天的这一主题，还透过逐渐变化的感官意象来体现季节运转的不同阶段，如果我们用另外的意象替换了诗中的意象，或者仅仅是把它们出现的顺序进行调整的话，这首诗的表达效果就会大打折扣。为了更清楚地说明问题，奚密还引用了小说家奥康纳（Flannery O'Connor）对自己小说的一句评论：她的故事的意义就在于故事本身。"而何其芳则示范了诗的意义就在于诗本身。"①

　　对于"作为结构性技巧的隐喻"在中国"现代派"诗人诗歌中的具体应用，奚密认为这种用法也出现在卞之琳的《入梦》一诗中。《入梦》的原文如下。

　　　入梦

　　　设想你自己在小病中
　　　（在秋天的下午）
　　　望着玻璃窗片上
　　　灰灰的天与疏疏的树影
　　　枕着一个远去了的人
　　　留下的旧枕，
　　　想着枕上依稀认得清的
　　　淡淡的湖山

――――――――

　　①　"He Qifang shows that the meaning of the poem is the poem." Michelle Yeh, *Modern Chinese Poetry*: *Theory and Practice since 1917*, New Haven：Yale University Press, 1991, p. 70.

仿佛旧主的旧梦的遗痕

仿佛风流云散的

旧友的渺茫的行踪，

仿佛入往事在褪色的素笺上

正如历史的陈迹在灯下

老人面前昏黄的古书中……

你不会迷失吗

在梦中的烟水？①

　　同样，奚密对这首诗歌也进行了细致的分析。她说，从句法上来讲，诗的头九行都属于一个以同一个动词“设想”开头的长句。这个词迅速将读者引入一个灰暗朦胧的梦中世界。本诗采用了偏离的视角，即诗中所谓的“你”并不是直接望到了“灰灰的天”和“疏疏的树影”，而是隔着一层玻璃。

　　奚密接着分析道：“接下来的意象也暗示了距离”②，你不是在自己而是在别人“留下的旧枕”上做梦，而梦中出现的却又是已经久别的“旧友”；不仅回忆的内容已经是很久以前的事情了，就连引起回忆的线索（“褪色的素笺”）也已经陈旧不堪了（“风流云散”）。不仅历史记载的事迹是陈旧久远的，甚至关于这些记载本身也已成为历史（“昏黄的古书”）。因此，这首诗就像是一个有关回忆的迷宫，它引导读者越来越远离现在，而进入久远的过去——从个人的（自己的或者他人）过去进入一种文化的过去（历史）。当诗歌越来越深入梦境时，诗人出乎意料地提出这样的疑问：“你不会迷失吗/在梦中的烟水？”他此举既在提醒我们，上面诗行中所描述的那些意象过于缥缈虚幻，也提醒久已沉迷其中的读者，已经进入梦幻世界多远了。③

　　通过对上述两首诗歌的认真研读，奚密得出了结论。她说，与何其芳的《秋天》一样，卞之琳的《入梦》既描述了怀旧情怀的迷失，又具体地展示迷失的过程，并刻意去营造一种如梦如幻的场景与氛围，让读者在

---

　　① 卞之琳：《卞之琳文集》，安徽教育出版社 2002 年版，第 117 页。

　　② "Then come more images equally remote。" Michelle Yeh, *Modern Chinese Poetry：Theory and Practice since* 1917, New Haven：Yale University Press, 1991, p. 70.

　　③ Ibid. , pp. 70 – 71.

不知不觉中，渐渐深陷其中。"这首诗和《秋天》一样，也可以说是一个隐喻，它通过创造一系列越来越渺茫的意象，如镜子一般的反映了它的主题。"①

　　如果说隐喻在诗歌中是一个经常被应用的手法，那么奚密在这里分析的两首中国"现代派"诗人的诗歌《秋天》与《入梦》的独特之处就在于，这两首诗歌都将"隐喻"这种诗歌创作手段与整个诗歌形式密切结合，真正做到了如奚密所言的"形式与内容可谓是相辅相成的有机整体"。②

---

　　① "The poem, like 'autumn', is thus a metaphor insofar as its structure mirrors the theme by creating a sequence of progressively elusive images in order to convey an elusive state of mind. The form and the content are muturally reinforcing and organically integrated." Michelle Yeh, *Modern Chinese Poetry*: *Theory and Practice since 1917*, New Haven: Yale University Press, 1991, p. 71.

　　② "The form and the content are muturally reinforcing and organically integrated." Michelle Yeh, *Modern Chinese Poetry*: *Theory and Practice since* 1917, New Haven: Yale University Press, 1991, p. 71.

第六章

英语世界关于中国"现代派"
诗人诗歌中的主题与意象研究

　　主题是一首诗歌表达的主要内容，而意象则是实现这种表达的重要依托，由此可见主题与意象在一首诗歌中所占的重要地位。而在具体诗歌流派的研究中，我们还会发现，属于共同流派的一个诗人团体，其诗歌中所包含的主题与意象往往有着相似性或相通性，其中的原因就是这独具特色的主题与意象正是形成诗歌流派特色的重要依托。在本章，我们就来看一下英语世界有关中国"现代派"诗人诗歌中主题与意象研究的具体情况。

第一节　中国"现代派"诗人诗歌主题研究

　　中国"现代派"诗人作品的主题多跟个人情感或个人日常生活联系紧密，它突出了中国"现代派"诗人的诗歌关注自我这一特点，因此英语世界关于中国"现代派"诗人诗歌主题的研究成果也主要集中在"回忆主题"和"爱情主题"。在本节，我们就以英语世界学者对戴望舒、卞之琳和何其芳等中国"现代派"代表诗人的研究为例，进行详细论述。

一　戴望舒诗歌中的怀旧主题研究

　　怀旧，在英语中又被称为"Nostalgia"，这一主题在中国"现代派"诗人诗歌中都对其有所涉猎，但在戴望舒的诗歌中体现得尤为明显。因此，在英语世界的研究中，关于戴望舒诗歌中怀旧主题的研究成果也最多。关于戴望舒诗歌中的怀旧主题，利大英也曾说："虽然有新的想法与灵感进入诗人的诗学词典，但是戴望舒从来没有丢弃怀旧主题——个人孤独产生的基础。"① 也就是说，怀旧这一主题是贯穿了戴望舒整个创作生涯的，由此也可见其重要性。

根据米佳燕和利大英等人对戴望舒诗歌中怀旧主题的研究情况，我们又可将戴望舒关于怀旧主题的诗歌分作三部分：对回忆的珍惜、怀乡病和对往昔美好生活的回忆。

（一）对回忆的珍惜

回忆是现代诗人偏爱的一个主题，米佳燕分析了戴望舒诗歌中"回忆"的重要地位，并指出了其与波德莱尔、魏尔伦等西方象征派诗人的渊源关系，而且以《我底记忆》等一系列涉及"回忆"这一主题的诗歌为例，具体展示了戴望舒运用该主题取得的成就及其对中国现代诗歌的独特贡献。她指出："随着戴望舒的出现，中国现代诗歌见证了对于回忆的最强烈表述。在他的世界，回忆无处不在，产生了许多他最好的诗歌。对于戴望舒而言，回忆在他的诗歌创作中中既充当写作的媒介又充当其写作的内容。而且回忆是全知全能的，由此它也成为了'我'内心思考的代言人。"②

米佳燕紧接着分析了戴望舒诗歌中回忆的内容，她认为在戴望舒诗歌中回忆的内容主要包括以下几个方面：他丢失的过去，破灭的理想，破碎的家庭，失去的友谊，也包括生活的压力。

关于回忆在戴望舒诗歌创作中的重要作用，米佳燕写道："回忆已经成为戴望舒诗歌的一个重要特征。那些消失了的、结束了的和丢失了的东西，在戴望舒的整个诗歌生涯中都对其十分迷恋。因此，我敢说，如果没有记忆（作为文学创作的灵感和'自我'的全部意义），戴望舒的诗歌，或者至少说他的大部分最优秀的诗歌，都将不可能写出来。在中国现代文

---

① "And yet, although new ideas and inspiration are drawn into the poet's poetic vocabulary, Dai never abandons the themes of nostalgia, the fundamental isolation of the individual." Gregory Lee, *Dai Wangshu: the Life and Poetry of a Chinese Modernist*, Hong Kong: The Chinese University Press, 1989, p. 182.

② "With the emergence of Dai Wangshu, modern chinese poetry witnessed its strongest expression in the realm of memory. In his world, memory is everywhere, producing much of his best poetry, memory is everything, functioning as both the medium and content of his poetic creation and memory is omniscient, building itself as the origin where the 'I' is able to think." Jiayan Mi, *Self - fashioning and Reflexive Modernity in Modern Chinese Poetry, 1919 - 1949*, Lewiston, N. Y. The Edwin Mellen Press, 2004, p. 167.

学史中，正是戴望舒创造了记忆书写，并且赋予了它全新的意义。"①

米佳燕分析的对象则是戴望舒著名的《我底记忆》②。在她看来，作为一个现代派诗人，戴望舒对这个主题回忆尤其迷恋。在他生命中，存在着如此多跟回忆相关的事物，而且随着回忆的增多，他甚至开始了对回忆的回忆，"这种回忆，他既不能忘却，也不能避免，而且随着时间的流逝，对它的回忆还会日益清晰频繁。最终，回忆无处不在，如在那首著名的《我底记忆》中所描绘的，一切都是回忆"。③

在这首诗歌中，诗人将"记忆"做了拟人化的想象，他把它描绘为自己的一个忠实的友人，而这个友人"永远不肯休止的"不定时地造访诗人，也就是说，对于诗人而言，"回忆是无所不在、无所不能的，它充斥了诗人的整个世界。更确切地说，'我'的整个灵魂都处于回忆的控制之下"。④ 相对于主人公而言，记忆如此强势，而它又时时不请自来，可能会打扰到自己的生活，但"尽管如此，回忆的强行闯入诗人的私人生活，或者说不时浮现在脑海中的不正常的鲜活记忆，并没有给'我'带来苦恼，而是相反的"。⑤ 其中最重要的一个原因就是"记忆"是"忠实于我的"，这也是作者为什么在开头和结尾都反复强调了这句话。

---

① "Memory has become the most distindtive quality of Dai's poetry. Dai's entire poetic life was obsessively preoccupied with something that was finished, over, and lost. Thus, I would venture to say that, without memory (as literary inspiration and as the entire meaning of self), Dai's poetry, or at least much of his best poetry, could not have been written. It is Dai sho has created the narrative of memory and endowed it with a totally new and significant meaning in modern Chinese literature." Jiayan Mi, *Self - fashioning and Reflexive Modernity in Modern Chinese Poetry*, *1919 - 1949*, Lewistom, N. Y. The Edwin Mellen Press, 2004, p. 167.

② 戴望舒《我底记忆》的诗歌原文见第三章第一节"耶麦对戴望舒的影响研究"部分。

③ "This Memory Crisis is is manifested in the symptom of hypermnesia: a kind of memory he could neither forget nor avoid but which seems to increase daily as time ealpses. Consequently, memory is everywhere, and everything is memory as shown in the well - knownpoem 'My Memory'." Jiayan Mi, *Self - fashioning and Reflexive Modernity in Modern Chinese Poetry*, *1919 - 1949*, Lewistom, N. Y. The Edwin Mellen Press, 2004, p. 175.

④ "Memory is so omnipresent and omniscient that it has filled the whole world of the poet. To be more precise, the entire psyche of the 'I' is under the control of memory." Jiayan Mi, *Self - fashioning and Reflexive Modernity in Modern Chinese Poetry*, *1919 - 1949*, Lewistom, N. Y. The Edwin Mellen Press, 2004, p. 175.

⑤ "Even so, such a rude intervention of this unlimited hypermnesia, or abnormally vivid memory, into the private life - world does not bring agony to the 'I' but rather the oppsite." Jiayan Mi, *Self - fashioning and Reflexive Modernity in Modern Chinese Poetry*, *1919 - 1949*, Lewistom, N. Y. The Edwin Mellen Press, 2004, pp. 175 - 176.

也正如米佳燕所说：“在这首具有里程碑意义的诗歌中，戴望舒不仅定义了自己的诗歌，同时也定义了他本人。也就是说，回忆是戴望舒诗歌中最关注的部分，他的主题、他的世界和他写什么样的诗歌及他将怎样写作诗歌的媒介。回忆是他最重要的朋友，是他最亲密也最可靠的搭档。和它在一起交流，他可以畅所欲言；和它在一起，他可以放声歌唱。除了回忆的世界，一切都不存在。”① 因此，米佳燕还引用了孙玉石的一个说法，他将戴望舒这种诗学尝试称为“记忆体”（memory narrative）②，据米佳燕分析，戴望舒的记忆体的特征是一种微观叙事（small narrative），特征就是描述的内容都是非常私人化的故事，涉及的都是一些日常生活中对个人来说最不重要的事情、最微不足道的故事。③

利大英在分析戴望舒诗歌中“回忆”这一主题时，他举的例子是《老之将至》（Old Age Will Soon Arrive）。《老之将至》原文如下。

　　老之将至

　　我怕自己将慢慢地慢慢地老去，
　　随着那迟迟寂寂的时间，
　　而那每一个迟迟寂寂的时间，
　　是将重重地载着无量的怅惜的。

　　而在我坚而冷的圈椅中，在日暮里，
　　我将看见，在我昏花的眼前
　　飘过那些模糊的暗淡的影子：
　　一片娇柔的微笑，一只纤纤的手，

① “In this monumental poem, Dai not only defines his poetry but also defines himself. That is to say, memory is his primary lyric concern, his theme, his world and the medium by which his poetry is wrtten and about which he would write. Memory is his most significant friend, his most intimate other and his most reliable partner with whom he would communicte and of whom he would sing. Outside the realm of memroy, there exists nothing.” Jiayan Mi, *Self - fashioning and Reflexive Modernity in Modern Chinese Poetry*, *1919 - 1949*, Lewistom, N. Y. The Edwin Mellen Press, 2004, p. 176.

② 孙玉石：《戴望舒名作欣赏》，中国和平出版社 1993 年版，第 81、86 页。

③ Jiayan Mi, *Self - fashioning and Reflexive Modernity in Modern Chinese Poetry*, *1919 - 1949*, Lewistom, N. Y. The Edwin Mellen Press, 2004, p. 177.

几双燃着火焰的眼睛，
或是几点耀着珠光的眼泪。

是的，我将记不清楚了：
在我耳边低声软语着
"在最适当的地方放你的嘴唇"的，
是那樱花一般的百合子吗？
那是茹丽苢吗，飘着懒倦的眼
望着她已卸了的绸缎的鞋子？……
这些，我将都记不清楚了，
因为我老了。

我说，我是担心着怕老去，
怕这些记忆凋残了，
一片一片地，像花一样，
只留着垂枯的枝条，孤独地。①

　　利大英对这首诗歌中所包含的回忆主题分析道，在《老之将至》中，戴望舒作品中通常带有的那种悲观和忧郁，都体现为具有戴望舒标志性的对"还未过的过去"②的感慨，在诗中，戴望舒感慨的是"我是担心着怕老去"，即为诗人所处的当前这段时间而担忧，但是这些时间却正是在担忧的过程中流逝，这是戴望舒怀旧情绪的一个独特的方面。③

　　诗人极力想留住脑海中的记忆，无奈随着时间的流逝，这些记忆也终将离他而去。因此，利大英说，我们曾经在研究《我底记忆》时谈到，诗人将"记忆"当作自己最忠实的一个朋友。但是在《老之将至》这首诗歌里，诗人却发现"记忆"的另外一个特点，它在与时间流逝的斗争中，并不是一件特别奏效的武器。虽然诗歌为永远留住其中描述的具有象

---

① 戴望舒：《老之将至》，《小说月报》1931 年第 22 卷第 1 号。

② "a past not yet traversed." Gregory Lee, *Dai Wangshu: the Life and Poetry of a Chinese Modernist*, Hong Kong: The Chinese University Press, 1989, p. 197.

③ Gregory Lee, *Dai Wangshu: the Life and Poetry of a Chinese Modernist*, Hong Kong: The Chinese University Press, 1989, p. 197.

征意义的女子提供了一个可能，但是那个缥缈朦胧的完美女性形象不可避免地走向诗人想象中的未来，即从当前回忆走向下一阶段的回忆，诗人担心的就是，在回忆的过程中，这个女子的形象会越来越模糊，直至消失不见。这里又一次涉及了怀旧这个主题，"但是这个怀旧主题却有了一个新面孔：对'老之将至'的恐惧，这可以说是对虽未到来，但在意料之中事物的怀旧"①。

而且，利大英还提到了对戴望舒而言具有独特意义的"花"的意象在这首诗歌中也再次出现了。② 利大英所说的"花"这一意象出现在本诗的最后一句，戴望舒用花来比喻记忆，他害怕记忆会像花一样终究无可奈何地飘落，而只剩下孤零零的枯枝。

通过上述分析，我们可以发现，戴望舒对回忆这一主题似乎情有独钟，其中尤其是《我底记忆》这首诗歌，在戴望舒的诗歌中具有里程碑的意义。戴望舒诗歌中对回忆这种抽象题材的重视，在中国诗歌传统中是相当少见的，因此，米佳燕称赞他说："对回忆的高度推崇，开启了一个新的诗歌传统。"③

（二）怀乡病

怀乡病又常被称为乡愁，这是中国文学中最常见的诗歌主题之一，这一主题也深受中国"现代派"诗人的喜爱，其中戴望舒关于"怀乡病"主题的诗歌尤其多，正像利大英说的那样，"怀乡病是戴望舒诗歌最喜欢并经常运用的一个主题"。④

利大英分析的第一首关于怀乡病主题的诗歌是《百合子》⑤（Yuriko）。先看一下戴望舒《百合子》的原文。

---

① "The theme of nostalgia is once aain exploted but in a new guise：the apprehension of the deprivations of old age. It is a prediction of nostalgia yet to come." Gregory Lee, *Dai Wangshu：the Life and Poetry of a Chinese Modernist*, Hong Kong：The Chinese University Press, 1989, p. 199.

② Ibid. , p. 197.

③ "Such over - privileging of memory by Dai radicalizes a new poetic tradition." Jiayan Mi, *Self - fashioning and Reflexive Modernity in Modern Chinese Poetry*, *1919 - 1949*, Lewistom, N. Y. The Edwin Mellen Press, 2004, p. 176.

④ "Dai's traditional and favourite theme of nostalgia" Gregory Lee, *Dai Wangshu：the Life and Poetry of a Chinese Modernist*, Hong Kong：The Chinese University Press, 1989, p. 82.

⑤ 最初发表的时候题目为《少女》。

百合子

百合子是怀乡病的可怜的患者,
因为她的家是在灿烂的樱花丛里的;
我们徒然有百尺的高楼和沉迷的香夜,
但温煦的阳光和朴素的木屋总常在她缅想中。

她度着寂寂的悠长的生涯,
她盈盈的眼睛茫然地望着远处;
人们说她冷漠的是错了,
因为她沉思的眼里是有着火焰。

她将使我为她而憔悴吗?
或许是的,但是谁能知道?
有时她向我微笑着,
而这忧郁的微笑使我也坠入怀乡病里。

她是冷漠的吗? 不。
因为我们的眼睛是秘密地交谈着;
而她是醉一样地合上了她的眼睛的,
如果我轻轻地吻着她花一样的嘴唇。①

　　这是一首以一个日本女子名字命名的诗歌,其中描述了女主人公百合子对家乡的思念和男主人公对她的爱恋。但是,利大英并不仅仅把这首诗看作一首简单地描述女主人公怀乡病的诗歌,同时,这也是其中的男主人公和诗人自己的怀乡病,但不是怀念远方的故乡,也不是怀念过去,令人感到不解的是,而是怀念当下———一个想象的当下场景,即诗中所描绘的情绪。"他并不是渴望得到失去的东西,而是得到想象中的东西,就像这

---

　　① 戴望舒:《百合子》,载王文彬、金石编《戴望舒全集》(诗歌卷),中国青年出版社1999年版,第69页。

首诗中描绘的女孩一样，只存在于诗人的想象中，是其私人珍藏。"①

　　利大英所说的这首诗中的男主人公是怀念当下，应指的是他很珍惜目前的每一分每一秒。而男主人公和女主人公相恋的行为，如利大英所言，是只存在于男主人公的想象之中。就因为这段恋情是存在于想象中的，所以显得更为虚无缥缈，也更容易在记忆中丢失。所以，他才会更加努力地去记忆，将当前的场景一再地在脑海中浮现。利大英认为，戴望舒的部分关于回忆的焦虑来自于失去一个漂亮的女人和无法通过回忆恢复她娇媚的容颜。虽然每当这种无能为力的回忆涌起时，都会引起伤感和痛苦，但是它给戴望舒的诗歌创作带来源源不断的动力。当涉及回忆时，那个神秘的、不可触摸到的女人成为他诗歌中最重要的主题。② 这也就是利大英所说的他所怀念的是当下的场景，怀念的是一种情绪。

　　关于"怀乡病"这一主题，利大英分析的第二首诗歌是戴望舒的《我的素描》。该诗的原文如下。

　　　　我的素描

　　　　辽远的国土的怀念者，
　　　　我，我是寂寞的生物。

　　　　假如把我自己描画出来，
　　　　那是一幅单纯的静物写生。

　　　　我是青春和衰老的集合体，
　　　　我有健康的身体和病的心。

　　　　在朋友间我有爽直的声名，
　　　　在恋爱上，我是一个低能儿。

---

① "It is not desire not for something lost but for something imagined shich is evoked as if the girl here described existed only in relation to the poet, a private possession cherished in secret and conjured up in reverie." Gregory Lee, *Dai Wangshu: the Life and Poetry of a Chinese Modernist*, Hong Kong: The Chinese University Press, 1989, p. 192.

② Gregory Lee, *Dai Wangshu: the Life and Poetry of a Chinese Modernist*, Hong Kong: The Chinese University Press, 1989, pp. 194 – 199.

　　　　因为当一个少女开始爱我的时候，

　　　　我先就要栗然地惶恐。

　　　　我怕着温存的眼睛，

　　　　像怕初春青空的朝阳。

　　　　我是高大的，我有光辉的眼；

　　　　我用爽朗的声音恣意谈笑。

　　　　但在悒郁的时候，我是沉默的，

　　　　悒郁着，用我二十四岁的整个的心。①

　　这首诗可以说与《百合子》一诗有着明显的相似之处，那就是它描绘了主人公对虚构中的“辽远国土的怀念”。而辽远的国土，又使我们想到《诗经·硕鼠》篇中所描绘的乐土，诗人对其十分盼望，这个乐土（也就是遥远的国土）却又始终可望而不可即。正因为这是一首对幻想中事物的怀念，所以作者列举了一系列相对立的方面：青春与衰老、健康的身体和病的心、朋友间爽直的声名与恋爱的低能儿、少女的爱和栗然的惶恐，以及爽朗的笑与悒郁的心。我们可以把这几对相互矛盾的词语分为两类，其中健康、明朗的形象及美好的恋爱属于想象中的“遥远的国土”，而衰老、多病而又惧怕爱情的形象则属于现实。也正是在这个意义上，利大英指出，虽然诗中对自我形象有着逼真的刻画，但我们却不能因此认为这是一首现实主义的诗歌，“虽然具有明显的现实主义自传的色彩，诗人却凭借这些构造了他想要的情绪效果，这首诗歌的主题就隐藏于他‘寂寞’地怀念着他所幻想出的‘辽远的国土’”。②

　　我们再来看一下利大英分析的关于“怀乡病”主题的另外一首诗

---

　　①　戴望舒：《我的素描》，《小说月报》1930 年第 21 卷第 6 号。

　　②　"Although apparently realistic and autobiographical the poet has engineered the gradual construction of the emotional effect he wants.　And the standard themes are hinted at in the his 'lonely' thinking about 'the distant country' – of his imagination." Gregory Lee, *Dai Wangshu: the Life and Poetry of a Chinese Modernist*, Hong Kong: The Chinese University Press, 1989, p. 195.

《单恋者》，这首诗的原文如下。

单恋者

我觉得我是在单恋着，
但是我不知道是恋着谁：
是一个很远的在烟水中的国土吗，
是一枝在静默中零落的花吗，
是一位我记不起来的 belle inconnue① 吗？
我不知道。
我知道的是我底胸膨胀着，
而我的心悸动着，像在初恋中。

在烦倦的时候，
我是在暗黑的街头踯躅者，
我走遍了喧嚣的酒场，
我不想回去，好像在寻找什么。
吹过一片微笑来或是塞满一耳的软语，
那是常有的事。
但我会低声说：
"不是你！"

我像一个"夜行人"，
尽便吧，这在我是一样的：
真的，我是一个寂寞的夜行人，
而且又是一个可怜的单恋者。②

　　利大英说："正像在上一首诗中，诗人谈到了他的'国土'，这可以

---

① 在后来的版本中，戴望舒将这句法语改为汉语"陌路丽人"。
② 戴望舒：《单恋者》，《小说月报》1931 年第 22 卷第 2 号。

理解为他的祖国或一个只存在于幻想之中的一个地方。"① 也就是说，这一首诗也可以说是一首与想象相关的诗歌，但是作者用了三个疑问句："是一个很远的在烟水中的国土吗，是一枝在静默中零落的花吗，是一位我记不起来的 belle inconnue 吗?"来表达自己内心的疑惑。其实，从此后的诗句来看，无论是"烟水中的国土""静默中零落的花"，还是一位"陌路丽人"都是他梦想得到的东西。但是作为"寂寞的夜行人""街头踟蹰者"和"可怜的单恋者"，这些都是他所不可能得到的。所以他还要"跟跄地又走向他处"，继续找寻自己梦中理想的家园。

　　紧接着，利大英又分析了戴望舒诗歌中另外一首关于"怀乡病"主题的诗歌《小病》（Slight Illness）。利大英说，在这首诗歌中，戴望舒又一次选择了"怀乡病"这一主题，描述的是一个躺在病床上的人的怀乡病。先看一下这首诗的原文。

　　　　小病

　　　　从竹帘里漏进来的泥土的香，
　　　　在浅春的风里，它几乎凝住了；
　　　　小病的人嘴里感到了莴苣的脆嫩，
　　　　于是遂有了家乡小园的神往。

　　　　小园里阳光是常在芸苔的花上吧，
　　　　细风是常在细腰蜂的翅上吧，
　　　　病人吃的莱菔的叶子许被虫蛀了，
　　　　而雨后的韭菜却许已有甜味的嫩芽了。

　　　　现在，我是害怕那使我脱发的饕餮了，
　　　　就是那滑腻的海鳗般美味的小食也得斋戒，
　　　　因为小病的身子在浅春的风里是软弱的，

---

① "As in the last poem the poet talks of his 'guotu' 国土，his country or land of the imagination." Gregory Lee, *Dai Wangshu: the Life and Poetry of a Chinese Modernist*, Hong Kong：The Chinese University Press, 1989, p. 197.

况且我又神往于家园阳光下的莴苣。①

　　利大英认为这首诗采用了现代－象征主义（Modernist－Symbolist）手法，戴望舒在创作这首诗歌的时候，不是在追求新的题材，而是对熟悉的题材采取了更加熟练、高明的处理方式。② 而这种现代－象征主义的手法在本诗中的具体表现就是采用了通感手法，即将各种感觉混溶错搭地放在一起，泥土的气息（第一行）如此强烈，以至于躺在病床上的病人都能闻到它；微风带来的家乡的气息时感到了"家乡小园"里莴苣的脆嫩（第四行）。在这首诗中，生病成为一种写作手法，而病床则是一个诗人随意展开想象的所在。戴望舒"在用通感方式将一系列意象连接在一起的情况下，就将深深地怀乡的情绪生动鲜明地讲述出来"。③

　　然后，利大英又分析了戴望舒的《游子谣》。他认为："大概六个月后④写的诗歌看起来也没有多少现实主义的因素，用比《小病》更鲜活的意象来描述怀乡这一主题的是《游子谣》。这首诗的乡愁也是围绕家园展开的，将之与大海相比较。"⑤ 这首诗歌的原文如下。

　　游子谣

　　海上微风起来的时候，
　　暗水上开遍青色的蔷薇。
　　——游子的家园呢？篱门是蜘蛛的家，
　　土墙是薜荔的家，
　　枝繁叶茂的果树是鸟雀的家。

---

　　①　戴望舒：《小病》，《小说月报》1931 年第 22 卷第 10 号。

　　②　"Conveyed by a string of images linked by the device of correspondances, the result is a vivid depiction of a mood of deep nostalgia." Gregory Lee, *Dai Wangshu: the Life and Poetry of a Chinese Modernist*, Hong Kong: The Chinese University Press, 1989, p. 207.

　　③　Ibid. p. 208.

　　④　指创作《小病》之后的六个月。——引者注

　　⑤　"Poems written six months or so later seem onve more to refue any suggestion of a greater sense of realism. Developing the theme of nostalgia in less banal imagery than 'slight illness', is the poem 'Youzi yao' 游子谣（Ballad of a traveller）in which there is no hint of realism. For while once again nostalgia revolves around the 'garden back home', the comparison to the sea." Gregory Lee, *Dai Wangshu: the Life and Poetry of a Chinese Modernist*, Hong Kong: The Chinese University Press, 1989, pp. 208 - 209.

游子却连乡愁也没有，
他沉浮在鲸鱼海蟒间：
让家园寂寞的花自开自落吧。

因为海上有青色的蔷薇，
游子要萦系他冷落的家园吗？
还有比蔷薇更清丽的旅伴呢。

清丽的小旅伴是更甜蜜的家园，
游子的乡愁在那里徘徊踯躅。
唔，永远沉浮在鲸鱼海蟒间吧。①

　　这本来是一首描述在外漂泊的游子的乡愁的诗歌，但是，与大部分描述此类主题的诗歌不同的是，诗人却说“游子却连乡愁也没有”，如果真的是这样的话，这是否意味着对“篱门”“蜘蛛”“土墙”“薜荔”“果树”“鸟雀”这些代表故家的意象的背叛呢？利大英认为，这只是游子试图摆脱时刻缠绕自己的乡愁的一种方式，“游子可能希望永远‘沈浮’在更吸引人的‘鲸鱼海蟒’间，以此来逃脱乡愁，但是他做不到，他的乡愁也会无可避免地回到他心里”。②

　　之所以会出现上面论及的悖论式的乡愁，原因就在于游子思乡却又无法回到久违的家乡，致使他对乡愁的实际意义产生了怀疑。利大英说，因为怀乡是一件很痛苦的事情，所以如果他能够做到不再思念家乡，他会这样做的。于是在闲暇的时间，他努力不去想念家乡，而是开始怀念家乡以外的地方，暂时逃入一个虽然只能短暂停留，却很美好的地方。③

　　此外利大英还提到，戴望舒曾经将包括《游子谣》在内的六首诗歌以法文形式寄到法国马赛的《南方杂志》（Jean Ballard Les），并获得了采

---

　　①　戴望舒：《游子谣》，《现代》1932年第1卷第3期。

　　②　"The traveller might wish to 'bob among' the more fascinating 'whales and sea-serpents' forever, thus to be free of nostalgia, but he cannot and his homesickness will inevitably retrun." Gregory Lee, *Dai Wangshu: the Life and Poetry of a Chinese Modernist*, Hong Kong: The Chinese University Press, 1989, p. 208.

　　③　Ibid., p. 210.

用，但期刊主编让·巴拉尔在三月号的《南方杂志》（Cahiers du sud）上发表该诗时，却删掉了这首诗的最后一段。利大英这样描述说，"他建议将这首诗的最后一段删掉，因为它表现了叙述者对乡愁的怀疑"①。而事实情况却是，放弃乡愁只是游子的表面追求，因为他的乡愁越浓烈，他就越痛苦。因为乡愁已经浓烈到他无法忍受了，所以，他才想通过关注别的事物来摆脱这使自己十分痛苦的乡愁，而这种寻求摆脱的行为本身，也就更加说明了游子对家乡的爱之深、念之切。

通过上面的分析，可以看出戴望舒怀乡病主题诗歌的一个鲜明特点，那就是对幻想中故土家园的怀念，这也突出了他象征主义诗歌的特色。但是，下面研究的几首诗歌，却是现实主义成分开始占上风。

（三）对往昔美好生活的回忆

总体而言，戴望舒的爱情与家庭生活并不能说是十分幸福。首先，他与施绛年的恋情戛然而止；与穆丽娟虽然成婚，而且有了女儿戴咏素，但是穆丽娟还是毅然决然地带着女儿离开香港，留下戴望舒苦苦等待，虽经戴望舒各种努力，终于还是以离婚收场；之后，戴望舒结识了他的最后一任妻子杨静，并与其生下了两个女儿——戴咏絮和戴咏树。经历诸多波折之后，两人还是于1949年2月（也就是戴望舒去世的前一年）离婚。虽然经历了这么多不幸，戴望舒还是十分乐观地看待爱情与家庭，尤其对与穆丽娟一起生活的幸福家庭经历使他时刻难忘。这一部分介绍的诗歌主要就是戴望舒对往昔美好家庭生活的回忆，利大英对其也有着详细的分析研究。

下面要介绍的这两首诗，分别是《过旧居》的初稿和终稿，描述的是戴望舒对往昔美好家庭生活的回忆与向往之情，其中《过旧居》一诗还被利大英称为"也许是戴望舒《灾难的岁月》这部诗集中最'独具特色'的一首诗"②。我们首先看一下《过旧居（初稿）》［Passing by The Old House（First Draft）］和《过旧居》这两首诗的原文。

---

① "He suggesting the deletion of the last stanza which casts into doubt the narrator's attachment to nostalgia." Gregory Lee, *Dai Wangshu: the Life and Poetry of a Chinese Modernist*, Hong Kong: The Chinese University Press, 1989, p. 210.

② "The poem may be seen as the most significant of the volum." Gregory Lee, *Dai Wangshu: the Life and Poetry of a Chinese Modernist*, Hong Kong: The Chinese University Press, 1989, p. 276.

过旧居（初稿）

静掩的窗子隔住尘封的幸福，
寂寞的温暖饱和着辽远的炊烟——
陌生的声音还是解冻的呼唤？……
挹泪的过客在往昔停留了一瞬间。①

过旧居

这样迟迟的日影，
这样温暖的寂静，
这片午饮的香味，
对我是多么熟稔。

这带露台，这扇窗
后面有幸福在窥望，
还有几架书，两张床，
一瓶花……这已是天堂。

我没有忘记：这是家，
妻如玉，女儿如花，
清晨的呼唤和灯下的闲话，
想一想，会叫人发傻。

单听他们亲昵地叫，
就够人整天骄傲，
出门时挺起胸，伸直腰，
工作时也抬头微笑。

---

① 戴望舒：《过旧居（初稿）》，载王文彬、金石编《戴望舒全集》（诗歌卷），中国青年出版社 1999 年版，第 158 页。

现在……可不是我回家的午餐？
桌上一定摆上了盘和碗，
亲手调的羹，亲手煮的饭，
想起了就会嘴馋。

这条路我曾经走了多少回！
多少回？过去都压缩成一堆，
叫人不能分辨，日子是那么相类，
同样幸福的日子，这些孪生姊妹！

我真糊涂啦，是不是今天
出门时我忘记说"再见"？
还是这事情发生在许多年前，
其中间隔着许多变迁？

可是这带露台，这扇窗，
那里却这样静，没有声响，
没有可爱的影子，娇小的叫嚷，
只是寂寞，寂寞，伴着阳光。

而我的脚步为什么又这样累？
是否我肩上压着苦难的年岁，
压着沉哀，透渗到骨髓，
使我眼睛朦胧，心头消失了光辉？

为什么辛酸的感觉这样新鲜？
好像伤没有收口，苦味在舌间。
是一个归途的设想把我欺骗，
还是灾难的岁月真横亘其间？

我不明白，是否一切都没改动，
是我自己做了白日梦，

　　而一切都在那里，原封不动：
　　欢笑没有冰凝，幸福没有尘封？

　　或是那些真实的岁月，年代，
　　走得太快一点，赶上了现在，
　　回过头来瞧瞧，匆忙又退回来，
　　再陪我走几步，给我瞬间的欢快？

　　有人开了窗，
　　有人开了门，
　　走到露台上——
　　一个陌生人。

　　生活，生活，无尽的苦路！
　　咽泪吞声，听自己疲倦的脚步：
　　遮断了魂梦的不仅是海和天，云和树，
　　无名的过客在往昔作了瞬间的踌躇。[①]

　　利大英分析道，这首《过旧居（初稿）》和《过旧居》描述了戴望舒在他第二次婚姻的第一年，回忆第一次婚姻时的快乐生活并联想到自己当前伤心的处境的感受。与我们上面谈到的《我的素描》、《单恋者》和《游子谣》中虚幻家园的回忆不同，这首诗中的怀旧对象变成了真实的过往，虽然这种经历也多少会被回忆与想象美化。[②]

　　为了更深刻地理解这两首诗，利大英还介绍了这两首诗的写作背景。他认为，这两首诗都是建立在诗人对十分思念的家人的美好回忆基础上，都作于戴望舒和他第二任妻子杨静（又名杨丽珍）结合之后。这些诗歌都是写于他第二次婚姻期间，正是第二次的婚姻才促使他不断回头看自己的第一次婚姻生活，虽然有些不符合情理，但事实却是如此。利大英说："当我们仔细观察其中涉及的时间和事件时，一切都会变得相对清楚了。

---

　　①　戴望舒：《过旧居》，《华侨日报·文艺周刊》1944 年第 7 期。
　　②　Gregory Lee, *Dai Wangshu: the Life and Poetry of a Chinese Modernist*, Hong Kong: The Chinese University Press, 1989, p. 272.

戴望舒与杨丽珍于 1943 年 5 月 9 日结婚，他的二女儿出生于 1943 年 9 月
24 日，仅在婚后四个半月。显然这次婚姻是相当草率的，而且其中也必
定有着一定程度的紧迫性。戴望舒可能是被迫再婚的，这也许在一定程度
上解释了他为什么会写这些诗歌。"① 这次再婚使他对前妻和长女也满怀
歉疚之情，也就是说两首《过旧居》诗可能就是由对这种命运的伤感而
引发的。

　　下面的这首《示长女》应该也是在上面分析的同样处境下写出的。
原文是这样的。

　　　示长女

　　　记得那些幸福的日子，
　　　女儿，记在你幼小的心灵，
　　　你童年点缀着海鸟的彩翎，
　　　贝壳的珠色，潮汐的清音，
　　　山岚的苍翠，繁花的绣锦，
　　　和爱你的父母的温存。

　　　我们曾有一个安乐的家，
　　　环绕着淙淙的泉水声，
　　　冬天曝着太阳，夏天笼着清荫，
　　　白天有朋友，晚上有恬静，
　　　岁月在窗外流，不来打扰，
　　　屋里终年长驻的欢欣，
　　　如果人家窥见我们在灯下谈笑，
　　　就会觉得单为了这也值得过一生。

　　　我们曾有一个临海的园子，

---

　　① "If we look closely at the facts and dates involved, the scenario becomes a little clearer. Dai married Yang Lizhen on 9 May 1943, less than four and a half months later. Evidently the marriage was a hasty one and there was a definite degree of necessity involved." Gregory Lee. *Dai Wangshu: the Life and Poetry of a Chinese Modernist*, Hong Kong: The Chinese University Press, 1989, p. 271.

它给我们滋养的番茄和金笋，
你爸爸读倦了书去垦地，
你呢，你在草地上追彩蝶，
然后在温柔的怀里寻温柔的梦境。

人人说我们最快活，
也许因为我们生活得蠢，
也许因为你妈妈温柔又美丽，
也许因为你爸爸诗句最清新。

可是，女儿，这幸福是短暂的，
一霎时都被云锁烟埋；
你记得我们的小园临大海，
从那里你一去就不再回来，
从此我对着那迢遥的天河，
松树下常常徘徊到暮霭。

那些绚烂的日子，像彩蝶，
现在枉费你摸索追寻，
我仿佛看见你从这间房
到那间，用小手挥逐阴影，
然后，缅想着天外的父亲，
把疲倦的头搁在小小的绣枕。

可是，记得那些幸福的日子，
女儿，记在你幼小的心灵，
你爸爸仍旧会来，像往日，
守护你的梦，守护你的醒。①

---

① 戴望舒：《示长女（初稿）》，载王文彬、金石编《戴望舒全集》（诗歌卷），中国青年出版社1999年版，第164—165页。

这首诗和上面的两首《过旧居》一样,也是描述了往昔和大女儿在一起的快乐时光,但是这些都已经随着戴望舒第一次婚姻的失败,而一去不复返了。

利大英还提到,如果穆丽娟当时能够带着女儿回到香港与戴望舒团聚,他可能就不会处于这种痛苦的境地。虽然戴望舒知道与穆丽娟复合已经几无可能,但他还是抱着一点儿微薄的希望,但这次婚姻却彻底终结了这点儿念想。正因如此,他的第一任妻子和长女也就成为他诗歌中经典的怀旧与回忆对象,激起了戴望舒很多诗歌创作的灵感,这也在一定程度上解释了他为什么要写这首诗。①

这三首诗和前面所列举的几首诗歌在诗歌创作技巧上有一些不同之处,即这些诗歌更多的是往昔生活的回忆,写得朴实无华,而又真情动人,而不再像前面几首涉及"怀乡病"这一主题中的诗歌一样,描述的都是幻想中的事物。同时这也跟此时戴望舒风格转变有关,写作这些诗歌的时候,他正处于第二次转变时间,在第七章将会重点谈论这方面的问题。

二 中国"现代派"诗人诗歌中的爱情主题研究

爱情,也是中国"现代派"诗人偏爱的一个诗歌主题,无论是戴望舒,还是何其芳和卞之琳,其诗歌中都有不少有关爱情的诗歌。在本部分,我们就来看一下英语世界的研究者是如何通过他们独特的眼光和文化视角来看待中国"现代派"诗人关于这一主题的创作。

(一) 戴望舒爱情主题诗研究

英语世界关于戴望舒诗歌中爱情为主题的研究成果主要集中于斯坦福大学的兰多夫·特朗布尔的博士论文《上海现代派》这部著作中。他在这篇论文的第二部分专列了一节来谈论戴望舒诗歌中的爱情主题,这一节的题目是"戴望舒论爱情的艺术"(Dai Wangshu on the Art of Love)。

兰多夫·特朗布尔指出:"在他富有创造性的生涯中,戴望舒的写作对象却主要是关于有限的几个主题,首先就是浪漫的爱情。"② 在戴望

---

① Gregory Lee, *Dai Wangshu*: *the Life and Poetry of a Chinese Modernist*, Hong Kong: The Chinese University Press, 1989, pp. 270 – 271.

② "Throughout his creative life Dai Wangshu wrote on a limited number of subjects. First on the list was romantic love." Randolph Trumbull, *The Shanghai Modernist*, Ph. D. dissertation, Stanford: Stanford University, 1989, p. 115.

舒以爱情为主题的诗歌中，最重要的角色毫无疑问是其中的女性，而诗歌中表现戴望舒多愁善感的男性声音则在极度痛苦和狂喜之间转换。

关于戴望舒爱情主题诗歌中的男女之间的关系，兰多夫·特朗布尔提出了一个迥异于前人的观点，他认为，"戴望舒对于其诗歌中女主人公的看法甚至会被认为带有性别歧视意味，读者不可避免地会把他诗歌中描述的这些不幸的女主人公理解为是被囚禁的，或者是被奴役的，因为她们被迫去执行一种已经过时的道德规范，在这种道德规范下，确定女性地位的基础就是她们对男人而言的实用性"①。兰多夫·特朗布尔关于戴望舒爱情主题诗歌的讨论就是在上述观点的基础上展开的。

兰多夫·特朗布尔首先谈及的戴望舒关于爱情主题的诗歌是《我的恋人》。这首诗的原文如下。

　　　我的恋人

　　　我将对你说我的恋人，
　　　我的恋人是一个羞涩的人，
　　　她是羞涩的，有着桃色的脸，
　　　桃色的嘴唇，和一颗天青色的心。

　　　她有黑色的大眼睛，
　　　那不敢凝看我的黑色的大眼睛……
　　　不是不敢，那是因为她是羞涩的，
　　　而当我依偎在她胸头的时候，
　　　你可以说她的眼睛是变换了颜色，
　　　天青的颜色，她的心的颜色。

　　　她有纤纤的手，

---

① "Dai holds views towards his ladies that even when the poems were published out to have been recognized as sexist. It is hard not to perceive these unfortunate women as imprisoned in Dai Wangshu's poems, or rather enslaved, since they are forced to serve an outdated morality that grades women on the basis of their usefulness to mates." Randolph Trumbull, *The Shanghai Modernist*, Ph. D. dissertation, Stanford: Stanford University, 1989, p. 118.

　　它会在我烦忧的时候安抚我，

　　她有清朗而爱娇的声音，

　　那是只向我说着温柔的，

　　温柔到销熔了我的心的话的。

　　她是一个静娴的少女，

　　她知道如何爱一个爱她的人，

　　但是我永远不能对你说她的名字，

　　因为她是一个羞涩的恋人。①

　　在兰多夫·特朗布尔看来，在戴望舒的这首《我的恋人》中出现的女主人公形象就像一个"天使"一样，而其中的"我"则是一个生病的孩子，为其所具有的母爱品质所吸引。"这个女性的价值就在于她随时准备安抚他的伤痛，她的力量和她作为恋人的动力主要来源于对懦弱的诗人的无限同情。"②

　　兰多夫·特朗布尔举的第二个有关爱情主题的诗歌案例是戴望舒写的三首有关日本女子的诗歌《八重子》（Yaeko）、《百合子》（Yuriko）和《梦都子——致霞村》（Mutsuko：to Xiacun）。我们先看一下其中的第一首诗歌《八重子》的原文。

　　八重子

　　八重子是永远地忧郁着的，

　　我怕她会郁瘦了她的青春。

　　是的，我为她的健康挂虑着，

　　尤其是为她的沉思的眸子。

　　发的香味是簪着辽远的恋情，

---

　　①　戴望舒：《我的恋人》，载王文彬、金石编《戴望舒全集》（诗歌卷），中国青年出版社1999年版，第86—87页。

　　②　"This woman is valuable in that she is forever on call to nurse him through his difficulties, her stength, her chief sourse of desirability as a lover lies in her vast sympathy for faint – hearted bards." Randolph Trumbull, *The Shanghai Modernist*, Ph. D. dissertation, Stanford：Stanford University, 1989, p. 118.

辽远到要使人流泪；
但是要使她欢喜，我只能微笑，
只能像幸福者一样地微笑。

因为我要使她忘记她的孤寂，
忘记萦系着她的渺茫的乡思，
我要使她忘记她在走着
无尽的、寂寞的、凄凉的路。

而且在她的唇上，我要为她祝福，
为我的永远忧郁着的八重子，
我愿她永远有着意中人的脸，
春花的脸，和初恋的心。①

　　兰多夫·特朗布尔认为，在这首诗歌中，戴望舒对待女主人公的方式有所不同，他对其中的女主人公表现了不多见的同情。在对待其中的男女关系上，他选择了和以往不同的观点："她受到了伤害，而他则对其报以深切同情。"②虽然在这首诗歌中，诗人仍然表现得多愁善感，但是至少他能够从只关注自己的内心世界走出，而关注到别人的感受。诗人承认了他想通过让八重子的心中感受到自己的爱意，从而治愈她的思乡病，或者至少减轻她思乡的痛苦。但是，毫无疑问的是，正是八重子所承受的痛苦，才使诗人产生了靠近她的愿望。对于戴望舒而言，八重子的魅力正是来自于她独自承受着生活的苦痛，就是一朵枯萎的花朵，她的美来自于如古代女人的小脚一样的病态美。③
　　兰多夫·特朗布尔提到的下一首诗歌是戴望舒的《百合子》（Yuri-ko），他认为这首诗中的女主人公和上面诗歌描述的八重子如此相似，很可能这两首诗歌描述的是同一个女主人公，只是采用了不同的名字。和《八重子》一样，《百合子》最显著的特征就是对命运的顺从，在生活的

---

　　①　戴望舒：《八重子》，《小说月报》1930 年第 22 卷第 6 号。
　　②　"She suffers, he showers the pity on her." Randolph Trumbull, *The Shanghai Modernist*, Ph.
D. dissertation, Stanford：Stanford University, 1989, pp. 118 - 119.
　　③　Ibid. p. 119.

挑战面前显出令人可悲的消极。①

兰多夫·特朗布尔指出，百合子在戴望舒爱情主题诗歌的女主人公中之所以值得注意，就在于至少她身上还能看出一点儿生命的火花。但是，百合子散发出的温度并不属于令人鼓舞的那种，而是恰恰相反，她所散发的温度极像是有害无益的。“她吸引诗人到她身边，是为了消磨尽诗人的生命力；而他则被其魅力吸引，只能沿着一条可能毁灭自我的道路走下去。”②

这三首诗的最后一首是《梦都子——致霞村》（Mutsuko：to Xiacun），兰多夫·特朗布尔认为，在这首诗歌中，戴望舒对待诗歌中主人公的方式更加夸张，描述了一个寄生在男人身上的女性形象。《梦都子——致霞村》这首诗歌可能是对诗人的朋友徐霞村的警告——梦都子在这首诗歌中充当了一个尤物的角色：漂亮而危险。《梦都子——致霞村》这首诗的原文如下。

    梦都子
    ——致霞村

    她有太多的蜜饯的心——
    在她的手上，在她的唇上；
    然后跟着口红，跟着指爪，
    印在老绅士的颊上，
    刻在醉少年的肩上。

    我们是她年青的爸爸，诚然，
    但也害怕我们的女儿到怀里来撒娇，
    因为在蜜饯的心以外，
    她还有蜜饯的乳房，
    而在撒娇之后，她还会放肆。

---

①　这首诗的原文见第六章第一节的“怀乡病主题”。

②　"She draws the poet to her inoder to drain the vitality out of him, and he, mesmerized by her beauty, can only continue on a course he suspects is self-destructive." Randolph Trumbull, *The Shanghai Modernist*, Ph. D. dissertation, Stanford：Stanford University, 1989, p. 120.

　　　　你的衬衣上已有了贯矢的心，
　　　　而我的指上又有了纸捻的约指，
　　　　如果我爱惜我的秀发，
　　　　那么你又该受那心愿的忤逆。①

　　兰多夫·特朗布尔写道，为了使这个梦都子更具有文学意义上的真实性，诗人故意和他的描述对象拉开了适当的距离。"诗人意识到文中的梦都子是一个骗子，一个带着甜美伪装的吸血鬼，因此能够避免她的伤害。"② 但是对于徐霞村，好像无力摆脱梦都子的魔力，而他写这首诗的目的就是为了提醒徐霞村不要被梦都子所迷惑。

　　除了上面列举的四个案例，兰多夫·特朗布尔认为，在描述恋人之间存在虐待情形的诗歌里，戴望舒的关于爱情主题的诗歌显得更为新颖（至少是在当时中国的语境中）。他举的与此相关的例子是戴望舒的《微辞》（Veiled Word）一诗。这首诗的原文如下。

　　微辞

　　园子里蝶褪了粉蜂褪了黄，
　　则木叶下的安息是允许的吧，
　　然而好弄玩的女孩子是不肯休止的，
　　"你瞧我的眼睛，"她说，"它们恨你！"

　　女孩子有恨人的眼睛，我知道，
　　她还有不洁的指爪，
　　但是一点恬静和一点懒是需要的，
　　只瞧那新叶下静静的蜂蝶。

---

　　① 戴望舒：《梦都子》，载王文彬、金石编《戴望舒全集》（诗歌卷），中国青年出版社1999年版，第76页。

　　② "The poet's recognition that she is a deceiver, a honey‑coated vampire, effectively renders her harmless to him." Randolph Trumbull, *The Shanghai Modernist*, Ph. D. dissertation, Stanford：Stanford University, 1989, p. 121.

魔道者使用蔓陀罗根或是枸杞，

而人却像花一般地顺从时序，

夜来香娇妍地开了一个整夜，

朝来送入温室一时能重鲜吗？

园子都已恬静，

蜂蝶睡在新叶下，

迟迟的永昼中

无厌的女孩子也该休止。①

　　兰多夫·特朗布尔认为，这首描绘了一个以折磨自己恋人为乐的女主人公，被折磨者虽然抱怨，却仍然认为这个女子很有魅力。这个恶作剧的女孩（与用化学药品制作毒药的女巫不同），她以善变为武器。她的恋人必须时刻提防，以免一不小心就会被她伤害。"但是在第三段，诗人警告她：不要认为她能使这些花儿重开，一旦我们的爱恋结束，你就无法重新获得它。"②

　　关于戴望舒爱情主题的诗歌，兰多夫·特朗布尔举的最后一个案例是《单恋者》③，他认为这首诗是其爱情诗和纯哲理诗之间的一个非常自然的过渡。这首诗歌描述了戴望舒诗歌中的一个重要主题——诗人对完美的无休止地追寻。正如我们已经看到的，戴望舒有时候将他关于完美的理念投射到一个可爱的女性身上。但是他经常将其置于某个具体地方，如"那里"，而这个地方正好在他能够触及的范围之外。不管他是将其置于基督教的领地（"天堂"或者"伊甸园"）、佛教的领地（"众香国"），或者只是简单地将之置于天空或蓝色大海，戴望舒的极乐世界隐藏在雾中，正是这种雾使得其中的角色与《雨巷》中的女主人公一样变得朦胧。④

---

　　① 戴望舒：《微辞》，《现代》1932 年第 1 卷第 3 期。

　　② "But in stanza three the poet warns her：don't think that this flower can be revived through your tricks. Once our love is dead，nothing you can do will resurrect it. " Randolph Trumbull, *The Shanghai Modernist*，Ph. D. dissertation，Stanford：Stanford University，1989，p. 122.

　　③ 这首诗的原文见第六章第一节的"怀乡病主题"。

　　④ Randolph Trumbull, *The Shanghai Modernist*，Ph. D. dissertation，Stanford：Stanford University，1989，pp. 126 - 127.

　　在分析了上面几首诗歌之后,兰多夫·特朗布尔认为这些已经足以说明戴望舒的爱情诗歌特色:"我们已经不需要再过多地引用戴望舒的爱情诗歌来说明它们在戴望舒创作中的重要性,依据上面所举的案例,我们已经有足够的理由说他写了许多关于厌世男子及他们试图安慰心力交瘁的女子时所遭遇的问题的诗歌。"①

　　国内的读者在读戴望舒的爱情诗时,可能感受最多的还是其中女主人公的柔婉美,她们大多是符合中国古典美的传统的,而在来自异质文化环境中的兰多夫·特朗布尔看来,《百合子》和《八重子》中这些所谓的温顺的女性竟然都是一些不自觉被驯化的女性,她们完全依附于男性而存在,备受男权的压迫;而在《梦都子——致霞村》和《微辞》中的女性却又是魔女的代称,她们分别是蛊惑与狠毒的。这些都与我们国内对戴望舒爱情诗中女主人公的评价差别巨大,而且即使是在英语世界的接受中也从来没有看到过类似的评论,因此不得不说兰多夫·特朗布尔的观点是戴望舒诗歌接受中令人耳目一新的见解。

　　(二)卞之琳爱情主题诗研究

　　冯张曼仪将卞之琳1936—1937年的诗歌创作总称为"爱情的快乐"(The Joy of Love),她认为卞之琳"这段时间所写的诗歌(除了《休息》和《雪》)再加上收入《装饰集》的《旧元夜遐思》,都是献给他所爱的那位女士的"。②冯张曼仪所说的这位卞之琳所钟情的女士当为张充和,她是沈从文的妻妹。据陈丙莹记载,张充和在1933年到北京大学读书,当时住在姐姐家。卞之琳则是沈从文家的常客,因此得与张充和相识,③并且在此三年后向其求爱,这段经历为他带来了终生的快乐与痛苦。"卞之琳从开始就知道这将是一场无望的恋爱,也正是这场喜忧参半的爱恋,

---

　　① "There is no need to cite more of Dai Wangshu's love poems in order to show their prominance in his work; suffice it to say that he wrote many poems that revolve around world – weary men and the problems they have trying to satisfy jaded women." Randolph Trumbull, *The Shanghai Modernist*, Ph. D. dissertation, Stanford: Stanford University, 1989, pp. 125 – 126.

　　② "The poems written in this period (with the exception of 'Bedtime' and snow) together with 'Reverie on the night of the Lantern Festival' (1935), collected under the title 'Adornment' (Zhuangshi ji 装饰集) in Shinian shicao, were dedicated to the lady he was in love with." Mary. M. Y. Fung, *The Carving of Insects*, Hong Kong: The Chinese University of Hong Kong, 2006, p. 18.

　　③ 陈丙莹:《卞之琳评传》,重庆出版社1998年版,第13页。

为他一生所珍惜。"① 同时这一段感情经历,也促成了这一系列爱情诗的产生。

而冯张曼仪关于这一组爱情诗是献给张充和的说法在她的中文版的《卞之琳》一书所附的《卞之琳年表简编》中讲述得更加清楚,为了方便了解卞之琳这组爱情诗的创作过程,我们也把这个说法引述:1937 年"三月,作诗《雪》及《泪》……约于同时及稍前又作《第一盏灯》、《候鸟问题》、《足迹》及《半岛》……三月到五月间作《无题》诗五首。四月作《车站》、《睡车》等。五月,作《妆台》、《路》、《雨同我》、《白螺壳》、《淘气》及《灯虫》。在杭州把本年所作诗 19 首加上先两年各一首编成《装饰集》,题献给张充和②"。③ 文中所说的"先两年各一首"指的是 1935 年 2 月 4 日所写的《旧元夜遐思》及同年 6 月所写的《鱼化石》两首。

卞之琳的《鱼化石》可以做其爱情诗的代表作,冯张曼仪的分析即以此诗为案例。我们先来看一下卞之琳的这首短诗《鱼化石》。

鱼化石

我要有你的怀抱的形状,
我往往融化于水的线条。
你真像镜子一样的爱我呢。
你我都远了乃有了鱼化石。④

冯张曼仪对这首诗的分析主要有两方面。首先,她结合卞之琳自己的说法阐述了这首诗的国内外渊源。在卞之琳关于这首诗的后记中,他曾化用了法国诗人保尔·艾吕雅(Paul Éluard)的《恋女》(Woman in Love)

---

① "Bian believed his love to be hopeless from the very , this bittersweet love would become a cherished memory." Mary. M. Y. Fung, *The Carving of Insects*, Hong Kong:The Chinese University of Hong Kong, 2006, p. 18.
② 原文所题为"给张充和"。——引者注
③ 张曼仪:《卞之琳》,人民文学出版社 1995 年版,第 263—264 页。
④ 卞之琳:《鱼化石》,《新诗》1936 年第 2 期。

中的两行诗：“她有我的手掌的形状，她有我的眸子的颜色。”① 还参照了中国历史学家司马迁所说的“女为悦己者容”一语。而且这首诗歌中也有着法国象征主义诗人的影子，如第三句“你真像镜子一样的爱我呢”就影射了马拉美的《冬天的颤抖》中“你那面威尼斯镜子”。② 同时，冯张曼仪也指出，卞之琳没有提到的瓦雷里的一句诗可能也与这首诗相关："一个女子在镜前梳妆"。③

此外，冯张曼仪还在哲学层次对这首诗进行了分析。她将卞之琳《妆台》中“装饰的意义在失却自己”一句与《鱼化石》最后一句“你我都远了乃有了鱼化石”来说明失去就是另外一种拥有这一道理。卞之琳在诗歌中表明，当鱼变成了化石，鱼已经不再是原来那条鱼，石头也不再只是本初意义上的石头了。同理，今天的“我”也早已不是昨天的“我”了。"通过这种方式，他赋予了自己的爱情经历更丰富的含义，将之扩大到生死与变化的层次上。"④

紧接着，冯张曼仪又分析了这些爱情诗中的五首《无题》诗⑤，这五首诗歌的原文分别如下。

无题 （一）

三日前山中的一道小水，

掠过你一丝笑影而去的，

今朝你重见了，揉揉眼睛看

屋前屋后好一片春潮。

百转千回都不跟你讲，

---

① ［法］保尔·艾吕雅：《保尔·艾吕雅诗选》，李玉民译，河北教育出版社 2003 年版，第 31 页。

② 卞之琳：《鱼化石》，载冯张曼仪编《卞之琳》，人民文学出版社 1990 年版，第 27 页。

③ "A woman modifies herself in front of her mirror." Mary, M. Y. Fung, *The Carving of Insects*. Hong Kong：The Chinese University of Hong Kong, 2006, p. 18.

④ "In this way he gives a wider significance to his personal experience of love, extending it to that of life and death and change." Mary. M. Y. Fung, *The Carving of Insects*, Hong Kong：The Chinese University of Hong Kong, 2006, p. 19.

⑤ 卞之琳：《雕虫纪历》，人民文学出版社 1984 年版，第 49—53 页。

水有愁，水自哀，水愿意载你
你的船呢？船呢？下楼去！
南村外一夜里开齐了杏花。

无题（二）

窗子在等待嵌你的凭倚。
穿衣镜也怅望，何以安慰？
一室的沉默痴念着点金指。
门上一声响，你来得正对！

杨柳枝招人，春水面笑人。
鸢飞，鱼跃；青山青，白云白。
衣襟上不短少半条皱纹，
这里就差你右脚——这一拍！

无题（三）

我在门荐上不忘记细心地踩踩，
不带路上的尘土来糟蹋你的房间
以感谢你必用渗墨纸轻轻地掩一下
叫字泪不沾污你给我写的信面。

门荐有悲哀的印痕，渗墨纸也有，
我明白海水洗得尽人间的烟火
白手绢至少可以包一些珊瑚吧，
你却更爱它月台上绿旗后的挥舞。

无题（四）

隔江泥衔到你梁上，
隔院泉挑到你怀里，

海外的奢侈品舶来你胸前；
你想要研究交通史。

昨夜付出一片轻喟，
今朝收你两朵微笑，
付一支镜花，收一轮水月……
我为你记下流水账。

无题（五）

我在散步中感谢
襟眼是有用的，
因为是空的，
因为可以簪一朵小花。

我在簪花中恍然
世界是空的，
因为是有用的，
因为它容了你的款步。

　　冯张曼仪对这五首她判定为爱情诗的诗歌①进行了解读。她首先分析了李商隐无题诗对卞之琳这组诗歌的影响。她说，卞之琳写了属于一系列的五首爱情诗，叫作《无题》一至五，这应该是受晚唐诗人李商隐"无题"诗的影响。李商隐本人即写作了许多以《无题》名之的诗歌，其中绝大部分可以理解为爱情诗，而这些爱情诗又都写得扑朔迷离，以神秘难解和繁复的意象而著称，这个特征很可能就影响了卞之琳的这五首无题诗。

　　接着，她分析了这五首诗歌的具体内容，她认为，"这五首诗歌都是描述欢乐场景的，并时不时地穿插一些巧妙有趣的话语。正是凭借戏剧化

---

　　① Mary. M. Y. Fung, *The Carving of Insects*, Hong Kong：The Chinese University of Hong Kong，2006，p. 19.

和非个人化的写作技巧，卞之琳在诗中半隐藏半公开地描述了这一段时间自己内心强烈的情感波动"①。例如，第五首《无题》，卞之琳在这首诗中谈到了自己的爱情观。为了更加准确地说明，他借用了佛家和道家"空"（emptyness）和"无"（nothingness）的哲学概念。他在诗中感谢"世界是空的"，正因为"世界是空的"，它才容忍了自己爱人之"款步"。② 但是冯张曼仪没有进一步阐述卞之琳潜藏于这些话之下的含义。据笔者分析，诗人写到"襟眼"是空的，所以能"簪一朵小花"，"世界是空的"，所以能让你在其中"款步"，诗人想表达却没有具体写出的是"我的心是空的，所以能将你放入其中"。这也可以说是一层层地推理，终于将一首貌似哲理诗的诗歌变为了一首韵味十足的爱情诗。

在冯张曼仪看来，卞之琳在第四首《无题》诗中描述的都是一些他想象中的场景。如"隔江泥"到"梁上"，"隔院泉"到"怀里"，"海外奢侈品"到"胸前"，而诗人借这些想象的场景想表达的意思是男女相遇，如全世界的事物离散聚合一样，都充满了偶然因素，所以相遇即是缘，要格外珍惜。而且他提到了在他心目中"代表爱情的信物：'镜花'与'水月'"③。而用"镜中花"和"水中月"来比喻爱情，美则美矣，但却终是一场虚幻，并不能得到真正的爱情。这也是为什么卞之琳"在《装饰集》最后一首诗歌《灯虫》中写道：'吹空'了桌上的灯虫，只留下'明窗净几'。"④

总之，卞之琳的爱情诗都是一些含义朦胧的诗歌，我们无法准确指出它的含义，只能隐约地猜出诗人在爱情中欣喜、感叹或伤感，可以说是将中国传统无题诗、法国象征派诗歌的创作技巧和自身恋爱体验结合得相当完美的一组诗歌。

---

① "These are deligthtful poems, at times witty and playful, resorting to dramatization and impersonal devices to half reveal and half conceal the intense emotion swaying him at the moment." Mary. M. Y. Fung, *The Carving of Insects*, Hong Kong: The Chinese University of Hong Kong, 2006, p. 19.

② Mary. M. Y. Fung, *The Carving of Insects*, Hong Kong: The Chinese University of Hong Kong, 2006, p. 19.

③ "The object of love as 'a flower in the mirror' and 'a moon in water'" Mary. M. Y. Fung, *The Carving of Insects*, Hong Kong: The Chinese University of Hong Kong, 2006, p. 19.

④ "He performs an act of blowing all the insects away, leaving his desk empty in 'Insects at the lamp', the last poem of 'Adornment'." Mary. M. Y. Fung, *The Carving of Insects*, Hong Kong: The Chinese University of Hong Kong, 2006, p. 19.

（三）何其芳爱情主题诗研究

郑悟广认为，在《汉园集》的何其芳部分中，《燕衔泥》的第一辑 1931—1932 年的八首诗（包括《预言》《季候病》《罗衫怨》《秋天》《花环——放在一个墓上》《关山月》《休洗红》《夏夜》）是关于爱情主题的。他首先描述了这些爱情诗歌的特征。他说，"虽然这些诗歌描述了何其芳狂热的爱恋和失望，它们的语调却是平静而深思的。而且，他爱情诗的描述对象总是象征性的，像梦一样的缥缈。这些爱情的幻想反映了他深深的失落与忧伤之情"①。

《预言》是第一部分的第一首诗歌，而且是何其芳早期的代表作，这首诗就说明了其诗歌的上述特征。我们先来看一下《预言》的原文。

预言

这一个心跳的日子终于来临。
你夜的叹息似的渐近的足音
我听得清不是林叶和夜风的私语，
麋鹿驰过苔径的细碎的蹄声。
告诉我，用你银铃的歌声告诉我
你是不是预言中的年轻的神？

你一定来自温郁的南方，
告诉我那儿的月色，那儿的日光，
告诉我春风是怎样吹开百花，
燕子是怎样痴恋着绿杨。
我将合眼睡在你如梦的歌声里，
那温馨我似乎记得，又似乎遗忘。

---

① "Although these poems convey He Qifang's passionate love and disappointment, their tone is calm and thoughtful. Moreover, the object of his love appearing in these poems is always symbolic and dream-like. This illusionary pursuit of affection indicates his deep feelings of loss and desolaiton." Woo‐kwang Jung, *A Study of The Han Garden Collection: New Approaches to Modern Chinese Poetry*, 1930‐1934, Ph. D. dissertation, Seattle: University of Washington, 1997, p. 95.

请停下来，停下你长途的奔波，
进来，这儿有虎皮的褥你坐，
让我烧起每一个秋天拾来的落叶，
听我低低唱起我自己的歌。
那歌声将火光一样沉郁又高扬，
火光将落叶的一生诉说。

不要前行，前面是无边的森林，
古老的树现着野兽身上的斑文，
半生半死的藤蟒蛇样交缠着，
密叶里漏不下一颗星。
你将怯怯地不敢放下第二步，
当你听见了第一步空寥的回声。

一定要走吗，等我和你同行，
我的足知道每条平安的路径，
我可以不停地唱着忘倦的歌，
再给你，再给你手的温存。
当夜的浓黑遮断了我们，
你可以转眼地望着我的眼睛。

我激动的歌声你竟不听，
你的足竟不为我的颤抖暂停，
像静穆的微风飘过这黄昏里，
消失了，消失了你骄傲之足音……
呵，你终于如预言所说的无语而来
无语而去了吗，年轻的神?①

　　郑悟广首先提到，这是一首用第一人称写就的诗歌，但是通过阅读诗歌就可以看出，这个独白者应为一年轻女性，而非诗人本人，何其芳这样

---

① 何其芳：《预言》，浙江文艺出版社 1996 年版，第 3—5 页。

安排的原因就是为了使火热的爱情显得更加痛苦。这位可怜的少女所期待的"年轻的神"到底是何方神圣呢？诗人却并没有指明。郑悟广分析了"年轻的神"在本诗中几种可能的解释——他既可能代表爱情、希望、真理，也可以代表"诗之灵感"——借此，"诗人故意制造了象征主义的朦胧"①。

郑悟广紧接着又分析了这首诗的意象所具有的朦胧特色，他认为何其芳的这首诗歌散发着朦胧神秘的色调。通过阅读整首诗，我们可以看到在《预言》这首诗歌中，何其芳运用了许多难以捉摸的意象，如"夜的叹息似的渐逝的足音""你银铃的歌声""像静穆的微风飘过这黄昏里"。正是这些难以捉摸的意象的综合使用，营造出了一种神秘的气氛，使得诗歌整体显得更加朦胧。

郑悟广还分析了《预言》在语言运用方面的特色。他认为，何其芳故意颠倒了正常的词语顺序，以达到一种特殊的诗学效果，如"手的温存""夜的浓黑"，在这两句中，形容词"温存"和"浓黑"，按照一般的语法顺序，应该置于"手"和"夜"之前，即"温存的手""浓黑的夜"②，正是打破这些词语的正常语序，才更加强了"温存"和"浓黑"等这些抽象词语的存在感，使其处于更加显眼的位置，意义也更加突出。

何其芳在《预言》中将年轻女子作为第一人称的叙述者，而且不去正面描述她所期待的"年轻的神"，只用脚步声来暗示他的来去，再加上对词汇的熟练而巧妙地运用等艺术技巧，创造出了一首朦胧而又令人感伤的爱情诗。

郑悟广分析的第二首爱情题材的诗歌是《季候病》（Seasonal Illness），在这首诗中，"何其芳更为明确地传达了绵长的相思之苦"③。这首《季候病》的原文如下。

---

① "This symbolic ambiguity enhances the dreamlike effect of the whole poem." Woo‐kwang Jung, *A Study of The Han Garden Collection: New Approaches to Modern Chinese Poetry*, 1930 - 1934, Ph. D. dissertation, Seattle: University of Washington, 1997, p. 97.

② Ibid. p. 98.

③ "He Qifang conveys even more explicitly a chronic lovesickness." Woo‐kwang Jung, *A Study of The Han Garden Collection: New Approaches to Modern Chinese Poetry*, 1930 - 1934, Ph. D. dissertation, Seattle: University of Washington, 1997, pp. 98 - 99.

季候病

说我是害着病，我不回一声否。
说是一种刻骨的相思，恋中的征候。
但是谁的一角轻扬的裙衣，
我郁郁的梦魂日夜萦系？
谁的流盼的黑睛像牧女的铃声
呼唤着驯服的羊群，我可怜的心？
不，我是梦着，忆着，怀想着秋天！①

在分析这首诗歌时，郑悟广着重分析了《季候病》这首诗中的"秋天"意象与爱情之间的关系。他说，为了着重强调他对"秋天"之真诚的爱，何其芳使用了许多有关恋爱的意象，如"轻扬的裙衣"和"流盼的黑睛"。然而，和"年轻的神"一样，也就是说诗人对秋天的热爱就像对恋人一样的热情，但是秋天在这首诗歌中具体指什么，诗人并未明言，其含义的朦胧也就在这里出现了。郑悟广紧接着分析道，在中国传统诗歌中，"秋天"往往是一个象征着衰败的意象，常象征表述失落、孤独、怀旧和悲伤的情绪。"从本质作用上来讲，何其芳关于秋天的用法并没有偏离其在中国诗歌传统中的用法。然而，'秋天'在何其芳诗中，也可以被看作将其思想解脱出来的爱情、美和希望的象征，这种未能言明的矛盾情绪和朦胧传达了他对秋天的特殊感觉。"②

在分析《罗衫怨》（Resentment of a Silk Gauze Jacket）、《关山月》（Moonlight over the Mountain Pass）和《休洗红》（Don't Wash the Red）这三首爱情主题的诗歌时，郑悟广将它们归为一类，原因就是他认为这些诗歌都是中国古诗词（乐府与宋词）的旧题目。他以其中《罗衫怨》为例，进行了分析。《罗衫怨》的原文见本书第四章第一节。

---

① 何其芳：《季候病》，载何其芳《预言》，浙江文艺出版社1996年版，第6页。

② "In this intrisic quality and effect, He's use of 'autumn' is not far from Chinese poetic convention. However, He's 'autumn' can also be read as a symbol for love, beauty, and hope that can liberate his soul from restraint. This resolved ambivalence and ambiguity conveys He's feeling toward autumn." Woo‐kwang Jung, *A Study of The Han Garden Collection: New Approaches to Modern Chinese Poetry*, 1930–1934, Ph. D. dissertation, Seattle: University of Washington, 1997, p. 99.

　　郑悟广认为,"这是一首关于怀念旧时恋情的诗歌"①,但是男主人公显然还未能忘怀,希望能重获女子的青睐,因此,为了向她表达自己依旧未变的感情,何其芳采用了被收进衣箱的"罗衫"这一意象,焦急地等待她重新穿起,也象征着两人能破镜重圆。② 在诗歌的结尾,诗人使用了这样的言语:"'日子又快要渐渐地暖和。'/我将忘记快来的是冰与雪的冬天,/永远不信你甜蜜的声音是欺骗。"夏季的到来,女主人公可能又会重新披上收了一冬的罗衫,也表现了诗人对爱情的执着。

　　《夏夜》(Summer Night)是郑悟广在文中分析的最后一首爱情诗。"在这首诗中,何其芳做了许多对爱情的感性表达,甚至使用了有些爱欲意味的意象。和第一部分的其他诗歌相比,这首诗对爱情的描写更具有暗示性。"③《夏夜》的原文如下。

　　　　夏夜

　　　　在六月槐花的微风里新沐过了,
　　　　你的鬓发流滴着凉滑的幽芬,
　　　　圆圆的绿荫做我们的天空,
　　　　你美目里有明星的微笑。

　　　　藕花悄睡在翠叶的梦间,
　　　　它淡香的呼吸如流萤的金翅,
　　　　飞在湖畔,飞在迷离的草际,
　　　　扑在你裙衣轻覆的膝头。

---

① "This is a poem about the memory of an old love." Woo‐kwang Jung, *A Study of The Han Garden Collection: New Approaches to Modern Chinese Poetry*, 1930‐1934, Ph. D. dissertation, Seattle: University of Washington, 1997, p. 102.

② Woo‐kwang Jung, *A Study of The Han Garden Collection: New Approaches to Modern Chinese Poetry*, 1930‐1934, Ph. D. dissertation, Seattle: University of Washington, 1997, p. 102.

③ "This poem best illustrates He's sensuous, even rotic, images. Compared to the other poems in Part I, the description of the love affair is strikingly suggestive." Woo‐kwang Jung, *A Study of The Han Garden Collection: New Approaches to Modern Chinese Poetry*, 1930‐1934, Ph. D. dissertation, Seattle: University of Washington, 1997, p. 104.

> 你柔柔的手臂如繁实的葡萄藤，
> 围上我的颈，和着红熟的甜的私语，
> 你说你听见了我胸间的颤跳，
> 如树根在热的夏夜里震动泥土？
> 是的，一株新的奇树生长在我心里了，
> 且快在我的唇上开出红色的花。①

郑悟广对这首诗进行了分析，他认为，第一段诗歌里的场景和意象很有爱欲意味，能引起这方面联想的词句在诗歌中有四处：其中"圆圆的绿荫"下，"凉滑的幽芬"，会让人想到女性身体的美；而"新沐"和"流滴"两词则更是"象征了他对爱欲的渴望"②。

而且在郑悟广看来，在第二段，何其芳细致描述了水面上漂浮的荷花，营造出一种朦胧迷离的氛围。在诗中，他将荷花"淡香的呼吸"比喻成"流萤的金翅"，从而使其能够快速移动，这就象征了他不断增强的欲望，这个欲望的最终归宿是她"裙衣轻覆的膝头"。而且，"令人惊讶的是，是她，而不是他，最先做出了亲密的举动。这个情节的安排给了我们浪漫想象的充分空间，而这也加密了他的多种多样象征心理欲望意象的出现"③——例如"你柔柔的手臂如繁实的葡萄藤""红熟的甜的私语""我胸间的颤跳""热的夏夜"等。

郑悟广继续分析道，在最后一段，生长在心里的一株树象征了他最热烈的爱，而这种爱的感觉用两个字来表现就是"新"与"奇"，可能是代表了恋人之间爱情的成熟，因为这棵树就要在他唇上开出"红色的花"了。④

最后，郑悟广又对何其芳的爱情主题的诗歌的特征做了总结，他说，

---

① 何其芳：《夏夜》，载何其芳《预言》，浙江文艺出版社1996年版，第20页。

② "Symbolize his physical, amorous desires." Woo - kwang Jung, *A Study of The Han Garden Collection*: *New Approaches to Modern Chinese Poetry*, 1930 - 1934, Ph. D. dissertation, Seattle: University of Washington, 1997, p. 105.

③ "Surprisingly, it is she, not he, who takes the lead in advancing their amorous activities. This device enhances out romantic imagination, This is furhter intensified by He's various images of carnal desire." Woo - kwang Jung, *A Study of The Han Garden Collection*: *New Approaches to Modern Chinese Poetry* 1930 - 1934, Ph. D. dissertation, Seattle: University of Washington, 1997, p. 105.

④ Woo - kwang Jung, *A Study of The Han Garden Collection*: *New Approaches to Modern Chinese Poetry*, 1930 - 1934, Ph. D. dissertation, Seattle: University of Washington, 1997, p. 105.

正像我们在《预言》、《季候病》和《夏夜》中看到的一样,"何其芳诗歌的一大特征就是巧妙地运用具体的意象,并因此提升了诗歌的美感。而调动五个感官共同形象地描述朦胧、感性的意象的目的,并不只是通过诗歌传达一个准确意义,也是要营造一种特殊的诗歌氛围"①。因此,何其芳的爱情诗一般都显得朦胧神秘。但这也正好体现出他作为中国"现代派"诗人的诗歌特色。

第二节　中国"现代派"诗人诗歌中的
"非传统"意象研究

艾略特把波德莱尔以来的象征主义概括为主体与"客观对应物"的关系②,而这个客观对应物的最主要凭借便是意象,意象也因此成为象征主义诗歌中最重要的因素之一,是象征主义诗人曲折委婉地表达自己对于世界的看法的重要手段。孙作云曾这样评价意象在中国"现代派"诗人诗歌中的重要作用:"现代派诗的特点便是诗人们欲抛弃诗的文字之美,而求诗的意象之美。"③ 因此,独特而有深意的意象也就成为中国"现代派"诗人诗歌作品中一个非常重要的因素,同时也成为英语世界关于此派诗人研究的一个重点,而其重要成果则体现在对中国"现代派"诗人作品中"非传统意象"的研究上。

本节所谓的"非传统诗学意象",指的是一些在传统诗歌中很少运用的意象,一般是日常生活中常见的卑微琐屑之物,在传统诗人眼里,它们不能产生多少诗学美感,因而在诗中很少应用。卞之琳曾将之称为"'不入诗'的事物"④,英语中则有"Non – Poetic Image"与之对应。例如,卞之琳诗歌中的"小茶馆、闲人手里捏磨的一对核桃、冰糖葫芦、酸梅

---

① "A significant characteristic of He Qifang's poems, promotes stylistic density as well as thematic aesthetics. To be sure, the purpose of his tactile inscription of misty, sensuous images, which sometimes appeal to all five senses, lies not so much in conveying a certain meaning or concept as in creating poetic atmosphere." Woo – kwang Jung, *A Study of The Han Garden Collection: New Approaches to Modern Chinese Poetry*, 1930 – 1934, Ph. D. dissertation, St. Louis: University of Washington, 1997, p.106.

② 张新:《20世纪中国新诗史》,复旦大学出版社2009年版,第337页。

③ 孙作云:《论"现代派"诗》,《清华周刊》1935年第43卷第1期。

④ 卞之琳:《雕虫纪历·前言》,人民文学出版社1979年版,第4页。

汤、扁担之类"①。但是笔者为了更准确起见，将之称为"非传统诗学意象"，英译为"Nontraditional – Poetic Image"。因为，在中国"现代派"诗人和其他诗人的共同努力下，这些在传统诗歌中遭到排斥的意象，已经在中国现代诗歌中占据了一席之地，它们早就已经不是"不入诗"的事物了。因此，将其称为"'不入诗'的事物"，"非传统诗学意象"这个词显得更加准确，同时也是更符合诗歌发展事实的。

闻一多曾在一篇批评《清华周刊》所选诗歌的文章中指出："'言之无物''无病呻吟'的诗故不应作，便是平常琐屑的物，感冒风寒的病也没有入诗的价值。"② 而现代派所推崇的"亲切"却正与此相反，所谓"亲切"是指"一种有定而无限普遍存在的个性之情……它底效力第一在于节用和善用形容词，在于信手拈来，却又是栩栩如生地提起小东西，这些小东西呢，在他面前，情味深长，神采焕发了。并不是我们对这些小东西底本身有什么兴趣……只是这样一提起，我们联想底感觉触动了；只是一想到和我们很熟悉，在我们经验里的确有这种关系的别的东西，快慰的心弦拨动了"。③

在中国"现代派"的一些诗人中，运用这些被传统诗学抛弃的特殊的意象成为他们标新立异，打破传统，从而表现自己个性的一种有效方式。这一点在戴望舒和卞之琳的诗歌中表现得尤为明显。英语世界对中国"现代派"诗人中这种现象的研究成果集中于利大英和米佳燕对戴望舒诗歌的研究和汉乐逸对卞之琳诗歌的研究之中，我们下面的章节也就据此展开。

一　戴望舒诗歌中的"非传统诗学意象"研究

"非传统诗学意象"是戴望舒最擅长使用的意象群体之一，在他的诗中频繁出现，米佳燕认为，"戴望舒诗歌的一个最重要的特色就是他对日常生活中最微不足道事物的迷恋"④。这些东西包括用过的或残破的日常用具、有个人特色的家具用品等小东西。这些在他人看来是一些无关紧要

---

① 卞之琳：《雕虫纪历·前言》，人民文学出版社 1979 年版，第 4 页。

② 闻一多：《评本学年〈周刊〉里的新诗》，《清华周刊》1921 年增刊。

③ 哈罗德·尼柯孙：《魏尔伦与象征主义》，卞之琳译，《新月》1932 年第 4 卷第 4 期。

④ "One of the most salient features in Dai's Poetry is his exterme fascination with the smallest and most ingsignificant things." Jiayan Mi, *Self – fashioning and Reflexive Modernity in Modern Chinese Poetry*, 1919 – 1949, Lewiston, N. Y. The Edwin Mellen Press, 2004, p. 155.

甚至应该丢弃的东西，但因其中包含了诗人的情感，而显得亲切，令人珍惜。如米佳燕所说，更重要的是，这些事物经过"我"的情绪的映射，就被赋予了重要价值。① 米佳燕所举的第一个例子就是戴望舒认为是他转型之作的《我底记忆》，在这首诗的第二段就出现了大量的琐屑意象。

> 它存在在燃着的烟卷上，
> 它存在在绘着百合花的笔杆上，
> 它存在在破旧的粉盒上，
> 它存在在颓垣的木莓上，
> 它存在在喝了一半的酒瓶上，
> 在撕碎的往日的诗稿上，在压干的花片上，
> 在凄暗的灯上，在平静的水上，
> 在一切有灵魂没有灵魂的东西上，
> 它在到处生存着，像我在这世界一样。②

在这首诗歌中，无论是"燃着的烟卷""绘着百合花的笔杆""破旧的粉盒""颓垣的木莓""喝了一半的酒瓶""撕碎的往日的诗稿"还是"压干的花片"之类的意象，如果按照传统诗学的标准来判断的话，是缺乏诗意的。但是在这首诗之后，它们却构成了戴望舒经常在诗歌中描述的东西，因为戴望舒将自己投影在这些物品里，而又在这些物品里发现了自己的影子。

米佳燕认为，《古神祠前》（In Front of the Ancient Temple）也包含了许多这样的意象。

> 它飞上去了，
> 这小小的蜉蝣，
> 不，是蝴蝶，它翩翩飞舞，
> 在芦苇间，在红蓼花上；
> 它高升上去了，

---

① Jiayan Mi, *Self - fashioning and Reflexive Modernity in Modern Chinese Poetry*, 1919 - 1949, Lewiston, N. Y. The Edwin Mellen Press, 2004, pp. 155 - 156.
② 戴望舒：《我底记忆》，《未名》1929 年第 2 卷第 1 期。

化作一只云雀，

把清音撒到地上……

现在它是鹏鸟了。①

　　除了《我底记忆》中描述的这些静物，在这首诗歌中，日常生活中常见却又常被我们忽略的一些小生命，如苍蝇、蝴蝶、飞蛾、蜘蛛、萤火虫和麻雀等，也都成为其中重要的意象。如果说蝴蝶和萤火虫还是古典诗歌中的常客的话，那么苍蝇、蜘蛛和麻雀之类则就十分少见了。但在戴望舒的诗歌中，这些意象都被无差别地赋予了哲学意味。蜉蝣先是变身为蝴蝶，然后又化作云雀，最后成为传说中的大鹏。从这一步步的变化可以看出，在戴望舒的诗学中，无论是微不足道的蜉蝣，还是威猛无比的大鹏，其意义都是等同的，而且还是可以相互转化的。

　　此外，米佳燕指出，对于家庭生活中常见的一些东西，如《过旧居》中出现的午饮的香味、羹、米饭、窗、书架、床、花瓶里的花、灯、餐桌、盘子、碟子，都为诗人特别珍惜，而且对其加以了美化。在另外的许多诗中，如《野宴》（Picnic）、《小病》（Out of Sorts）和《示长女》（For My Eledest Daught）等诗中，莴苣、土豆等各种蔬菜，也为诗人特别喜爱。关于这一类意象的诗歌，米佳燕以《小病》②为案例进行说明。

　　在这首诗歌中，"莴苣""芸苔""细腰蜂""莱菔"和"韭菜"都成为诗人描述和向往的对象，原因就在于正是这些很平常、很普通的意象却是戴望舒思乡的依托，或者如米佳燕所说："对于戴望舒而言，正是在这各种各样普通的蔬菜中，它才感到了自身存在的证据。"③

　　除了米佳燕，利大英也关注到了这些非传统意象在戴望舒诗歌中的重要地位，"从《小病》开始，生活中的一些小东西和小生灵在戴望舒日益占据重要的地位，他通过它们从不同的角度观察世界"。④ 利大英举了

　　①　戴望舒：《古神祠前》，载戴望舒《望舒诗稿》，上海杂志公司1937年版，第45—48页。

　　②　该诗原文见本书第六章第一节。

　　③　"For Dai, it is in these various kinds of ordinary daily vegetables that one might experience the aura of the meaning of existecce."Jiayan Mi, *Self - fashioning and Reflexive Modernity in Modern Chinese Poetry*, 1919 - 1949, Lewiston, N. Y. The Edwin Mellen Press, 2004, p. 157.

　　④　"Starting with 'Xiao bing' the poet attached a greater significance to small things and creatures, employing them to view the world from a different aspect." Gregory Lee. *Dai Wangshu：the Life and Poetry of a Chinese Modernist*, Hong Kong：The Chinese University Press, 1989, p. 211.

《秋蝇》这首诗歌来说明，这首诗歌的原文如下。

秋蝇

木叶的红色，
木叶的黄色，
木叶的土灰色：
窗外的下午！

用一双无数的眼睛，
衰弱的苍蝇望得昏眩。
这样窒息的下午啊！
它无奈地搔着头搔着肚子。

木叶，木叶，木叶，
无边木叶萧萧下。

玻璃窗是寒冷的冰片了，
太阳只有苍茫的色泽。
巡回地散一次步吧！
它觉得它的脚软。

红色，黄色，土灰色，
昏眩的万花筒的图案啊！

迢遥的声音，古旧的，
大伽蓝的钟磬？天末的风？
苍蝇有点僵木，
这样沉重的翼翅啊！

飘下地，飘上天的木叶旋转着，
红色，黄色，土灰色的错杂的回轮。

> 无数的眼睛渐渐模糊，昏黑，
> 什么东西压到轻绡的翅上，
> 身子像木叶一般地轻，
> 载在巨鸟的翎翮上吗？①

利大英认为，这首诗歌的特别之处在于，通过描述一个垂死苍蝇的眼中世界，诗人将自己对秋天到来的感受转换到苍蝇身上，所以他能够通过"无数的眼睛"② 观察这个世界，昏眩的眼睛看到的周围世界是一个色彩、声音构成的大旋涡，作者以此来比喻生活中的各种迷茫。③

这一点并非利大英第一个发现，他在文中引用了施蛰存的学生左燕对这首诗的评价：

> 作者对于秋蝇的观察并使他忘记自我的存在，而把内心的忧郁加载秋蝇身上，秋蝇的内心活动变成诗人自己的了，他就是一只衰弱无力、濒于死亡的秋蝇。最初，"窗外的下午"，秋蝇还能辨析出"木叶"的表象，"红色、黄色、土灰色"这一大堆斑烂的色彩还能附着在木叶的形体上：但是随着秋蝇的"昏眩"和"衰弱"，木叶的形体慢慢消失了，在秋蝇"无数的眼睛"里，只有树叶的颜色被抽象出来，成为"昏眩的万花筒的图案"；以后它再也无力辨识那些色彩是怎么回事了，在它的主观感觉中，只有"错杂的回轮"在不断地旋转、变幻，并渐渐地模糊、昏黑。④

利大英对左燕的评述进行了分析，他说，左燕提到了诗歌中模糊而令人昏眩的意象、使用色彩的方式和意象的变形都是标准的象征–现代主义（Symbolist – Modernist）的手法，但是左燕认为它不只是描述了诗人头脑的眩晕状态或者整个人类的处境，她进一步扩大了这首诗的指涉范围，认

---

① 戴望舒：《秋蝇》，《现代》1932 年第 1 卷第 3 期。

② 苍蝇的眼睛为复眼。

③ Gregory Lee, *Dai Wangshu*：*the Life and Poetry of a Chinese Modernist*，Hong Kong：The Chinese University Press，1989，p. 213.

④ 左燕：《戴望舒诗的象征主义手法》，《百花洲》1981 年第 4 期。

为这首诗要表达的是"这正是一颗破碎的、处于沉沦的心灵,面对着表面繁华而实际挣扎的社会发出的哀叹"。①

利大英对于左燕的这个结论并不赞同,他指出,"不管出于什么原因,看起来诗人的意图都是被误解了。虽然戴望舒经常给其意图留下一个开放的解释空间,但是这么明确地将此诗与社会问题(在中国批评家看来,社会即是指解放前的社会)相联系,明显是过头了"②。

米佳燕还对戴望舒诗歌中存在的非传统意象的接受做了分析,她将其分为赞赏与反对两种看法③。赞赏他将创作的主题转向日常生活的批评家认为,这表现了诗人努力寻求"舒卷自如(lucidity)、敏锐(immediacy)、精确(accuracy)"的"现代感应性"(modern sensibility)④;在中国现代诗歌中创造一种适合表达现代人的情感的日常生活语言,这是一个巨大的进步⑤;戴望舒的诗歌表达了"一种难以言传的感情、微妙的感觉,一幅幅只可意会的图像"。⑥ 但是,反对戴望舒这种转向的人却认为其脱离了"人道主义"⑦,而滑向了浪费其才能的"虚无主义"⑧。他过度沉溺于细节与自我情绪的描述,"囿于自己狭隘而感伤的世界",因而在中国现代诗人中只能算是一个"二流诗人"⑨。

在对上述诗歌分析的基础上,米佳燕对戴望舒诗歌中非传统诗学意象做了深层次的分析:"戴望舒转向对日常生活细节的描绘,……从深层次来看,在中国现代诗歌现代性的道路上发生的一个重大转向就是从关注宏观的历史到关注微观的日常生活,从上到下,从外部的公共事件到个人的

---

① 左燕:《戴望舒诗的象征主义手法》,《百花洲》1981 年第 4 期。

② "For whatever reason, it would seem that the poet's intention, such an explicit application to 'society' (and one senses 'society' means for the critic Chinese society before 'Liberation') surely goes too far." Gregory Lee, Dai Wangshu: the Life and Poetry of a Chinese Modernist, Hong Kong: The Chinese University Press. 1989, pp. 211 – 214.

③ Jiayan Mi, Self – fashioning and Reflexive Modernity in Modern Chinese Poetry, 1919 – 1949, Lewiston, N. Y. The Edwin Mellen Press, 2004, p. 158.

④ 卞之琳:《〈戴望舒诗集〉序》,载《戴望舒诗集》,四川人民出版社1981 年版,第5 页。

⑤ 秦亢宗、蒋成瑀:《现代作家和文学流派》,重庆出版社、华夏出版社1986 年版,第215—216 页。

⑥ 陈丙莹:《戴望舒评传》,重庆出版社1993 年版,第107 页。

⑦ 朱自清:《〈新文学大系·诗集〉导言》,载《新文学大系·诗集》,良友图书1935 年版。

⑧ 艾青:《〈戴望舒诗选〉序》,载《戴望舒诗选》,人民文学出版社1957 年版,第4 页。

⑨ 余光中:《评戴望舒的诗》,载《余光中选集》(第五卷),百花文艺出版社2004 年版,第536 页。

内心经历。"①

关于这些意象在戴望舒诗歌中的重要性，米佳燕指出，在上面所引的《我底记忆》中可以看到，所有的这些小物件都不引人瞩目，但是每个人在生活中天天都会遇到它们，在大多数人已经对它们熟视无睹的时候，戴望舒重新发现了它们，让它们在诗歌舞台上依次登场，并赋予了特殊的感情，特殊的秉性。对于诗人而言，这些再普通不过的物件不只是记录过往的灵感、爱情、友谊和家庭，也不是简单的往昔的纪念品，同时也是构成自我存在的必需品。"更重要的是，它们可以成为'我'能够在庸常的现实生活中展开寻求连续性的能量。它们是回忆的附属品，正是通过它们，过去和生活的意义才被表达出来。"②

通过上面的评述，我们可以看到米佳燕和利大英（尤其是米佳燕）对戴望舒诗歌中存在的非传统意象进行了十分详细深入的解读，但是遗憾的是，米佳燕和利大英在举例时却遗漏了《独自的时候》、《村姑》和《昨晚》三首非传统意象很密集的诗歌，尤其是其中的《昨晚》一诗。

　　　　昨晚

　　　　……
　　那些常被我的宾客们当作没有灵魂的东西，
　　不用说，都是这宴会的佳客：
　　这事情我也能容易地觉出
　　否则这房里决不会零乱，
　　不会这样氤氲着烟酒的气味。
　　它们现在是已安分守己了，

---

①　"Dai Wangshu turn to the everyday details of a banalized reality…in the deeper sense, what virtually took place in the experience of modernity in modern Chinese poetry is a fundamental shift from macro - and grand historical concerns to micro - and small, everyday historicity, from the higher to the lower and form the external, concrete experience (Erfahrung) to theindividual, lived inner experience (erlebnisse)." Jiayan Mi, *Self - fashioning and Reflexive Modernity in Modern Chinese Poetry*, 1919 - 1949, Lewiston N. Y. The Edwin Mellen Press, 2004, p. 161.

②　"More importantly, they serve as the source of energy by shich the 'I' can begin to search for the sense of continrity in this banalized everyday world. They are the mnemonic fixations form which the values of the past and the meaning of life are triggered." Jiayan Mi, *Self - fashioning and Reflexive Modernity in Modern Chinese Poetry*, 1919 - 1949, Lewiston, N. Y. The Edwin Mellen Press, 2004, pp. 161 - 162.

但是扶着残醉的洋娃娃却眨着眼睛,

我知道她还会撒痴撒娇:

她的头发是那样地蓬乱,而舞衣又那样地皱,

一定的,昨晚她已被亲过了嘴。

那年老的时钟显然已喝得太多了,

他还渴睡着,而把他的职司忘记;

拖鞋已换了方向,易了地位,

他不安静地躺在床前,而横出榻下。

粉盒和香水瓶自然是最漂亮的娇客,

因为她们是从巴黎来的,

而且准跳过那时行的"黑底舞";

还有那个龙钟的瓷佛,他的年岁比我们还大,

他听过我祖母的声音,又受过我父亲的爱抚,

他是慈爱的长者,他必然居过首席,

(他有着一颗什么心会和那些后生小子和谐?)

比较安静的恐怕只有那桌上的烟灰盂,

他是昨天刚在大路上来的,他是生客。

还有许许多多的有伟大的灵魂的小东西,

它们现在都已敛迹,而且又装得那样规矩,

它们现在是那样安静,但或许昨晚最会胡闹。

……

如果去问我的荷兰烟斗,它便会讲给你听。①

　　《昨晚》这首诗歌,可以说是戴望舒诗歌中涉及非传统诗学意象最多的一首。而且更为重要的是,戴望舒在诗中指出,这些被"宾客们当作没有灵魂的东西",其实是"有伟大的灵魂的小东西",更可见出戴望舒对这些琐屑之物的喜爱,所以才将自己的感情倾注其上。因此,在论述戴望舒诗歌中的琐屑之物时,《昨晚》这首诗是不应该也不能错过的。

二　卞之琳诗歌中的"非传统诗学意象"研究

　　同为中国"现代派"诗人的典型代表,卞之琳的诗歌中也有着许多

---

① 戴望舒:《昨晚》,《北斗》1931 年第 1 卷第 2 期。

"非传统诗学意象"，朱自清认为，"我们可以说卞先生是在微细的琐屑的事物里发现了诗，他的《十年诗草》里处处都是例子"①。在英语世界，汉乐逸关于这一点的研究最为详尽，我们这一部分的分析也主要是依据他在《卞之琳：中国现代诗歌研究》一书中对此问题的研究。首先看一下卞之琳的《一块破船片》一诗。②

　　如果说船是古典诗词中经常描绘的对象的话，那么"破船片"就是被其遗忘的了，卞之琳思想的敏锐指出就在于在日常事物中发现新意，在被传统诗人遗忘的事物上找到诗意，《一块破船片》就是这样一首诗。当然，卞之琳所做的不只是简单地将"破船片"入诗，而是他确实在其中发现了诗意，汉乐逸就认为"破船片"这一意象中蕴含着深意。他说："诗中的破船片代表了世界上转瞬即逝的事物，它们在时光之海上漂浮，仅仅具备暂时的形象，最终依然会被带回更广阔的宇宙母体。"③

　　卞之琳正是将自己的思考投影到这一普通得不能再普通的"破船片"之上，从而在其上发现蕴藏于万物之间的道理，在"破船片"的来与去的循环中，悟得了真理。这样，本来是不入诗的"破船片"也就在诗人的凝视与沉思之下得到了升华，从普通之物变身为诗人思想的载体，成为诗歌描述的对象。

　　汉乐逸分析的另外一首关于"非传统意象"的诗歌是卞之琳的《烟蒂头》。这首诗的原文如下。

　　　烟蒂头

　　　谈笑中扔掉一枚烟蒂头，
　　　一低头便望见一缕烟
　　　在辽远的水平线上——
　　　不见了——天外的人怎样了？

---

　　① 朱自清：《诗与感觉》，载《新诗杂话》，作家书屋 1947 年版，第 21—32 页。

　　② 这首诗的原文见第五章第一节。

　　③ "The piece of flotsam represents the ephemeral things of this world which, floating upon the sea of time, are presented as momentary phenomena only to be removed again into the larger matrix." Lloyd Haft, *Pien Chih - Lin: A Study in Modern Chinese Poetry*, Dordrecht: Foris Publications, 1983, p. 54.

> 这样想得糊涂的人
> 却正在谈笑的圈子外,
> 独守着砖地上的烟蒂头,
> 也懒得哼"大漠孤烟直"。①

　　汉乐逸分析道,从诗歌的内容可以看出,诗人在这里是描述了一个圈定了视野范围的,即"水平线"和"天",而天外的一切则已经超过了诗人的可视范围,"正是诗人将自己的视觉比例在想象中进行切换,于是他的烟蒂头冒出的烟好像是出现在沙漠的尽头,这样就确立了这个特定的'水平线'。'水平线'的念头导致了一种怅惘之情和远方人的怀念"②。

　　这样,诗人用"一缕烟"来确立了"水平线",而又由烟联想王维的名句"大漠孤烟直"。于是,这个被随手丢弃的"烟蒂头"在作者的眼中就具有了特殊的意义,它也成为诗人描述的对象和灵感的来源。因此汉乐逸说:"诗的中心意象——尚未熄灭的烟蒂头——本身就是一个象征,让读者联想起个体生命在宇宙面前的短暂和渺小。"(The central image of this poem, the still – burning cigarette butt, is in itself a symbol of the transience and apparent insignificance of individual life in the face of the cosmos.)

　　除了《烟蒂头》,"烟蒂头"还在卞之琳的另外一首诗《倦》中出现了。《倦》的原文如下。

　　倦

> 忙碌的蚂蚁上树,
> 蜗牛寂寞地僵死在窗槛上
> 看厌了,看厌了;
> 知了,知了只叫人睡觉。
> 蝼蛄不知春秋,

---

① 卞之琳:《烟蒂头》,《文学季刊》1934 年第 2 期。
② "It was the poe't own imaginative scale – shift, translating the nearby smoke from his own cigarette into a smoke – signal seen across a vast desert, that established this paticular 'horizon'. The thougt of the 'horizon' then leads on to nostalgia or longing for whoever is 'beyond'." Lloyd Haft, *Pien Chih – Lin: A Study in Modern Chinese Poetry*, ordrecht: Foris Publications, 1983, p. 62.

可怜虫亦可以休矣！
华梦的开始吗？烟蒂头
在绿苔上冒一下蓝烟吧？

被时光遗弃的华梦，
都闭在倦眼的外边了。①

汉乐逸首先提到了诗歌中的"华梦"一词，"华梦"一词有两个出处，一是指荣华富贵之梦，如"黄粱一梦"，出自沈既济《枕中记》；另一个则是"华胥梦"，语出《列子·黄帝》。两者的共同点都描述了美好的梦境，汉乐逸认为，"'华梦'让'烟蒂头'的象征意义显得更为明晰。……也就是说，意识所感知的个体的全部生命历程都不过是一种幻象或者是一个'华梦'，只是时间在流逝中的产物而已"②。

除了上面分析的"破船片"和"烟蒂头"之外，在卞之琳的诗歌中还可以找到其他类似的意象，比如《墙头草》一诗中的"墙头草"，《春城》一诗中的"垃圾堆"，《秋窗》一诗里的"肺病患者"，《泪》一诗中的"一颗旧衬衣脱下的小纽扣""一条开一只弃箧的小钥匙"，《叫卖》一诗里的"小玩意儿"，以及《登城》一诗中"骑驴的乡下人"等，都在卞之琳的诗歌中占据了一席之地。卞之琳描述此类意象的一个特点就是将之进行哲学意义上的升华，从这些最普通的事物中提炼出与自己心灵相通的思想来。

---

① 卞之琳：《倦》，载卞之琳《鱼目集》，文化生活出版社 1935 年版，第 51—52 页。

② "More explicit the symbolism of the cigarette butt while assigning a more definite status to the 'extravagant dream' … Here, the entire process of individual, conscious existence turns out to be an illusory or 'extavagant' dream, produced as a kind of meichanical by - product of ongoing time itself." Lloyd Haft, *Pien Chih - Lin: A Study in Modern Chinese Poetry*, Dordrecht: Foris Publications, 1983, pp. 63 - 64.

第七章

英语世界关于中国"现代派"
诗人诗风转变的研究

　　本章所谓的中国"现代派"诗人诗风的转变，以其三位代表诗人戴望舒、卞之琳和何其芳的诗风转变为代表。主要指的是中国"现代派"诗人的创作由只描绘个人情感，转向描绘更具有社会意义的事件，抒情也开始带有集体性的色彩，这一点在三位代表诗人的创作历程都有着很明显的体现。例如，戴望舒在抗日战争后，虽然力图保持创作的独立性，但还是创作了《我用残损的手掌》《狱中题壁》等具有社会意义的诗歌；卞之琳则创作了反映根据地生活生产状况的《慰劳信集》；而何其芳则在1937年创作的诗歌《云》中直接宣称，自己"从此要叽叽喳喳地议论"，不再爱"云""月亮"和"星星"。

　　在下面的三节中，我们就来了解一下英语世界的学者对戴望舒、卞之琳和何其芳三位中国"现代派"代表诗人诗风转变的具体研究状况。

第一节　戴望舒诗风的转变

　　关于戴望舒诗风的转变的阶段，安琪·克里斯汀·周指出："一般认为，戴望舒的写作生涯分为两个阶段：早期的浪漫主义、后象征主义阶段（包括创作和翻译）；后期为爱国主义转向阶段，也就是《望舒草》和《灾难的岁月》之间15年的时间，而这一段时间正是政治混乱、战争频仍的 15 年。"① 这种分法其实只是将戴望舒的诗歌生涯分为了两个阶段：其中"早期的浪漫主义、后象征主义阶段"为第一阶段，"后期为爱国主义转向阶段"为第二阶段。而根据笔者的研究，从戴望舒整个创作历程来看，将其诗歌生涯划分为两次转变、三个阶段则更为合理。即将安琪·克里斯汀·周所谓的"早期的浪漫主义、后象征主义阶段"也分为两个阶段，区分的标准就是戴望舒从注重诗歌的外在形式转向了内在情绪。第二次转变则体现在内容上，即从个人感情的世界中挣脱出来，开始描绘更具有社会意义的对象，其中最突出的一点就是，随着日本侵略范围日益扩大，中华民族的生存处境越来越艰难，具有爱国色彩的诗歌在戴望舒的后期作品中大量出现。本节的讨论也是按照上述提到的两个转变、三个阶段的思路展开探讨的。

一　第一次转变：从《雨巷》到《我底记忆》的转变

戴望舒的《雨巷》发表于《小说月报》1928 年第 19 卷第 8 期，据杜衡回忆说，这篇诗歌是寄给了《小说月报》当时的主编叶圣陶先生，"圣陶先生一看到这首诗就有信来，称许他替新诗底音节开了一个新的纪元"。② 由此可见这首诗歌在音律方面的成就，而且也理所当然地成为戴望舒前期诗歌的代表之作。但是，《雨巷》也几乎可以说是戴望舒第一阶段的绝唱，从此之后，他的诗歌创作就走上了另外一条道路。

从《我底记忆》开始，戴望舒的诗歌创作进入了一个新阶段，他不再追求形式上的音乐性，而是追求内在情绪的节奏，如他在《望舒诗论》中所言：

一
诗不能借重音乐。它应该去了音乐的成分。
……

---

① "Dai Wangshu's career is usually seen as consisting of two periods: his earlier Raomantic and neo – Symbolist poetry and translation work, and his patriotic turn later in life, defined by the fifteen – year break between the publication of Scripts of Wangshu's Poems and Years of Diasater [Zainan de suiyue 灾难的岁月, 1948] usually attributed to the political and civil war." Angie Christine Chau, *Dreams and Disillusionment in the City of Light: Chinese Writer and Aritists Travel to Paris*, 1920s – 1940s, Universiy of California, San Diego, 1984, p. 62.

② 杜衡:《〈望舒草〉序》,现代书局 1933 年版,第 8 页。

七

韵和整齐的句子会妨碍诗情，或使诗情成为畸形的。倘把诗的情绪去适应呆滞的，表面的就规律，就和把自己的足去穿别人的鞋子一样。愚劣的人们削足适履，比较聪明一点的人选择较合脚的鞋子，但是智者却为自己制最合自己的脚的鞋子。

……

九

新的诗应该有新的情绪和表现这种情绪的形式。所谓形式，绝非表面上字的排列，也绝非新的字眼的堆积。①

这可以说和他《雨巷》时期的追求相反。关于这个转变，诗人的好友杜衡在《望舒草》序言中也有评述：

有一天他突然兴致勃发地拿了张原稿给我看，"你瞧我底杰作，"他这样说。我当下就读了这首诗，读后感到非常新鲜；在那里，字句底节奏已经完全被情绪底节奏所替代，竟使我有点不敢相信是写了《雨巷》之后不久的望舒所作。只在几个月以前，他还在"彷徨"、"惆怅"、"迷茫"那样地凑韵脚，现在他是有勇气写"它的拜访是没有一定的"那样自由的诗句了。

他所给我看的那首诗底题名便是《我底记忆》。

从这首诗起，望舒可说是在无数的歧途中间找到了一条浩浩荡荡的大路，而且这样地完成了。为自己制最合自己的脚的鞋子。

——《零札》七②

通过上面的讲述，可以看到，与《雨巷》时期相比，在《我底记忆》时期，戴望舒的诗歌风格发生了巨大的变化。戴望舒自己在《诗论札记》中论述了这种变化的实质内容，他的好友杜衡则讲述了他发生变化时的情形，并进行了简单评述。

斯坦福大学的兰多夫·特朗布尔也关注到了这一点。兰多夫·特朗布

---

① 戴望舒：《望舒诗论》，《现代》1932 年第 2 卷第 1 期。
② 杜衡：《〈望舒草〉序》，现代书局 1933 年版，第 8—9 页。

尔曾指出，"有意思的是，当《雨巷》发表时，戴望舒已经不再欣赏这首诗了，他放弃了诗歌中的音乐性因素，这种使他少年成名的手法"①。为了避免引起误解，兰多夫·特朗布尔还特意附了一个括号对这句话加以说明，他说，当然，这并不是说在创作实践中，他已经完全抛弃了音乐性元素，只是尽量减少其对读者阅读效果的影响。② 也就是说，这个结论只是就戴望舒诗歌创作的主体倾向而言，并非说每一首诗，或者其中的每一句都没有了音乐性因素。

兰多夫·特朗布尔认为，也就是在这个时期，戴望舒的"诗歌情绪取代了诗歌形式，这是戴望舒诗歌发展过程中非常重要的一步"。③ 他引用了戴望舒在《诗论零札》中的一段话来说明他在这一时期诗学思想的转变："诗的韵律不在字的抑扬顿挫上，而在诗的情绪的抑扬顿挫上，即在诗情的程度上。"④

戴望舒在《雨巷》之后，不再为严谨的外在形式所困，而是追求一种更自然的语调，彻考斯基认为，"写过《雨巷》之后不久的 1927 年夏天，戴望舒就创作了《我底记忆》。这时，他对诗歌的关注点已经发生了转变"⑤。相应地，《我底记忆》时期的诗歌展示了戴望舒诗歌形式散文化的趋势，在这首诗歌及其后创作的大部分诗歌中，音乐性已经不占重要地位，由情绪而造成的节奏感变得越来越重要。1928—1932 年，他写过关于浪漫爱情的诗歌；写过关于自己妻子和孩子的诗歌；也写过许多具有玄思性质的诗歌，这些诗歌有一个共同的特点，就是不讲求韵律，而是追求内在的情绪。在诗人本人看来，这些诗歌是他所有诗歌中最优秀的。其中

---

① "Interestingly, Dai Wangshu had disowned 'Rainy Alley' by the time of tis publication. His renunciation of the musical element in poetry, an act of some flamboyance, was tantamout to thumbing his nose at the formalist poets who had been the heros of his youth." Randolph Trumbull, *The Shanghai Modernist*, Ph. D. dissertation, Stanford: Stanford University, 1989, p. 114.

② Randolph Trumbull, *The Shanghai Modernist*, Ph. D. dissertation, Stanford: Stanford University, 1989, p. 114.

③ "The replacement of poetic form with poetic mood is an important fact in the artistic development of Dai Wangshu." Randolph Trumbull, *The Shanghai Modernist*, Ph. D. dissertation, Stanford: Stanford University, 1989, p. 115.

④ 戴望舒:《望舒诗论》,《现代》1932 年第 2 卷第 1 期。

⑤ "When Dai wrote the poem 'My Memory' in the summer of 1927, almost immediately after 'The Rainy Alley', he had already shifted his position." Lloyd Haft, *A Selective Guide to Chinese Literature*, 1900 – 1949, Volume III, The Poem, Leiden: Brill, 1989, p. 81.

就包括曾被戴望舒看作是他本人诗歌创作的一个重要转折点的《我底记忆》。① 兰多夫·特朗布尔以这首诗为例,进行了细致的分析。② 他指出,如果我们仔细观察这首诗,就会发现,戴望舒在形式方面的革新看起来并不如他新获得的用自然的腔调来得令人吃惊。如杜衡所指出的那样,《我底记忆》中确实有一些令人震惊的新的词句——尤其是在诗歌的第四段,在那里诗人的语法结构是相当松散而沉静的——但是在第二段,戴望舒却仍然在使用他惯用的重复动词的手法。因此,兰多夫·特朗布尔得出结论说,"真正的突破在于这首诗歌是属于个人的"③。

兰多夫·特朗布尔说,戴望舒没有将他的记忆描述为一个精神层次的东西,而是一位亲密的朋友。他的记忆就生活在他的过去。诗人所触碰到的每一件物什,他的每页书,都变成了记忆的一部分,并且印上他的独特的个性。此外,全知全能的诗人还在这些事物中注入了独立的生命。在诗人沉默的时候,他的记忆会来到诗人身边,并和他进行非常私密的交谈。在该诗的最后几行,诗人称赞了他和记忆之间非常稳固的朋友关系。诗人对他的记忆的完全忠实不只是表达一种孤独的心情④。

根据兰多夫·特朗布尔的分析,这首诗是戴望舒诗歌风格转型的代表之作,在这首诗中,戴望舒关注的焦点完全不在格律上,而是追求一种自然随和的语言,在一种娓娓道来的语调中,表达出一种带有深深自我痕迹的情绪。与舒缓平静的诗歌语调相应的是,这首诗的形式也由《雨巷》时期的追求雕琢工整过渡到了如今的追求情绪的节奏和自然随和的音调,这也可以说是戴望舒诗歌风格转变的第一个阶段的最大特色。

二　第二次转变:从《我底记忆》到《灾难的岁月》

从《我底记忆》到《灾难的岁月》属于戴望舒诗风的第二次转变,在这本诗集中,最引人关注的诗歌不再是描述个人生活主题,而是有关国家命运的爱国主义诗歌。正是这一诗歌主题的转变,戴望舒诗歌生涯也走向了第三阶段,其诗歌无论在广度上还是在深度上都得到了进一步的

---

① Randolph Trumbull, *The Shanghai Modernist*, Ph. D. dissertation, Stanford: Stanford University, 1989, p. 115.

② 戴望舒《我底记忆》的诗歌原文见第三章第一节 "耶麦对戴望舒的影响研究" 部分。

③ "The real breakthrough in this poem is a personal one." Randolph Trumbull, *The Shanghai Modernist*, Ph. D. dissertation, Stanford: Stanford University, 1989, p. 116.

④ Ibid. p. 117.

拓展。

　　关于戴望舒的政治取向及其创作中呈现出的文学与政治的关系一直是学界研究关注的重点之一，英语世界的研究要数利大英最为深入。利大英认为，从戴望舒的最后一本诗集《灾难的岁月》中所选录的诗歌可以看出，"戴望舒诗作的风格转变了，……与以前的诗集相比，《灾难的岁月》更加贴近诗人个人和国家的不幸"①。尤其是"这部诗集包括了戴望舒所写的爱国（如果不是政治性的）诗歌"②。

　　利大英指出，20 世纪 30 年代晚期和整个 40 年代的个人和家国灾难，使得戴望舒的短诗多为急就而成，其主题也多与自己悲苦的生活相关。此后几年，戴望舒的诗歌中的公共题材不断增加，成为戴望舒该时期诗歌的一大特色。③

　　据利大英所言，戴望舒的第一首关于公共话题或者政治的诗歌就是写于 1939 年元月一日的《元日祝福》（New Year Blessing）：

　　　元日祝福

　　　　新的年岁带给我们新的希望。
　　　　祝福！我们的土地，
　　　　更坚强的生命将从而滋长。

　　　　新的年岁带给我们新的力量。
　　　　祝福！我们的人民，
　　　　艰苦的人民，英勇的人民，
　　　　苦难会带来自由解放。

　　　　　　　　　　　　　　　　　一九三九年元旦日④

---

　　①　"The poetry of Zainan de suiyue more closely paralleled the events and misfortunes of the poet's private and public life than any of his previous collections had done". Gregory Lee, *Dai Wangshu: the Life and Poetry of a Chinese Modernist*, Hong Kong: The Chinese University Press, 1989, p. 236.

　　②　"This volum also brings us the first patriotic, if not political, poems that Daii wrote." Gregory Lee, *Dai Wangshu: the Life and Poetry of a Chinese Modernist*, Hong Kong: The Chinese University Press, 1989, p. 237.

　　③　Ibid. p. 254.

　　④　戴望舒：《灾难的岁月》，星群出版社 1948 年版，第 38—39 页。

　　利大英首先介绍了这首具有转折意义的诗歌的创作背景。他说,在创作这首诗歌这段时间,戴望舒为了增强知识分子的抗日热情,正专注于对作家和艺术家的抗日宣传工作,他可能想创作一些对抗战工作有益的作品。虽然这首诗无论是在风格还是内容上都跟他大部分诗歌大为不同,但是与这一时期典型的爱国诗歌或抗战诗歌比较起来,还是很优秀的。[①] 利大英所说,这首诗歌与戴望舒大部分诗歌不同,当是指这首诗歌直抒胸臆,缺少了其诗歌惯有的含蓄之美。但是,相比较当时直接将宣传口号等同于诗歌的作品来说,这首诗歌的文学性还是要更浓一些,毕竟这首诗中"祝福! 我们的土地,/更坚强的生命将从而滋长"和"苦难会带来自由解放"等诗句还是和政治宣传口号拉开了一定距离。

　　代表戴望舒诗风从关注个人题材转变为关注公共题材的第二首诗歌则是《狱中题壁》。也就是利大英所说的,"1942 年,戴望舒因妻子离去而带来的伤感情绪被在日本监狱中受到的死亡威胁取代了"[②]。这首诗歌的原文如下。

　　　　狱中题壁

　　　　　如果我死在这里,
　　　　　朋友啊,不要悲伤,
　　　　　我会永远地生存
　　　　　在你们的心上。

　　　　　你们之中的一个死了,
　　　　　在日本占领地的牢里,
　　　　　他怀着的深深仇恨,
　　　　　你们应该永远地记忆。

---

　　① Gregory Lee, *Dai Wangshu: the Life and Poetry of a Chinese Modernist*, Hong Kong: The Chinese University Press, 1989, pp. 254–256.

　　② "In 1942 his grief for his wife was eclipsed by the threat of death in a Japanese prison." Gregory Lee, *Dai Wangshu: the Life and Poetry of a Chinese Modernist*, Hong Kong: The Chinese University Press, 1989, p. 259.

当你们回来，
从泥土掘起他伤损的肢体，
用你们胜利的欢呼
把他的灵魂高高扬起。

然后把他的白骨放在山峰，
曝着太阳，沐着飘风：
在那暗黑潮湿的土牢，
这曾是他唯一的美梦。

一九四二年四月二十七日①

利大英对这首诗进行了分析。他说，戴望舒这次被抓入日本人的监狱，是因为编辑抗日报纸。而且戴望舒几乎确信他会牺牲在监狱里，诗中"你们之中的一个死了"中的"一个"，当然就是指的戴望舒本人。利大英这么说的理由就是，在戴望舒写作这首诗歌的手稿中，第二段的"他"，是写作"我"的，即"你们之中的一个死了，在日本占领地的牢里，我怀着的深深仇恨，你们应该永远地记忆"。当然，戴望舒最后还是活着走出了日本人的监狱，但是他的健康状况却因为这一段监禁生活而被严重破坏。而这也可能是导致他英年早逝的主要原因。②

根据利大英的叙述，我们可以看出，戴望舒在这个时候已经走出了自己忧郁狭隘的小天地，投入民族解放的队伍中来。也正是因为有了这些实际斗争的经历，戴望舒诗歌描绘的内容也从个人走向了公共题材，如我们上面分析的那首《狱中题壁》，与戴望舒前期的诗歌在内容上简直有天壤之别。

因此，利大英说："从此以后，戴望舒的大多数诗歌都多少带有一些爱国主义的色彩。"③而下面将要分析的这首诗歌被利大英称为"可能是

---

① 戴望舒：《灾难的岁月》，星群出版社1948年版，第46—48页。

② Gregory Lee, *Dai Wangshu: the Life and Poetry of a Chinese Modernist*, Hong Kong: The Chinese University Press, 1989, p.260.

③ "Most of Dai's poetry would henceforth be tinged with patriotic sentiment." Gregory Lee, *Dai Wangshu: the Life and Poetry of a Chinese Modernist*, Hong Kong: The Chinese University Press, 1989, p.261.

中国现代诗歌这个类型中写得最好的"。① 先看一下《我用残损的手掌》
的原文。

　　　　我用残损的手掌

　　　　我用残损的手掌
　　　　摸索这广大的土地：
　　　　这一角已变成灰烬，
　　　　那一角只是血和泥；
　　　　这一片湖该是我的家乡，
　　　　（春天，堤上繁花如锦幛，
　　　　嫩柳枝折断有奇异的芬芳）
　　　　我触到荇藻和水的微凉；
　　　　这长白山的雪峰冷到彻骨，
　　　　这黄河的水夹泥沙在指间滑出；
　　　　江南的水田，你当年新生的禾草
　　　　是那么细，那么软……现在只有蓬蒿；
　　　　岭南的荔枝花寂寞地憔悴，
　　　　尽那边，我蘸着南海没有渔船的苦水……

　　　　无形的手掌掠过无限的江山，
　　　　手指沾了血和灰，手掌沾了阴暗，
　　　　只有那辽远的一角依然完整，
　　　　温暖，明朗，坚固而蓬勃生春。
　　　　在那上面，我用残损的手掌轻抚，
　　　　像恋人的柔发，婴孩手中乳。
　　　　我把全部的力量运在手掌
　　　　贴在上面，寄与爱和一切希望，
　　　　因为只有那里是太阳，是春，

---

① "Perhaps, the best of the genre in modern Chinese." Gregory Lee, *Dai Wangshu*: *the Life and Poetry of a Chinese Modernist*, Hong Kong: The Chinese University Press, 1989, p. 237.

将驱逐阴暗，带来苏生，

因为只有那里我们不像牲口一样活，

蝼蚁一样死……

那里，永恒的中国！①

　　利大英说，"不管是大陆还是台湾的当代批评家，都将这首诗看作只是一首表现爱国情感的诗歌而已"②。对于这个观点，利大英并不赞同。

　　利大英说，如果对这首诗做一个简单解释，就是一只手抚过地图。他还引用了张错（Dominic Cheung）对这首诗歌的分析，"在诗的开头，出现的是一只现实中的手掌在地图上摸索……然后这只手获得了超自然的力量，而丰富想象力的运用则使得灾难抒写倾泻而出"③。因此他认为，在这首诗中，地图就是超现实主义的触发器，伸出去的手则获得了一种超自然的力量，就像盲人的手代替了眼睛一样，他感觉到了地图上所描绘的每一个角落。这只独立于身体之外的眼睛，就像照相机的镜头一样伸缩，然后切向下一个镜头。④

　　也正是因为这个原因，利大英才反对将这首诗歌当作一首简单地表现爱国情感的诗歌。他说，正是将超现实主义与爱国主义情感相结合，在戴望舒的"这类诗歌中没有一首能在思想性和艺术性上超过《我用残损的手掌》，这首诗可以说是戴望舒后期风格的代表作"⑤。在这首诗歌中，戴望舒用精湛的写作技巧将回忆与想象结合起来，描述了他头脑中浮现的中国山水田园之美。这首诗虽然充满了爱国主义的深情，却远远不是一首直

---

　　①　戴望舒：《灾难的岁月》，星群出版社 1948 年版，第 49—52 页。

　　②　"The poem seems at first glance to be an emotive patriotic piece and nothing more; it is regarded as such by contemporary Chinese critics—both manland and Taiwanese." Gregory Lee, *Dai Wangshu: the Life and Poetry of a Chinese Modernist*, Hong Kong: The Chinese University Press, 1989, p. 262.

　　③　"In the beginning, it is a realistic hand, grouping on a piece of map···Subsequently, the symbol of the hand attained a transcenant metaphysical existence. The relaase of imagination is the initial force for a tragic catharsis." Dominic Cheung, *Feng Chih*, Ph. D. dissertation, St. Louis: University of Washington, 1973, pp. 10 – 11.

　　④　Gregory Lee, *Dai Wangshu: the Life and Poetry of a Chinese Modernist*, Hong Kong: The Chinese University Press, 1989, p. 263.

　　⑤　"None nore effectively and artistically successfully as 'Wo yong cansun de shouzhang' 我用残损的手掌（With my injured hand. The poem pognantly illustrates the poet's style in his later period." Gregory Lee, *Dai Wangshu: the Life and Poetry of a Chinese Modernist*, Hong Kong: The Chinese University Press, 1989, p. 261.

截了当的宣传鼓动诗。但是就效果而言，"它远比那些用现实主义手法写就的直接的抗战宣传文学有效得多，是当时大多数进步作家最爱不释手的一首诗"①。

在六个月之后，他又创作了第二首有关爱国主义的诗歌《心愿》（Desire），利大英说，这首诗就不再是《我用残损的手掌》那样的杰作了。"它使用了日常口语，表达了想要重新得到日常生活的简单快乐的愿望，但却有失精巧"②。这首诗原文如下：

> 心愿
>
> 几时可以开颜笑笑，
> 把肚子吃一个饱，
> 到树林子去散一会儿步，
> 然后回来安逸地睡一觉？
> 只有把敌人打倒。
>
> 几时可以再看见朋友们，
> 跟他们游山，玩水，谈心，
> 喝杯咖啡，抽一支烟，
> 念念诗，坐上大半天？
> 只有送敌人入殓。
>
> 几时可以一家团聚，
> 拍拍妻子，抱抱儿女，
> 烧个好菜，看本电影，
> 回来围炉谈笑到更深？
> 只有将敌人杀尽。

---

① "Far more effective than any straightforwar anti – Japanese propaganda literature written in the Realist style, favoured by most progressive writers at the time, could ever be." Gregory Lee, *Dai Wangshu: the Life and Poetry of a Chinese Modernist*, Hong Kong: The Chinese University Press, 1989, p. 261.

② "It matches everyday language with a desire for the return of simple everyday pleasure and is somewhat lacking in subtlety." Gregory Lee, *Dai Wangshu: the Life and Poetry of a Chinese Modernist*. Hong Kong: The Chinese University Press, 1989, p. 265.

只有起来打击敌人，

自由和幸福才会临降，

否则这些全是白日梦

和没有现实的游想。

一九四三年一月二十八日①

利大英认为，诗人在本诗中表达的愿望与贩夫走卒无异，诗里面根本找不到戴望舒其他诗歌中所具有的灵性。因此，毫无疑问这是一首政治鼓动诗，是为了激励群众抗日热情而写的。但是，"如果仅仅从艺术的角度来看，这却是一首让人失望的诗"。②

1943 年年末的一段时间，戴望舒创作了一系列诗歌。利大英指出，这些诗歌依然将国家灾难与战争和自己的悲惨遭遇联系在一起。正是在现实生活中的绝望与孤独，给予了戴望舒写诗的灵感，他才写出了这些动人的诗歌。虽然同是表达内心的感受，但是这些诗歌和戴望舒战前所创作的诗歌差异显著。因为此时的怀旧、孤独和忧郁都深深植根于诗人的真实的内心感触。诗人在写作中已经摆脱了抽象的感触和对比喻手法的巧妙运用，取而代之的是采用朴实无华的词语和真实的经历。这种类型诗歌的第一首就是《等待（一）》（Waiting 1）。

等待（一）

我等待了两年，

你们还是这样遥远啊！

我等待了两年，

我的眼睛已经望倦啊！

说六个月可以回来啦，

我却等待了两年啊，

---

① 戴望舒：《灾难的岁月》，星群出版社 1948 年版，第 53—55 页。

② "Arttistically it is nevertheless disappointing." Gregory Lee, *Dai Wangshu: the Life and Poetry of a Chinese Modernist*, Hong Kong: The Chinese University Press, 1989, p. 266.

　　我已经这样衰败啦，
　　谁知道还能活几天啊。

　　我守望着你们的脚步，
　　在熟稔的贫困和死亡间，
　　你们再来，带着幸福，
　　会在泥土中看见我张大的眼。

一九四三年十二月三十一日①

　　利大英认为，这首诗是一首意义含混的诗歌，它可以有两种解释，即戴望舒写作此诗的目的也许是哀叹妻子的离去，也可以做广义上的理解，即指所有离开香港或者其他日占区的人。因此它既可以理解为哀叹个人悲惨身世的哀歌，也可以理解为对祖国打败侵略者收复失地的强烈期盼。

　　下面即将讨论的《等待（二）》（Waiting 2），利大英在分析中将这首诗与戴望舒的个人遭遇（入狱又贫病交加）联系起来，诗中的哀怨意味就更加浓烈了。在这首诗中，戴望舒详细描述了他在狱中所受的恐怖经历，以此来表达对自由生活的无限渴望。这首《等待（二）》的原文如下。

　　等待（二）

　　你们走了，留下我在这里等，
　　看血污的铺石上徘徊着鬼影，
　　饥饿的眼睛凝望着铁栅，
　　勇敢的胸膛迎着白刃：
　　耻辱粘住每一颗赤心，
　　在那里，炽烈地燃烧着悲愤。

　　把我遗忘在这里，让我见见
　　屈辱的极度，沉痛的界限，

---

① 戴望舒：《灾难的岁月》，星群出版社 1948 年版，第 56—57 页。

做个证人，做你们的耳，你们的眼，
尤其做你们的心，受苦难，磨炼，
仿佛是大地的一块，让铁蹄踩践，
仿佛是你们的一滴血，遗在你们后面。

没有眼泪没有语言的等待：
生和死那么紧地相贴相挨，
而在两者间，颀长的岁月在那里挤，
结伴儿走路，好像难兄难弟。

冢地只两步远近，我知道
安然占六尺黄土，盖六尺青草；
可是这儿也没有什么大不同，
在这阴湿，窒息的窄笼：
做白虱的巢穴，做泔脚缸，
让脚气慢慢延伸到小腹上，
做柔道的呆对手，剑术的靶子，
从口鼻一齐喝水，然后给踩肚子，
膝头压在尖钉上，砖头垫在脚踵上，
听鞭子在皮骨上舞，做飞机在梁上荡……

多少人从此就没有回来，
然而活着的却耐心地等待。

让我在这里等待，
耐心地等你们回来：
做你们的耳目，我曾经生活，
做你们的心，我永远不屈服。

一九四四年一月十八日①

---

① 戴望舒：《灾难的岁月》，星群出版社 1948 年版，第 58—62 页。

　　戴望舒在诗中描述了做靶子、灌水、踩肚子、膝盖压钉、做飞机直至"胸膛迎着白刃"等酷刑。利大英说，不论戴望舒是曾经亲历折磨，还是只是被迫观看狱友的苦痛，大家都不会怀疑他为什么如此悲痛。"整首诗都表达了这样一个主题：诗人在为他等待那些人而忍受折磨。'you'是复数'你们'。这些人包括他的妻子是没有疑问的，包括在'你们'之中的其他人最有可能的就是他的女儿。"①

　　在这个分析中，利大英没有详细解读第二种理解，即戴望舒等待的是他的战友们能打败日本侵略者，重新把占去的土地夺回来。因为戴望舒入狱的原因就是抗日，所以这首诗歌表现这样的主题应该也完全是在情理之中的。

　　利大英曾提到戴望舒的早期作品《我们的小母亲》和《流水》是两首"具有左翼色彩"的诗歌②，但是在当时这些诗歌的数量和影响都很有限，而且并非戴望舒诗歌创作的主流。抗日战争的爆发才促使了戴望舒的彻底觉醒，他创作的主题也由关注个人的忧郁情感转变为关注国家和社会的命运。施蛰存曾对戴望舒第二次转变的创作有过详细准确的评价，他说："《灾难的岁月》标志着作者思想性的提高。望舒的诗的特征，是思想性的提高，非但没有妨碍他的艺术手法，反而使他的艺术手法更美好、更深刻地助成了思想性的提高。即使在《灾难的岁月》里，我们还可以看到，像《我用残损的手掌》《等待》这些诗，很有些阿拉贡、艾吕雅的影响。法国诗人说：这是为革命服务的超现实主义。我以为，望舒后期的诗，可以说是左翼的后期象征主义。"③ 这个论断是非常正确的，同时也和利大英的观点相一致。

---

　　① "Throughout the poem runs the theme of the poet suffering on behalf of those for whom he waits: those, because of 'you' of both these poems is a plural 'you' (nimen). That his sife is intended is almost certain, and the other person included in the 'you' was most probably his daughter." Gregory Lee, *Dai Wangshu: the Life and Poetry of a Chinese Modernist*, Hong Kong: The Chinese University Press, 1989, pp. 265 – 270.

　　② 利大英没有论及却也同样具有"左翼色彩"的《祭日》和《断指》两首诗。

　　③ 施蛰存：《〈戴望舒诗集全编〉引言》，载梁仁编《戴望舒诗集全编》，浙江文艺出版社1989年版，第3—4页。

第二节　卞之琳诗风的转变

与戴望舒的诗歌不同，卞之琳的诗歌形式虽然既有新格律诗也有自由诗，但总的来说，他所采用的诗歌形式在前期和后期并不存在太大差异，基本上是以新格律诗为主、自由诗为辅的格局。因此，所谓卞之琳诗风的转变也就主要体现在内容上，这也是本节研究的主要内容。

一　卞之琳诗风转变的萌芽期

著名诗人艾青在1980年的一篇论文曾将卞之琳前期的《断章》和《慰劳信集》中的一首诗对举，来说明卞之琳诗风转变的问题。他说："诗人卞之琳（1910—　）原来在《断章》写：'你站在桥上看风景，看风景人在楼上看你。别人装饰了你的窗子，你装饰了别人的梦。'抗战开始，他到了西北战线，写了《给西北的青年开荒者》：'你们和朝阳约会：十里外山顶上相见。穿出残夜的锄头队争光明一齐登先。……不怕锄头太原始，一步步开出明天，你们面向现实——希望有这么多笑脸！'这些有关抗战的诗，后来结成了《慰劳信集》。"①这两首诗，第一首写得很唯美，而且哲学意味浓重，整首诗歌显得非常个人化；而第二首则描述了西北青年开荒者劳动的场面，从写作对象上就与第一首区别明显，而且第二首意义比较明显，不像第一首那么含蓄委婉。因此，两首诗在题材、风格方面都区别明显。

英语世界也有关于卞之琳创作诗风前后变化的研究，而且与国内研究有所差别的是，汉乐逸认为，卞之琳诗风的转变最早于1934年就已经初现端倪了。

1934年，日本侵略者的军队已经逼近北京，他们每天几乎都会派飞机在北京上空盘旋，这引起了北京居民的强烈不满，就连一向在作品中对政治关心比较少的中国"现代派"诗人的诗歌中都能看出抗议的声音来。"1934年春，卞之琳抛下了一贯远离政治的态度，写了一首名为《春城》的长诗，以反讽的笔调表达了自己的沮丧之情。"② 这首《春城》的原

---

① 艾青：《中国新诗六十年》，《文艺研究》1980年第5期。

② "In spring, 1934, Pien Chih - lin abandoned his typically non - political stance to compose a rather long poem, 'City in Spriing', giving vent through irony to his feelings of chagrin." Lloyd Haft, *Pien Chih - Lin : A Study in Modern Chinese Poetry*, Dordrecht : Foris Publications, 1983, p. 15, 26.

诗为。

春城

北京城：垃圾堆上放风筝，
描一只花蝴蝶，描一只鹞鹰
在马德里蔚蓝的天心，
天如海，可惜也望不到您哪
京都！
……

"好家伙！真吓坏了我，倒不是
一枚炸弹——哈哈哈哈！"
"真舒服，春梦做得够香了不是？
拉不到人就在车蹬上歇午觉，
幸亏瓦片儿倒还有眼睛。"
"鸟矢儿也有眼睛——哈哈哈哈！"
……

今儿天气才真是好呢，
看街上花树也坐了独轮车游春，
春完了又可以红纱灯下看牡丹。
（他们这时候正看樱花吧？）
天上是鸽铃声——
蓝天白鸽，渺无飞机，
飞机看景致，我告诉你，
决不忍向琉璃瓦下蛋也……

北京城：垃圾堆上放风筝。[1]

---

① 卞之琳：《雕虫纪历》，人民文学出版社 1979 年版，第 32—34 页。

诗中涉及了一些令人感觉赏心悦目的意象,如风筝、蔚蓝的天心、花树、牡丹、樱花、白鸽,似乎这是一首风格很明快的诗歌。但是,我们再仔细看就会发现,事实并非如此:风筝是垃圾堆上放的,中国的牡丹是和日本的樱花一同出现的,而且与白鸽共同翱翔的却是日本帝国主义的飞机。在原文中,"京都"一词有一注释:"因想到我们的善邻而随便扯到"①,从将其侵略军队已经逼近北京城门的日本称为"善邻",就不难看出卞之琳话语中的"对兵临城下的故都(包括身在其中的自己)所作的冷嘲热讽"② 之意味。因此,汉乐逸认为,卞之琳在平静的语气中,"仍传达出强烈的愤懑情绪"。也正是由于这个原因,汉乐逸得出这样的结论:"就其长度、语气和写实性而言,这首诗与卞之琳在30年代早期所作的沉思型诗歌形成了鲜明的对照。1934年,人们必定屡屡感觉,与这些早期作品相称的氛围已经一去不复返了。"③

从汉乐逸上面的分析,我们已经可以看出,由于社会现实不断严峻起来,向来沉湎于描写私人主题的卞之琳,其诗学的触角也渐渐深入公共主题这一以前很少涉足的领域。在此时期,卞之琳还有另外一首诗涉及了公共主题,可能因为其手法更为隐蔽,所以汉乐逸并未谈及。这首诗就是《尺八》。

尺八

像候鸟衔来了异方的种子,
三桅船载来了一支尺八,
从夕阳里,从海西头。
长安丸载来的海西客
夜半听楼下醉汉的尺八,
想一个孤馆寄居的番客

---

① 卞之琳:《雕虫纪历》,人民文学出版社1979年版,第32页。

② 同上书,第5页。

③ "In its length, tone, and identifiability of content, this poem contrasted sharply with most of the introspective, nostalgic, higly subjective verses Pien hand written in the early thirties. In 1934, indeed, there must have been many moments when the atmosphere of those earlier works seemed to be gone forever." Lloyd Haft, *Pien Chih - Lin: A Study in Modern Chinese Poetry*, Dordrecht: Foris Publications, 1983, p. 27.

听了雁声，动了乡愁，
得了慰藉于邻家的尺八。
次朝在长安市的繁华里
独访取一枝凄凉的竹管……
（为什么霓虹灯的万花间，
还飘着一缕凄凉的古香？）
归去也，归去也，归去也——
像候鸟衔来了异方的种子，
三桅船载来一枝尺八，
尺八乃成了三岛的花草。
（为什么霓虹灯的万花间，
还飘着一缕凄凉的古香？）
归去也，归去也，归去也——
海西人想带回失去的悲哀吗？①

　　卞之琳自己评价说，这首诗是"对祖国式微的哀愁"②。关于这首诗的写作背景，卞之琳曾有这样的描述，该诗写于卞之琳称之为其写作的第二阶段（1933—1935 年），其时正当卞之琳大学毕业，正要踏入社会，同时也是日寇对中华民族步步紧逼、不断扩大侵略范围的时期。卞之琳"其间还曾跨海到日本，为职业（为国内特约译书）而住过京都五个月（正如后来 1936 年为译书而住过青岛五个月，1937 年住过杭州和雁荡山各二、三个月）。这也是一种奇怪的倾向：人家越是要用炮火欺压过来，我越是想转过人家后边去看看。结果我切身体会到军国主义国家的警察、特务的可憎可笑，法西斯重压下普通老百姓的可怜可亲。"而这一经历，使得卞之琳"这个阶段的诗思、诗风趋于复杂化"。③ 上面提到《春城》和当前正在研究的《尺八》，正是在这种独特的社会和诗人思想之下产生的。在这首诗中，诗人提到了长安市和长安丸，都让人想到中国大唐盛世的繁华，日本人则毕恭毕敬派遣遣唐使到中华学习。而一千多年后，日军却大举侵略中国，烧杀抢掠，无恶不作。身居日本的诗人，听到了从故国

---

① 冯张曼仪：《卞之琳》，人民文学出版社 1995 年版，第 39 页。
② 同上书，第 5 页。
③ 同上书，第 4—5 页。

传到日本的尺八声，于是闻声生情，抚古思今，借一已成为"三岛的花草"的尺八，慨叹中国时运衰微，作者的心境也一如尺八声般"凄凉"。

但是，这样关注现实的诗歌在卞之琳 1937 年创作的诗歌中并不常见，只能作为一种孤立现象来研究。从上面的分析，也可以看出，虽然这两首诗关注了当时的社会现实，但其抒情相当隐晦，而且即使在《春城》这首通过反讽来描述社会现实的诗歌中，卞之琳还是通过"我是一只断线的风筝……"这种隐晦的比喻方式加入了自己的爱情经历①。在经历《春城》和《尺八》这两首创作上的小波澜之后，卞之琳则继续沉浸在自己的世界里，诗歌创作也沿着以往形成的风格前进，因此汉乐逸只是把它们当作卞之琳诗风转变的萌芽。

关于卞之琳诗歌诗风的转变，汉乐逸认为《灯虫》一诗可作为标志性的一首诗。卞之琳《十年诗草》中有 1935 年至 1937 年创作的《装饰集》一部分，其中最后一首便是《灯虫》。作为 1937 年创作合集的最后一首，汉乐逸认为《灯虫》在卞之琳的诗歌中占有"特殊的地位"，认为："在卞之琳 40 年代和 70 年代的合集里，这首诗都象征着向唯美主义态度告别。"② 汉乐逸的这个论断应该是参考了卞之琳本人的意见，卞之琳说："《十年诗草》最后一首诗《灯虫》的末行——'像风扫满阶的落红'，来结束了这种诗、这个写诗阶段以至整个前期。"③

在此之后的 1937 年 7 月 7 日，"卢沟桥事变"发生，日本军队悍然进攻北京，抗日战争全面爆发，中华民族陷入了空前的灾难之中。严酷的社会现实环境对卞之琳的诗歌生涯产生了重大影响，也是引起其诗歌向现实主义转变的一个节点。因此，《装饰集》中的作品，"现在看来，这是延续他 1930 年以来诗歌风格和技法的最后一批作品。前面等待他的是一场战争和一个战后的世界，他最初的声音将再也找不到合适的空间"。④

1938 年，怀着对革命的憧憬，卞之琳与何其芳一起奔赴延安，并在 1938—1939 年完成了《慰劳信集》的创作，从而真正全面地完成了诗歌

---

① 卞之琳：《雕虫纪历·前言》，人民文学出版社 1979 年版，第 7 页。

② "In the context of Pien's 1940 and 1979 collections, this poem stands as a farewell to aestheticism." Lloyd Haft, *Pien Chih - Lin：A Study in Modern Chinese Poetry*, Dordrecht：Foris Publications, 1983，p. 67.

③ 卞之琳：《雕虫纪历·前言》，人民文学出版社 1979 年版，第 7 页。

④ Lloyd Haft, *Pien Chih - Lin：A Study in Modern Chinese Poetry*, Dordrecht：Foris Publications, 1983，p. 32.

风格的转变。

二 《慰劳信集》时期的卞之琳

关于自己诗风的转变,卞之琳在后来的《雕虫纪历》的序言中曾这样描述:"人总是生活在社会现实当中,文学反映现实,不管反映深刻还是反映肤浅……我自己思想感情上成长较慢,最初读到二十年代西方'现代主义'文学,还好像一见如故,有所写作不无共鸣,直到1937年抗战起来才在诗创作上结束了前一个时期。"① 关于抗战时期自己诗歌风格的转变,卞之琳也描述了促成的原因与社会背景:"我写诗道路上的转折点也就开始表现在又是一年半与诗空白以后的1938年秋后的日子。全民抗战起来,全国人心振奋。炮火翻动了整个天地,抖动了人群的组合,也在离散中打破了我私人的一时好梦。……大势所趋,由于爱国心、正义感的推动,我也想到延安去访问一次,特别是到敌后浴血奋战的部队去生活一番……我在另一个世界里,遇见了不少的旧识、更多的新交。我在大庭广众里见过许多革命前辈、英雄人物,特别是在周扬的热心安排下,和沙汀、何其芳一起去见过毛主席。后来在前方太行山内外,部队里,地方上,我还接触过一些高层风云人物和许多各级英勇领导和军民。1938年十一月,还在延安客居的时候,响应号召写'慰劳信'。"② 可见,卞之琳认为自己的诗歌写作是存在转变的,而转变的时间点与原因,则非1937年爆发的抗日战争莫属。对于这次转变,郑悟广也持相同观点,他说:"卞之琳1938年前后(尤其是1938年访问延安,亲身参与抗日战争之后)创作的诗歌在形式、主题、语言甚至意象方面都差别明显。"③ 而这种转变的结晶就是本部分要谈到的《慰劳信集》。

与上面我们提到的《春城》和《尺八》相比,卞之琳在战争爆发后创作的《慰劳信集》才是一部真正能体现卞之琳诗风转变的诗集。汉乐逸认为,这部诗集和卞之琳以往诗歌所描绘的内容简直有"天壤之别"。

---

① 卞之琳:《雕虫纪历·前言》,人民文学出版社1979年版,第3页。

② 同上书,第7—8页。

③ "Bian's post – 1938 poems sharply contrast with the poems prior to 1938 in poetic forms, thematics, language, and even imagery – particularly after he visited Yan'an in October 1938 to engage in the Sino – Japanese war effort." Woo – kwang Jung, *A Study of The Han Garden Collection: New Approaches to Modern Chinese Poetry, 1930 – 1934*, Ph. D. dissertation, St. Louis: University of Washington, 1997, p. 39.

"这些诗的一个明显特点是，人的关系尤其是群体关系或亲族关系在其中扮演了主要角色"①，纯粹描述个人情感的诗歌在其中已经难觅踪迹了。因此，汉乐逸对卞之琳本人在 1979 年出版的《雕虫纪历（1930—1958）》的序言中明确把《慰劳信集》称为自己创作的"转折点"的观点表示赞同，认为"这种说法在某种意义上无疑是符合事实的"②。

卞之琳此次诗风的转变不是体现在形式、技巧等方面，而是在内容上。与前期诗歌相比，卞之琳 1938 年以后的诗歌更喜欢公众主题而非私人主题。③"如果说在形式和技巧方面，《慰劳信集》与他已成型的风格完全一致，但这些诗的内容却有天壤之别了。《慰劳信集》固然与不久前那些意象密集的诗差距很大，⋯⋯象征派的风格元素和与之相伴的'世纪末'意象不见了踪影，他虽然仍用隐喻，但和战前诗中的隐喻比较起来，明晰的程度令人讶异，有时候甚至所指过于显露而有粗浅之嫌。"④ 汉乐逸举《前方的神枪手》和《西北的青年开荒者》为例。

　　前方的神枪手

　　在你放射出一颗子弹以后，
　　你看得见的，如果你回过头来，
　　胡子动起来，老人们笑了，
　　酒涡深起来，孩子们笑了，
　　牙齿亮起来，妇女们笑了。

---

① "One of the most obvious features of these poems is the prominent role of human relations, especially group or kinship relations." Lloyd Haft, *Pien Chih - Lin: A Study in Modern Chinese Poetry*, Dordrecht: Foris Publications, 1983, pp. 66, 82.

② "It unquestionably is, in some sense, true." Lloyd Haft, *Pien Chih - Lin: A Study in Modern Chinese Poetry*, Dordrecht: Foris Publications, 1983, p. xiv.

③ Woo - kwang Jung, *A Study of The Han Garden Collection: New Approaches to Modern Chinese Poetry, 1930 - 1934*, Ph. D. dissertation, St. Louis: University of Washington, 1997, p. 39.

④ "But if the Letter of Comfort, technically speaking, lay fully in the line of Pien's established development as a poet, their content was an altogether new departure. Unlike the densely allusive poems of Pien's immediately preceding period⋯Gone were all traces of Symbolist mannerisms and the attendant fin - de - siècle imagery, Metaphor remained, but compared with the metaphor of Pien's prewar poems, it was startlingly intelligible—at times, indeed, perhaps overly blunt in its obviousness of implication." Lloyd Haft, *Pien Chih - Lin: A Study in Modern Chinese Poetry*, Dordrecht: Foris Publications, 1983, pp. 64, 80 - 81.

在你放射出一颗子弹以前，
你知道的，用不着回过头来，
老人们在看着你枪上的准星，
孩子们在看着你枪上的准星，
妇女们在看着你枪上的准星。

每一颗子弹都不会白走一遭，
后方的男男女女都信任你。
趁一排子弹要上路的时候，
请代替痴心的老老少少
多捏一下那几个滑亮的小东西。①

西北的青年开荒者

你们与朝阳约会——
十里外山顶上相见。
穿出残夜的锄头队
争光明一齐登先。

荒瘠里要挤出膏腴，
你们向黄土要粮食。
翻开了暗草的冬衣，
一千个山头都变色。

把庄稼个别的姿容
排入田畴的图案，
你们将用了人工
顺自然丰美了自然 。

---

① 卞之琳：《雕虫纪历》，人民文学出版社 1979 年版，第 61 页。

让你们苦中尝尝甜，

土里有甘草根，真好！

嫩手也生了硬肉茧，

一拉手，女孩子会直叫。

不怕锄头太原始，

一步步开出明天。

你们面向现实，

"希望"有那么多笑脸！①

　　汉乐逸认为，《慰劳信集》中的诗歌不再充斥个人的喟叹，而是开始呈现出群体特征："这些诗的一个明显特点是，人的关系尤其是群体关系或亲族关系在其中扮演了主要角色。"② 在《前方的神枪手》中，神枪手与背后的这些老人、孩子、妇女之间的关系可能是亲属关系，也可能只是一个群体——为了抗日走到一起来的群体；在《西北的青年开荒者》中，这种群体形象就更加明显了，因为诗人直接将诗中的主人公称为"你们"这种复数人称。在两首诗中，我们已经完全看不到作者前期诗歌中那种自我形象，取而代之的是普通群众。关于产生这个转变的原因，汉乐逸说："考虑到它们的创作背景，这并不奇怪。《慰劳信集》中的大部分作品都构思于 1939 年，当时卞之琳已离开延安，在八路军 772 团团部做一名随军的文学工作者。在与 772 团一起度过的半年中，他深深体会到了一个战争中的民族所经历的艰难困苦，见证了每天都发生的悲剧，也接触到了文化圈之外的广大群众。"③

---

　　①　卞之琳：《雕虫纪历》，人民文学出版社 1979 年版，第 83—84 页。

　　②　"One of the most obvious features of these poems is the prominent role of human relations, especially group or kinship relations." Lloyd Haft, *Pien Chih - Lin*：*A Study in Modern Chinese Poetry*, Dordrecht：Foris Publications, 1983, pp. 66, 82.

　　③　"This is hardly surprising in view of the circumstances of their conception. Most of the Ltters of comfort were produced in 1939, after Pien had left the relative security of Yenan to join the 772nd Regiment of the Eighth Route Army. During nearly a year of travelling with the 772nd, Pien gained more than sufficient experience of physical hardships, daily tragedy, and the broad, non - intellectual cross - section of a population at war. In addition to collecting the materials for Letters of Comfort, he compiled a lengthy prose chronicle entitled *The 772nd Regiment in the T'ai Hang Mountain Area*." Lloyd Haft, *Pien Chih - Lin*：*A Study in Modern Chinese Poetry*, Dordrecht：Foris Publications, 1983, pp. 66, 82.

汉乐逸也分析了国内外对于卞之琳诗风转变的观点。他认为,与卞之琳同时的接受者对其转变多持赞赏态度。如闻一多就曾热情称赞了《慰劳信集》。一些英语世界的评论者十分看重《十年诗草》中的《慰劳信集》这部分。例如,1942 年 8 月,曾与哈罗德·阿克顿编辑第一本中国现代汉语诗歌英译集的陈世骧曾在美国杂志《亚洲》上发表了一篇向英语世界的读者介绍卞之琳的文章。在文中,他虽然也谈到了卞之琳的战前诗,但其介绍的重心完全放在了《慰劳信集》上。在文章中,他热情洋溢地向英语世界的读者介绍了中国现代诗人卞之琳的新形象:"一名战时诗人,一名非常优秀的战时诗人。"①惯于抒发自我情感的卞之琳,此时被称为"非常优秀的战时诗人",在读者的心目中,其诗歌主题可以说发生了巨大的变化,诗人也完全呈现出另外一个崭新的形象。

但对于《慰劳信集》,卞之琳本人和罗伯特·白英似乎并不十分重视,这一点在《当代中国诗选》中可以明显看出。1947 年,罗伯特·白英曾邀请卞之琳自选自译其诗歌,卞之琳共挑选并翻译了 16 首诗,其中却没有一首是出自《慰劳信集》的。白英在卞之琳所选诗歌前置一作者简介,对于《慰劳信集》也只是一笔带过,其中仅仅提到《慰劳信集》是卞之琳战时出版的诗合集《十年诗草》中的一辑,并没有任何评述性文字。②

对于《慰劳信集》,这部卞之琳在1937—1947 年发表的唯一新诗作品合集,汉乐逸持支持态度,他是这样理解的:"由于战时的爱国诗蔚然成风,所以完全可以理解,读者并不觉得相对于卞之琳的其他作品,《慰劳信集》严重偏离了他追求艺术水准的一贯立场,反而认为这是他成长中重要的、积极的一步。"③

汉乐逸提到,在论及《慰劳信集》中的描述对象多为"真人真事"这一现象时,卞之琳曾经专门指出,他在抗日战争期间发表的诗集《慰劳信集》相对于前后的作品来说似乎是个例外,因为其中的每一首诗歌描述

---

① "A poet of the war time, and a very good one." Chen Shih‑hsiang, "A Chinese Poet in Our War Time", *Asia*. XLII, 1 (August, 1942), pp. 480–481.

② Robert Payne, *Contemporary Chinese Poetry*, Landon: Routledge, 1947, p. 82.

③ "Given this wartime upsurge of patriotic poetry, it was understandable that within Pien Chih‑lin's publisshed oeuvre, the Letters of Comfort were received not as a rather startling departure from his familiar domain of artistic competence, bus as a significant and positive step in his development." Lloyd Haft, *Pien Chih‑Lin: A Study in Modern Chinese Poetry*, Dordrecht: Foris Publications, 1983, pp. 73, 90.

的几乎都是真实题材。虽然汉乐逸也承认《慰劳信集》在诸多方面与卞之琳的 "战前诗歌" 有区别，但他并不认为《慰劳信集》和 "战前诗歌" 完全脱轨，而是有着密切的关联，这种关联体现在，在《慰劳信集》的诗歌创作过程中，他仍然借鉴了法国象征主义诗人瓦雷里的艺术技巧（关于这点，卞之琳本人也是承认的）。而且在这些诗歌中，卞之琳仍然隐蔽地使用了道家的传统意象。因此，汉乐逸说："无论如何，我们可以有一定把握地说，《慰劳信集》大致可以看作卞之琳诗歌生涯的一个试验期。在这个阶段，他尝试以公共的而非私人的灵感写作。但他却发现，这种方法并不适合他。也就是说，由于采用了他战前诗中普遍存在的诗歌技巧，《慰劳信集》仍可以视为卞之琳诗歌发展主线的一部分。"① 在形式和技巧方面，《慰劳信集》与他已成型的风格完全一致，"至于这些作品偏离以往的风格，可以视为卞之琳对当时文学之外的大环境作出的临时回应"②。

　　但是，我们绝不能因此从一个极端走向另一个极端，而将此时的卞之琳看作一个好战分子。实际上，他只是如同万万千千的国人一样，是被日本侵略者强迫拖入战争的，他依然保存着一颗善良的心，在有的诗歌中他甚至对落难的敌人也能以怜悯眼光看待。冯张曼仪对此有所分析，她说，作为一个 "远非好战分子的诗人，卞之琳的诗歌显示出爱好和平和同情心，甚至对于敌人也是如此。在《实行空室清野的农民》一诗中，他就表达了对疲惫又饥渴难耐的又想念远在家乡的恋人的日本士兵的同情"③。在这首诗中，卞之琳写了逃避侵略者的乡亲们躲了起来，并且带走了一切可用可食之物，闯荡到这里的日本鬼子一无所获，处于饥渴难耐又疲惫不堪的境地，卞之琳便在这首诗中想象了一个和平的场景：

---

① "In any case, I think it can be said with some certainty that the *Letters of Comfort* may be seen as a more or less experimental phase in Pien's career, in which he tried working from public tather than private inspiration only to discover that the method was not really suited to the full use of his own talents. In other words, the *Letters of Comfort* belong to the main thrust of Pien's career to the extent that they make use of devices already amply present in the prewar poems." Lloyd Haft, *Pien Chih － Lin： A Study in Modern Chinese Poetry*, Dordrecht： Foris Publications, 1983. p. 6.

② "To the extent that they deviate from those patterns, they must be seen as a temporary response to specific, and largely extra － literary condition." Lloyd Haft, *Pien Chih － Lin： A Study in Modern Chinese Poetry*, Dordrecht： Foris Publications, 1983, p. 6.

③ "Far from being militant, his poetry is peace － loving and compassionate, even to the enemies. In 'To Farmers sho Evacuated their Houses and Cleared their Fields', he is sympathetic to he Japanese soldiers, who are weary, hungery and thirsty, thinking of their love ones at home." Mary. M. Y. Fung, *The Carving of Insects*, Hong Kong： The Chinese University of Hong Kong, 2006, pp. 20 － 21.

> 你请我坐坐，我请你歇歇，
>
> 串门儿玩玩大家都欢喜，
>
> 为什么要人家鸡飞狗跳墙！①

但是现实的情形却是，日本人闯入了中国老百姓的家园，无恶不作，烧杀抢掠，因此中国的老百姓才坚壁清野，躲了起来。两个场景对比鲜明，更突出了诗人对战争的厌恶，对和平的渴望。而且考虑到创作此类诗歌的目的是“为了激起群众团结一致共同抗日的决心，卞之琳选择了明白通俗的语言”。②

从上面对英语世界关于《慰劳信集》的研究可以看出，因日本帝国主义的侵略，中华民族已经到了生死存亡的紧要关头，就连卞之琳这个文弱的诗人也以笔当枪，加入了救亡图存的洪流。而他这个时期创作的结晶《慰劳信集》中的诗歌也主要是有关抗日群众生活生产的场景，与前期多是关涉自我情感差别极大。

在新中国成立之后，卞之琳的生活发生了重大变化，这个时候，他亲身经历了一些社会实践，与普通民众的关系更加接近，但是关于自己的诗歌风格，他认为“诗风上基本是前一个时期的延续，没有什么大变：同样基本上用格律体而不易为群众所注意，同样求精炼而没有能做到深入浅出，同样要面对当前重大事态而又不一定写真人真事而已”。③ 在这一时期，卞之琳分别于“抗美援朝”、“农业合作化运动”及 1980 年访问美国时创作了一些诗歌。相比于新中国成立前的诗歌，除极个别外，这些诗歌艺术性并不算太高，在诗学价值上也没有大的突破。它们价值主要在于：“这些年却使他在控制与运用诗歌上的努力得到成熟，作为一个诗歌艺术的大师，卞之琳直到生命的最后阶段仍然为中国白话诗歌的格律化发展做出了突出贡献。”④

---

① 卞之琳：《实行空室清野的农民》，载卞之琳《雕虫纪历》，人民文学出版社 1979 年版，第 75 页。

② "In order to rally the public in support of the war, Bian choose lucid and plain speech." Mary. M. Y. Fung, *The Carving of Insects*, Hong Kong: The Chinese University of Hong Kong, 2006, p. 21.

③ 卞之琳：《雕虫纪历·前言》，人民文学出版社 1979 年版，第 9 页。

④ "The years have matured his thinking on and control of the poetic form. A virtuoso in the art of poetry, Bian continued to the end of his days to make significant contribution to the prosodic exploration of the vernacular poetry in China." Mary. M. Y. Fung, *The Carving of Insects*, Hong Kong: The Chinese University of Hong Kong, 2006, pp. 22 – 23.

　　郑悟广还提到了在卞之琳诗歌研究者当中存在的一个流行的观点："有趣的是，许多批评家、翻译者和文集编者仍然认为卞之琳早期的诗歌是他最成功、重要和优美的诗歌。"① 如冯张曼仪甚至更极端地说："卞之琳的诗人生涯实际上在 20 世纪 30 年代就已经终结了，他之后的诗歌创作就像一条濒临干涸的小溪，对文学界影响甚微。"② 虽没有冯张曼仪那么极端，但汉乐逸对这种观点也表示赞同。关于卞之琳本人曾将其称为自己诗歌转折点的《慰劳信集》在卞之琳诗歌中所占的地位，汉乐逸如此评价："总之，很明显，《慰劳信集》的出现丝毫不能动摇战前诗歌的地位，它们在卞之琳诗歌中仍然最具代表性、最有个人特点、影响力也最持久。"③

　　由此可见，如果单从艺术的角度考虑，卞之琳以《慰劳信集》为代表的诗风转变之后的诗歌并没能获得批评家的青睐。它们的价值可能更主要地体现在社会意义和形式方面的努力，也直接体现了卞之琳对诗歌艺术的执着追求。

第三节　何其芳诗风的转变

　　与戴望舒和卞之琳等中国"现代派"代表诗人一样，在当时中国腐败的国内政治和外敌入侵的双重严酷的现实环境下，何其芳的诗歌主题也经历了从抒发自我心绪到描述广阔社会生活的转变。但是，在郑悟广看来，何其芳向现实主义转变过程中先是经历了从天真快乐的"幻想的诗人"（The Poet of Illusion）到"痛苦的诗人"（The Poet of Agony）转变过

---

　　① "Interestingly, many critics, translators, and anthologists still regard his earlier poetry as his best in its successfulness, significance, and elegance." Woo – kwang Jung, *A Study of The Han Garden Collection: New Approaches to Modern Chinese Poetry*, 1930 – 1934, Ph. D. dissertation, Seattle: University of Washington, 1997, p. 39.

　　② "Bian's career as a poet virtually ended in the 1930s. Thereafter his poetic production is like the trickling of a spent stream, making little impact on the literary scene" Mary. M. Y. Fung, *The Carving of Insects*, Hong Kong: The Chinese University of Hong Kong, 2006, p. 21.

　　③ "All in all, I believe it is obvious that the presence of *Letters of Comfort* in no way challenges the status of the prewar poems as the most representative, most personal, and most lasting portion of his poetic oeuvre." Lloyd Haft, *Pien Chih – Lin: A Study in Modern Chinese Poetry*, Dordrecht: Foris Publications, 1983, p. xiv.

程①。正是经过"痛苦的诗人"这一过程的煎熬，诗人才顺利完成了向现实主义转变的过程。

郑悟广认为对于这一个转变过程，通过《汉园集》就可以明显地看出。他说："何其芳将《燕泥集》分为两部分，两部分诗歌在主题和风格上都对比鲜明。"② 郑悟广也提到了何其芳自己的一段话，来说明其在《汉园集》中的前后两部分诗歌之间的差异："前一个时期，就算它是幻想时期吧，我只喜欢读一些美丽的柔和的东西；第二个时期，应该是苦闷时期了，虽说我仍然部分地在那类作品里找蔷薇，却更喜欢 T. S. 艾略忒③的那种荒凉和绝望，杜斯退益夫斯基④的那种阴暗。"⑤

对于这种变化，郑悟广对其做了详细的说明，他说何其芳《汉园集》中第一辑的前八首诗，作为"幻想时期"的产物，其中多是描绘对美好爱情的渴望和对未来生活的憧憬的诗句，充斥着才子佳人式的幻梦与哀叹。相应的是，这一时期的诗歌的主题也主要是爱情，何其芳在诗歌中运用了繁缛感性的意象、考究的诗歌韵律、相对工整的诗歌形式。而在何其芳《汉园集》中第二部分的诗歌（包括《柏林》《岁暮怀人一》《岁暮怀人二》《风沙日》《失眠夜》《夜景》《古城》《初夏》等共八首诗）中，就脱离了梦幻与爱情主题，从个人情感的世界里脱身而出，诗人开始关注周围残酷冰冷的现实世界。⑥

关于这次转变背后的原因，郑悟广也做了分析。在他看来，1933 年的这一年，何其芳的诗歌风格开始产生变化，而原因则与何其芳回到故乡四川万县（今重庆万州）的经历有关，他认为这次经历对他以后的诗歌创作产生了重要影响。

---

① Woo - kwang Jung, *A Study of The Han Garden Collection: New Approaches to Modern Chinese Poetry*, 1930 - 1934, Ph. D. dissertation, Seattle: University of Washington, 1997, p. 108.

② "As He Qifang divides his poems in The Swall's Nest into two groups, the poems in Part I sharply contrast with those in Part II in their theme and style. " Woo - kwang Jung, *A Study of The Han Garden Collection: New Approaches to Modern Chinese Poetry*, 1930 - 1934, Ph. D. dissertation, Seattle: University of Washington, 1997, p. 94.

③ 指 T. S. 艾略特。

④ 指陀思妥耶夫斯基。

⑤ 何其芳：《给艾青先生的一封信》，载易明善、陆文璧、潘显一编《何其芳研究专集》，四川文艺出版社 1986 年版，第 169 页。

⑥ Woo - kwang Jung, *A Study of The Han Garden Collection: New Approaches to Modern Chinese Poetry*, 1930 - 1934, Ph. D. dissertation, St. Louis: University of Washington, 1997, p. 94.

　　因此我们有必要了解一下何其芳这次回家具体经历了什么事情。贺仲明在《喑哑的夜莺：何其芳评传》中对他的这次重回故乡的经历描述得较为详细，他描述道：这次归乡过程中，何其芳感受到了父母的慈祥与对自己无私的关爱，也觉察到他们日益衰老，但是与亲人的团聚相比，"给何其芳留下印象最深的还是故乡人事的变化，与记忆中的热闹相比，现实的家乡似乎衰败了不少，乡民们似乎都变老变穷了，一个个衣衫褴褛，皮肤黝黑，辛勤地奔波在农田里。看到何其芳，他们纷纷以陌生而敬畏的神情和他打着招呼，让何其芳感到好一阵不自在。而且，何其芳也似乎第一次发现，农村的劳作是如此之辛苦，农民们的家庭是如此之贫穷"。① 这一切的所见所闻都令何其芳的心灵感到了前所未有的震撼，他在之后的一篇文章中写道："我是一个充满着幼稚的伤感，寂寞的欢欣和辽远的幻想的人。在那以后，我却更感到了一种深沉的寂寞，一种大的苦闷，更感到了现实与幻想的矛盾，人的生活的可怜，然而我找不到一个肯定的结论。"②

　　也就是因为这次归乡的所见所闻，在回到北京大学之后，何其芳诗歌的关注点发生了明显的变化。"从这时候起，他开始从满是爱情与梦想的个人世界的诗歌中脱身而出，开始反映周围的现实生活和现代社会的阴暗面，以及感情上的孤独感。"③ 英语世界的杜博妮和雷金庆也持相同观点：1933 年夏天的那次"归乡经历，决定了何其芳以后的诗歌发展方向"。④

　　郑悟广认为，能够暗示"何其芳开始从钻研梦中世界转向专注冷酷的现实生活的诗歌是第二部分第一首《柏林》"。⑤ 《柏林》的原文是这

　　① 贺仲明：《喑哑的夜莺：何其芳评传》，南京师范大学出版社 2004 年版，第 91 页。

　　② 何其芳：《给艾青先生的一封信——谈〈画梦录〉和我的道路》，载林志浩编《何其芳散文选集》，百花文艺出版社 1986 年版，第 209 页。

　　③ "From that point on, his poetry begins to escape from the private world heavily embedded in dreams and lovesickness and begins to gradually reflect the realities surrouding him as well as the dark side of modern life, i. e., emotional isolation and dissociation." Woo - kwang Jung, *A Study of The Han Garden Collection: New Approaches to Modern Chinese Poetry, 1930 - 1934*, Ph. D. dissertation, Seattle: University of Washington, 1997, p. 106.

　　④ "A vist back home in the summer of 1933 determined his poetic development." Bonnie S. McDougall, Kam Louie, *The Literature of China in the Twentieth Century*, Hong Kong: Hong Kong University Press, 1997, p. 76.

　　⑤ "The very first poem, 'The Cypress Grove' 柏林 (Bolin), hints of He's transition from the exploration of dream worlds to the exploration of a bleak reality." Woo - kwang Jung, *A Study of The Han Garden Collection: New Approaches to Modern Chinese Poetry, 1930 - 1934*, Ph. D. dissertation, Seattle: University of Washington, 1997, p. 106.

样的。

　　柏林

　　　日光在蓖麻树上的大叶上。
　　　七里蜂巢栖在土地祠里。
　　　我这与影竞走者
　　　逐巨大的圆环归来，
　　　始知时间静止。

　　　但青草上
　　　何处是追逐蟋蟀的鸣声的短手膀？
　　　何处是我孩提时游伴的欢呼
　　　直升上树杪的蓝天？
　　　这童年的阔大的王国
　　　在我带异乡尘土的脚下
　　　可悲泣的小。

　　　沙漠中行人以杯水为珍。
　　　弄舟者愁怨桨外的白浪。
　　　我昔自以为有一片乐土，
　　　藏之记忆里最幽暗的角隅。
　　　从此始感到成人的寂寞，
　　　更喜欢梦中道路的迷离。①

　　郑悟广首先对这首诗的内容进行了分析，他说在第一段，何其芳沉浸在对儿时生活的回忆中。在当时，他经常到土地祠去玩耍，在那里玩了大半天，夕阳西下时，才兴尽回家。待到家时，夜幕已然降临。但是，这次归来时，“这童年的阔大的王国”已经一去不复返了。何其芳再也找不到他曾经追逐蟋蟀“青草”丛，再也找不到小伙伴向往的“蓝天”了。而

---

　　① 何其芳：《何其芳文集》（第一卷），人民文学出版社 1982 年版，第 27 页。

且，这次重回故里时，他悲伤地感到，以往甜蜜而奇妙的世界竟然变得如此狭小。最后一段展示了何其芳如何小心翼翼地将童年的“乐土”保留在内心最深处，同时也解释了在上一阶段（1931—1932 年），他为何喜欢在其诗歌中表达自己的孤独和像走在梦中一样的迷离。这不只是表明他对过去怀有强烈的怀旧情绪，也意味着他失去儿时“乐土”的沮丧与痛苦。①

郑悟广认为，《柏林》这首诗是何其芳诗风转变的一个关键点，从此他也就由一个“幻想的诗人”转变为一个“痛苦的诗人”②。为了说明自己的观点，他还引用了何其芳自己的一段话对这次转变进行说明：

> 当我从一次出游回到这北方的大城，天空在我眼里变了颜色，它再不能引起我想象一些辽远的温柔的东西。我垂下了翅膀。我发出一些“绝望的姿势，绝望的叫喊”。我读着一些现代英美诗人的诗。我听着啄木鸟的声音，听着更柝，当我徘徊在那重门锁闭的废宫外，我更仿佛听见了低咽的哭泣，我不知发自那些被禁锢的幽灵还是发自我的心里。③

其中的“第一次出游”，即是指这次归乡之旅。郑悟广分析道，自从“垂下了翅膀”，何其芳的诗歌的描写对象开始变得和以往不同，他开始描写这样三件事物：一是描述在夜里游荡的失眠人——例如《失眠夜》（A Sleepless Night）和《夜景》（A Night Scene）；二是描述废旧而阴郁的古城，如《风沙日》（A Sandstormy Day）和《古城》（Ancient City）；三是描述更严重的怀旧的痛苦，如《岁暮怀人》（Thinking of a Friend as the Years Draws to an End）和《初夏》（Early Summer）。

为了说明何其芳诗歌创作的这个转变，郑悟广分析了其《岁暮怀人一》和《夜景》两首诗。其中《岁暮怀人一》这首诗的原文如下。

---

① Woo‐kwang Jung, *A Study of The Han Garden Collection：New Approaches to Modern Chinese Poetry，1930‐1934*，Ph. D. dissertation, Seattle：University of Washington, 1997, pp. 107‐108.

② Woo‐kwang Jung, *A Study of The Han Garden Collection：New Approaches to Modern Chinese Poetry，1930‐1934*，Ph. D. dissertation, Sesttle：University of Washington, 1997, p. 108.

③ 何其芳：《梦中道路》，载何其芳《何其芳选集》，四川人民出版社 1979 年版，第215—216 页。

岁暮怀人一

驴子的鸣声吐出
又和泪吞下喉颈,
如破旧的木门的鸣泣,
在我的窗子下。
我说,温善的小牲口,
你在何处丢失了你的睡眠?

饮鸩自尽者掷空杯于地,
一声尖锐的快意划在心上;
其次哭泣着自己的残忍,
随温柔的泪既尽,
最后是平静的安息吧。
在画地自狱里我感到痛苦,
但丢失的东西太多,
惦念的痴心也减少了。

我曾在地图上,
寻找你居住的僻小的县邑,
猜想那是青石的街道,
低的土墙瓦屋,
一圈古城堞尚未拆毁,
你仍以宏大的声音
与人恣意谈笑,
但不停地挥着斧
雕琢自己的理想……
衰老的阳光渐渐冷了,
北方的夜,遂更阴暗,更长。①

---

① 何其芳:《何其芳文集》(第一卷),人民文学出版社 1982 年版,第 28—29 页。

　　郑悟广认为，在《岁暮怀人一》这首诗中，何其芳采用了"自尽"这一暗喻，表达了一种痛苦而伤感的情绪。在详细地描述自尽的过程之后，可能是为了表达自己孤独的心境，他将自己想象为一个画地为牢的狱中人。

　　据此，郑悟广指出："现在，他早期的对爱情狂热和锲而不舍的追求已经明显被'从内心深处'涌出的伤感所取代，何其芳无法再待在那个纯净、天真和充满梦想的世界里。"① 但是，在新的世界里，他又看不到光明在何处，未来的路该怎么走。所以，在诗的末尾，他悲叹道："北方的夜，遂更阴暗，更长。"

　　紧接着，郑悟广还提到了何其芳的《夜景（一）》一诗。他说《夜景（一）》这首诗可以说是他在《梦中道路》中评论他在 1933—1934 年的写作特征的最好注解。"从许多方面来讲，这首诗都是他第二部分的代表作。"② 这首诗的原文如下。

夜景（一）

市声退落了
象潮水让出沙滩。
每个灰色的屋顶下
有安睡的灵魂。

最后一乘旧马车走过……

宫门外有劳苦人
枕着大的凉石板睡了。

---

① "Now, the passionate and relentless search for love evident during his earlier period is replaced by a sad voice that arises 'from the bottom of (his) heart.' He Qifang is unable to sustain the pure, innocent, and dreamy world any longer." Woo - kwang Jung, *A Study of The Han Garden Collection：New Approaches to Modern Chinese Poetry*, *1930 - 1934*, Ph. D. dissertation, Seattle：University of Washington, 1997, p. 109.

② "In many ways, this poem is representative of the poems in part Ⅱ." Woo - kwang Jung, *A Study of The Han Garden Collection：New Approaches to Modern Chinese Poetry*, 1930 - 1934, Ph. D. dissertation, Sesttle：University of Washington, 1997, p. 109.

半夜醒来踢起同伴，

说是听见了哭声，

或远或近地，

在重门锁闭的废宫内，

在栖满乌鸦的城楼上。

于是更有奇异的回答了，

说是一天黄昏，

曾看见石狮子流出眼泪……

带着柔和的叹息远去，

夜风在摇城头上的衰草。①

郑宇光首先分析了这首诗，他认为这首诗描述了午夜的一个场景，白天的喧嚣已经随着黑夜的来临，像潮水一样退去，一切都已经陷入了沉睡，整个城市被死一般的寂静覆盖。而其中"灰色的屋顶"一词，是午夜还流浪在城市的大街小巷的人之所见，与之对比的则是屋顶下的人已经安睡，尤其表示了其焦虑与压抑。

在本诗的第二段，开始出现了动态的意象，"旧马车"的声音打破了夜的沉寂，这一行就是一整段，诗人用词来表示空间的转换和时间的流逝。但是，这辆"旧马车"却是最后一乘，之后一切便会陷入更深的沉寂。

所以，我们看到的下一个意象是睡在"重门锁闭的废宫"外的"劳苦人"。而"废宫"和"劳苦人"在这里还构成了一个戏剧化的对比场景，这一场景表达了这样一种观点：富贵繁华皆如过眼云烟，只有荒废的旧宫激起了他的孤独凄凉之感。而这时候打破黑夜沉寂的是"废宫"的哭声，对于这个哭声，郑悟广认为可以有多种解读："（1）来自狱中的幽灵——宫女们的灵魂；（2）发自诗人内心；（3）夜风吹过废宫的声响。"②而"劳苦人"同伴"奇异的回答"——"曾看见石狮子流出眼泪"有点

---

① 何其芳：《何其芳文集》（第一卷），人民文学出版社 1982 年版，第 39 页。

② Woo‑kwang Jung, *A Study of The Han Garden Collection*：*New Approaches to Modern Chinese Poetry, 1930 – 1934*, Ph. D. dissertation, St. Louis：University of Washington, 1997, p. 110.

儿令人难以置信，于是使得这种凄凉诡异的氛围更为紧张。①

　　在郑悟广看来，这首诗与《汉园集》中何其芳的第一部分的诗不同的是："'《荒原》式'孤独感和陀思妥耶夫斯基式的黑暗在《夜景》中弥漫。这首诗不能激起对'辽远的和温柔的东西'的联想，但是如他上面所言，是一些'绝望的姿势和绝望的叫喊'。"② 而且，从写作手法上看，"这首诗更加具有戏剧性、叙事性，比前期的诗歌也更加压抑，使它具备了不同于前期的诗歌风格。节奏感不是那么强烈，语言也更加平实"。③

　　通过对何其芳《柏林》《夜景》等诗的分析，郑悟广对何其芳《汉园集》中诗歌的第一部分和第二部分的区别做了一个总结。他认为，"总而言之，何其芳早期诗歌中常见词汇多具有色彩斑斓、忧郁敏感、精致优雅的特色。而在第二部分中，这些繁复、华丽的意象被暗淡、阴郁的意象所取代。"④ 更为重要的是，郑悟广还分析了何其芳前期和后期的诗风转变表象背后的深层原因："他前期的孤独感都由个人感伤引起——如追求爱情的失败，梦想经历挫折，失去了儿时的乐土，而在第二阶段的失落和孤独则有所不同，这一时期主要是由对身边悲惨现实生活的萌芽认识引起的。宣称 T. S. 艾略特和陀思妥耶夫斯基是他的文学导师，何其芳开始描

---

　　①　"（1）It is from "the imprisoned ghostts" referring to the court ladies' souls；（2）it is from his heart；or（3）it is the desolate sound of the night wind." Woo‐kwang Jung, *A Study of The Han Garden Collection: New Approaches to Modern Chinese Poetry*, 1930‐1934, Ph. D. dissertation, Seattle: University of Washington, 1997, p. 110.

　　②　"The atmosphere of the Waste Land‐like desolation and the Dostorevsky‐like darkness pervade 'A Night Scene.' This poem does not evoke 'far distant and warm things,' but it is, as He state above, a 'desperate gesture, a desperate shuout.'" Woo‐kwang Jung, *A Study of The Han Garden Collection: New Approaches to Modern Chinese Poetry*, 1930‐1934, Ph. D. dissertation, Seattle: University of Washington, 1997, p. 111.

　　③　"This poem is dramatic, descriptive, and more depressed than earlier one; rhythmically more pedestrian and linguistically more plain." Woo‐kwang Jung, *A Study of The Han Garden Collection: New Approaches to Modern Chinese Poetry*, 1930‐1934, Ph. D. dissertation, Seattle: University of Washington, 1997, p. 111.

　　④　"In conclusion, most of the image from the poems in Part II do not convey the colorfulness, sensuouness, elegance, and refinements found in He Qifang's earlier poetry. Those rich and luxuriant images are replaced by pallid, gloomy, and bolique ones." Woo‐kwang Jung, *A Study of The Han Garden Collection: New Approaches to Modern Chinese Poetry*, 1930‐1934, Ph. D. dissertation, Seattle: University of Washington, 1997, p. 115.

绘废弃而阴郁的古城，痛苦的心灵和苦难的人，以及夜间的所见。”①

由上面的分析可以看出，郑悟广在对何其芳诗风转变所做的分析中，不但有具体的诗歌案例，而且更难能可贵的是，他还对隐藏于其后的促成何其芳诗风变化的原因进行了鞭辟入里的分析，使之对这种转变的理解显得更加深入，其分析也更加可信。

但是，令人遗憾的是，由于郑悟广这篇论文是专论《汉园集》这本诗歌合集的，而这本诗集也只收录了何其芳1934年及以前的诗歌作品，因此关于何其芳诗风的转变，郑悟广研究得并不彻底。在郑悟广的研究中，他着重评论了何其芳在《汉园集》中第一部分和第二部分诗歌的不同。他认为，在第二部分的诗歌中，诗人的作品反映了处于日本侵略威胁下的北京的社会政治生活，但是它们看起来并没有完全脱离他浪漫的情感、孤独的感受和精致的幻梦。总体而言，它们在主题上比第一部分中的诗歌更加晦涩朦胧，反映了法国象征主义诗人和T.S.艾略特对其的影响。②

郑悟广本人可能也意识到了这个问题，因此，于《汉园集》之外，他还提到了何其芳的另外两本诗集——《预言》与《夜歌》。

关于《预言》这本诗集，郑悟广这样评价：1931—1937年，“何其芳写下了他的第一本同时也是最重要的一本诗集——《预言》（The Prophecy）。整体来看，朦胧的主题、感性的语词和梦一般的色彩是这些诗歌的主要特征。整部诗集反映了作者对个人经历的挫折和失败的感触”③，并

---

①　"While his sense of desolation in the earlier poems is usually due to his personal sentiments—e. g. his failure in pursuing love, the frustration of his dream, and the loss of his childhood world—the sense of loss and desolation in the poems of Part II is due to the budding recognition of the pathetic realities surrounding He Qifang. Claming T. S. Eliot and Dostoyevsky as his literary mentors. He Qifang begins to describe the features of the ruined and gloomy ancient city, the sorrowful souls and people, and the glimpses of noctumal scenes. " Woo – kwang Jung, *A Study of The Han Garden Collection*: *New Approaches to Modern Chinese Poetry*, *1930 – 1934*, Ph. D. dissertation, Seattle: University of Washington, 1997, p. 115.

②　Woo – kwang Jung. *A Study of The Han Garden Collection*: *New Approaches to Modern Chinese Poetry*, *1930 – 1934*, Ph. D. dissertation, Seattle: University of Washington, 1997, p. 94.

③　"It was during this period (1931 to 1937) that He Qifang wrote his first and most significant collection of poetry, The Prophecy. On the whole, these poems are charcterized by thematic obscurity, rich and symbolic imagery, sensuous voacbulary, and dreamlike colors. The overall tone of these poems seems to reflect personal frustrations and failures. " Woo – kwang Jung, *A Study of The Han Garden Collection*: *New Approaches to Modern Chinese Poetry*, *1930 – 1934*, Ph. D. dissertation, Seattle: University of Washington, 1997, p. 92.

成为诗人"从浪漫主义经由象征主义到达了一种社会意识的现代主义的分界线"①。

　　而关于夜歌，郑悟广关注到了其中在诗风方面更大的变化："何其芳在延安期间（1938—1942 年）被收录进他的第二部诗集《夜歌》（Nocturnal Songs，1945）。这些诗歌有清晰明了的主题，真实的意象，通俗的语言和对工人、农民、战士集体生活的描绘，都和《预言》（1931—1937 年）中的诗歌不同。"②

　　由上面郑悟广对《预言》和《夜歌》两本诗集的评价来看，郑悟广也明显注意到了何其芳诗歌前后两期之间（尤其是抗日战争爆发后）存在的巨大差异。由于囿于其论文研究范围，关于何其芳诗风的转变，郑悟广未能做进一步的深入探索，本书下面的部分将对其做一补充介绍。

　　1937 年 7 月 7 日爆发的"卢沟桥事变"拉开了日本全面侵略中国的序幕，中华民族已经到了生死存亡的紧要关头。与当时大部分作家一样，何其芳也投入了抗日战争的洪流。面临如此重大的社会环境的变化，他的作品的风格也相应地发生了巨大的变化。关于抗日战争对何其芳诗风转变所起到的重要作用，何其芳本人曾这样评价："抗战发生了。对于我抗战来到得正是时候。它使我更勇敢。它使我回到四川。它使我投奔到华北。它使我在陕西、山西和河北看见了我们这古老的民族的新生的力量和进步。它使我自己不断进步，而且再也不感到在这人间我是孤单而寂寞。这就是我的道路。"③ 这之后，他写出了更具有现实主义色彩的《成都，让我把你摇醒》、《一个泥水匠的故事》、《我们的历史在奔跑着》、《快乐的人们》、《我为少男少女们歌唱》和《生活是多么广阔》等名篇。我们看一下其中的《生活是多么广阔》，就能管窥其前后诗风之别。这首诗的原

---

① "A steady line of development from romanticism through symbolism to a kind of socially conscious modernism." Woo‑kwang Jung, *A Study of The Han Garden Collection*：*New Approaches to Modern Chinese Poetry*，*1930 - 1934*，Ph. D. dissertation, Seattle：University of Washington，1997，p. 92.

② "He Qifang's poems written during the Yan'an period（1938 to 1942）are preserved in his second collection of poetry Nocturnal Songs 夜歌（Yege，1945）. These poems differ from those in The Prophecy（1931 to 1937）in their thematic clarity, realistic imagery, colloquial language, and description of the collective life of the workers, peasants, and soldiers." Woo‑kwang Jung, *A Study of The Han Garden Collection*：*New Approaches to Modern Chinese Poetry*，*1930 - 1934*，Ph. D. dissertation, Seattle：University of Washington，1997，p. 92.

③ 何其芳：《给艾青先生的一封信——谈〈画梦录〉和我的道路》，载林呐等主编《何其芳散文选集》，百花文艺出版社 1986 年版，第 215—216 页。

文见本书第五章第二节。

　　将这首诗与何其芳前期的诗歌相比，无论是主题还是表达方式都存在极大的差别。在这首诗歌中描写的对象由个人对爱情的追求或自怨自艾的呓语变为了广阔的生活中的各种各样的工作，其心境也有对美好爱情的憧憬或自我的苦难转变为对平凡而积极的生活的由衷赞美。而且，在表达方式上，这首诗歌可以说是直抒胸臆，明白易懂，已经很难在其中找到如《预言》诗歌中所传达出的那种朦胧的意境与晦涩的含义。

　　关于何其芳诗风向现实主义的转变，艾青曾经有过这样的描述："战争也摇醒了写过《画梦录》的何其芳（1912—1977）。他走向了广阔的生活的海洋，为新的战斗的现实歌唱。"① 为了说明，艾青还引用了何其芳本人的一句诗歌：

　　　　……谁都忘记了个人的哀乐，
　　　　全国的人民连接成一条钢的链索。②

　　在抗日战争爆发后，何其芳于 1938 年来到延安，深入后方抗日民众的生活之中，亲自参与抵抗日本侵略者的斗争，并以延安民众生活为对象写出了很多具有真情实感的诗歌。艾青认为，这些在战争血与火考验过程中写出的诗歌，绝非整天对着云彩空想所写出的诗歌所能企及的。这些诗歌"带着早上的青草和含着露水的花的香味"。③

　　现在在国内已经有了关于何其芳诗歌在 1937 年转变的研究文章，如胡天春的《何其芳文学创作风格转变原因探微》[《渝州大学学报》（社会科学版）2002 年第 3 期]、薛逸珺的《从"汉园诗人"走向文艺评论家——何其芳创作风格与身份的转变》（《青年文学家》2013 年第 1 期）、罗斌《论何其芳解放区时期文学转变的困顿》（《鸡西大学学报》2011 年第 7 期），除此之外，还有一篇王荣的硕士论文《何其芳前后期创作转变的原因初探》（苏州大学，2009 年）。而关于这个问题，在英语世界尚无人进行深入分析，这也是我们在了解何其芳诗歌风格转变过程中应该关注的一个现象。

---

　　① 艾青：《中国新诗六十年》，《文艺研究》1980 年第 5 期。
　　② 何其芳：《成都，让我把你摇醒》，载何其芳《何其芳文集》（第一卷），人民文学出版社 1982 年版，第 63 页。
　　③ 艾青：《中国新诗六十年》，《文艺研究》1980 年第 5 期。

结　　语

在中国新诗史上，中国"现代派"诗人这一群体可以说占有举足轻重的地位，正是他们的出现，才使得中国诗歌得以置身于世界现代主义诗歌的潮流，而又保持了一定的独立性。"总之，现代派以及它所体现的一股文学思潮，是研究中国新诗演变时不可以不置一顾而跨越过去的一个文学现象。"①

虽然从20世纪30年代后期直到改革开放之前，他们的诗歌备受批判，但是其并没有在历史中湮灭，而是随着新时期的到来，重新散发出夺目的光彩。而且随着中国文化走向世界的热潮，中国"现代派"诗人也吸引了越来越多国外研究者关注的目光，他们的研究成果也为中国"现代派"诗人的接受提供了新的视角，注入了新的活力。

一　英语世界关于中国"现代派"诗人研究的启示

《诗经·小雅·鹤鸣》篇有云："他山之石，可以攻玉"。英语世界关于中国"现代派"诗人的研究成果，是中国"现代派"诗人接受的重要组成部分。因所处文化背景和研究者个人视角的差异，其中蕴藏着丰富的方法论和具体实践案例，可以为国内的研究者提供借鉴。下面，就首先具体看一下英语世界关于中国"现代派"诗人研究带给我们的启示。

第一是实证性研究的严谨性，这一点可以利大英对戴望舒诗歌中法国渊源的研究为例。通过上面章节的讲述，我们可以看出，利大英的研究成

---

①　蓝棣之：《现代派诗选·前言》，载蓝棣之编选《现代派诗选》，人民文学出版社1986年版，第27页。

果都是建立在丰富的案例分析之上，体现了严谨的学术态度，其中尤其是他关于戴望舒与耶麦的诗歌渊源的分析，他以文本为依据，将耶麦与戴望舒诗歌之中的相同或相似之处——指出。

通过他的研究，我们会发现，原来戴望舒的诗歌和耶麦的诗歌竟然会有那么多的相似之处，利大英甚至得出这样一个令人震惊的结论："我们几乎可以说戴望舒有剽窃嫌疑。"① 根据第三章第一节中的"耶麦对戴望舒的影响研究"部分的论述，利大英如此说确实是有根据的，因为戴望舒诗歌中确实存在太多与耶麦诗歌的相同之处。即使利大英紧接着为戴望舒做了开脱②，但看到利大英列举出的那么多相同之处时，无论如何也是很令人惊讶的。这也直接证明了具有法国实证性研究传统的利大英研究实践的可行性与有效性，无论是其研究过程还是结论都令人叹服。

第二是理论创新，这点则以奚密的"环形结构"理论为例。奚密的"环形结构"是在研究新诗的基础上提出的，其中中国"现代派"诗人的作品也是其研究的重要对象，她在研究环形结构时提到戴望舒、卞之琳、何其芳采用了"环形结构"的诗歌各一首，并指出戴望舒在多首诗歌中应用了"环形结构"这一艺术手法，而且运用大量篇幅详细分析了何其

---

① "It would be easy to accuse Dai of plagiarism." Gregory Lee, *Dai Wangshu: the Life and Poetry of a Chinese Modernist*, Hong Kong: The Chinese University Press, 1989, p. 165. 米佳燕关于这个问题的评价也值得我们参考："根据利大英的观点，戴望舒的灵感是直接源于弗朗西斯·耶麦……在这个问题上，无论戴望舒是否受到了道松、或者魏尔伦、或者耶麦、或者道松受魏尔伦影响，魏尔伦受波德莱尔影响，耶麦受波德莱尔影响，又或者他们（道松、魏尔伦、耶麦、波德莱尔）全部都影响了戴望舒的诗歌创作，更重要的却是戴望舒如何在这种互文的交织中，如何创作出自己的诗歌作品。"［According to Lee's speculation, … Dai derived the inspiration directly from Francis Jammes… In this case, no matter whether Dai was influenced by Dowson, or Verlaine, or Jammes, or Dowson by Verlaine by Baudelaire and Jammes by Baudelaire or Dai by all of them (Dowson, Verlaine, Jammes, Baudelaire), it is more revealing to see Dai's inspcription of his own textuality in this intertextual chain］. Jiayan Mi, *Self-fashioning and Reflexive Modernity in Modern Chinese Poetry*, *1919 – 1949*, Lewiston, N. Y. The Edwin Mellen Press, 2004, p. 238.

② 但是深谙中国文学创作传统的利大英并未一味指责，他接着为戴望舒做了开脱。利大英笔锋一转，又说道，但戴望舒所做的只是和中国古代诗人所做的一样：使用他人作品中的意象或词句作为典故，或者只是简单地认为原诗中的词句为自己创作提供了灵感。因此，戴望舒对自己引用了这些诗歌中的词句一事并不忌讳，因为这可能也是他学习这些前辈诗人或者向他们表达倾慕之意的一种方式，如利大英所言："当然，戴望舒并没有隐藏他对耶麦的钦羡，因为我们可以看到，戴望舒翻译并发表了他所引用的耶麦的诗歌。"（Dai, of course, made no secret of his admiration for Jammes, translating and publishing the very poems from which, as we have seen, he borrowed. Gregory Lee, *Dai Wangshu: the Life and Poetry of a Chinese Modernist*, Hong Kong: The Chinese University Press, 1989, p. 165）.

芳和戴望舒诗歌中存在的"环形结构"。从奚密的分析中，我们可以看出"环形结构"在表达主题内容时所起到的积极作用，在中国"现代派"诗人何其芳的《生活是多么广阔》和戴望舒的《雨巷》中都达到了非常好的艺术效果。

奚密从中国新诗的研究中，提炼出"环形结构"这一理论，它的意义不仅在于后来的研究者可以用来更有效地分析解读作品，而且它还启示我们要在文本解读的基础上做到理论上的创新。

第三是阐释过程中新理论的运用，以兰多夫·特朗布尔运用女性主义理论解读戴望舒《我的恋人》一诗为例。新理论的运用往往能得出新的结论，兰多夫·特朗布尔对戴望舒爱情诗的研究就证明了这个道理。

为了对比，我们且先看中国学者孙玉石对《我的恋人》一诗的分析。在孙玉石看来，戴望舒在诗中"用词语和声音来勾勒他所爱恋的女人……读者完全可以把它当作一幅用词语绘制的肖像画来欣赏"，"这首诗的动机是赞美恋人，诗人为他的恋人所具有的美感到迷醉和骄傲"。也就是说，在孙玉石看来，"《我的恋人》是一首感情细腻、爱意绵密的爱情诗"。[①]

与孙玉石将《我的恋人》解读为一首美好的爱情诗不同，兰多夫·特朗布尔则从女性主义的角度出发，认为，"戴望舒对于其诗歌中女主人公的看法甚至会被认为带有性别歧视意味"[②]。因此，兰多夫·特朗布尔认为，在《我的恋人》中"这个女性的价值就在于她随时准备安抚他的伤痛"[③]。

通过比较可以发现，兰多夫·特朗布尔和孙玉石两人的观点简直可以说是大相径庭。其中，孙玉石的观点可以说是一种比较传统的观点，或者说也是符合绝大多数中国读者期待视野的一种解读。而兰多夫·特朗布尔的解读则大大出乎了人们的意料。但仔细思考之下，却又感觉兰多夫·特

---

① 孙玉石主编：《戴望舒名作欣赏》，中国和平出版社 1993 年版，第 164 页。

② "Dai holds views towards his ladies that even when the poems were published out to have been recognized as sexist." Randolph Trumbull, *The Shanghai Modernist*, Ph. D. dissertation, Stanford：Stanford University, 1989, p. 118.

③ "This woman is valuable in that she is forever on call to nurse him through his difficulties, her stength, her chief sourse of desirability as a lover lies in her vast sympathy for faint‐hearted bards." Randolph Trumbull, *The Shanghai Modernist*, Ph. D. dissertation, Stanford：Stanford University, 1989, p. 118.

朗布尔的这种解读方式还是有着合理性的,而且颇有新意。兰多夫·特朗布尔之所以能够在解读中做到不落窠臼的一个最主要原因就是他采用了新的解读工具——女性主义理论,正是这个新理论的应用为他带来了新视角。

二　英语世界关于中国"现代派"诗人接受的瑕疵

与此同时,英语世界关于中国"现代派"诗人的研究也不可避免地存在一些缺陷,这也是需要我们在借鉴的过程中需要明白的,否则就很容易唯洋是崇,从而陷入"西方中心论"的泥潭。

一是翻译方面,英语世界目前尚没有中国"现代派"代表诗人戴望舒、何其芳①、废名及其他诗人的诗歌英译全集。如果说卞之琳尚有冯张曼仪翻译的《雕虫纪历》这本基本上可以代表卞之琳诗歌创作成就的英译诗集的话,那么戴望舒、何其芳、废名及中国"现代派"其他诗人的诗歌在英语世界的传播主要是依靠各种英译现代诗歌选集。尤其是戴望舒作为中国"现代派"最重要的代表诗人,也尚未有其英译诗歌全集的问世②。这样的翻译成果显然不能反映出中国"现代派"诗人的创作实绩。同时,这一现象也表明,目前中国"现代派"诗人的诗歌作品的英译工作虽然日益繁荣,但仍然处于粗放状态,无论在数量上还是质量上都有很大的提升余地。

二是研究方面,成果较为分散,系统性不强。通过上述各章的分析,我们可以发现,与国内倾向于文学史方面的考察不同,国外对中国"现代派"诗人的研究多集中于某一点(如某一诗人或某一诗集等),因为切入点较小,这样做有利于将研究向纵深发展,但同时也体现出研究成果过于分散、系统性不强的弱势。

当然上述两点是就中国"现代派"诗人的作品在英语世界的总体翻译和研究状况而言的,其中还有很多在细节方面的瑕疵,在前面相关章节中已经有所评论,因此在这里就不再赘述了。

---

① 何其芳虽然也有杜博妮编译的《梦中道路:何其芳散文、诗歌选》,但是因为是散文和诗歌选,受篇幅限制,也未能全面反映何其芳诗歌的创作成就。

② 虽然利大英的研究专著《中国现代派诗人戴望舒:其人其诗》包括戴望舒诗歌的大部分英译,但是由于此书并非专门的诗选,因而有的诗歌只因研究需要而入选,采用了节译的形式,且译诗散见于书中各章节,并不能很好地集中展示戴望舒诗歌的英译成果。

三　本书的不足之处及后续研究展望

本书可以说是第一篇系统研究英语世界关于中国"现代派"诗人接受研究的专著，因而难免有诸多不足之处，这些不足之处也正是本课题的后续研究的关键所在。主要体现在以下几个方面。

首先，对英语世界关于中国"现代派"诗人研究材料搜集与利用不够充分。因为本书所涉及的材料绝大部分为英文，且散处于世界各地图书馆，搜集难度极大。虽然几乎搜尽国内各大图书馆，而且请国外友人帮忙查找，但仍然未能搜集完备，难免有遗珠之恨。即使这些收集到的资料，因为论文各章节布局的限制，又要舍弃其中一些，令人深感惋惜。

其次，本书对英语世界关于中国"现代派"诗人作品翻译的研究不够全面深入。虽专列一章探讨英语世界关于中国"现代派"诗人作品的翻译，且详细列举了中国"现代派"诗人诗歌的英译情况，但由于论文整体偏重于研究，对翻译部分只能简单论述，因而未能就翻译过程中存在的忠实或文学变异等现象进行深入挖掘。因此，继续开展英语世界关于中国"现代派"诗人作品翻译的研究工作也成为笔者今后要继续努力的方向。

最后，限于本书属于接受性质的研究，因而在文中难免述多于评。本书详细介绍了英语世界学者关于中国"现代派"诗人的研究成果，并将其分门别类安排于不同条目之下，有利于国内学者了解国外的研究现状。但是囿于本书是对国外接受状况的阐述，因而将研究重点放在了对材料的归类与介绍上，对其分析不够深入。再加上学识所限，因而造成对作者观点理解不够深入，甚至也可能误解误释了某些观点，这是在今后的研究过程中仍需要予以改正的。

由此可见，本书尚存在许多不足之处，因而，在后续工作中有必要进一步完善资料，增加论文内容，更加全面地展示出英语世界的研究成果，为国内的研究提供借鉴与参照。而且，应该相信，随着中国文化"走出去"战略的进一步实施，中外之间的文化交流也必然日益增加，英语世界关于中国"现代派"译介与研究的成果也会越来越多，相应地，关于中国"现代派"诗人在英语世界接受状况的研究也会迎来一个又一个高峰。

参考文献

一　外文文献

（一）诗歌译本

1. Harold Acton Chen Shih – hsiang, *Modern Chinese Poetry*, London：Duckworth，1936.

2. Rewi Alley *Light and Shadow along A Great Road*：*An Anthology of Modern Chinese Poetry*，Beijing：New World Press，1984.

3. Bonnie S. McDougall, *Paths in Dreams*：*Selected Prose and Poetry of Ho Ch'i – fang*，Queensland：University of Queensland Press，1976.

4. Mary M. Y. Fung *The Carving of Insects*，Hong Kong：The Chinese University of Hong Kong，2006.

5. Kai – yu Hsu *Twentieth Century Chinese Poetry*：*An Anthology* Garden City，N. Y.：Doubleday，1963.

6. John Ashbery, *Chinese Whispers*：*Poems*，Manchester：Carcanet，2002.

7. Joseph S. M. Lau, Howard Goldblatt, *The Columbia Anthology of Modern Chinese Literature*，New York：Columbia University Press，2007.

8. Robert Payne, *Contemporary Chinese Poetry*，London：Routledge，1947.

9. Robert Payne, *The White Pony*：*An Anthology of Chinese Poetry from The arliest Times to The Present Day*，New York：The John Day Company，1947.

10. Michelle Yeh, *Anthology of Modern Chinese Poetry*，New Haven：Yale University Press，1992.

11. Wai – lim Yip, *Lyrics From Shelters*：*Modern Chinese Poetry*，1930 –

1950, New York: Garland Publishing, 1992.

12. Wai – lim Yip, *Modern Chinese Poetry*: *Twenty Poets From The Republic of China*, *1955 – 1965*, Iowa City: University of Iowa Press, 1970.

(二) 研究专著、论文集

1. Harold Acton, *Memoirs of an Aesthete*. London: Methuen & co. LTD, 1948.

2. Anna Balakan, *The Symbolist Movement*: *A Critical Appraisal*, New York: New York University Press, 1977.

3. Bonnie S. McDougall, Kam Louie, *The Litterature of China in the Twentieth Century*, Hong kong: Hong Kong University Press, 1997.

4. Cyril Birch, *Chinese Communist Literature*, New York and London: Frederick A Praeger, 1963.

5. Dominic Cheung, *Feng Chih*, Boston: Twayne, 1979.

6. Tse – tsung Chow, *The May Fourth Movement*: *Intellectual Revolution in Modern China*, Cambridge: Havard University Press, 1960.

7. Marián Gálik, *Milestones in Sina – Western Literary Confrontation* (1898 – 1979), Wiesbaden: Otto Harrassowitz, 1986.

8. Merle Goldman, *Modern Chinese literature in the May Fourth* Era. Cambridge: Havard University Press, 1977.

9. Edward M Gunn, *Unwelcome Muse*: *Chinese Poetry*, Dordrecht, Holland, and Cinnaminson, N. J. : Foris, 1983.

10. Lloyd Haft, *Pien Chih – lin*: *A Study in Modern Chinese Poetry*, Dordrecht: Foris Publications, 1983.

11. C. T. Hsia *On Chinese Literature*, New York: Columbia University Press, 2004.

12. Kai – Yu Hsu, *The Chinese Literary Scene*: *a Writer's Visit to the People's Repulic*, New York: Random House, 1975.

13. John King Fairbank, Albert Feuerwerker, Denis Crispin Twitchett, *The Cambridge History of China*: *Republican China*, *1912 – 1949*, Cambridge University Press, 1986.

14. Robert Kiley, ed, *Modernism Reconsidered*, Cambridge: Harvard English Studies, 1983.

15. Gregory Lee, *Dai Wangshu: The Life and Poetry of a Chinese Modernist.* Hong kong: The Chinese University Press, 1989.

16. Leo Ou – fan Lee, *Shanghai Modern: The Flowering of a New Urban Culture in China, 1930 – 1945*, Cambridge: Harvard University Press, 1999.

17. Leo Ou – fan Lee, *The Romantic Generation of Modern Chinese Writers*, Cambridge: Harvard University Press, 1973.

18. Julia C. Lin, *Moderm Chinese Poetry: An Introduction*, London: George Allen & Unwin Ltd, 1972.

19. James J. Y. Liu, *The Art of Chinese Poetry*, Chicago and London: University of Chicago Press, 1962.

20. Matei Calinescu, *Five Faces of Modernity: Modernism, Avant – garde, Decadence, Kitsch, Postmodernism*, Durham: Duke University Press, 2006.

21. Jiayan Mi, *Self – fashioning and Reflexive Modernity in Modern Chinese Poetry*, Lewiston, N.Y. : The Edwin Mellen Press, 2004.

22. Maurice Nadeau, *The History of Surealism*, Cambridge: Harvard University, 1989.

23. Pr°ušek, Jaroslav, *The Lyrical and the Epic: Studies of Modern Chinese Literature*, Edited by Leo Ou – fan Lee, Bloomington: Indiana University Press, 1980.

24. Pr°ušek, Jaroslav, *Writing Between Tradition and The West* [*microform*]: *Chinese Modernist Fiction, 1917 – 1937*, Los Angeles: University of California, Los Angeles, 1992.

25. Shu – mei Shi, *The Lure of the Modern: Writing Modernism in Semicolonial China, 1917 – 1937*, Berkeley and Los Angeles: University of California Press, 2001.

26. Kang – i Sun, Chang, Stephen Owen, *The Cambridge History of Chinese Literature*, Cambridge University Press, 2010.

27. William Tay, ChouYing – hsiung, *China and the West: Comparative Literature Studies*, Hong Kong: Chinese University Press, 1980.

28. Michelle Yeh, *Modern Chinese Poetry: Theory and Practice since* 1917, New Haven: Yale University Press, 1991.

29. Lihua Ying, *The A to Z of Modern Chinese Literature*, Philosophy: Scare-

crow Press, 2010.

30. Lihua Ying, *Historical Dictionary of Modern Chinese Literature*, Philosophy: Scarecrow Press, 2010.

31. Victor H. Mair ED, *The Columbia History of Chinese Literature*, New York: Columbia Unversity Press, 2001.

（三）期刊论文

1. Bian Zhilin 卞之琳 "The Development of China's 'New Poetry' and the Influence from the West" *Chinese Literature: Essays, Articles, Reviews (CLEAR)*, Vol. 4, No. 1, Jan. , 1982, pp. 152 – 157.

2. A. R. Davis, "China's Entry into World Literature" *Journal of the Oriental Society of Australia* 1 and 2, December 1967, pp. 43 – 50.

3. Douglas Mao, Rebecca L. Walkowitz "The New Modernist Studies" *PMLA*, Vol. 123, No. 3, May, 2008, pp. 737 – 748.

4. Marian Galik, "Early Poems and Essays of Ho Chî – fang," *Asian and African Studies* (Bratislava) 15 (1979), pp. 31 – 63.

5. Gregory Lee, "Western Influences in the Poetry of Dai Wangshu," *Modern Chinese Literature* 3, 1/2, 1987, pp. 7 – 32.

6. Haoming Liu, "Fei Ming's Poetics of Representation: Dream, Fantasy, Illusion, and Alayavijnana," *Modern Chinese Literature and Culture* 13, 2, Fall 2001, pp. 30 – 71.

7. Bonnie S McDougall, "European Influences in the Poetry of Ho Ch'i – fang," *Journal of the Oriental Society of Australia* 5, 1/2, 1967, pp. 33 – 51.

8. Paul Bady "The Modern Chinese Writer: Literary Incomes and Best Sellers," *The China Quarterly*, No. 88, Dec. , 1981, pp. 645 – 657.

9. Kuo – Ch'ing Tu, "The Introduction of French Symbolism into Modern Chinese Poetry," *Tamkang Review* 10, 3&4, 1980, pp. 343 – 367.

10. Wang Ning, "Confronting Western Influence: Rethinking Chinese Literature of the New Period" *New Literary History*, Vol. 24, No. 4, Papers from the Commonwealth Center for Literary and Cultural Change, Autumn, 1993, pp. 905 – 926.

11. Wendy Larson "Realism, Modernism, and the Anti – Spiritual Pollution Campaign in China" *Modern China*, Vol. 15, No. 1, Jan. , 1989,

pp. 37 – 71.

12. Michelle Yeh, "A New Orientation to Poetry: The Transition from Tradition-
    al to Modern" *Chinese Literature: Essays, Articles, Reviews (CLEAR)*,
    Vol. 12, Dec. , 1990, pp. 83 – 105

13. Michelle Yeh, "Toward a Poetics of Noise: From Hu Shi to Hsia Yü" *Chi-
    nese Literature: Essays, Articles, Reviews (CLEAR)*, Vol. 30, Dec. ,
    2008, pp. 167 – 178.

14. Michelle Yeh, "Metaphor and Bi: Western and Chinese Poetics" *Compara-
    tive Literature*, Vol. 39, No. 3, Summer, 1987, pp. 237 – 254.

15. Zhang Yingjin "The Institutionalization of Modern Literary History in China,
    1922 – 1980" *Modern China*, Vol. 20, No. 3, Jul. , 1994, pp.
    347 – 377.

（四）学位论文

1. Angie Christine Chau, *Dreams and Disillusionment in the City of Light: Chi-
   nese Writers and Artists Travel to Paris, 1920s – 1940s*, Ph. D. disserta-
   tion, Universiy of California, San Diego, 1984.

2. Chang Lin, Ming – hui, *Tradition and Innovation in Modern Chinese Poetry*,
   Ph. D. dissertation, Washington: University of Washington, 1965.

3. Xiao – mei Chen, *The Poetics of Misunderstanding: The Anxiety of Reception
   in Chinese – Western Literary Relations*, Ph. D. dissertation, Indiana Uni-
   versity, 1989.

4. Hayes Greenwood Moore, *Transfixing Forms: The Culture of Chinese Poetry
   and Poetics in Modern Chinese Literary History*, Ph. D. dissertation, Co-
   lumbia University, 2009.

5. Woo – Kwang Jung, *A Study of The Han Garden Collection: New Approaches
   to Modern Chinese Poetry, 1930 – 1934*, Ph. D. dissertation, Seattle: U-
   niversity of Washington, 1997.

6. Harry Allan Kaplan, *The Symbolism Movement in Modern Chinese Poetry*,
   Ph. D. dissertation, Cambridge: Havard University, 1983.

7. ping – kwan Leung, *Aesthetics of Opposition: A Study of the Modernist Genera-
   tion of Chinese Poets, 1936 – 1949*, Ph. D. dissertation, San Diego: Uni-
   versiy of California, San Diego, 1984.

8. Lucas Klein，*Foreign Echoes & Discerning the Soil*：*Dual Translation*，*Historiography*，*& World Literature in Chinese Poetry*，Ph. D. dissertation，San Diego：Yale University，2001.

9. Meng Liansu，*The Inferno Tango*：*Gender Politics and Modern Chinese Poetry*，*1917—1980*，Ph. D. dissertation，Ann Arbor：the University of Michigan，2010.

10. Paul Mafredi，*Decadence in Modern Chinese Poetry*：*Problems and Solutions*，Ph. D. dissertation，Bloomington：Indiana University，2001.

11. Randolph Trumbull，*The Shanghai Modernist*，Ph. D. dissertation，Standford University，1989.

12. Wendy Joan Eberle – Sinatra，*East and West in Dialogue*：*Poetic Language Innovation in the May Fourth and Modernist Movements*，Ph. D. dissertation，University of Toronto，2000.

13. Xin Ning，*The Lyrical and The Crisis of Modern Chinese Selfhood in Modern Chinese Literature*，*1919 – 1949*，Ph. D. dissertation，New Brunsuick：Rutgers，The State University of New Jersey，2008.

14. Yanhong Zhu，*Reconfiguring Chinese Modernism*：*The Poetics of Temporality in 1940s Fiction and Poetry*，Ph. D. dissertation，Los Angeles：University of Southern California，2009.

二 中文文献

（一）作品类

1. 卞之琳：《三秋草》，新月书店 1933 年版。

2. 卞之琳：《鱼目集》，文化生活出版社 1935 年版。

3. 卞之琳、李广田、何其芳：《汉园集》，商务印书馆 1936 年版。

4. 卞之琳：《慰劳信集》，明日社出版部 1940 年版。

5. 卞之琳：《雕虫纪历（1930—1958）》，人民文学出版社 1979 年版。

6. 卞之琳：《卞之琳文集》，安徽教育出版社 2002 年版。

7. 卞之琳：《卞之琳集》，中国社会科学出版社 2009 年版。

8. ［德］海星： 《何其芳译诗稿》，何其芳译，外国文学出版社 1984 年版。

9. ［法］夏尔·波德莱尔等： 《西窗集》，卞之琳译，安徽教育出版社

2007 年版。

10. ［法］波德莱尔：《恶之花掇英》，戴望舒译，怀正文化社 1947 年版。

11. 陈建军、冯思纯：《废名诗集》，新视野图书出版公司 2007 年版。

12. 陈梦家：《新月诗选》，新月书店 1931 年版。

13. 戴望舒：《我底记忆》，水沫书店 1929 年版。

14. 戴望舒：《望舒草》，复兴书局 1936 年版。

15. 戴望舒：《望舒诗稿》，杂志公司 1937 年版。

16. 戴望舒：《灾难的岁月》，星群出版社 1948 年版。

17. 戴望舒：《戴望舒诗选》，人民文学出版社 1957 年版。

18. 戴望舒：《戴望舒诗集》，四川人民出版社 1981 年版。

19. 戴望舒：《戴望舒译诗集》，湖南人民出版社 1983 年版。

20. 戴望舒：《戴望舒全集》，中国青年出版社 1999 年版。

21. 戴望舒：《戴望舒的诗》，中国画报出版社 2013 年版。

22. 戴望舒：《雨巷：戴望舒经典诗选》，江苏文艺出版社 2012 年版。

23. 戴望舒：《戴望舒大全集》，新世界出版社 2012 年版。

24. 戴望舒：《戴望舒经典诗集》，山东文艺出版社 2010 年版。

25. 戴望舒：《戴望舒诗文名篇》，时代文艺出版社 2010 年版。

26. 戴望舒：《戴望舒文集》，线装书局 2009 年版。

27. 戴望舒：《望舒诗稿》，中国文联出版社 2009 年版。

28. 冯文炳：《冯文炳选集》，人民文学出版社 1985 年版。

29. 冯文炳：《废名选集》，四川文艺出版社 1988 年版。

30. 止庵编：《废名文集》，东方出版社 2000 年版。

31. 废名：《废名选集》，人民文学出版社 2007 年版。

32. 废名：《废名全集》，北京大学出版社 2009 年版。

33. 高恒文：《卞之琳作品新编》，人民文学出版社 2009 年版。

34. 何其芳：《刻意集》，文化生活出版社 1938 年版。

35. 何其芳：《还乡日记》，良友出版社 1939 年版。

36. 何其芳：《画梦录》，文化生活出版社 1946 年版。

37. 何其芳：《画梦录》，人民文学出版社 2000 年版。

38. 何其芳：《预言》，文化生活出版社 1945 年版。

39. 何其芳：《夜歌和白天的歌》，人民文学出版社 1952 年版。

40. 何其芳：《预言》，新文艺出版社 1957 年版。

41. 何其芳：《夜歌》，文化生活出版社 1950 年版。

42. 何其芳：《何其芳诗稿：1952—1977》，上海文艺出版社 1979 年版。

43. 何其芳：《何其芳选集》，四川人民出版社 1979 年版。

44. 何其芳：《预言》，上海文艺出版社 1982 年版。

45. 何其芳：《何其芳集》，中国社会科学出版社 2009 年版。

46. 何其芳：《何其芳文集》（六卷），人民文学出版社 1983 年版。

47. 蓝棣之编选：《现代派诗选》，人民文学出版社 1986 年版。

48. 蓝棣之编：《何其芳诗全编》，浙江文艺出版社 1995 年版。

49. 蓝棣之主编：《何其芳全集》，河北人民出版社 2000 年版。

50. 蓝棣之、龚远会编：《何其芳作品新编》，人民文学出版社 2010 年版。

51. ［西班牙］洛尔迦：《洛尔迦的诗》，戴望舒、陈实译，花城出版社 2012 年版。

52. 林庚：《夜》，开明书店 1933 年版。

53. 林庚：《春野与窗》，开明书店 1934 年版。

54. 林庚：《北平情歌》，风雨诗社 1936 年版。

55. 林庚：《冬眠曲及其他》，风雨诗社 1936 年版。

56. 林庚：《林庚诗选》，人民文学出版社 1985 年版。

57. 林庚：《林庚诗文集》，清华大学出版社 2005 年版。

58. 李广田：《李广田全集》，云南人民出版社 2010 年版。

59. 梁仁编：《戴望舒诗全编》，浙江文艺出版社 1989 年版。

60. 罗泅编：《何其芳佚诗三十首》，重庆出版社 1985 年版。

61. 孙大雨：《孙大雨诗文集》，河北教育出版社 1996 年版。

62. 孙大雨：《自己的写照》，新月书店 1931 年版。

63. 万县师范专科学校何其芳研究组编：《何其芳诗文选读》，四川教育出版社 1986 年版。

64. 王文彬编：《望舒作品新编》，人民文学出版社 2009 年版。

65. 王宇平：《海上文学百家文库·戴望舒　徐迟卷》，上海文艺出版社 2010 年版。

66. 吴晓东：《废名作品新编》，人民文学出版社 2009 年版。

67. 徐迟：《二十岁的人》，上海时代图书公司 1936 年版。

68. 痖弦：《戴望舒卷》，台北洪范出版社 2011 年版。

69. 赵景深：《现代诗选》，北新书局 1934 年版。

70. 臧克家、卞之琳、何其芳：《古城的春天》，秋江出版社 1941 年版。

71. 周良沛编：《卞之琳诗选》，长江文艺出版社 2003 年版。

72. 周良沛编：《中国新诗库·孙大雨卷》，长江文艺出版社 1990 年版。

73. 冯张曼仪选编：《卞之琳》，三联书店（香港）有限公司 1990 年版。

74. 朱自清：《中国新文学大系·诗集》，上海良友图书印刷公司 1935
　　年版。

　　（二）研究专著、论文集

1. ［美］爱德华·萨义德：《东方学》，王宇根译，生活·读书·新知三
　　联书店 1999 年版。

2. ［英］艾略特：《传统与个人才能》，卞之琳等译，上海译文出版社
　　2012 年版。

3. 艾青：《诗论》，新文艺出版社 1953 年版。

4. ［奥］彼得·V. 齐马：《比较文学导论》，范劲、高小倩译，安徽教育
　　出版社 2009 年版。

5. ［法］布吕奈尔等：《什么是比较文学》，葛雷、张连奎译，北京大学
　　出版社 1989 年版。

6. 北塔：《雨巷诗人戴望舒传》，浙江人民出版社 2003 年版。

7. 卞之琳：《人与诗：忆旧说新》，安徽教育出版社 2007 年版。

8. 陈旭光：《中西诗学的会通：20 世纪中国现代主义诗学研究》，北京大
　　学 2002 年版。

9. 曹顺庆等：《比较文学论》，四川教育出版社 2002 年版。

10. 曹顺庆主编：《比较文学学》，四川大学出版社 2005 年版。

11. 曹顺庆编：《比较文学教程》，高等教育出版社 2006 年版。

12. 曹顺庆编：《比较文学学科史》，巴蜀书社 2010 年版。

13. 曹万生：《现代派诗学与中西诗学》，人民出版社 2003 年版。

14. 陈丙莹：《戴望舒评传》，重庆出版社 1993 年版。

15. 陈丙莹：《卞之琳评传》，重庆出版社 1998 年版。

16. 陈建军、冯思纯编订：《废名研究札记》，秀威资讯科技股份有限公司
　　2009 年版。

17. 陈建军、张吉兵：《废名讲诗》，华中师范大学出版社 2007 年版。

18. 废名、朱英诞：《新诗讲稿》，北京大学出版社 2008 年版。

19. 废名：《论新诗及其他》，辽宁教育出版社 1998 年版。

20. 废名：《新诗十二讲：废名的老北大讲义》，辽宁教育出版社 2006 年版。

21. 郭济访：《梦的真实与美——废名》，花山文艺出版社 1992 年版。

22. 何望贤编选：《西方现代派文学问题论争集》（上、下册），人民文学出版社 1984 年版。

23. 易明善、陆文壁、潘显一编：《何其芳研究专集》，四川文艺出版社 1986 年版。

24. 侯吉琼：《何其芳》，海风出版社 1990 年版。

25. 何其芳：《诗歌欣赏》，人民文学出版社 1962 年版。

26. 何其芳：《文学艺术的春天》，作家出版社 1964 年版。

27. 何其芳：《关于现实主义》，上海文艺出版社 1959 年版。

28. 何其芳：《没有批评就不能前进》，人民文学出版社 1958 年版。

29. 何其芳：《关于写诗和读诗》，作家出版社 1956 年版。

30. 何其芳：《西苑集》，人民文学出版社 1952 年版。

31. 何其芳：《一个平常的故事》，百花文艺出版社 1982 年版。

32. 何其芳：《何其芳散文选集》，百花文艺出版社 1986 年版。

33. 贺仲明：《喑哑的夜莺：何其芳评传》，南京师范大学出版社 2004 年版。

34. 江弱水：《中西诗学的交融：七位现代诗人及其文学因缘》，人间出版社 2009 年版。

35. 金丝燕：《文化接受与文化过滤：中国对法国象征主义的接受》，中国人民大学出版社 1994 年版。

36. ［美］卡林内斯库：《现代性的五副面孔——现代主义、先锋派、颓废、媚俗艺术、后现代主义》，顾爱彬、李瑞华译，商务印书馆 2002 年版。

37. 蓝棣之：《现代诗的情感与形式》，人民文学出版社 2002 年版。

38. 廖大国：《一个无题的故事：何其芳》，台北文史哲出版社 2002 年版。

39. 骆寒超：《中国现代诗歌论》，江苏人民出版社 1984 年版。

40. 李何林：《中国新文学史研究》，新建设杂志社 1951 年版。

41. 李林展：《中国现代主义文学史论》，中国书籍出版社 2004 年版。

42. ［美］李欧梵：《上海摩登：一种新都市文化在中国 1930—1945 》，毛尖译，人民文学出版社 2010 年版。

43. ［美］李欧梵：《中国作家的浪漫一代》，王宏志译，新星出版社 2010 年版。

44. 刘士杰：《现代主义诗歌在中国的命运》，社会科学文献出版社 2009 年版。

45. 刘绶松：《中国新文学史初稿》，人民文学出版社 1979 年版。

46. 刘永红：《诗筑的远离：中俄象征主义诗歌语言比较研究》，华中师范大学出版社 2011 年版。

47. 刘祥安：《卞之琳——在混乱中寻找秩序》，文津出版社 2007 年版。

48. 罗振亚：《中国三十年代现代派诗歌研究》，国际文化出版公司 1997 年版。

49. 罗振亚：《中国现代主义诗歌流派史》，北方文艺出版社 1993 年版。

50. 眉睫：《关于废名》，秀威资讯科技股份有限公司 2009 年版。

51. ［捷］普实克：《抒情与史诗：现代中国文学论集》，李欧梵编、郭建玲译，上海三联书店 2010 年版。

52. ［捷］普实克：《普实克中国现代文学论文集》，李燕乔等译，湖南文艺出版社 1987 年版。

53. 盛宁：《现代主义·现代派·现代话语——对"现代主义"的再审视》，北京大学出版社 2011 年版。

54. ［美］史书美：《现代的诱惑：书写半殖民地中国的现代主义（1917—1937）》，江苏人民出版社 2007 年版。

55. 孙玉石：《中国初期象征派诗歌研究》，北京大学出版社 1985 年版。

56. 孙玉石：《中国现代主义诗潮史论》，北京大学出版社 2010 年版。

57. ［美］王德威：《被压抑的现代性：晚清小说新论》，宋伟杰译，北京大学出版社 2005 年版。

58. ［美］王德威：《抒情传统与中国现代性：在北大的八堂课》，生活·读书·新知三联书店 2010 年版。

59. ［美］王德威：《王德威评论集》，麦田出版社 2009 年版。

60. 王宁：《比较文学与中国当代文学》，云南教育出版社 1992 年版。

61. 王毅：《中国现代主义诗歌史论》，西南师范大学出版社 1998 年版。

62. 王泽龙：《中国现代主义诗潮论》，华中师范大学出版社 1995 年版。

63. 王泽龙：《中国现代诗歌意象论》，中国社会科学出版社 2008 年版。

64. 汪剑钊：《二十世纪中国的现代主义诗歌》，文化艺术出版社 2006

年版。

65. 吴晓东：《象征主义与中国现代文学》，安徽教育出版社 2000 年版。

66. 熊文华：《荷兰汉学史》，学苑出版社 2012 年版。

67. 乐黛云：《比较文学与中国现代文学》，北京大学出版社 1987 年版。

68. 袁可嘉：《现代主义文学研究》，中国社会科学出版社 1989 年版。

69. 袁可嘉：《欧美现代派文学概论》，广西师范大学出版社 2003 年版。

70. 袁可嘉、杜运燮、巫坤主编：《卞之琳与诗艺术》，河北教育出版社 1990 年版。

71. 余光中：《余光中集》，百花文艺出版社 2004 年版。

72. 游友基：《九叶诗派研究》，福建教育出版社 1997 年版。

73. 曾艳兵：《西方现代主义文学概论》，北京大学出版社 2006 年版。

74. 张林杰：《20 世纪上半叶中国现代主义诗歌概论》，中国文史出版社 2011 年版。

75. 冯张曼仪：《卞之琳著译研究》，香港大学中文系 1989 年版。

76. 中国人民大学现代文学研究室：《王瑶〈中国新文学史〉批判》，人民文学出版社 1958 年版。

77. 张同道：《探险的风旗：论 20 世纪中国现代主义诗潮》，安徽教育出版社 1998 年版。

78. 张岩泉：《20 世纪 40 年代中国现代主义诗歌研究：九叶诗派综论》，华中师范大学出版社 2012 年版。

79. 郑择魁、王文彬：《戴望舒评传》，百花文艺出版社 1987 年版。

80. 冯乃超：《文艺讲座》，神州国光社 1930 年版。

81. 傅东华：《诗歌与批评》，新中国书局 1932 年版。

82. 冯文炳：《谈新诗》，新民印书馆 1944 年版。

83. 李广田：《诗的艺术》，开明书店 1943 年版。

84. 李广田：《创作论》，开明书店 1948 年版。

85. 李广田：《文艺书简》，开明书店 1949 年版。

86. 刘西渭：《咀华集》，文化生活出版社 1936 年版。

87. 梁宗岱：《诗与真二集》，商务印书馆 1936 年版。

88. 李何林：《近二十年来中国文艺思潮论（1917—1937）》，光华书店 1939 年版。

89. 穆木天：《怎样学习诗歌》，生活书店 1938 年版。

90. 潘颂德：《中国现代诗论三十家》，台北秀威资讯科技股份有限公司 2009 年版。

91. ［法］提格亨（梵第根）：《比较文学论》，戴望舒译，商务印书馆 1937 年版。

92. 王文彬：《雨巷走出的诗人——戴望舒传论》，商务印书馆 2006 年版。

93. 王雪伟：《何其芳的文学之路》，湖北人民出版社 2010 年版。

94. 姚峰、邢超、徐国源：《浅吟低唱的歌者：卞之琳》，台北文史哲出版社 2003 年版。

95. 徐迟：《诗与生活》，北京出版社 1959 年版。

96. 徐迟：《文艺和现代化》，四川人民出版社 1981 年版。

97. 徐迟：《我的文学生涯》，百花文艺出版社 2006 年版。

98. 谢应光、谭德晶：《梦中道路：何其芳的艺术世界》，巴蜀书社 2010 年版。

99. 姚韫：《主流话语下的何其芳文学思想研究》，辽宁大学出版社 2012 年版。

100. 尹在勤：《何其芳评传》，四川人民出版社 1980 年版。

101. ［日］宇田礼：《没有声音的地方就是寂寞：诗人何其芳的一生》，解莉莉译，社会科学文献出版社 2010 年版。

102. 周良沛：《中国现代诗人评传》，台北人间出版社 2009 年版。

103. 张吉兵：《抗战时期废名论》，华中师范大学出版社 2008 年版。

104. 赵思运：《何其芳人格解码》，河北大学出版社 2010 年版。

105. 中国人民大学新闻系文学教研室古典文学组：《林庚文艺思想批判》，人民文学出版社 1958 年版。

106. 朱鸿召：《延安文人》，广州人民出版社 2001 年版。

107. 卓如：《何其芳传》，中国三峡出版社 2012 年版。

108. 卓如：《青春何其芳：为少男少女歌唱》，北岳文艺出版社 2007 年版。

109. 赵毅衡：《远游的诗神》，四川人民出版社 1985 年版。

110. 赵毅衡：《诗神远游》，四川文艺出版社 2013 年版。

111. 赵毅衡：《对岸的诱惑》，上海人民出版社 2007 年版。

112. 朱自清：《新诗杂话》，作家书屋 1947 年版。

（三）期刊（报刊）论文

1. 左燕：《戴望舒诗的象征主义手法》，《百花洲》1981 年第 4 期。

2. 艾青：《中国新诗六十年》，《文艺研究》1980 年第 5 期。

3. 卞之琳：《鱼化石后记》，《新诗》1936 年第 2 期。

4. 卞之琳：《诗简》，《燕京新闻》1945 年第 11 卷第 18 期。

5. 卞之琳（大雪）：《流想》，《骆驼草》1930 年第 17 期。

6. 陈俐：《现代诗人曹葆华走向延安的诗与事》，《中国现代文学研究丛刊》2012 年第 7 期。

7. 戴望舒：《望舒诗论》，《现代》1932 年第 2 卷第 1 期。

8. 戴望舒：《创作不振之原因及其出路：一点意见》，《北斗》1932 年第 2 卷第 1 期。

9. 杜灵、李金发：《诗问答》，《文艺画报》1935 年第 1 卷第 3 期。

10. 凡尼：《戴望舒诗作试论》，《文学评论》1980 年第 4 期。

11. 凡尼：《关于〈村姑〉一诗的评价问题》，《文学评论》1981 年第 1 期。

12. 凡尼：《从李金发到戴望舒——中国现代象征诗的流变轨迹》，《广西师范大学学报》（哲学社会科学版）1996 年第 4 期。

13. ［英］哈罗德·尼柯孙：《魏尔伦与象征主义》，卞之琳译，《新月》1932 年第 4 卷第 4 期。

14. 何其芳：《谈自己的诗："夜歌"后记》，《诗文学》1945 年第 1 期。

15. 黄参岛：《〈微雨〉及其作者》，《美育》1929 年第 2 期。

16. 蒋登科：《西方视角中的何其芳及其诗歌》，《现代中文学刊》2012 年第 4 期。

17. 江离：《烟斗诗人和望舒草》，《青年界》1935 年第 7 卷第 5 期。

18. 柯可：《论中国新诗的新途径》，《新诗》1937 年第 4 期。

19. 柯可：《杂论新诗》，《新诗》1937 年第 2 卷第 3、4 期。

20. 利大英、寇小叶：《远行与发现——1932—1935 年的戴望舒》，《现代中文学刊》2009 年第 6 期。

21. 林庚：《谈诗稿序》，《宇宙风》1943 年第 130 期。

22. 林庚：《姑妄言之：文学的需要》，《宇宙风》1937 年第 43 期。

23. 林庚：《新诗形式研究》，《厦门大学学报》1943 年第 2 期。

24. 林庚：《诗与自由诗》，《现代》1934 年第 6 卷第 1 期。

25. 林庚：《极端的诗》，《国闻周报》1935 年第 12 卷第 7 期。

26. 林庚：《谈诗》，《国文月刊》1946 年第 40 期。

27. 林庚：《从文艺说时代感情》，《现代知识》1948 年第 2 卷第 5 期。

28. 林庚：《关于北平情歌》，《新诗》1936 年第 2 期。

29. 林庚：《质与文：答戴望舒先生》，《新诗》1937 年第 4 期。

30. 林庚：《我的吸烟》，《论语》1937 年第 108 期。

31. 林庚：《什么是自然诗》，《新诗》1937 年第 2 卷第 1 期。

32. 李广田：《沉思的诗——论冯至的〈十四行集〉》，《明日文艺》1943 年第 1 期。

33. 李金发：《是个人灵感的记录表》，《文艺大路》1935 年第 2 卷第 1 期。

34. 李俊国：《新诗历史的演进——关于中国现代新诗三十年的历史分期，并就教于臧克家、艾青两前辈》，《中国现代文学研究丛刊》1984 年第 1 期。

35. 吕进：《〈预言〉：何其芳的第一部个集》，《海南师范学院学报》（社会科学版）2006 年第 4 期。

36. 吕进、翟大炳：《何其芳的〈预言〉》，《西南师范大学学报》（人文社会科学版）1993 年第 1 期。

37. 穆木天：《谭诗：寄沫若的一封信》，《创造月刊》1926 年第 1 卷第 1 期。

38. 穆木天：《王独清及其诗歌》，《现代》1934 年第 5 卷第 1 期。

39. 蒲风：《五四到现在的中国诗坛鸟瞰》，《诗歌季刊》1934 年第 1 卷第 1、2 期。

40. 蒲风：《六年来的中国诗坛》，《星华日报》1937 年六周年纪念刊。

41. 蒲风：《论戴望舒的诗》，《东方文艺》1936 年第 1 卷第 1 期。

42. 阙国虬：《试论戴望舒诗歌的外来影响与独创性》，《文学评论》1983 年第 4 期。

43. 孙作云：《论"现代派"诗》，《清华周刊》1935 年第 43 卷第 1 期。

44. 孙玉石：《寻找中外诗歌艺术的融汇点——中国现代派诗人的艺术探求》，《中国文化研究》1993 年第 2 期 。

45. 孙玉石：《20 世纪中国新诗：1917—1937》，《诗探索》1994 年第 3 期。

46. 孙玉石《卞之琳：沟通中西诗艺的"寻梦者"》，《诗探索》2001 年第 Z1 期。

47. 孙玉石：《论何其芳三十年代的诗》，《文学评论》1997 年第 6 期。

48. 孙玉石：《现代向传统的寻求：1930 年代废名关于"晚唐诗热"的阐释》，《华夏文化论坛》2007 年第 00 期。

49. 孙玉石：《对中国传统诗现代性的呼唤——废名关于新诗本质及其与传统关系的思考》，《烟台大学学报》（哲学社会科学版）1997 年第 2 期。

50. 孙玉石：《论 30 年代林庚诗歌的精神世界》，《中国诗歌研究》2002 年第 00 期。

51. 孙玉石：《也说林庚诗的"晚唐的美丽"》，《北京大学学报》（哲学社会科学版）2007 年第 4 期。

52. 唐湜：《梵乐希论诗》，《诗创造》1947 年第 1 期。

53. 唐湜：《诗的新生代》，《诗创造》1948 年第 8 期。

54. 唐湜：《〈手掌集〉辛笛作》，《诗创造》1948 年第 9 期。

55. 唐湜：《严肃的星辰们》，《诗创造》1948 年第 12 期。

56. 闻一多：《女神之地方色彩》，《创造周报》1923 年第 5 期。

57. 王文彬：《戴望舒年表》，《新文学史料》2005 年第 1 期。

58. 王佐良：《波特莱的诗》，《中法文化》1946 年第 1 卷第 6 期。

59. 王佐良：《一个中国诗人》，《文学杂志》1947 年第 2 卷第 2 期。

60. 闻一多：《评本学年〈周刊〉里的新诗》，《清华周刊》1921 年增刊。

61. 袁可嘉：《从分析到综合：现代诗底发展》，《东方与西方》1947 年第 1 卷第 3 期。

62. 袁可嘉：《诗的新方向》，《新路周刊》1948 年第 1 卷第 17 期。

63. 袁可嘉：《新诗戏剧化》，《诗创造》1948 年第 12 期。

64. 袁可嘉：《谈林庚的诗见和"西行诗"》，《新诗》1936 年第 2 期。

65. 袁可嘉：《现代中国文学诸文体特辑（以收到先后为序）：谈国防诗歌》，《新中华》1937 年第 5 卷 第 7 期。

66. 章子仲：《何其芳年谱初稿》，《武汉师范学院学报》（哲学社会科学版）1982 年第 1 期。

（四）学位论文

1. 曹万生：《现代派诗学与中西诗学》，博士学位论文，四川大学，

2003 年。

2. 李璐：《论废名的创作特征》，博士学位论文，南京大学，2012 年。

3. 肖曼琼：《翻译家卞之琳研究》，博士学位论文，湖南师范大学，2010 年。

4. 姚韫：《论何其芳文学思想的建设性和矛盾性》，博士学位论文，辽宁大学，2011 年。

5. 王雪伟：《何其芳的延安之路：一个理想主义者的心灵轨迹》，博士学位论文，山东师范大学，2005 年。

6. 王岩石：《废名文学思想研究》，博士学位论文，吉林大学，2010 年。

7. 谢锡文：《边缘视域，人文问思：废名思想论》，博士学位论文，山东大学，2008 年。

8. 赵思运：《何其芳精神人格演变解码》，博士学位论文，华东师范大学，2005 年。

后　记

时间总是在流逝的过程中感觉漫长，而当蓦然回首时才发现，原本以为漫长的求学之路其实也只是一瞬间。伴随着二十余年的艰辛与汗水，终于结束了自己的求学生涯，同时也迎来了欢乐与收获。这种收获不只是学术上的进步，更是师生之情、同窗之谊带来的感动。

本书是在我的博士论文基础上修改而成的，所以，其能够顺利完成，最应该感谢的人就是我的导师曹顺庆先生。当年，正是蒙他不弃，把我收入门下，我才有了继续在校园学习的机会。曹老师为人和蔼可亲，在与他交往的过程中，始终能感受到父亲般的慈爱与耐心。而且，他学识渊博，对古今中外各种知识莫不通晓。在指导我们学习的过程中，更是事必躬亲，将入校之初尚懵懂无知的我们带上了学术之路。

傅勇林先生也是我的导师，他身兼数职，事务比较繁忙。即使如此，他依然抽出时间指导我们。回想当时，傅门历届弟子欢聚杜甫草堂，窗外凉风习习，室内兰花生香，同门诸人皆侧耳聆听傅师教诲，场面何其融洽。

赵毅衡教授也是我需要特别感谢的一位老师。2013年第一学期，我有幸成为赵毅衡教授西方文学批评课程的助教。在每次与赵老师乘车往返于两个校区的路上，他都不辞劳苦地为我讲解写作过程中的诸多疑惑，并为我提供了重要的参考文献和必读书目。

另外，还要感谢我的硕士导师赖瑞云先生，可以说他是我学术之路的第一个引路人。赖老师擅长文本分析，正是在他的耐心指导下，我才学会了作品分析的基本方法，这一点让我受益匪浅。直到今天，我自己成为一名教师，给学生讲课时，主要采用的还是当年赖老师教给我的方法。

因为本书是关于英语世界对中国"现代派"诗人接受情况的研究，所以在写作过程中牵涉到了许多英语国家的文献资料。在寻找资料的过程中，我还得到了一些国外专家的帮助，其中尤其要感谢的就是斯洛伐克汉学家高利克先生。高利克先生是研究中国现当代文学的著名学者，与他的交往令我受益匪浅。尤其是在他回国后，还专门给我寄来了他论及中国“现代派”诗人的文章，令人感动不已。

另外，还要对本书所引用文献的各位作者表示感谢，正是你们的前期成果才有了我今天这本书产生的可能。而且还要感谢那些我虽然在文中没有直接引用他们作品，但其观点确实带给了我很多灵感与启发的作者，因无法在文中注出他们的姓名与作品，只能在后记中一并致谢。

当然，我能完成本书的写作也离不开诸位同窗兄弟姐妹的帮助。黄莉、杨茜、何嵩昱、万燚、谢春平、吴丽雯、刘念、曾昂和张雪娇，谢谢你们一路热情帮助，我会永远记住你们热情洋溢的笑脸，我的川大生活因为你们而美丽多彩！

最后，我也要感谢我的家人——父亲王业畅、母亲梁玉芝、大哥王树强、大嫂许素越、二哥王树启、二嫂程蕾及我那可爱的侄女王宇乐和侄儿王宇喆。正是你们的支持与鼓励，驱散了我前行过程中的孤苦，帮助我克服了重重挫折，让我有信心一步一步走到今天。

感谢那些给予我无私帮助的师长和朋友，感谢那些默默无闻却一直关注我的人，也感谢那些素未谋面却因为文字之交而与我成为知己的人！

王树文
2015 年 7 月 7 日